shiji
wenxue
jingdian

世纪文学经典
徐志摩 著

徐志摩精选集

北京燕山出版社
BEIJING YANSHAN PRESS

"世纪文学60家"书系总策划：
白烨、陈骏涛、倪培耕、贺绍俊、张红梅

"世纪文学60家"评选专家名单：
（以姓氏笔画为序）

丁　帆　　南京大学中文系教授
王中忱　　清华大学中文系教授
王晓明　　华东师范大学中文系教授
王富仁　　汕头大学中文系教授
白　烨　　中国社会科学院文学研究所研究员
孙　郁　　鲁迅博物馆研究员
吴思敬　　首都师范大学文学院教授
陈思和　　复旦大学中文系教授
陈晓明　　北京大学中文系教授
陈骏涛　　中国社会科学院文学研究所研究员
陈子善　　华东师范大学中文系教授
孟繁华　　沈阳师范大学教授
於可训　　武汉大学文学院教授
杨匡汉　　中国社会科学院文学研究所研究员
杨　义　　中国社会科学院文学研究所研究员
张　炯　　中国社会科学院文学研究所研究员
张　健　　北京师范大学文学院教授
张中良　　中国社会科学院文学研究所研究员
赵　园　　中国社会科学院文学研究所研究员
洪子诚　　北京大学中文系教授
贺绍俊　　沈阳师范大学教授
谢　冕　　北京大学中文系教授
程光炜　　中国人民大学中文系教授
雷　达　　中国作家协会创研部研究员
黎湘萍　　中国社会科学院文学研究所研究员

出版前言

"世纪文学 60 家"书系的创编与推出,旨在以名家联袂名作的方式,检阅和展示 20 世纪中国文学所取得的丰硕成果与长足进步,进一步促进先进文化的积累与经典作品的传播,满足新一代文学爱好者的阅读需求。

为使"世纪文学 60 家"书系的评选、出版活动,既体现文学专家的学术见识,又吸纳文学读者的有益意见,我们采取了专家评选与读者投票相结合的方式。我们依据 20 世纪华文作家在中国现当代文学史上的地位与影响,经过反复推敲和斟酌,确定了 100 位作家及其代表作作为候选名单。其后,又约请 25 位中国现当代文学专家组成"世纪文学 60 家"评选委员会,在 100 位候选人名单的基础上进行书面记名投票,以得票多少为顺序,产生了"世纪文学 60 家"的专家评选结果。为了吸纳广大读者对 20 世纪华文作家及作品的相关看法和阅读意向,我们与"新浪网·读书频道"的全力合作,展开了为期两个月的"华文'世纪文学 60 家'全民网络大评选"活动。2005 年 12 月 16 日,读者评选结果在"新浪网·读书频道"正式公布。为了使"世纪文学 60 家"的评选与编选,能够比较客观地反映专家和读者两方面的意见,经过反复协商,最终以各占 50% 的权重,得出了"世纪文学 60 家"书系入选名单。

"世纪文学 60 家"书系入选作家,均以"精选集"的方式收入其代表性的作品。在作品之外,我们还约请有关专家、学者撰写了研究性序言,编制了作家的创作要目,为读者了解作家作品、创作特点和其在文学史上的地位,提供必要的导读和更多的资讯。

"世纪文学60家"评选结果

排名	作家	专家评分	读者评分	评选结果	排名	作家	专家评分	读者评分	评选结果
1	鲁迅	100	100	100	31	赵树理	85	55	70
2	张爱玲	100	97	98.5	32	梁实秋	67	71	69
3	沈从文	100	96	98	33	郭沫若	70	65	67.5
4	老舍	94	94	94	33	陈忠实	67	68	67.5
4	茅盾	100	88	94	35	张恨水	64	70	67
6	贾平凹	94	92	93	36	苏童	58	75	66.5
7	巴金	94	90	92	36	冰心	51	82	66.5
7	曹禺	100	84	92	38	穆旦	78	52	65
9	钱钟书	80	99	89.5	39	丁玲	78	47	62.5
10	余华	85	92	88.5	40	顾城	29	95	62
11	汪曾祺	100	76	88	41	舒婷	51	69	60
12	徐志摩	85	89	87	42	张承志	67	51	59
12	莫言	94	80	87	43	王朔	45	72	58.5
14	王安忆	94	77	85.5	44	刘震云	58	58	58
15	金庸	70	98	84	45	韩少功	54	57	55.5
15	周作人	94	74	84	46	阿城	54	56	55
17	朱自清	70	93	81.5	47	张洁	64	44	54
18	郁达夫	78	83	80.5	48	三毛	22	85	53.5
19	戴望舒	94	66	80	49	铁凝	51	53	52
20	史铁生	80	79	79.5	50	张炜	60	40	50
20	北岛	78	81	79.5	50	李劼人	78	22	50
22	孙犁	94	62	78	52	宗璞	64	33	48.5
22	王蒙	78	78	78	53	郭小川	58	36	47
24	艾青	94	60	77	53	柳青	58	36	47
25	余光中	78	73	75.5	55	施蛰存	51	42	46.5
26	白先勇	85	64	74.5	56	张贤亮	42	49	45.5
27	萧红	85	61	73	56	刘恒	64	27	45.5
27	路遥	60	86	73	56	高晓声	45	46	45.5
29	闻一多	78	67	72.5	56	李锐	51	40	45.5
30	林语堂	54	87	70.5	60	徐訏	45	43	44

目 录

灵魂的冒险 …………… 黄雪敏 001

诗歌编

这是一个懦怯的世界 …………… 003
我有一个恋爱 …………… 005
去罢 …………… 007
为要寻一个明星 …………… 008
沙扬娜拉十八首 …………… 009
残诗 …………… 014
石虎胡同七号 …………… 015
月下雷峰影片 …………… 017
沪杭车中 …………… 018
默境 …………… 019
叫化活该 …………… 022
她是睡着了 …………… 023
落叶小唱 …………… 025
雪花的快乐 …………… 026

目录

康桥再会罢 …………………… 027
翡冷翠的一夜 ………………… 032
呻吟语 ………………………… 035
偶然 …………………………… 036
我来扬子江边买一把莲蓬 …… 037
客中 …………………………… 038
半夜深巷琵琶 ………………… 039
最后的那一天 ………………… 040
起造一座墙 …………………… 041
再不见雷峰 …………………… 042
这年头活着不易 ……………… 043
在哀克刹脱教堂前(Exeter) … 045
海韵 …………………………… 047
苏苏 …………………………… 050
拜献 …………………………… 051
阔的海 ………………………… 052
他眼里有你 …………………… 053
再别康桥 ……………………… 054
黄鹂 …………………………… 056
山中 …………………………… 057
一块晦色的路碑 ……………… 058
生活 …………………………… 059
残破 …………………………… 060
我不知道风是在那一个方向吹 … 062
云游 …………………………… 064
火车擒住轨 …………………… 065

爱的灵感 …………………… 067
夜 ……………………………… 082
常州天宁寺闻礼忏声 ………… 089
灰色的人生 …………………… 091
毒药 …………………………… 093
婴儿 …………………………… 095

散文编

印度洋上的秋思 ……………… 099
泰山日出 ……………………… 105
想飞 …………………………… 107
就使打破了头，也还要
　　保持我灵魂的自由 ……… 111
曼殊斐尔 ……………………… 113
鬼话 …………………………… 126
我的祖母之死 ………………… 131
泰戈尔 ………………………… 144
北戴河海滨的幻想 …………… 150
济慈的夜莺歌 ………………… 153
翡冷翠山居闲话 ……………… 164
我的彼得 ……………………… 167
迎上前去 ……………………… 172
巴黎的鳞爪 …………………… 178
契诃夫的墓园 ………………… 192
吸烟与文化 …………………… 197
我所知道的康桥 ……………… 200

海滩上种花 ·················· 209
天目山中笔记 ················ 215
求医 ······················ 219
谒见哈代的一个下午 ············ 224
"浓得化不开"(星加坡) ·········· 230
"浓得化不开"之二(香港) ········ 235
《猛虎集》序 ················· 239

日记书信编

爱眉小札 ··················· 245
志摩书信 ··················· 277
眉轩琐语 ··················· 368

创作要目 ············ 黄雪敏 376

(本书目由黄雪敏选定)

灵魂的冒险

黄雪敏

徐志摩是中国现代文学史上谜一般的传奇人物,因为他的诗文,因为他的情爱,更因为他的"云游"。风云舒卷七十几载,当我们再次感受徐志摩的才气横溢,并面对世人对他的毁誉参半的评价时,或许我们可以试着走进他矛盾杂糅、繁复奇特的世界,去感受他那颗在理想与现实、飞扬与堕落中冒险的灵魂。

缘起:"诗灵的稀小的翅膀"

光绪二十二年(丙申)腊月十三(公历1897年1月15日),徐志摩出生于浙江省海宁县硖石镇保宁坊,初字槱森,小字幼申,谱名章垿。"志摩"这个名字,据说是有个志恢和尚在他幼时曾为他摩骨算命,并预言"此子将来必成大器",其父望此话能应验,取志恢和尚摩骨之意,名其为"志摩"。硖石镇作为浙西的巨镇,居于水陆要道,交通方便,为米丝集散地,商业繁盛,人民富庶。徐家的先代名为读书,实则经商。徐志摩的父亲徐申如继承并恢廓祖业,财力充裕又信誉卓著。生于这样一个封建色彩浓厚的富裕商人家庭,徐志摩很早就接受了传统的教育,1900年入家塾开蒙,1907年入硖石开智学堂,成绩全班第一,有"神童"之誉。1910年入杭州府中学,1913年在校刊《女声》第一期上发表了他的第一篇文章——论文《论小说与社会之关系》。1915年夏,于杭州第一中学(原杭州府一中)毕业,并考入北京大学预科。同年秋,由家庭包办,与当时金融界巨子张家璈之妹张幼仪结婚(后于1922年在德国柏林离婚)。1916年秋入天津北洋大学预科,次年秋改入北京大学学习法政。

1918年夏天,徐志摩拜梁启超为师,随后赴美入克拉克大学历史学系,毕业后进哥伦比亚大学经济系(相当于现在的政治学系)修硕士学位,开始接触和研究社会主义理论。1920年秋入伦敦大学政治经济学院,与陈源(西滢)、英国作家威尔斯等人相识,开始对文学产生出极大的兴趣。1921年结识了林长民、林徽因父女,后经英国学者狄更生介绍,以特别生资格入剑桥大学皇家学院,接近真正的康桥生活。

康桥,从此成为徐志摩人生新的起点。

"为要寻一个明星"

抛却了美国的物质文明和哥伦比亚大学的博士头衔,徐志摩独自一人漂洋过海到英国剑桥大学去散步、划船、抽烟、看闲书……过一种实在而惬意的生活。他在康桥受到了深刻的熏陶:"我的眼是康桥教我睁的,我的求知欲是康桥拨动的,我的自我的意识是康桥给我胚胎的。"(《吸烟与文化》)在康桥,在康河边上,石上的苔痕、败草里的花香、水流的缓急、水草的滋长、天上的云霞、新来的鸟语……让他的心灵得到深层的荡涤,他寄情山水,倾听自然,康河的灵性默默地滋养了他的胸襟和情怀,建立了他崇尚自然的自由理想。他一再强调"我只是自然崇拜者"(《鬼话》),"大自然这部书,真乃最伟大的天工之书"(《话》)。所以可以"山居""独行"而不带女伴,可以野游而"不带书",只要以一颗赤子之心与大自然体悟相通,妙契同化。

在康桥,徐志摩一面沉醉在"康河的柔波"里,一面与英国的作家学者们产生了精神上的交流。他认识了狄更生、罗素、曼殊斐尔,他们的精神和人格魅力对年轻的徐志摩产生了很大的影响,特别是与曼殊斐尔交谈的"那二十分不死的时间"(《曼殊斐尔》),更激活了徐志摩的艺术触觉。他在英国接受了浪漫主义和唯美主义的熏陶,湖畔诗人的清远超脱、拜伦式的激情宣泄,使他萌动了诗心,形成了他的文学基调和审美趣味。正是从那时起,徐志摩开始了他的文学创作。

> 整十年前我吹着了一阵奇异的风,也许照着了什么奇异的月色,从此起我的思想就倾向于分行的抒写。……我的诗情真有些像是山洪暴发,不分方向的乱冲。(《〈猛虎集〉序》)

在康桥受着的这股"奇异的风"吹动了徐志摩的文学灵感,也催生、滋长了他的个性主义和理想主义。他在《列宁忌日——谈革命》中坦露过自己的思想:"我是一个不可教训的个人主义者。……我相信德谟克拉西的意义只是普遍的个人主义;……我要求每一朵花实现它可能的色香,我也要求各个人实现他可能有的色香。"徐志摩信奉的就是这种注重性灵、要求自我实现的个人主义和理想主义。但当他在1922年带着民主自由的思想、"康桥"式的浪漫激情和中国知识分子长期共有的救国救民的愿望回到祖国时,他的理想主义却碰了壁,梦和生活之间的鸿沟阻滞了诗人的脚步。他同情那追着问坐在漂亮车上的"先生"要钱的小女孩(《先生!先生!》)、为三岁孩子的死而哭泣的农妇(《盖上几张油纸》)、在垃圾堆中寻找肉骨头的穷人(《一小幅穷乐图》)、蜷伏在街上要一些同情的温暖的乞丐(《叫化活该》);他听到了这"灰色人生"中"残废的,寂寞的灵魂的呻吟"(《灰色的人生》);他看到了现代文明掩盖下的虚伪、狡诈、猜忌、残杀等社会病象……国内的这种思想萎瘪现象激起了他的愤懑与羞恶。徐志摩不是一个躲在象牙塔内吟风弄月、自怨自艾的诗人,在思想陷入极度的矛盾和苦闷的时候,他一次次地剖析自我、剖析社会、攻击龌龊的政治(《自剖》《再剖》《求医》),急切地想给社会开出医治的药方。虽然他的大声疾呼更多的是一种"纸上谈兵",他向往革命却又惧怕血腥,他对中国社会的隔膜造成他思想上的偏颇和挣扎,但终其一生,徐志摩始终是一个爱国主义者,对帝国主义、殖民主义、侵略战争持否定态度,对国家独立、民族解放表示同情,在反对专制、愚昧,提倡个性解放,介绍西方民主、科学思想上无不尽心尽力。就算是在最痛苦的日子里,在实际生活的重重压迫下,徐志摩仍然"并不绝望、并不悲观,在极深刻的沈闷的底里,我那时还摸着了希望"(《秋》)。

　　胡适曾经这样评价徐志摩:"他的人生观是一种'单纯信仰',这里面只有三个大字:一个是爱,一个是自由,一个是美。他梦想这三个理想的条件能够汇合在一个人生里,这是他的'单纯信仰'。他的一生的历史,只是他追求这个单纯信仰的实现的历史。"[①]爱、自由和美,就是他毕生追寻的"信仰"。在这单纯信仰和残酷现实面前,理想主义诗人表现出对立性的两面——敏锐激烈的批判和倾心倾情的赞美。他立在绝望的边缘唱出了希望的歌:——"为要寻一个明星"!这"明星"高悬在头顶,"黑绵绵的昏夜"遮蔽了它的光明,虽然只有一匹"拐腿的瞎马"在荒野中无望地奔跑,马鞍上的"骑手"却仍要"向着黑夜里加鞭"!直到"天上透出了水晶似的光明"!——诗人追寻"明星"的努力在炼狱般的受难中转化、升华为一种义无反顾地献身的壮美。徐志摩的诗文始终燃烧着这种夸父追日般的理想激情,又浸透着勇武而痛苦的追求精神。他在《海滩上种花》一文中赞

[①] 胡适《追忆志摩》,张放、陈红编《朋友心目中的徐志摩》,百花文艺出版社。

美儿童"浪漫的天真",颂扬这"真""有的是永久的生命",鼓励青年"尽量在这人道海滩边种你的鲜花去——花也许会消灭,但这种花的精神是不烂的!"他的口里不住地唱着星月的光辉与人类的希望,他要用文字在现实的世界之外独创"别一个世界的愉快"(《〈猛虎集〉序》)。

"诗人也是一种痴鸟"

徐志摩是一个至情至性的人。

他在《我所知道的康桥》一文落笔就说:"我这一生的周折,大都寻得出感情的线索。"又在《落叶》中说:"我是一个信仰感情的人,也许我自己天生就是一个感情性的人。"徐志摩的一生,从没有虚伪地掩饰过自己的感情,对亲朋好友、对社会世象都是如此。他忠实于自己的感情,在苦闷痛苦的时代悲哀里释放自我,借着他的诗文实现自我,在艺术的天地里用他特有的形式,痴心地反复咏叹对爱的追求。

徐志摩和陆小曼的爱情长久地为世人所羡慕,又不断地遭世人的非议。在"五四"时代,包办婚姻是再平常不过的事情,当时的鲁迅、胡适、陈独秀、郭沫若等人都不例外。徐志摩为了纯洁的理想的爱不惜掀起极大的家庭纠纷,甘冒天下之大不韪,这在当时半封建的中国社会,是罕有仅有的。而他带有"狂飙突进"特点的个性主义和他的情诗,特别是他和陆小曼恋爱、婚姻过程中的书信日记(《爱眉小札》),在当时成了对传统习惯势力和世俗偏见的有力挑战。茅盾就曾指出"志摩的许多披着恋爱外衣的诗不能够把它当作单纯的情诗看,透过那恋爱的外衣,有他的那个对于人生的单纯信仰"。[①]

徐志摩有将人世间的爱情绝对美化、绝对神圣化的倾向,他理想

---

① 茅盾《徐志摩论》,顾永棣编《徐志摩诗全编·附录》,浙江文艺出版社。

中的浪漫的爱永远处于可望而不可即的地步,永远存在于追求的状态中,永远被视为一种极圣洁极高贵极虚无缥缈的东西。在这一点上,朱自清曾经有过精辟的分析:"他的情诗,为爱情而咏爱情:不一定是现实生活的表现,只是想像着自己保举自己做情人,如西方诗家一样。"①所以他在情诗中充分地表达了对于理想的恋爱对象和美好的爱情品质的颂赞和追寻。或许就是从徐志摩开始,诗人们把情感的反复咏吟当成了合理的正常的追求,而不再把叙述和说明当作唯一的目的。在《这是一个怯懦的世界》《苏苏》《我来扬子江边买一把莲蓬》《半夜深巷琵琶》等篇中,诗人如怨如艾地诉说着对爱人的思念,对世俗世界中纯美爱情的向往,这是"为爱所煎熬,略返凝静,所作的低诉;柔软的调子中交织着热情,得到一种近于神奇的完美"。②无怪乎朱湘要说情诗是徐志摩的本色当行。

徐志摩的诗歌情感浓烈却不泛滥,形式灵活多变又显得节制简洁,他在押韵和长短句的处理上是很讲究技巧的。当时的白话诗坛深受胡适"作诗如作文"思维的影响,倡导"有什么话,说什么话;话怎么说,就怎么说。"③ 诗歌创作朝着偏离了诗歌本体的"散文化"方向走,造成了诗歌的尚直白、少含蕴的滥情主义和感伤主义。以徐志摩和闻一多为代表的新月派诗人,面对的就是这样一种有待"建设"的新诗。只有"明白了诗的生命是在它的内在的音节的道理,我们才能领会到诗的真正的趣味;不论思想怎样高尚,情绪怎样热烈,你得拿来彻底的'音乐化'(那就是诗化),才能取得诗的认识"(《诗刊放假》)。所以徐志摩一直努力地翻译、介绍并亲身实验西方诗歌的格律和体式。他吸收了外国"商籁体"在循环往复中暗蓄着递进和变化

---

① 朱自清《中国新文学大系·诗集·序言》,上海文艺出版社。
② 沈从文《论徐志摩的诗》,《沈从文文集》,花城出版社。
③ 胡适《建设的文学革命论》,《中国新文学大系·建设理论集》,上海文艺出版社。

的特点,又根据情感的轻疏缓急巧妙地安排句式的长短,不仅在外部形式上体现了抒情诗的匀齐和错落有致,更使诗作富于节奏感和内在的韵律美。他的有些诗,像《海韵》,在每一节的开头用相近的句式反复咏叹:"女郎,单身的女郎","女郎,散发的女郎","女郎,大胆的女郎!""女郎回家吧,女郎!""女郎,在那里,女郎?"悠悠地诉说了一个单身女郎在海边徘徊——歌唱——急舞——被淹——消失的故事。这种曲谱式的复沓变奏,缠绵悱恻,一唱三叹,意象和情感在出发、展开和逆回的过程中得到了新的加强,在抒情高潮中表达了诗人对美好事物消亡的惋惜之情。他们实验西方格律和体式的努力虽然不能完全纠正诗坛的散漫诗风,但"至少在当时起了一种澄清的作用,使大家认为诗并不是那么容易作,对创作应该抱有一种严肃的态度"。① 从诗艺的更深层的角度来看,新诗格律化追求的意义,正在于把诗人的才情疏导向艺术的方向,使之转化为美的形式和韵律,使诗的内容及形式双方表现出美的力量,成为一种完美的艺术。它帮助诗人控制情感和意义的运行速度,掌握形式和韵律的有规则变化,也给读者不断期待和寻觅诗意、诗美搭建了桥梁。正是在对格律的追求中,徐志摩从一个自发的诗人变成了一个自觉的诗人。

但是,徐志摩没有闻一多那么精密,那么冷静,他有着自觉的格律追求却又不被格律所限制,他是在"诗感""诗意"的基础上处理诗歌的音节,从而获得一种基于言语本身的、节奏变化与感情起伏和谐一致的音乐美。比之前期《康桥再会罢》的散漫、平铺直叙,后期的《再别康桥》正是因了曲折幽深的意境、低吟回环的节奏、整饬的形式、周密的技巧和严整的格律而被一代代地传诵下去,成为名篇佳作。徐志摩的诗作正是在对音乐性的探索、在对格律的追求上显示了它对初期白话诗的贡献。从这个意义上理解茅盾所说的"圆熟的

---

① 王瑶《中国新文学史稿》,上海文艺出版社。

外形,配着淡到几乎没有的内容,而且这淡极了的内容也不外乎感伤的情绪,——轻烟似的微哀,神秘的象征的依恋感喟追求",似乎更能理解徐志摩这个"末代诗人"在中国诗坛上的地位和意义。

"跳着溅着不舍昼夜的一道生命水"

> 我是个好动的人:每回我身体行动的时候,我的思想也仿佛就跟着跳荡。……我爱动,爱看动的事物,……不论是什么性质,就是我的兴趣,我的灵感。是动就会催快我的呼吸,加添我的生命。

这是徐志摩在《自剖》一文中的自我表白。

"好动""易动",是徐志摩的突出特点,朱自清说"他是跳着溅着不舍昼夜的一道生命水","他让你觉着世上的一切都是活泼的,鲜明的"。[①] 他的心无时无刻不处在与外物的动态感应中,他的情绪也常常因此而起波动,这种"动"的意识一旦融入创作中,就会在作者的笔下展现出一个灵活开阔的视野。

徐志摩是带着诗人的情绪的狂放和个性的张扬闯进散文的园地的。作为一个诗人,虽然他生前身后都遭人诟病,但他的诗在中国现代文学史上的地位却早已确立。陈梦家在《新月诗选·序言》中说:"从前于新诗始终不懈怠,以柔美流丽的抒情诗最为许多人喜欢并赞美的,那位投身于新诗园里耕耘最长久最勤快的,是徐志摩。"[②]茅盾虽然在当时尖锐地批评徐志摩是"发展到最后一阶段的现代布尔乔亚诗人"[③],但还是承认他的诗歌自成一格,而且在半个世纪后的回

---

① 朱自清《中国新文学大系·诗集·序言》,上海文艺出版社。
② 陈梦家《新月诗选·序言》,上海新月书店。
③ 茅盾《徐志摩论》,顾永棣编《徐志摩诗全编·附录》,浙江文艺出版社。

忆录中对徐志摩的地位做了相当的肯定。徐志摩的诗情、他的诗人的名头和由此引起的文坛的争端掩盖了他在其他文体上的成就。人们习惯于把徐志摩称为"诗人",而认为散文只是他的一种副业。卞之琳在新时期对徐志摩的诗歌进行了重新评价,充分肯定了他的诗作思想上的"可贵"和形式上的"圆熟",但却认为:"徐志摩在新文学史上作为散文家的地位似乎还有待确认。""徐志摩被誉为'富丽'的不少散文作品,固然也'眩人眼目',可惜首先就不成其为'楼台'。"①

其实,"不成楼台"却又"眩人眼目"正是徐志摩散文的魅力所在。他曾在《迎上前去》中说:"我是一只没笼头的野马。"他"跳着溅着不舍昼夜"的品格充分地体现在散文创作中。他的散文是开放性的、流动的,是跑"野马",常常将思绪放飞得老远,让它任意翱翔,再信手拈来,落笔成章。看似非常随意,不成楼台,实则是畅流不息、行云流水,自有一番风味和情调。

梁实秋认为,亲切自然,颇有"闲话"的风格是徐志摩的散文给人的第一印象。他的散文常常直接跟"你"对话,带"你"去领略康桥的美,带"你"去山中独居,带"你"返归自然、释放灵性:

> 你要发见你的朋友的"真",你得有与他单独的机会。你要发见你的真,你得给你自己一个单独的机会。你要发见一个地方(地方一样有灵性),你也得有单独玩的机会。
> ——《我所知道的康桥》

> 作客山中的妙处,尤在你永不须踌躇你的服色与体态;你不妨摇曳着一头的蓬草,不妨纵容你满腮的苔藓;你爱穿什么就穿什么;……你再不必提心整理你的领结,你尽可以

---

① 卞之琳《徐志摩选集·序》,人民文学出版社。

不用领结,……但最要紧的是穿上你最旧的旧鞋……

——《翡冷翠山居闲话》

作者悠悠道来,语气悠闲纡徐,从容自适,像是和多年好友在饭后茶余谈天说地,率性自然,惬意无比!而文章要写得这般"亲热",却是一件不易之事,"必须一个人的内心有充实的生命力,然后笔锋上的情感才能逼人而来"。①梁实秋无疑是看到了徐志摩散文的内质之美。生命强力的震撼使作家内力充盈,思路开阔不羁,善于浑然忘我地抒写心中的世界、胸中的情思,在轻飘流利中带有冥思的气质。读徐志摩的散文,能在不经意的字里行间读出作家饱满高涨的文气,读出他与众不同的才华。他时而用欧化的长句,将文章的节奏放慢、拉长,时而用参差错落的短句表达热烈急促的感情,一张一弛,快慢相间,在句与句、段与段的衔接处制造了一种富于弹性的气韵,把读者的感受驻留在丰富的想象、撩人的情思和文本的旋律中。正是靠着这种充沛的文气,这种跌宕酣畅的笔势,他"可以把别人习以为常的场景写得奇艳诡异,在他人可能无话可说的地方,他却可以说得天花乱坠,让你目不暇接,并不觉其冗繁而取得曲径通幽奇岳揽胜之效"。"徐志摩便是在这里站在了五四散文大家的位置上。"②

徐志摩在散文的天地里酣畅淋漓地跑"野马",他的文章看似潇洒随意,其实"永远是用心写的"③。他在《轮盘》的自序里说:"我敢说我确是有愿心把文章当作文章写的一个人。"徐志摩以其独特的风格丰富了"五四"时期灿若星河的散文创作,在散文的天地里占据了一席之地。他的友人叶公超、梁实秋等都对他的散文评价很高,就连

---

① 梁实秋《谈徐志摩的散文》,《徐志摩选集·附录》,台北黎明文化事业股份有限公司。
② 谢冕《短暂的久远》(序二),《徐志摩名作欣赏》。
③ 梁实秋《谈徐志摩的散文》,《徐志摩选集·附录》,台北黎明文化事业股份有限公司。

当时的左翼作家阿英,也认为徐志摩的散文应该作为一个独立的体系进行评论。

缘灭:"像是春光,火焰,像是热情"

1931年11月19日,徐志摩乘飞机从南京回北平,飞机飞抵济南附近党家庄时,因天雨雾大,误触开山山顶,当即坠落山下。年仅三十五岁的徐志摩就这样在一场大火中"翩翩的在空际云游"了。

徐志摩一生交游甚广,思想驳杂。他是一个一直"想飞"的人:"阿飞!……要飞就得满天飞,风拦不住云挡不住的飞,一翅膀就跳过一座山头,影子下来遮得阴二十亩稻田的飞,到天晚飞倦了就来绕着那塔顶尖顺着风向打圆圈做梦……"(《想飞》)他向往云天外的世界,憧憬纯洁美好的生活。他一生都在梦想着"飞翔"——"飞飏,飞飏,飞飏,——你看,我有我的方向!"(《雪花的快乐》);他一生都在实践着他的"飞翔"——热烈地追求纯真的爱情、个人的自由和至上的美,激烈地批判黑暗的现实。"妄想在这流动的人生里发见一些不变的价值,在这打谎的世上寻出一些不磨灭的真,在我这灵魂的冒险是生命核心里的意义"(《迎上前去》)。他像自己笔下的"黄鹂"——"艳异照亮了浓密",而当我们静着望,等候他唱,他却——

> 冲破浓密,化一朵彩云;
> 它飞了,不见了,没了——
> 像是春光,火焰,像是热情。

他飞了,不见了,没了——

而我们,唯有长久长久地,借着他"如飞"的诗文,走进他的世界,走进他"灵魂的冒险"。

诗歌编

这是一个懦怯的世界

这是一个懦怯的世界,
　容不得恋爱,容不得恋爱!
披散你的满头发,
赤露你的一双脚;
　跟着我来,我的恋爱,
抛弃这个世界
殉我们的恋爱!

我拉着你的手,
爱,你跟着我走;
　听凭荆棘把我们的脚心刺透,
　听凭冰雹劈破我们的头,
你跟着我走,
我拉着你的手,
　逃出了牢笼,恢复我们的自由!
　跟着我来,
　我的恋爱!
人间已经掉落在我们的后背,——
看呀,这不是白茫茫的大海?
白茫茫的大海,
白茫茫的大海,
　无边的自由,我与你与恋爱!

顺着我的指头看,
那天边一小星的蓝——
　那是一座岛,岛上有青草,
　鲜花,美丽的走兽与飞鸟;
快上这轻快的小艇,
去到那理想的天庭——
　恋爱,欢欣,自由——辞别了人间,永远!

我有一个恋爱

我有一个恋爱,
我爱天上的明星,
我爱他们的晶莹:——
　　人间没有这异样的神明!

在冷峭的暮冬的黄昏,
在寂寞的灰色的清晨,
在海上,在风雨后的山顶:——
　　永远有一颗,万颗的明星!

山涧边小草花的知心,
高楼上小孩童的欢欣,
旅行人的灯亮与南针:——
　　万万里外闪烁的精灵!

我有一个破碎的魂灵,
像一堆破碎的水晶,
散布在荒野的枯草里:——
　　饱啜你一瞬瞬的殷勤。

人生的冰激与柔情,
我也曾尝味,我也曾容忍;
有时阶砌下蟋蟀的秋吟:——
　　引起我心伤,逼迫我泪零。

我袒露我的坦白的胸襟，
　献爱与一天的明星；
任凭人生是幻是真，
地球存在或是消泯：——
　天空中永远有不昧的明星！

去　　罢

去罢，人间，去罢！
　我独立在高山的峰上；
去罢，人间，去罢！
　我面对着无极的穹苍。

去罢，青年，去罢！
　与幽谷的香草同埋；
去罢，青年，去罢！
　悲哀付与暮天的群鸦。

去罢，梦乡，去罢！
　我把幻景的玉杯摔破；
去罢，梦乡，去罢！
　我笑受山风与海涛之贺。

去罢，种种，去罢！
　当前有插天的高峰！
去罢，一切，去罢！
　当前有无穷的无穷！

为要寻一个明星

我骑着一匹拐腿的瞎马,
　向着黑夜里加鞭;——
　向着黑夜里加鞭,
我跨着一匹拐腿的瞎马。

我冲入这黑绵绵的昏夜,
　为要寻一颗明星;——
　为要寻一颗明星,
我冲入这黑茫茫的荒野。

累坏了,累坏了我胯下的牲口,
　那明星还不出现;——
　那明星还不出现,
累坏了,累坏了马鞍上的身手。
这回天上透出了水晶似的光明,
　荒野里倒着一只牲口,
　黑夜里躺着一具尸首。——
这回天上透出了水晶似的光明!

沙扬娜拉十八首

我记得扶桑海上的朝阳,
　　黄金似的散布在扶桑的海上;
我记得扶桑海上的群岛,
　　翡翠似的浮沤在扶桑的海上——
　　　　沙扬娜拉!

趁航在轻涛间,悠悠的,
　　我见有一星星古式的渔舟,
像一群无忧的海鸟,
　　在黄昏的波光里息羽优游,
　　　　沙扬娜拉!

这是一座墓园;谁家的墓园
　　占尽这山中的清风,松馨与流云?
我最不忘那美丽的墓碑与碑铭,
　　墓中人生前亦有山风与松馨似的清明——
　　　　沙扬娜拉!
　　　　　　(神户山中墓园)

听几折风前的流莺,
　　看阔翅的鹰鹞穿度浮云,
我倚着一本古松瞑瞋:

问墓中人何似墓上人的清闲?——
　　沙扬娜拉!
　　　　(神户山中墓园)

健康,欢欣,疯魔,我羡慕
　　你们同声的欢呼"阿罗呀嗏!"
我欣幸我参与这满城的花雨,
　　连翩的蛱蝶飞舞,"阿罗呀嗏!"
　　　　沙扬娜拉!
　　　　　　(大阪典祝)

增添我梦里的乐音——便如今——
　　一声声的木屐,清脆,新鲜,殷勤,
又况是满街艳丽的灯影,
　　灯影里欢声腾跃,"阿罗呀嗏!"
　　　　沙扬娜拉!
　　　　　　(大阪典祝)

仿佛三峡间的风流,
　　保津川有青嶂连绵的锦绣;
仿佛三峡间的险巇,
　　飞沫里趁急矢似的扁舟——
　　　　沙扬娜拉!
　　　　　　(保津川急湍)

度一关湍险,驶一段清涟,
　　清涟里有青山的倩影;
撑定了长篙,小驻在波心,
　　波心里看闲适的鱼群——

沙扬娜拉!
　　（同前）

静!且停那桨声胶爱,
　听青林里嘹亮的欢欣,
是画眉,是知更?像是滴滴的香液,
　滴入我的苦渴的心灵——
　　沙扬娜拉!
　　（同前）

"乌塔":莫讪笑游客的疯狂,
　舟人,你们享尽山水的清幽,
喝一杯"沙鸡",朋友,共醉风光,
　"乌塔,乌塔!"山灵不嫌粗鲁的歌喉——
　　沙扬娜拉!
　　（同前）

我不辨——辨亦无须——这异样的歌词,
　像不逞的波澜在岩窟间吽嘶,
像衰老的武士诉说壮年时的身世,
　"乌塔,乌塔!"我满怀滟滟的遐思——
　　沙扬娜拉!
　　（同前）

那是杜鹃!她绣一条锦带,
　迤逦着那青山的青麓;
阿,那碧波里亦有她的芳躅,
　碧波里掩映着她桃蕊似的娇怯——
　　沙扬娜拉!

(同前)

但供给我沈酣的陶醉,
　　不仅是杜鹃花的幽芳;
倍胜于娇柔的杜鹃,
　　最难忘更娇柔的女郎!
　　　　沙扬娜拉!

我爱慕她们体态的轻盈,
　　妩媚是天生,妩媚是天生!
我爱慕她们颜色的调匀,
　　蛱蝶似的光艳,蛱蝶似的轻盈——
　　　　沙扬娜拉!

不辜负造化主的匠心,
　　她们流眄中有无限的殷勤;
比如薰风与花香似的自由,
　　我餐不尽她们的笑靥与柔情——
　　　　沙扬娜拉!

我是一只幽谷里的夜蝶:
　　在草丛间成形,在黑暗里飞行,
我献致我翅羽上美丽的金粉,
　　我爱恋万万里外闪亮的明星——
　　　　沙扬娜拉!

我是一只酣醉了的花蜂:
　　我饱啜了芬芳,我不讳我的猖狂;
如今,在归途上嘤嗡着我的小嗓,

想赞美那别样的花酿，我曾经恣尝——
　　沙扬娜拉！

最是那一低头的温柔，
　像一朵水莲花不胜凉风的娇羞，
道一声珍重，道一声珍重，
　那一声珍重里有蜜甜的忧愁——
　　沙扬娜拉！

残　诗

怨谁？怨谁？这不是青天里打雷？
关着，锁上；赶明儿瓷花砖上堆灰！
别瞧这白石台阶儿光滑，赶明儿，唉，
石缝里长草，石板上青青的全是莓！
那廊下的青玉缸里养着鱼，真凤尾，
可还有谁给换水，谁给捞草，谁给喂？
要不了三五天准翻着白肚鼓着眼，
不浮着死，也就让冰分儿压一个扁！
顶可怜是那几个红嘴绿毛的鹦哥，
让娘娘教得顶乖，会跟着洞箫唱歌，
真娇养惯，喂食一迟，就叫人名儿骂，
现在，您叫去！就剩空院子给您答话！……

石虎胡同七号

我们的小园庭，有时荡漾着无限温柔；
善笑的藤娘，袒酥怀任团团的柿掌绸缪，
百尺的槐翁，在微风中俯身将棠姑抱搂，
黄狗在篱边，守候睡熟的珀儿，他的小友，
小雀儿新制求婚的艳曲，在媚唱无休——
我们的小园庭，有时荡漾着无限温柔。

我们的小园庭，有时淡描着依稀的梦景；
雨过的苍茫与满庭荫绿，织成无声幽暝，
小蛙独坐在残兰的胸前，听隔院蚓鸣，
一片化不尽的雨云，倦展在老槐树顶，
掠檐前作圆形的舞旋，是蝙蝠，还是蜻蜓？——
我们的小园庭，有时淡描着依稀的梦景。

我们的小园庭，有时轻喟着一声奈何；
奈何在暴雨时，雨捶下捣烂鲜红无数，
奈何在新秋时，未凋的青叶惆怅地辞树，
奈何在深夜里，月儿乘云艇归去，西墙已度，
远巷薤露的乐音，一阵阵被冷风吹过——
我们的小园庭，有时轻喟着一声奈何。

我们的小园庭，有时沈浸在快乐之中；

雨后的黄昏，满院只美荫，清香与凉风，
大量的蹇翁，巨樽在手，蹇足直指天空，
一斤，两斤，杯底喝尽，满怀酒欢，满面酒红，
连珠的笑声中，浮沈着神仙似的酒翁——
我们的小园庭，有时沈浸在快乐之中。

月下雷峰影片

我送你一个雷峰塔影,
　满天稠密的黑云与白云;
我送你一个雷峰塔顶,
　明月泻影在眠熟的波心。

深深的黑夜,依依的塔影,
　团团的月彩,纤纤的波鳞——
假如你我荡一支无遮的小艇,
　假如你我创一个完全的梦境!

沪杭车中

　　匆匆匆！催催催！
一卷烟，一片山，几点云影，
一道水，一条桥，一支橹声，
一林松，一丛竹，红叶纷纷；

　　艳色的田野，艳色的秋景，
梦境似的分明，模糊，消隐——
　　催催催！是车轮还是光阴？
催老了秋容，催老了人生！

默 境

十二月八日与 KY 及 SP 同游西山灵寺僧家,时暮霭已苍,风籁噤寂,抚摩碑碣,仰看长松,彼此忽不期缄默,游神有顷,此中消息,非亲身经历者,孰能领会,因作长句,以问我友焉。徐志摩附识。

我友,记否那西山的黄昏,
钝氲里透出的紫霭红晕,
漠沈沈,黄沙弥望,恨不能
登山顶,饱餐西陲的菁英,
全仗你吊古殷勤,趋别院,
度边门,惊起了卧犬狰狞,
墓庭的光景,却别是一味
苍凉,别是一番苍凉境地:
我手剔生苔碑碣,看冢里
僧骸是何年何代,你轻踹
生苔庭砖,细数松针几枚;
不期间彼此缄默的相对,
僵立在寂静的墓庭墙外,
同化于自然的宁静,默辨
静里深蕴着普遍的义韵;
我注目在墙畔一穗枯草,
听邻庵经声,听风抱树梢,

听落叶,冻鸟零落的音调,
心定如不波的湖,却又教
连珠似的潜思泛破,神凝
如千年僧骸的尘埃,却又
被静的底里的热焰熏点;

我友,感否这柔韧的静里,
蕴有钢似的迷力,满充着
悲哀的况味,阐悟的几微,
此中不分春秋,不辨古今,
生命即寂灭,寂灭即生命,
在这无终始的洪流之中,
难得素心人悄然共游泳;
纵使阐不透这凄伟的静,
我也怀抱了这静中涵濡,
温柔的心灵;我便化野鸟
飞去,翅羽上也永远染了
欢欣的光明,我便向深山
去隐,也难忘你游目云天,
游神象外的 Transfiguration。

我友!知否你妙目——漆黑的
圆睛——放射的神辉,照彻了
我灵府的奥隐,恍如昏夜
行旅,骤得了明灯,刹那间
周遭转换,涌现了无量数
理想的楼台,更不见墓园
风色,再不闻衰冬吁喟,但
见玫瑰丛中,青春的舞蹈

与欢容,只闻歌颂青春的
谐乐与欢惊; ——
　　　　　轻捷的步履,
你永向前领,欢乐的光明,
你永向前引:我是个崇拜
青春、欢乐与光明的灵魂。

叫化活该

"行善的大姑,修好的爷,"
　　西北风尖刀似的猛刺着他的脸,
"赏给我一点你们吃剩的油水吧!"
　　一团模糊的黑影,捱紧在大门边。

"可怜我快饿死了,发财的爷,"
　　大门内有欢笑,有红炉,有玉杯;
"可怜我快冻死了,有福的爷,"
　　大门外西北风笑说,"叫化活该!"

我也是战栗的黑影一堆,
　　蠕伏在人道的前街;
我也只要一些同情的温暖,
　　遮掩我的剐残的余骸——
但这沈沈的紧闭的大门:谁来理睬;
街道上只冷风的嘲讽,"叫化活该!"

她是睡着了

　　她是睡着了——
星光下一朵斜欹的白莲；
　　她入梦境了——
香炉里袅起一缕碧螺烟。

　　她是眠熟了——
涧泉幽抑了喧响的琴弦；
　　她在梦乡了——
粉蝶儿，翠蝶儿，翻飞的欢恋。

　　停匀的呼吸：
清芬，渗透了她的周遭的清氛；
　　有福的清氛
怀抱着，抚摩着，她纤纤的身形！
　　奢侈的光阴！
静，沙沙的尽是闪亮的黄金，
　　平铺着无垠，
波鳞间轻漾着光艳的小艇。

　　醉心的光景：
给我披一件彩衣，啜一坛芳醴，
　　折一支藤花，

舞,在葡萄丛中颠倒,昏迷。

　　看呀,美丽!
三春的颜色移上了她的香肌,
　　是玫瑰,是月季,
是朝阳里的水仙,鲜妍,芳菲!

　　梦底的幽秘,
挑逗着她的心——纯洁的灵魂——
　　像一只蜂儿,
在花心恣意的唐突——温存。

　　童真的梦境!
静默,休教惊断了梦神的殷勤;
　　抽一丝金络,
抽一丝银络,抽一丝晚霞的紫曛;

　　玉腕与金梭,
织缣似的精审,更番的穿度——
　　化生了彩霞,
神阙,安琪儿的歌,安琪儿的舞。

　　可爱的梨涡,
解释了处女的梦境的欢喜,
　　像一颗露珠,
颤动的,在荷盘中闪耀着晨曦!

落叶小唱

一阵声响转上了阶沿,
(我正挨近着梦乡边;)
这回准是她的脚步了,我想——
　　在这深夜!

一声剥啄在我的窗上,
(我正靠紧着睡乡旁;)
这准是她来闹着玩——你看,
　　我偏不张皇!

一个声息贴近我的床,
我说(一半是睡梦,一半是迷惘):——
"你总不能明白我,你又何苦
　　多叫我心伤!"

一声喟息落在我的枕边,
(我已在梦乡里留恋;)
"我负了你!"你说——你的热泪
　　烫着我的脸!

这音响恼着我的梦魂,
(落叶在庭前舞,一阵,又一阵;)
梦完了,阿,回复清醒;恼人的——
　　却只是秋声!

雪花的快乐

假如我是一朵雪花,
翩翩的在半空里潇洒,
　我一定认清我的方向——
　　飞飏,飞飏,飞飏,——
这地面上有我的方向。

不去那冷寞的幽谷,
不去那凄清的山麓,
　也不上荒街去惆怅——
　　飞飏,飞飏,飞飏,——
你看,我有我的方向!

在半空里娟娟的飞舞,
认明了那清幽的住处,
　等着她来花园里探望——
　　飞飏,飞飏,飞飏,——
阿,她身上有朱砂梅的清香!

那时我凭藉我的身轻,
盈盈的,沾住了她的衣襟,
　贴近她柔波似的心胸——
　　消溶,消溶,消溶——
溶入了她柔波似的心胸!

康桥再会罢

康桥,再会罢;
我心头盛满了别离的情绪,
你是我难得的知己,我当年
辞别家乡父母,登太平洋去,
(算来一秋二秋,已过了四度
春秋,浪迹在海外,美土欧洲)
扶桑风色,檀香山芭蕉况味,
平波大海,开拓我心胸神意,
如今都变了梦里的山河,
渺茫明灭,在我灵府的底里;
我母亲临别的泪痕,她弱手
向波轮远去送爱儿的巾色,
海风咸味,海鸟依恋的雅意,
尽是我记忆的珍藏,我每次
摩按,总不免心酸泪落,便想
理箧归家,重向母怀中匐伏,
回复我天伦挚爱的幸福;
我每想人生多少跋涉劳苦,
多少牺牲,都只是枉费无补,
我四载奔波,称名求学,毕竟
在知识道上,采得几茎花草,
在真理山中,爬上几个峰腰,

钧天妙乐，曾否闻得，彩红色，
可仍记得？——但我如何能回答？
我但自熹楼高车快的文明，
不曾将我的心灵污抹，今日
我对此古风古色，桥影藻密，
依然能坦胸相见，惺惺惜别。

康桥，再会罢！
你我相知虽迟，然这一年中
我心灵革命的怒潮，尽冲泻
在你妩媚河身的两岸，此后
清风明月夜，当照见我情热
狂溢的旧痕，尚留草底桥边，
明年燕子归来，当记我幽叹
音节，歌吟声息，缦烂的云纹
霞彩，应反映我的思想情感，
此日撒向天空的恋意诗心，
赞颂穆静腾辉的晚景，清晨
富丽的温柔；听！那和缓的钟声
解释了新秋凉绪，旅人别意，
我精魂腾耀，满想化入音波，
震天彻地，弥盖我爱的康桥，
如慈母之于睡儿，缓抱软吻；
康桥！汝永为我精神依恋之乡！
此去身虽万里，梦魂必常绕
汝左右，任地中海疾风东指，
我亦必纡道西回，瞻望颜色；
归家后我母若问海外交好，
我必首数康桥；在温清冬夜

腊梅前，再细辨此日相与况味；
设如我星明有福，素愿竟酬，
则来春花香时节，当复西航，
重来此地，再检起诗针诗线，
绣我理想生命的鲜花，实现
年来梦境缠绵的销魂踪迹，
散香柔韵节，增媚河上风流；
故我别意虽深，我愿望亦密，
昨宵明月照林，我已向倾吐
心胸的蕴积，今晨雨色凄清，
小鸟无欢，难道也为是怅别
情深，累藤长草茂，涕泪交零！

康桥！山中有黄金，天上有明星，
人生至宝是情爱交感，即使
山中金尽，天上星散，同情还
永远是宇宙间不尽的黄金，
不昧的明星；赖你和悦宁静
的环境，和圣洁欢乐的光阴，
我心我智，方始经爬梳洗涤，
灵苗随春草怒生，沐日月光辉，
听自然音乐，哺啜古今不朽
——强半汝亲栽育——的文艺精英：
恍登万丈高峰，猛回头惊见
真善美浩瀚的光华，覆翼在
人道蠕动的下界，朗然照出
生命的经纬脉络，血赤金黄，
尽是爱主恋神的辛勤手绩；
康桥！你岂非是我生命的泉源？

你惠我珍品，数不胜数；最难忘
骞士德顿桥下的星磷坝乐，
弹舞殷勤，我常夜半凭阑干，
倾听牧地黑野中倦牛夜嚼，
水草间鱼跃虫噬，轻挑静寞；
难忘春阳晚照，泼翻一海纯金，
淹没了寺塔钟楼，长垣短堞，
千百家屋顶烟突，白水青山，
难忘茂林中老树纵横；巨干上
黛薄荼青，却教斜刺的朝霞，
抹上些微胭脂春意，忸怩神色；
难忘七月的黄昏，远树凝寂，
像墨泼的山形，衬出轻柔暝色，
密稠稠，七分鹅黄，三分橘绿，
那妙意只可去秋梦边缘捕捉；
难忘榆荫中深宵清啭的诗禽，
一腔情热，教玫瑰噙泪点首，
满天星环舞幽吟，款住远近
浪漫的梦魂，深深迷恋香境；
难忘村里姑娘的腮红颈白；
难忘屏绣康河的垂柳婆娑，
婀娜的克莱亚，硕美的校友居；
——但我如何能尽数，总之此地
人天妙合，虽微如寸芥残垣，
亦不乏纯美精神；流贯其间，
而此精神，正如宛次宛士所谓
"通我血液，浃我心脏"，有"镇驯
矫饬之功；"我此去虽归乡土，
而临行怫怫，转若离家赴远；

康桥！我故里闻此，能弗怨汝
僭爱，然我自有谠言代汝答付；
我今去了，记好明春新杨梅
上市时节，盼望我含笑归来，
再见罢，我爱的康桥！

翡冷翠的一夜

你真的走了,明天?那我,那我,……
你也不用管,迟早有那一天;
你愿意记着我,就记着我,
要不然趁早忘了这世界上
有我,省得想起时空着恼,
只当是一个梦,一个幻想;
只当是前天我们见的残红,
怯怜怜的在风前抖擞,一瓣,
两瓣,落地,叫人踩,变泥……
唉,叫人踩,变泥——变了泥倒干净,
这半死不活的才叫是受罪,
看着寒伧,累赘,叫人白眼——
天呀!你何苦来,你何苦来……
我可忘不了你,那一天你来,
就比如黑暗的前途见了光彩,
你是我的先生,我爱,我的恩人,
你教给我甚么是生命,甚么是爱,
你惊醒我的昏迷,偿还我的天真,
没有你我那知道天是高,草是青?
你摸摸我的心,它这下跳得多快;
再摸我的脸,烧得多焦,亏这夜黑
看不见;爱,我气都喘不过来了,

别亲我了；我受不住这烈火似的活,
这阵子我的灵魂就像是火砖上的
熟铁,在爱的锤子下,砸,砸,火花
四散的飞洒……我晕了,抱着我,
爱,就让我在这儿清静的园内,
闭着眼,死在你的胸前,多美！
头顶白杨树上的风声,沙沙的,
算是我的丧歌,这一阵清风,
橄榄林里吹来的,带着石榴花香,
就带了我的灵魂走,还有那萤火,
多情的殷勤的萤火,有他们照路,
我到了那三环洞的桥上再停步,
听你在这儿抱着我半暖的身体,
悲声的叫我,亲我,摇我,咂我；……
我就微笑的再跟着清风走,
随他领着我,天堂,地狱,那儿都成,
反正丢了这可厌的人生,实现这死
在爱里,这爱中心的死不强如
五百次的投生？……自私,我知道,
可我也管不着……你伴着我死？
什么,不成双就不是完全的"爱死",
要飞升也得两对翅膀儿打伙,
进了天堂还不一样的要照顾,
我少不了你,你也不能没有我；
要是地狱,我单身去你更不放心,
你说地狱不定比这世界文明
（虽则我不信,）像我这娇嫩的花朵,
难保不再遭风暴,不叫雨打,
那时候我喊你,你也听不分明,——

那不是求解脱反投进了泥坑，
倒叫冷眼的鬼串通了冷心的人，
笑我的命运，笑你懦怯的粗心？
这话也有理，那叫我怎么办呢？
活着难，太难，就死也不得自由，
我又不愿你为我牺牲你的前程……
唉！你说还是活着等，等那一天！
有那一天吗？——你在，就是我的信心；
可是天亮你就得走，你真的忍心
丢了我走？我又不能留你，这是命；
但这花，没阳光晒，没甘露浸，
不死也不免瓣尖儿焦萎，多可怜！
你不能忘我，爱，除了在你的心里，
我再没有命；是，我听你的话，我等，
等铁树儿开花我也得耐心等；
爱，你永远是我头顶的一颗明星：
要是不幸死了，我就变一个萤火，
在这园里，挨着草根，暗沈沈的飞，
黄昏飞到半夜，半夜飞到天明，
只愿天空不生云，我望得见天，
天上那颗不变的大星，那是你，
但愿你为我多放光明，隔着夜，
隔着天，通着恋爱的灵犀一点……

    六月十一日，一九二五年翡冷翠山中

呻吟语

我亦愿意赞美这神奇的宇宙,
我亦愿意忘却了人间有忧愁,
　　像一只没挂累的梅花雀,
　　清朝上歌唱,黄昏时跳跃;——
假如她清风似的常在我的左右!

我亦想望我的诗句清水似的流,
我亦想望我的心池鱼似的悠悠;
　　但如今膏火是我的心,
　　再休问我闲暇的诗情?——
上帝!你一天不还她生命与自由!

偶　　然

我是天空里的一片云，
偶尔投影在你的波心——
　　你不必讶异，
　　更无须欢喜——
在转瞬间消灭了踪影。

你我相逢在黑夜的海上，
你有你的，我有我的，方向；
　　你记得也好，
　　最好你忘掉，
在这交会时互放的光亮！

我来扬子江边买一把莲蓬

我来扬子江边买一把莲蓬；
　　手剥一层层莲衣，
　　看江鸥在眼前飞，
　　忍含着一眼悲泪——
我想着你,我想着你,阿小龙！

我尝一尝莲瓢,回味曾经的温存：——
　　那阶前不卷的重帘,
　　掩护着同心的欢恋,
　　我又听着你的盟言,
"永远是你的,我的身体,我的灵魂。"

我尝一尝莲心,我的心比莲心苦；
　　我长夜里怔忡,
　　挣不开的恶梦,
　　谁知我的苦痛？
你害了我,爱,这日子叫我如何过？

但我不能责你负,我不忍猜你变,
　　我心肠只是一片柔：
　　你是我的！我依旧
　　将你紧紧的抱搂——
除非是天翻——但谁能想像那一天？

客　中

今晚天上有半轮的下弦月；
　　我想携着她的手
　　往明月多处走——
一样是清光，我说，圆满或残缺。

园里有一树开剩的玉兰花；
　　她有的是爱花癖，
　　我爱看她的怜惜——
一样是芬芳，她说，满花与残花。

浓荫里有一只过时的夜莺；
　　她受了秋凉，
　　不如从前浏亮——
快死了，她说，但我不悔我的痴情！

但这莺，这一树花，这半轮月——
　　我独自沈吟，
　　对着我的身影——
她在那里，阿，为什么伤悲，凋谢，残缺？

半夜深巷琵琶

又被它从睡梦中惊醒,深夜里的琵琶!
　　是谁的悲思,
　　是谁的手指,
像一阵凄风,像一阵惨雨,像一阵落花,
　　在这夜深深时,
　　在这睡昏昏时,
挑动着紧促的弦索,乱弹着宫商角徵,
　　和着这深夜,荒街,
　　柳梢头有残月挂,
阿,半轮的残月,像是破碎的希望,给他
　　头戴一顶开花帽,
　　身上带着铁链条,
在光阴的道上疯了似的跳,疯了似的笑,
　　完了,他说,吹糊你的灯,
　　她在坟墓的那一边等,
等你去亲吻,等你去亲吻,等你去亲吻!

最后的那一天

在春风不再回来的那一年,
在枯枝不再青条的那一天,
　那时间天空再没有光照,
　只黑蒙蒙的妖氛弥漫着:
太阳,月亮,星光死去了的空间;

在一切标准推翻的那一天,
在一切价值重估的那时间,
　暴露在最后审判的威灵中,
　一切的虚伪与虚荣与虚空:
赤裸裸的灵魂们匍匐在主的跟前;——

我爱,那时间你我再不必张皇,
更不须声诉,辨冤,再不必隐藏,——
　你我的心,像一朵雪白的并蒂莲,
　在爱的青梗上秀挺,欢欣,鲜妍,——
在主的跟前,爱是唯一的荣光。

起造一座墙

你我千万不可亵渎那一个字,
别忘了在上帝跟前起的誓。
我不仅要你最柔软的柔情,
蕉衣似的永远裹着我的心;
我要你的爱有纯钢似的强,
在这流动的生里起造一座墙;
任凭秋风吹尽满园的黄叶,
任凭白蚁蛀烂千年的画壁;
就使有一天霹雳震翻了宇宙,——
也震不翻你我"爱墙"内的自由!

再不见雷峰

再不见雷峰,雷峰坍成了一座大荒冢,
　　顶上有不少交抱的青葱;
　　顶上有不少交抱的青葱,
再不见雷峰,雷峰坍成了一座大荒冢。

为什么感慨,对着这光阴应分的摧残?
　　世上多的是不应分的变态;
　　世上多的是不应分的变态,
发什么感慨,对着这光阴应分的摧残?

为什么感慨:这塔是镇压,这坟是掩埋,
　　镇压还不如掩埋来得痛快!
　　镇压还不如掩埋来得痛快,
发什么感慨:这塔是镇压,这坟是掩埋。

再没有雷峰,雷峰从此掩埋在人的记忆中:
　　像曾经的幻梦,曾经的爱宠;
　　像曾经的幻梦,曾经的爱宠,
再没有雷峰,雷峰从此掩埋在人的记忆中。

这年头活着不易

昨天我冒着大雨到烟霞岭下访桂:
　　南高峰在烟霞中不见,
　　在一家松茅铺的屋檐前
　　我停步,问一个村姑今年
翁家山的桂花有没有去年开的媚。

那村姑先对着我身上细细的端详:
　　活像只羽毛浸瘪了的鸟,
　　我心想,她定觉得蹊跷,
　　在这大雨天单身走远道,
倒来没来头的问桂花今年香不香。

"客人,你运气不好,来得太迟又太早:
　　这里就是有名的满家弄,
　　往年这时候到处香得凶,
　　这几天连绵的雨,外加风,
弄得这稀糟,今年的早桂就算完了。"

果然这桂子林也不能给我点子欢喜:
　　枝上只见焦萎的细蕊,

看着凄惨,唉,无妄的灾!
为什么这到处是憔悴?
这年头活着不易!这年头活着不易!

      西湖,九月

在哀克刹脱教堂前(Exeter)

这是我自己的身影,今晚间
 　　倒映在异乡教宇的前庭,——
一座冷峭峭森严的大殿,
 　　一个峭阴阴孤耸的身影。

我对着寺前的雕像发问:
 　　"是谁负责这离奇的人生?"
老朽的雕像瞅着我发愣,
 　　仿佛怪嫌这离奇的疑问。

我又转问那冷郁郁的大星,
 　　它正升起在这教堂的后背;
但它答我以嘲讽似的迷瞬,——
 　　在星光下相对,我与我的迷谜!

这时间我身旁的那棵老树,
 　　他荫蔽着战迹碑下的无辜,
幽幽的叹一声长气,像是
 　　凄凉的空院里凄凉的秋雨。

他至少有百余年的经验,
 　　人间的变幻他长短都见过;

生命的顽皮他也曾计数：
　　春夏间汹汹，冬季里婆娑。

他认识这镇上最老的前辈，
　　看他们受洗，长黄毛的婴孩；
看他们配偶，也在这教门内，——
　　最后看他们的名字上墓碑！

这半悲惨的趣剧他早经看厌，
　　他自身臃肿的残余更不沾恋，
因此他与我同心，发一阵叹息——
　　阿！我身影边平添了斑斑的落叶！

　　　　　　　　　　　一九二五年七月

海　韵

一

"女郎，单身的女郎：
　　你为什么留恋
　　这黄昏的海边？——
女郎，回家吧，女郎！"
"阿不；回家我不回，
　　我爱这晚风吹。"——
　　在沙滩上，在暮霭里，
有一个散发的女郎——
　　　　　　徘徊，徘徊。

二

"女郎，散发的女郎，
　　你为什么彷徨
　　在这冷清的海上？
女郎，回家吧，女郎！"
"阿不；你听我唱歌，
　　大海，我唱，你来和。"——
　　在星光下，在凉风里，

轻荡着少女的清音——
　　　　　高吟，低哦。

三

"女郎，胆大的女郎！
　那天边扯起了黑幕，
　这顷刻间有恶风波，——
女郎，回家吧，女郎！"
"阿不；你看我凌空舞，
　学一个海鸥没海波。"——
　在夜色里，在沙滩上，
急旋着一个苗条的身影，——
　　　　　婆娑，婆娑。

四

"听呀，那大海的震怒，
　女郎，回家吧，女郎！
看呀，那猛兽似的海波，
　女郎，回家吧，女郎！"
"阿不，海波他不来吞我，
　我爱这大海的颠簸！"——
在潮声里，在波光里，
阿，一个慌张的少女在海沫里，
　　　　　蹉跎，蹉跎。

五

"女郎,在那里,女郎?
　　在那里,你嘹亮的歌声,
在那里,你窈窕的身影?
　　在那里,阿,勇敢的女郎?"
黑夜吞没了星辉,
　　这海边再没有光芒;
海潮吞没了沙滩,
沙滩上再不见女郎,——
　　　　再不见女郎!

苏　苏

苏苏是一个痴心的女子：
　　像一朵野蔷薇，她的丰姿；
　　像一朵野蔷薇，她的丰姿——
来一阵暴风雨，摧残了她的身世。

这荒草地里有她的墓碑：
　　淹没在蔓草里，她的伤悲；
　　淹没在蔓草里，她的伤悲——
阿，这荒土里化生了血染的蔷薇！

那蔷薇是痴心女的灵魂，
　　在清早上受清露的滋润，
　　到黄昏时有晚风来温存，
更有那长夜的慰安，看星斗纵横。

你说这应分是她的平安？
　　但运命又叫无情的手来攀，
　　攀，攀尽了青条上的灿烂，——
可怜呵，苏苏她又遭一度的摧残！

拜　献

山，我不赞美你的壮健，
海，我不歌咏你的阔大，
风波，我不颂扬你威力的无边；
但那在雪地里挣扎的小草花，
路旁冥盲中无告的孤寡，
烧死在沙漠里想归去的雏燕，——
给他们，给宇宙间一切无名的不幸，
我拜献，拜献我胸胁间的热，
管里的血，灵性里的光明；
我的诗歌——在歌声嘹亮的一俄顷，
天外的云彩为你们织造快乐，
　　起一座虹桥，
　　指点着永恒的逍遥，
在嘹亮的歌声里消纳了无穷的苦厄！

阔 的 海

阔的海空的天我不需要,
我也不想放一只巨大的纸鹞
上天去捉弄四面八方的风;
　　　我只要一分钟
　　　我只要一点光
　　　我只要一条缝,——
　　像一个小孩爬伏
　　在一间暗屋的窗前
　　望着西天边不死的一条
缝,一点
光,一分
钟。

他眼里有你

我攀登了万仞的高冈，
荆棘扎烂了我的衣裳，
我向飘渺的云天外望——
　　上帝，我望不见你！

我向坚厚的地壳里掏，
捣毁了蛇龙们的老巢，
在无底的深潭里我叫，
　　上帝，我听不到你！

我在道旁见一个小孩：
活泼，秀丽，褴褛的衣衫；
他叫声妈，眼里亮着爱——
　　上帝，他眼里有你！

十一月二日星加坡

再别康桥

轻轻的我走了,
　正如我轻轻的来;
我轻轻的招手,
　作别西天的云彩。

那河畔的金柳,
　是夕阳中的新娘;
波光里的艳影,
　在我的心头荡漾。

软泥上的青荇,
　油油的在水底招摇;
在康河的柔波里,
　我甘心做一条水草!

那榆荫下的一潭,
　不是清泉,是天上虹,
揉碎在浮藻间,
　沈淀着彩虹似的梦。

寻梦?撑一支长篙,
　向青草更青处漫溯,

满载一船星辉,
　　在星辉斑斓里放歌。

但我不能放歌,
　　悄悄是别离的笙箫;
夏虫也为我沈默,
　　沈默是今晚的康桥!

悄悄的我走了,
　　正如我悄悄的来;
我挥一挥衣袖,
　　不带走一片云彩。

　　　　　　　　　十一月六日中国海上

黄　鹂

一掠颜色飞上了树，
"看，一只黄鹂！"有人说。
翘着尾尖，它不作声，
艳异照亮了浓密——
像是春光，火焰，像是热情。

等候它唱，我们静着望，
怕惊了它。但它一展翅，
冲破浓密，化一朵彩云；
它飞了，不见了，没了——
像是春光，火焰，像是热情。

山　中

庭院是一片静，
　　听市谣围抱；
织成一地松影——
　　看当头月好！

不知今夜山中
　　是何等光景；
想也有月，有松，
　　有更深的静。

我想攀附月色，
　　化一阵清风，
吹醒群松春醉，
　　去山中浮动；

吹下一针新碧，
　　掉在你窗前；
轻柔如同叹息——
　　不惊你安眠！

一块晦色的路碑

脚步轻些,过路人!
休惊动那最可爱的灵魂,
如今安眠在这地下,
有绛色的野草花掩护她的余烬。

你且站定,在这无名的土阜边,
任晚风吹弄你的衣襟;
倘如这片刻的静定感动了你的悲悯,
让你的泪珠圆圆的滴下——
为这长眠着的美丽的灵魂!

过路人,假如你也曾
在这人间不平的道上颠顿,
让你此时的感愤凝成最锋利的悲悯,
在你的激震着的心叶上,
刺出一滴,两滴的鲜血——
为这遭冤屈的最纯洁的灵魂!

生　活

阴沈，黑暗，毒蛇似的蜿蜒，
生活逼成了一条甬道：
一度陷入，你只可向前，
手扪索着冷壁的黏潮，

在妖魔的脏腑内挣扎，
头顶不见一线的天光，
这魂魄，在恐怖的压迫下，
除了消灭更有什么愿望？

　　　　　　　　　五月二十九日

残 破

一

深深的在深夜里坐着,
当窗有一团不圆的光亮,
　　风挟着灰土,在大街上
　　　小巷里奔跑:
我要在枯秃的笔尖上袅出
一种残破的残破的音调,
为要抒写我的残破的思潮。

二

深深的在深夜里坐着,
生尖角的夜凉在窗缝里,
　　妒忌屋内残余的暖气,
　　　也不饶恕我的肢体:
但我要用我半干的墨水描成
一些残破的残破的花样,
因为残破,残破是我的思想。

三

深深的在深夜里坐着,
左右是一些丑怪的鬼影;
　焦枯的落魄的树木
　　在冰沈沈的河沿叫喊,
　　比着绝望的姿势,
正如我要在残破的意识里
重兴起一个残破的天地。

四

深深的在深夜里坐着,
闭上眼回望到过去的云烟:
阿,她还是一枝冷艳的白莲,
　斜靠着晓风,万种的玲珑;
但我不是阳光,也不是露水,
我有的只是些残破的呼吸,
　如同封锁在壁椽间的群鼠,
追逐着,追求着黑暗与虚无!

我不知道风是在那一个方向吹

我不知道风
是在那一个方向吹——
我是在梦中,
在梦的轻波里依洄。

我不知道风
是在那一个方向吹——
我是在梦中,
她的温存我的迷醉。

我不知道风
是在那一个方向吹——
我是在梦中,
甜美是梦里的光辉。

我不知道风
是在那一个方向吹——
我是在梦中,
她的负心,我的伤悲。

我不知道风
是在那一个方向吹——

我是在梦中，
在梦的悲哀里心碎！

我不知道风
是在那一个方向吹——
我是在梦中，
黯淡是梦里的光辉。

云　游

那天你翩翩的在空际云游,
自在,轻盈,你本不想停留
在天的那方或地的那角,
你的愉快是无拦阻的逍遥。

你更不经意在卑微的地面
有一流涧水,虽则你的明艳
在过路时点染了他的空灵,
使他惊醒,将你的倩影抱紧。

他抱紧的只是绵密的忧愁,
因为美不能在风光中静止;
他要,你已飞度万重的山头,
去更阔大的湖海投射影子!

他在为你消瘦,那一流涧水,
在无能的盼望,盼望你飞回!

火车擒住轨

火车擒住轨，在黑夜里奔：
过山，过水，过陈死人的坟；

过桥，听钢骨牛喘似的叫，
过荒野，过门户破烂的庙；

过池塘，群蛙在黑水里打鼓，
过噤口的村庄，不见一粒火；

过冰清的小站，上下没有客，
月台袒露着肚子，像是罪恶。

这时车的呻吟惊醒了天上
三两个星，躲在云缝里张望：

那是干什么的，他们在疑问，
大凉夜不歇着，直闹又是哼；

长虫似的一条，呼吸是火焰，
一死儿往暗里闯，不顾危险，

就凭那精窄的两道，算是轨，

驮着这份重,梦一般的累坠。

累坠!那些奇异的善良的人,
放平了心安睡,把他们不论;

俊的村的命全盘交给了它,
不问爬的是高山还是低洼,

不问深林里有怪鸟在诅咒,
天象的辉煌全对着毁灭走;

只图眼前过得,裂大嘴打呼,
明儿车一到,抢了皮包走路!

这态度也不错!愁没有个底;
你我在天空,那天也不休息,

睁大了眼,什么事都看分明,
但自己又何尝能支使运命?

说什么光明,智慧永恒的美,
彼此同是在一条线上受罪;

就差你我的寿数比他们强,
这玩艺反正是一片糊涂帐。

爱的灵感
——奉适之

下面这些诗行好歹是他撩拨出来的,正如这十年来大多数的诗行好歹是他撩拨出来的!

不妨事了,你先坐着罢。
这阵子可不轻,我当是
已经完了,已经整个的
脱离了这世界,飘渺的,
不知到了那儿。仿佛有
一朵莲花似的云拥着我,
(她脸上浮着莲花似的笑)
拥着到远极了的地方去……
唉,我真不希罕再回来,
人说解脱,那许就是罢!
我就像是一朵云,一朵
纯白的,纯白的云,一点
不见分量,阳光抱着我,
我就是光,轻灵的一球,
往远处飞,往更远处飞;
什么累赘,一切的烦愁,
恩情,痛苦,怨,全都远了;
就是你——请你给我口水,

是橙子吧,上口甜着那——
就是你,你是我的谁呀!
就你也不知那里去了:
就有也不过是晓光里
一发的青山,一缕游丝,
一翳微妙的晕;说至多
也不过如此,你再要多
我那朵云也不能承载,
你,你得原谅,我的冤家!……
不碍,我不累,你让我说,
我只要你睁着眼,就这样,
叫哀怜与同情,不说爱,
在你的泪水里开着花,
我陶醉着它们的幽香;
在你我这最后,怕是吧,
一次的会面,许我放娇,
容许我完全占定了你,
就这一晌,让你的热情,
像阳光照着一流幽涧,
透澈我的凄冷的意识;
你手把住我的,正这样,
你看你的壮健,我的衰,
容许我感受你的温暖,
感受你在我血液里流,
鼓动我将次停歇的心,
留下一个不死的印痕:
这是我唯一,唯一的祈求……
好,我再喝一口,美极了,
多谢你。现在你听我说。

但我说什么呢？到今天，
一切事都已到了尽头，
我只等待死，等待黑暗，
我还能见到你，偎着你，
真像情人似的说着话，
因为我够不上说那个，
你的温柔春风似的围绕，
这于我是意外的幸福，
我只有感谢，（她合上眼。）
什么话都是多余，因为
话只能说明能说明的，
更深的意义，更大的真，
朋友，你只能在我的眼里，
在枯干的泪伤的眼里
认取。

　　我是个平常的人，
我不能盼望在人海里
值得你一转眼的注意。
你是天风：每一个浪花
一定得感到你的力量，
从它的心里激出变化，
每一根小草也一定得
在你的踪迹下低头，在
绿的颤动中表示惊异；
但谁能止限风的前程，
他横掠过海，作一声吼，
狮虎似的扫荡着田野，
当前是冥茫的无穷，他
如何能想起曾经呼吸

到浪的一花，草的一瓣？
遥远是你我间的距离；
远，太远！假如一只夜蝶
有一天得能飞出天外，
在星的烈焰里去变灰
（我常自己想）那我也许
有希望接近你的时间。
唉，痴心，女子是有痴心的，
你不能不信罢？有时候
我自己也觉得真奇怪，
心窝里的牢结是谁给
打上的？为什么打不开？
那一天我初次望到你，
你闪亮得如同一颗星，
我只是人丛中的一点，
一撮沙土，但一望到你，
我就感到异样的震动，
猛袭到我生命的全部，
真像是风中的一朵花，
我内心摇晃得像昏晕，
脸上感到一阵的火烧，
我觉得幸福，一道神异的
光亮在我的眼前扫过，
我又觉得悲哀，我想哭，
纷乱占据了我的灵府。
但我当时一点不明白，
不知这就是陷入了爱！
"陷入了爱"，真是的！前缘，
孽债，不知到底是什么？

但从此我再没有平安,
是中了毒,是受了催眠,
教运命的铁链给锁住,
我再不能踌躇:我爱你!
从此起我的一瓣瓣的
思想都染着你,在醒时,
在梦里,想躲也躲不去,
我抬头望,蓝天里有你,
我开口唱,悠扬里有你,
我要遗忘,我向远处跑,
另走一道,又碰到了你!
枉然是理智的殷勤,因为
我不是盲目,我只是痴!
但我爱你,我不是自私。
爱你,但永不能接近你。
爱你,但从不要享受你。
即使你来到我的身边,
我许向你望,但你不能
丝毫觉察到我的秘密。
我不妒忌,不艳羡,因为
我知道你永远是我的,
它不能脱离我正如我
不能躲避你,别人的爱
我不知道,也无须知晓,
我的是我自己的造作,
正如那林叶在无形中
收取早晚的霞光,我也
在无形中收取了你的。
我可以,我是准备,到死

不露一句，因为我不必。
死，我是早已望见了的。
那天爱的结打上我的
心头，我就望见死，那个
美丽的永恒的世界；死，
我甘愿的投向，因为它
是光明与自由的诞生。
从此我轻视我的躯体，
更不计较今世的浮荣，
我只企望着更绵延的
时间来收容我的呼吸，
灿烂的星做我的眼睛，
我的发丝，那般的晶莹，
是纷披在天外的云霞，
博大的风在我的腋下
胸前眉宇间盘旋，波涛
冲洗我的胫踝，每一个
激荡涌出光艳的神明！
再有电火做我的思想，
天边掣起蛇龙的交舞，
雷震我的声音，蓦地里
叫醒了春，叫醒了生命。
无可思量，呵，无可比况，
这爱的灵感，爱的力量！
正如旭日的威棱扫荡
田野的迷雾，爱的来临
也不容平凡，卑琐以及
一切的庸俗侵占心灵
它那原来青爽的平阳。

我不说死吗？再不畏惧，
更没有疑虑，再不吝惜
这躯体如同一个财库，
我勇猛的用我的时光。
用我的时光，我说？天那，
这多少年是亏我过的！
没有朋友，离背了家乡，
我投到那寂寞的荒城，
在老农中间学做老农，
穿着大布，脚登着草鞋，
栽青的桑，栽白的木棉，
在天不曾放亮时起身，
手搅着泥，头戴着炎阳，
我做工，满身浸透了汗，
一颗热心抵挡着劳倦；
但渐次的我感到趣味，
收拾一把草如同珍宝，
在泥水里照见我的脸，
涂着泥，在坦白的云影
前不露一些羞愧！自然
是我的享受；我爱秋林，
我爱晚风的吹动，我爱
枯苇在晚凉中的颤动，
半残的红叶飘摇到地，
鸦影侵入斜日的光圈；
更可爱是远寺的钟声
交挽村舍的炊烟共做
静穆的黄昏！我做完工，
我慢步的归去，冥茫中

有飞虫在交哄,在天上
有星,我心中亦有光明!
到晚上我点上一支蜡,
在红焰的摇曳中照出
板壁上唯一的画像,
独立在旷野里的耶稣,
(因为我没有你的除了
悬在我心里的那一幅,)
到夜深静定时我下跪,
望着画像做我的祈祷,
有时我也唱,低声的唱,
发放我的热烈的情愫
缕缕青烟似的上通到天。
但有谁听到,有谁哀怜?
你踞坐在荣名的顶巅,
有千万人迎着你鼓掌,
我,陪伴我有冷,有黑夜,
我流着泪,独跪在床前!
一年,又一年,再过一年,
新月望到圆,圆望到残,
寒雁排成了字,又分散,
鲜艳长上我手栽的树,
又叫一阵风给刮做灰。
我认识了季候,星月与
黑夜的神秘,太阳的威;
我认识了地土,它能把
一颗子培成美的神奇,
我也认识一切的生存,
爬虫,飞鸟,河边的小草,

再有乡人们的生趣，我
也认识，他们的单纯与
真，我都认识。
　　　　　跟着认识
是愉快，是爱，再不畏虑
孤寂的侵凌。那三年间
虽则我的肌肤变成粗，
焦黑薰上脸，剥坼刻上
手脚，我心头只有感谢：
因为照亮我的途径有
爱，那盏神灵的灯，再有
劳苦给我精力，推着我
向前，使我怡然的承当
更大的劳苦，更多的险。
你奇怪吧，我有那能耐？
不可思量是爱的灵感！
我听说古时间有一个
孝女，她为救她的父亲
胆敢上犯君王的天威，
那是纯爱的驱使我信。
我又听说法国中古时
有一个乡女子叫贞德，
她有一天忽然脱去了
她的村服，丢了她的羊，
穿上戎装拿着刀，带领
十万兵，高叫一声"杀贼"，
就冲破了敌人的重围，
救全了国。那也一定是
爱！因是只有爱能给人

不可理解的英勇和胆；
只有爱能使人睁开眼，
认识真，认识价值；只有
爱能使人全神的奋发，
向前闯，为了一个目标，
忘了火是能烧，水能淹。
正如没有光热这地上
就没有生命，要不是爱，
那精神的光热的根源，
一切光明的惊人的事
也就不能有。
　　　　　阿，我懂得！
我说"我懂得"我不惭愧：
因为天知道我这几年，
独自一个柔弱的女子，
投身到灾荒的地域去，
走千百里巉岈的路程，
自身挨着饿冻的惨酷
以及一切不可名状的
苦处说来够写几部书，
是为了什么？为了什么
我把每一个老年灾民
不问他是老人是老妇，
当作生身父母一样看，
每一个儿女当作自身
骨血，即使不能给他们
救度，至少也要吹几口
同情的热气到他们的
脸上，叫他们从我的手

感到一个完全在爱的
纯净中生活着的同类？
为了什么我甘愿哺啜
在平时乞丐都不屑的
饮食，吞咽腐朽与肮脏
如同可口的膏粱；甘愿
在尸体的恶臭能醉倒
人的村落里工作如同
发见了什么珍异？为了
什么？就为"我懂得"，朋友，
你信不？我不说，也不能
说，因为我心里有一个
不可能的爱所以发放
满怀的热到另一方向，
也许我即使不知爱也
能同样做谁知道，但我
总得感谢你，因为从你
我获得生命的意识和
在我内心光亮的点上，
又从意识的沈潜引渡
到一种灵界的莹澈，又
从此产生智慧的微芒
与无穷尽的精神的勇。
阿，假如你能想像我在
灾地时一个夜的看守！
一样的天，一样的星空，
我独自在旷野里或在
桥梁边或在剩有几簇
残花的藤蔓的村篱旁

仰望,那时天际每一个
光亮都为我生着意义,
我饮咽它们的美如同
音乐,奇妙的韵味通流
到内藏与百骸,坦然的
我承受这天赐不觉得
虚怯与羞惭,因我知道
不为已的劳作虽不免
疲乏体肤,但它能拂拭
我们的灵窍如同琉璃,
利便天光无碍的通行。
我话说远了不是?但我
已然诉说到我最后的
回目,你纵使疲倦也得
听到底,因为别的机会
再不会来。你看我的脸
烧红得如同石榴的花,
这是生命最后的光焰,
多谢你不时的把甜水
浸润我的咽喉,要不然
我一定早叫喘息窒死。
你的"懂得"是我的快乐。
我的时刻是可数的了,
我不能不赶快!
　　　　我方才
说过我怎样学农,怎样
到灾荒的魔窟中去伸
一支柔弱的奋斗的手。
我也说过我灵的安乐

对满天星斗不生内疚。
但我终究是人是软弱,
不久我的身体得了病,
风雨的毒浸入了纤微,
酿成了猖狂的热。我哥
将我从昏盲中带回家,
我奇怪那一次还不死,
也许因为还有一种罪
我必得在人间受。他们
叫我嫁人,我不能推托。
我或许要反抗假如我
对你的爱是次一等的,
但因我的既不是时空
所能衡量,我即不计较
分秒间的短长。我做了
新娘,我还做了娘,虽则
天不许我的骨血存留。
这几年来我是个木偶,
一堆任凭摆布的泥土;
虽则有时也想到你,但
这想到是正如我想到
西天的明霞或一朵花,
不更少也不更多。同时
病,一再的回复,销蚀了
我的躯壳,我早准备死,
怀抱一个美丽的秘密,
将永恒的光明交付给
无涯的幽冥。我如果有
一个母亲我也许不忍

不让她知道，但她早已
死去，我更没有沾恋；我
每次想到这一点便忍
不住微笑漾上了口角。
我想我死去再将我的
秘密化成仁慈的风雨，
化成指点希望的长虹，
化成石上的苔藓，葱翠
淹没它们的冥顽；化成
黑暗中翅膀的舞，化成
农时的鸟歌；化成水面
锦绣的文章；化成波涛，
永远宣扬宇宙的灵通；
化成月的惨绿在每个
睡孩的梦上添深颜色；
化成星系间的妙乐……
最后的转变是未料的，
天不遂我理想的心愿，
又叫在热谵中漏泄了
我的怀内的珠光！但我
再也不梦想你竟能来，
血肉的你与血肉的我
竟能在我临去的俄顷
陶然的相偎倚，我说，你
听，你听，我说。真是奇怪，
这人生的聚散！
　　　　现在我
真，真可以死了，我要你
这样抱着我直到我去，

直到我的眼再不睁开,
直到我飞,飞,飞去太空,
散成沙,散成光,散成风,
阿苦痛,但苦痛是短的,
是暂时的;快乐是长的,
爱是不死的:
　　　　我,我要睡……

　　　十二月二十五日早六时完成

夜

一

夜,无所不包的夜,我颂美你!

夜,现在万象都像乳饱了的婴孩,在你大母温柔的怀抱中眠熟。

一天只是紧叠的乌云,像野外的一座帐篷,静悄悄的,静悄悄的;

河面只闪着些纤微,软弱的辉芒,桥边的长梗水草,黑沈沈的像几条烂醉的鲜鱼横浮在水上,任凭怠懒的柳条,在他们的眉尾边撩拂;

对岸的牧场,屏围着墨青色的榆荫,阴森森的,像一座镂空的古墓;那边树背光芒,又是什么呢?

我在这沈静的境界中徘徊,在凝神地倾听……听不出青林的夜乐,听不出康河的梦呓,听不出鸟翅的飞声;

我却在这静谧中,听出宇宙进行的声息,黑夜的脉搏与呼吸,听出无数的梦魂的匆忙踪迹;

也听出我自己的幻想,感受了神秘的冲动;在豁动他久敛的羽翮,准备飞出他沈闷的巢居,飞出这沈寂的环境,去寻访。

黑夜的奇观,去寻访更玄奥的秘密——

听呀,他已经沙沙的飞出云外去了!

二

一座大海的边沿,黑夜将慈母似的胸怀,紧贴住安息的万象;
波澜也只是睡忘,只是懒懒的向空疏的砂滩上洗淹,像一个小沙弥在瞌睡地撞他的夜钟,只是一片模糊的声响。
那边岩石的面前,直竖着一个伟大的黑影——是人吗?
一头的长发,散披在肩上,在微风中颤动;
他的两臂,瘦的,长的,向着无限的天空举着,——
他似在祷告,又似在悲泣——
是呀,悲泣——
海浪还只在慢沈沈的推送——
看呀,那不是他的一滴眼泪?
一颗明星似的眼泪,掉落在空疏的海砂上,落在倦懒的浪头上,落在睡海的心窝上,落在黑夜的脚边——一颗明星似的眼泪!
一颗神灵,有力的眼泪,仿佛是发酵的酒娘,爆炸的引火,霹雳的电子;
他唤醒了海,唤醒了天,唤醒了黑夜,唤醒了浪涛——真伟大的革命——
霎时地扯开了满天的云幕,化散了迟重的雾气。
纯碧的天中,复现出一轮团圆的明月,
一阵威武的西风,猛扫大海的琴弦,开始,神伟的音乐。
海见了月光的笑容,听了大风的呼啸,也像初醒的狮虎,摇摆咆哮起来——
霎时地浩大的声响,霎时地普遍的猖狂!
夜呀,你曾经见过几滴那明星似的眼泪?

三

到了二十世纪的不夜城。

夜呀,这是你的叛逆,这是恶俗文明的广告,无耻,淫猥,残暴,肮脏——表面却是一致的辉耀,看,这边是跳舞会的尾声,

那边是夜宴的收稍,那厢高楼上一个肥狠的犹大,正在奸污他钱掳的新娘;

那边街道的转角上,有两个强人,擒住一个过客,一手用刀割断他的喉管,一手掏他的钱包;

那边酒店的门外,麇聚着一群醉鬼,蹒跚地在秽语,狂歌,音似钝刀刮锅底——

幻想更不忍观望,赶快的掉转翅膀,向清净境界飞去。

飞过了海,飞过了山,也飞回了一百多年的光阴——

他到了"湖滨诗侣"的故乡。

多明净的夜色!只淡淡的星辉在湖胸上舞旋,三四个草虫叫夜;

四围的山峰都把宽广的身影,寄宿在葛濑士迷亚柔软的湖心,沈酣的睡熟;

那边"乳鸽山庄"放射出几缕油灯的稀光,斜偻在庄前的荆篱上;

听呀,那不是,罪翁吟诗的清音——

The poets who in earth have made us heir of truth a pure
  delight by heavenly lays!
Oh! Might my name be numbered among their,
The glady bowld end my untal days!

诗人解释大自然的精神,

美妙与诗歌的欢乐,苏解人间爱困!
无羡富贵,但求为此高尚的诗歌者之一人
便撒手长瞑,我已不负吾生。
我便无憾地辞尘埃,返归无垠!

他音虽不亮,然韵节流畅,证见旷达的情怀,一个个的音符,都变成了活动的火星,从窗棂里点飞出来!飞入天空,仿佛一串鸢灯,凭彻青云,下照流波,余音瀌瀌的惊起了林里的栖禽,放歌称叹。

接着清脆的嗓音,又不是他妹妹桃绿水(Dero thy)的?

呀,原来新染烟癖的高柳列奇(Coleridge)也在他家作客,三人团坐在那间湫隘的客室里,壁炉前烤火炉里烧着他们早上在园里亲劈的栗柴,在必拍的作响,铁架上的水壶也已经滚沸,嗤嗤的有声:

To sit without emotion, hope or aim
In the loved presence of my cottage fire,
And bisties of the flapping of the flame
Or kettle whispering its faint under song.

坐处在可爱的将息炉火之前,
无情绪的兴奋,无冀,无筹营,
听,但听火焰,飐摇的微喧,
听水壶的沸响,自然的乐音。

夜呀,像这样人间难得的纪念,你保存了多少……

四

他又离了诗侣的山庄,飞出了湖滨,重复逆溯着汹涌的时潮,到了几百年前海岱儿堡(Heidelberg)的一个跳舞盛会。
雄伟的赭色宫堡,一体沈浸在满月的银涛中,山下的尼波河(Nubes)在悄悄的进行。
堡内只是舞过闹酒的欢声,那位海量的侏儒今晚已经喝到第六十三瓶啤酒,嚷着要吃那大厨里烧烤的全牛,引得满庭假发粉面的男客,长裙如云的女宾,哄堂的大笑。
在这笑声里幻想又溜回了不知几十世纪的一个昏夜——
眼前只见烽烟四起,巴南苏斯的群山,点成一座照彻云天的大火屏,
远远听得呼声,古朴壮硕的呼声——
"阿加孟龙打破了屈次奄,夺回了海伦,现在凯旋回雅典了,希腊的人民呀,大家快来欢呼呀!——阿加孟龙,王中的王!"
这呼声又将我幻想的双翼,吹回更不知无量数的世纪,到了一个更古的黑夜,一座大山洞的眼前;
一群男女,老的,少的,腰围兽皮或树叶的原民,蹲踞在一堆柴火的跟前,在煨烧大块的兽肉。猛烈地腾窜的火光,照出他们强固的躯体,黝黑多毛的肌肤——这是人类文明的摇荡时期。夜呀,你是我们的老乳娘!

五

最后飞出了气围,飞出了时空的关塞,当前是宇宙的大观!
几百万个太阳,大的小的,红的黄的,放花竹似的在无极中激震,旋转——
但人类的地球呢?
一海的星砂,却向那里找去,
不好,他的归路迷了!

夜呀,你在那里?
光明,你又在那里?

六

"不要怕,前面有我。"一个声音说。

"你是谁呀?"

"不必问,跟着我来不会错的。我是宇宙的枢纽,我是光明的泉源,我是神圣的冲动,我是生命的生命,我是诗魂的向导;不要多心,跟我来不会错的。"

"我不认识你。"

"你已经认识我!在我的眼前,太阳,草木,星,月,介壳,鸟兽,各类的人,虫豸,都是同胞,他们都是从我取得生命,都受我的爱护,我是太阳的太阳,永生的火焰;

你只要听我指导不必猜疑,我叫你上山,你不要怕险,我教你入水,你不要怕淹,我教你蹈火,你不要怕烧,我叫你跟我走,你不要问我是谁;

我不在这里,也不在那里,但只随便那里都有我。若然万象都是空的幻的,我是终古不变的真理与实在;

你方才遨游黑夜的胜迹,你已经得见他许多珍藏的秘密——你方才经过大海的边沿,不是看见一颗明星似的眼泪吗?——那就是我。

你要真静定,须向狂风暴雨的底里求去;

你要真和谐,须向混沌的底里求去;

你要真平安,须向大变乱,大革命的底里求去;

你要真幸福,须向真痛苦里尝去;

你要真实在,须向真空虚里悟去;

你要真生命,须向最危险的方向访去;

你要真天堂,须向地狱里守去。

这方向就是我。
这是我的话,我的教训,我的启方;
我现在已经领你回到你好奇的出发处,引起你游兴的夜里;
你看这不是湛露的绿草,这不是温驯的康河?愿你再不要多疑,听我的话,不会错的——我永远在你的周围。"

一九二二年七月康桥

常州天宁寺闻礼忏声

有如在火一般可爱的阳光里，偃卧在长梗的，杂乱的丛草里，听初夏第一声的鹧鸪，从天边直响入云中，从云中又回响到天边；

有如在月夜的沙漠里，月光温柔的手指，轻轻的抚摩着一颗颗热伤了的砂砾，在鹅绒般软滑的热带的空气里，听一个骆驼的铃声，轻灵的，轻灵的，在远处响着，近了，近了，又远了……

有如在一个荒凉的山谷里，大胆的黄昏星，独自临照着阳光死去了的宇宙，野草与野树默默的祈祷着，听一个瞎子，手扶着一个幼童，铛的一响算命锣，在这黑沈沈的世界里回响着；

有如在大海里的一块礁石上，浪涛像猛虎般的狂扑着，天空紧紧的绷着黑云的厚幕，听大海向那威吓着的风暴，低声的，柔声的，忏悔他一切的罪恶；

有如在喜马拉雅的顶巅，听天外的风，追赶着天外的云的急步声，在无数雪亮的山壑间回响着；

有如在生命的舞台的幕背，听空虚的笑声，失望与痛苦的呼吁声，残杀与淫暴的狂欢声，厌世与自杀的高歌声，在生命的舞台上合奏着。

我听着了天宁寺的礼忏声！

这是那里来的神明？人间再没有这样的境界！

这鼓一声，钟一声，磬一声，木鱼一声，佛号一声……乐音在大殿里，迂缓的，曼长的回荡着，无数冲突的波流谐合了，无数相反的色彩净化了，无数现世的高低消灭了……
这一声佛号，一声钟，一声鼓，一声木鱼，一声磬，谐音盘礴在宇宙间——解开一小颗时间的埃尘，收束了无量数世纪的因果；

这是那里来的大和谐——星海里的光彩，大千世界的音籁，真生命的洪流：止息了一切的动，一切的扰攘；

在天地的尽头，在金漆的殿椽间，在佛像的眉宇间，在我的衣袖里，在耳鬓边，在官感里，在心灵里，在梦里……

在梦里，这一瞥间的显示，青天，白水，绿草，慈母温软的胸怀，是故乡吗？是故乡吗？

光明的翅羽，在无极中飞舞！

大圆觉底里流出的欢喜，在伟大的，庄严的，寂灭的，无疆的，和谐的静定中实现了！

颂美呀，涅槃！赞美呀，涅槃！

灰色的人生

我想——我想开放我的宽阔的粗暴的嗓音,唱一支野蛮的大胆的骇人的新歌;
我想拉破我的袍服,我的整齐的袍服,露出我的胸膛,肚腹,胁骨与筋络;
我想放散我一头的长发,像一个游方僧似的散披着一头的乱发;
我也想跣我的脚,跣我的脚,在巉牙似的道上,快活地,无畏地走着。

我要调谐我的嗓音,傲慢的,粗暴的,唱一阕荒唐的,摧残的,弥漫的歌调;
我伸出我的巨大的手掌,向着天与地,海与山,无餍地求讨,寻捞;
我一把揪住了西北风,问他要落叶的颜色,
我一把揪住了东南风,问他要嫩芽的光泽;
我蹲身在大海的边旁,倾听他的伟大的酣睡的声浪;
我捉住了落日的彩霞,远山的露霭,秋月的明辉,散放在我的发上,胸前,袖里,脚底……

我只是狂喜地大踏步地向前——向前——口唱着暴烈的,粗伧的,不成章的歌调;
来,我邀你们到海边去,听风涛震撼天空的声调;

来,我邀你们到山中去,听一柄利斧斫伐老树的清音;

来,我邀你们到密室里去,听残废的,寂寞的灵魂的呻吟;

来,我邀你们到云霄外去,听古怪的大鸟孤独的悲鸣;

来,我邀你们到民间去,听衰老的,病痛的,贫苦的,残毁的,受压迫的,烦闷的,奴服的,懦怯的,丑陋的,罪恶的自杀的,——和着深秋的风声与雨声——合唱的"灰色的人生"!

毒　药

今天不是我歌唱的日子，我口边涎着狞恶的微笑，不是我说笑的日子，我胸怀间插着发冷光的利刃；

相信我，我的思想是恶毒的因为这世界是恶毒的，我的灵魂是黑暗的因为太阳已经灭绝了光彩，我的声调是像坟堆里的夜鸮因为人间已经杀尽了一切的和谐，我口音像是冤鬼责问他的仇人因为一切的恩已经让路给一切的怨；

但是相信我真理是在我的话里虽则我的话像是毒药，真理是永远不含糊的虽则我的话里仿佛有两头蛇的舌，蝎子的尾尖，蜈蚣的触须；只因为我的心里充满着比毒药更强烈，比咒诅更狠毒，比火焰更猖狂，比死更深奥的不忍心与怜悯心与爱心，所以我说的话是毒性的，咒诅的，燎灼的，虚无的；

相信我，我们一切的准绳已经埋没在珊瑚土打紧的墓宫里，最劲冽的祭肴的香味也穿不透这严封的地层：一切的准则是死了的；

我们一切的信心像是顶烂在树枝上的风筝，我们手里擎着这迸断了的鹞线：一切的信心是烂了的；

相信我，猜疑的巨大的黑影：像一块乌云似的，已经笼盖着人间一切的关系：人子不再悲哭他新死的亲娘，兄弟不再来携着他姊妹的手，朋友变成了寇仇，看家的狗回头来咬他主人的腿：是的，猜疑淹没了一切；在路旁坐着啼哭的，在街心里站着的，在你窗前探望的，都是被奸污的处女：

池潭里只见些烂破的鲜艳的荷花；

在人道恶浊的涧水里流着，浮萍似的，五具残缺的尸体，他们是仁义礼智信，向着时间无尽的海澜里流去；

这海是一个不安静的海，波涛猖獗的翻着，在每个浪头的小白帽上分明的写着人欲与兽性；

到处是奸淫的现象，贪心搂抱着正义，猜忌逼迫着同情，懦怯狎亵着勇敢，肉欲侮弄着恋爱，暴力侵陵着人道，黑暗践踏着光明；

听呀，这一片淫猥的声响，听呀，这一片残暴的声响；

虎狼在热闹的市街里，强盗在你们妻子的床上，罪恶在你们深奥的灵魂里……

婴　　儿

我们要盼望一个伟大的事实出现，我们要守候一个馨香的婴儿出世：——

你看他那母亲在她生产的床上受罪！

她那少妇的安详，柔和，端丽，现在在剧烈的阵痛里变形成不可信的丑恶：你看她那遍体的筋络都在她薄嫩的皮肤底里暴涨着，可怕的青色与紫色，像受惊的水青蛇在田沟里急泅似的，汗珠贴在她的前额上像一颗颗的黄豆，她的四肢与身体猛烈的抽搐着，畸屈着，奋挺着，纠旋着，仿佛她垫着的席子是用针尖编成的，仿佛她的帐围是用火焰织成的；

一个安详的，镇定的，端庄的，美丽的少妇，现在在阵痛的惨酷里变形成魔鬼似的可怖：她的眼，一时紧紧的阖着，一时巨大的睁着，她那眼，原来像冬夜池潭里反映着的明星，现在吐露着青黄色的凶焰，眼珠像是烧红的炭火，映射出她灵魂最后的奋斗，她的原来朱红色的口唇，现在像是炉底的冷灰，她的口颤着，撅着，扭着，死神的热烈的亲吻不容许她一息的平安，她的发是散披着横在口边，漫在胸前像揪乱的麻丝，她的手指间紧抓着几穗拧下来的乱发；

这母亲在她生产的床上受罪——

但她还不曾绝望，她的生命挣扎着血与肉与骨与肢体的纤微，在危崖的边沿上，抵抗着，搏斗着，死神的逼迫；

她还不曾放手,因为她知道(她的灵魂知道!)这苦痛不是无因的,因为她知道她的胎宫里孕育着一点比她自己更伟大的生命的种子,包涵着一个比一切更永久的婴儿;

因为她知道这苦痛是婴儿要求出世的征候,是种子在泥土里爆裂成美丽的生命的消息,是她完成她自己生命的使命的时机;

因为她知道这忍耐是有结果的,在她剧痛的昏瞀中她仿佛听着上帝准许人间祈祷的声音,她仿佛听着天使们赞美未来的光明的声音;

因此她忍耐着,抵抗着,奋斗着……她抵拼绷断她统体的纤微,她要赎出在她那胎宫里动荡着的生命,在她一个完全美丽的婴儿出世的盼望中,最锐利,最沈酣的痛感逼成了最锐利最沈酣的快感……

散文编

印度洋上的秋思

昨夜中秋。黄昏时西天挂下一大帘的云母屏,掩住了落日的光潮,将海天一体化成暗蓝色,寂静得如黑衣尼在圣座前默祷。过了一刻,即听得船梢布篷上悉悉索索啜泣起来,低压的云夹着迷濛的雨色,将海线逼得像湖一般窄,沿边的黑影,也辨认不出是山是云,但涕泪的痕迹,却满布在空中水上。

又是一番秋意!那雨声在急骤之中,有零落萧疏的况味,连着阴沈的气氛,只是在我灵魂的耳畔私语道:"秋!"我原来无欢的心境,抵御不住那样温婉的浸润,也就开放了春夏间所积受的秋思,和此时外来的怨艾构合,产出一个弱的婴儿——"愁"。

天色早已沈黑,雨也已休止。但方才啜泣的云,还疏松地幕在天空,只露着些惨白的微光,预告明月已经装束齐整,专等开幕。同时船烟正在莽莽苍苍地吞吐,筑成一座蟒鳞的长桥,直联及西天尽处,和船轮泛出的一流翠波白沫,上下对照,留恋西来的踪迹。

北天云幕豁处,一颗鲜翠的明星,喜孜孜地先来问探消息,像新嫁媳的侍婢,也穿扮得遍体光艳。但新娘依然姗姗未出。

我小的时候,每于中秋夜,呆坐在楼窗外等看"月华"。若然天上有云雾缭绕,我就替"亮晶晶的月亮"担忧,若然见了鱼鳞似的云彩,我的小心就欣欣怡悦,默祷着月儿快些开花,因为我常听人说只要有"瓦楞"云,就有月华;但在月光放彩以前,我母亲早已逼我去上床,所以月华只是我脑筋里一个不曾实现的想像,直到如今。

现在天上砌满了瓦楞云彩,霎时间引起了我早年许多有趣的记忆——但我的纯洁的童心,如今那里去了!

月光有一种神秘的引力。她能使海波咆哮,她能使悲绪生潮。月下的喟息可以结聚成山,月下的情泪可以培時百亩的畹兰,千茎的紫琳塝。我疑悲哀是人类先天的遗传,否则,何以我们儿年不知悲感的时期,有时对着一泻的清辉,也往往凄心滴泪呢?

但我今夜却不曾流泪。不是无泪可滴,也不是文明教育将我最纯洁的本能锄净,却为是感觉了神圣的悲哀,将我理解的好奇心激动,想学契古特白登来解剖这神秘的"眸冷骨累"。冷的智永远是热的情的死仇。他们不能相容的。

但在这样浪漫的月夜,要来练习冷酷的分析,似乎不近人情,所以我的心机一转,重复将锋快的智刃剧起,让沈醉的情泪自然流转,听他产生什么音乐,让缱绻的诗魂漫自低回,看他寻出什么梦境。

明月正在云岩中间,周围有一圈黄色的彩晕,一阵阵的轻霭,在她面前扯过。海上几百道起伏的银沟,一齐在微叱凄其的音节,此外不受清辉的波域,在暗中愤愤涨落,不知是怨是慕。

我一面将自己一部分的情感,看入自然界的现象,一面拿着纸笔,痴望着月彩,想从她明洁的辉光里,看出今夜地面上秋思的痕迹,希冀他们在我心里,凝成高洁情绪的菁华。因为她光明的捷足,今夜遍走天涯,人间的恩怨,那一件不经过她的慧眼呢?

印度的 Ganges(埂奇)河边有一座小村落,村外一个榕绒密绣的湖边,坐着一对情醉的男女,他们中间草地上放着一尊古铜香炉,烧着上品的水息,那温柔婉恋的烟篆,沈馥香浓的热气,便是他们爱感的象征——月光从云端里轻俯下来,在那女子胸前的珠串上,水息的烟尾上,印下一个慈吻,微哂,重复登上她的云艇,上前驶去。

一家别院的楼上,窗帘不曾放下,几枝肥满的桐叶正在玻璃上摇曳斗趣,月光窥见了窗内一张小蚊床上紫纱帐里,安眠着一个安琪儿似的小孩,她轻轻挨进身去,在他温软的眼睫上,嫩桃似的腮上,抚摩了一会。又将她银色的纤指,理齐了他脐圆的额发,霭然微哂着,又回她的云海去了。

一个失望的诗人,坐在河边一块石头上,满面写着幽郁的神情,他爱人的情影,在他胸中像河水似的流动,他又不能在失望的渣滓里榨出些微甘液,他张开两手,仰着头,让大慈大悲的月光,那时正在过路,洗沐他泪腺湿肿的眼眶,他似乎感觉到清心的安慰,立即摸出一管笔,在白衣襟上写道:

"月光,

你是失望儿的乳娘!"

面海一座柴屋的窗棂里,望得见屋里的内容:一张小桌上放着半块面包和几条冷肉,晚餐的剩余。窗前几上开着一本家用的《圣经》,炉架上两座点着的烛台,不住地在流泪,旁边坐着一个绉面驼腰的老妇人,两眼半闭不闭地落在伏在她膝上悲泣的一个少妇,她的长裙散在地板上像一只大花蝶。老妇人掉头向窗外望,只见远远海涛起伏,和慈祥的月光在拥抱密吻,她叹了声气向着斜照在《圣经》上的月彩嗳道:

"真绝望了!真绝望了!"

她独自在她精雅的书室里,把灯火一齐熄了,倚在窗口一架藤椅上,月光从东墙肩上斜泻下去,笼住她的全身,在花瓶上幻出一个窈窕的情影,她两根垂辫的发梢,她微澹的媚唇,和庭前几茎高峙的玉兰花,都在静谧的月色中微颤,她加她的呼吸,吐出一股幽香,不但邻近的花草,连月儿闻了,也禁不住迷醉,她腮边天然的妙涡,已有好几日不圆满:她瘦损了。但她在想什么呢?月光,你能否将我的梦魂带去,放在离她三五尺的玉兰花枝上。

威尔斯西境一座矿床附近,有三个工人,口衔着笨重的烟斗,在月光中闲坐。他们所能想到的话都已讲完,但这异样的月彩,在他们对面的松林,左首的溪水上,平添了不可言语比说的妩媚,唯有他们工余倦极的眼珠不阖,彼此不约而同今晚较往常多抽了两斗的烟,但他们矿火熏黑,煤块擦黑的面容,表示他们心灵的薄弱,在享乐烟斗以外;虽经秋月溪声的戟刺,也不能有精美情绪之反感。等月影移西一些,他们默默地扑出了一斗灰,起身进屋,各自登床睡去。月光从屋背飘眼望进去,只见他们都已睡熟;他们即使有梦,也无非矿内矿外的景色!

月光渡过了爱尔兰海峡,爬上海尔佛林的高峰,正对着静默的红潭。潭水凝定得像一大块冰,铁青色。四围斜坦的小峰,全都满铺着蟹青和蛋白色的岩片碎石,一株矮树都没有。沿潭间有些丛草,那全体形势,正像一大青碗,现在满盛了清洁的月辉,静极了,草里不闻虫吟,水里不闻鱼跃;只有石缝里潜涧沥淅之声,断续地作响,仿佛一座大教堂里点着一星小火,益发对照出静穆宁寂的境界,月儿在铁色的潭面上,倦倚了半晌,重复扱起她的银泻,过山去了。

昨天船离了新加坡以后,方向从正东改为东北,所以前几天的船梢正对落日,此后"晚霞的工厂"渐渐移到我们船向的左手来了。

昨夜吃过晚饭上甲板的时候,船右一海银波,在犀利之中涵有幽秘的彩色,凄清的表情,引起了我的凝视。那放银光的圆球正挂在你头上,如其起靠着船头仰望。她今夜并不十分鲜艳;她精圆的芳容上似乎轻笼着一层藕灰色的薄纱;轻漾着一种悲喟的音调;轻染着几痕泪化的露霭。她并不十分鲜艳,然而她素洁温柔的光线中,犹之少女浅蓝妙眼的斜瞟;犹之春阳融解在山巅白云反映的嫩色,含有不可解的迷力,媚态,世间凡具有感觉性的人,只要承沐着她的清辉,就发生也是不可理解的反应,引起隐复的内心境界的紧张,——像琴弦一样,——人生最微妙的情绪,戟震生命所蕴藏高洁名贵创现的冲动。有时在心理状态之前,或于同时,撼动躯体的组织,使感觉血液中突起冰流之冰流,嗅神经难禁之酸辛,内藏汹涌之跳动,泪腺之骤热与润湿。那就是秋月兴起的秋思——愁。

昨晚的月色就是秋思的泉源,岂止,直是悲哀幽骚悱怨沈郁的象征,是季候运转的伟剧中最神秘亦最自然的一幕,诗艺界最凄凉亦最微妙的一个消息。

今夜月明人尽望,不知秋思在谁家。

中国字形具有一种独一的妩媚,有几个字的结构,我看来纯是艺术家的匠心:这也是我们国粹之尤粹者之一。譬如"秋"字,已经是一个极美的字形;"愁"字更是文字史上有数的杰作:有石开湖晕,风扫松针的妙处,这一群点画的配置,简直经过柯罗的书篆,米仡朗其罗的雕圭,Chopin 的神感;像——用一个科学的比喻——原子的结构,将旋转宇宙的大力收缩成一个无形无纵的电核;这十三笔造成的象征,似乎是宇宙和人生悲惨的现象和经验,吒喟和涕泪,所凝成最纯粹精密的结晶,满充了催迷的秘力。你若然有高蒂闲(Gautier)异超的知感性,定然可以梦到,愁字变形为秋霞黯绿色的通明宝玉,若用银槌轻击之,当吐银色的幽咽电蛇似腾入云天。

我并不是为寻秋意而看月,更不是为觅新愁而访秋月;蓄意沈浸于悲哀的生活,是丹德所不许的。我盖见月而感秋色,因秋窗而拈新愁:人是一簇脆弱而富于反射性的神经!

我重复回到现实的景色,轻裹在云锦之中的秋月,像一个遍体蒙纱的女郎,她那团圆清朗的外貌像新娘,但同时她幂弦的颜色,那是藕灰,她踟躇的行踵,掩泣的痕迹,又使人疑是送丧的丽姝。所以我曾说:

"秋月呀!

我不盼望你团圆。"

这是秋月的特色,不论她是悬在落日残照边的新镰,与"黄昏晓"竞艳的眉钩,中宵斗没西陲的金碗,星云参差间的银床,以至一轮胀满的中秋,不论盈昃高下,总在原来澄爽明秋之中,遍洒着一种我只能称之为"悲哀的轻霭",和"传愁的以太"。即使你原来无愁,见此也禁不得沾染那"灰色的音调",渐渐兴感起来!

秋月呀!

谁禁得起银指尖儿

　　浪漫地搔爬呵！

　　不信但看那一海的轻涛，可不是禁不住她玉指的抚摩，在那里低徊饮泣呢！就是那

　　无聊的云烟，

　　秋月的美满，

　　熏暖了飘心冷眼，

　　也清冷地穿上了轻绡的衣裳，

　　来参与这

　　美满的婚姻和丧礼。

十月六日

泰山日出

振铎来信要我在《小说月报》的"太戈尔号"上说几句话。我也曾答应了,但这一时游济南游泰山游孔陵,太乐了,一时竟拉不拢心思来做整篇的文字,一直挨到现在期限快到,只得勉强坐下来,把我想得到的话不整齐的写出。

我们在泰山顶上看出太阳。在航过海的人,看太阳从地平线下爬上来,本不是奇事;而且我个人是曾饱饫过江海与印度洋无比的日彩的。但在高山顶上看日出,尤其在泰山顶上,我们无餍的好奇心,当然盼望一种特异的境界,与平原或海上不同的。果然,我们初起时,天还暗沈沈的,西方是一片的铁青,东方些微有些白意,宇宙只是——如用旧词形容——一体莽莽苍苍的。但这是我一面感觉劲烈的晓寒,一面睡眼不曾十分醒豁时的约略的印象。等到留心回览时,我不由得大声的狂叫——因为眼前只是一个见所未见的境界。原来昨夜整夜暴风的工程,却砌成一座普遍的云海。除了日观峰与我们所在的玉皇顶以外,东西南北只是平铺着弥漫的云气,在朝旭未露前,宛似无量数厚毳长戎的绵羊,交颈接背的眠着,卷耳与弯角都依稀辨认得出。那时候在这茫茫的云海中,我独自站在雾霭溟濛的小岛上,发生了奇异的幻想——

我躯体无限的长大,脚下的山峦比例我的身量,只是一块拳石;这巨人披着散发,长发在风里像一面墨色的大旗,飒飒的在飘荡。这巨人竖立在大地的顶尖上,仰面向着东方,平拓着一双长臂,在盼望,在迎接,在催促,在默默的叫唤;在崇拜,在祈祷,在流泪——在流久慕未见而将见悲喜交互的热泪……

这泪不是空流的,这默祷不是不生显应的。

巨人的手,指向着东方——

东方有的,在展露的,是什么?

东方有的是瑰丽荣华的色彩,东方有的是伟大普照的光明——出现了,到了,在这里了……

玫瑰汁,葡萄浆,紫荆液,玛瑙精,霜枫叶——大量的染工,在层累的云底工作;无数蜿蜒的鱼龙,爬进了苍白色的云堆。

一方的异彩,揭去了满天的睡意,唤醒了四隅的明霞——光明的神驹,在热奋地驰骋……

云海也活了;眠熟了兽形的涛澜,又回复了伟大的呼啸,昂头摇尾的向着我们朝露染青馒形的小岛冲洗,激起了四岸的水沫浪花,震荡着这生命的浮礁,似在报告光明与欢欣之临在……

再看东方——海句力士已经扫荡了他的阻碍,雀屏似的金霞,从无垠的肩上产生,展开在大地的边沿。起……起……用力,用力,纯焰的圆颅,一探再探的跃出了地平,翻登了云背,临照在天空……

歌唱呀,赞美呀,这是东方之复活,这是光明的胜利……

散发祷祝的巨人,他的身彩横亘在无边的云海上,已经渐渐的消翳在普遍的欢欣里;现在他雄浑的颂美的歌声,也已在霞彩变幻中,普澈了四方八隅……

听呀,这普澈的欢声;看呀,这普照的光明!

这是我此时回忆泰山日出时的幻想,亦是我想望太戈尔来华的颂词。

想　　飞

假如这时候窗子外有雪——街上,城墙上,屋脊上,都是雪,胡同口一家屋檐下偎着一个戴黑兜帽的巡警,半拢着睡眼,看棉团似的雪花在半空中跳着玩……假如这夜是一个深极了的阿,不是壁上挂钟的时针指示给我们看的深夜,这深就比是一个山洞的深,一个往下钻螺旋形的山洞的深……

假如我能有这样一个深夜,它那无底的阴森捻起我遍体的毫管;再能有窗子外不住往下筛的雪,筛淡了远远间飑动的市谣,筛泯了在泥道上挣扎的车轮。筛灭了脑壳中不妥协的潜流……

我要那深,我要那静。那在树荫浓密处躲着的夜鹰轻易不敢在天光还在照亮时出来睁眼。思想,它也得等。

青天里有一点子黑的。正冲着太阳耀眼,望不真,你把手遮着眼,对着那两株树缝里瞧,黑的,有橙子来大,不,有桃子来大——嘿,又移着往西了!

我们吃了中饭出来到海边去。(这是英国康槐尔极南的一角,三面是大西洋。)勃丽丽的叫响从我们的脚底下匀匀的往上颤,齐着腰,到了肩高,过了头顶,高入了云,高出了云。阿,你能不能把一种急震的乐音想像成一阵光明的细雨,从蓝天里冲着这平铺着青绿的地面不住的下?不,那雨点都是跳舞的小脚,安琪儿的。云雀们也吃过了饭,离开了它们卑微的地巢飞往高处做工去。上帝给它们的工作,替上帝做的工作。瞧着,这儿一只,那边又起了两只!一起就冲着天顶飞,小翅膀动活的多快活,圆圆的,不踌躇的飞,——它们就认识青天。一起就开口唱,小嗓子动活的多快活,一颗颗小精圆珠子直往外唾,亮亮的唾,脆脆的唾,——它们赞美的是青天。瞧着,这飞得多高,有豆子大,有芝麻大,黑刺刺的一屑,直顶着无底的天顶细细的摇,——这全看不见了,影子都没了!但这光明的细雨还是不住的下着……

飞。"其翼若垂天之云……背负苍天,而莫之夭阏者":那不容易见着。我们镇上东关庙外有一座黄泥山,山顶上有一座七层的塔,塔尖顶着天。塔院里常常打钟,钟声响动时,那在太阳西晒的时候多,一枝艳艳的大红花贴在西山的鬓边回照着塔山上的云彩,——钟声响动时,绕着塔顶尖,摩着塔顶天,穿着塔顶云,有一只两只有时三只四只有时五只六只蜷着爪往地面瞧的"饿老鹰",撑开了它们灰苍苍的大翅膀没挂恋似的在盘旋,在半空中浮着,在晚风中泅着,仿佛是按着塔院钟的波荡来练习圆舞似的。那是我做孩子时的"大鹏"。有时好天抬头不见一瓣云的时候听着猇忧忧的叫响,我们就知道那是宝塔上的饿老鹰寻食吃来了,这一想像半天里秃顶圆睛的英雄,我们背上的小翅膀骨上就仿佛豁出了一锉锉铁刷似的羽毛,摇起来呼呼响的,只一摆就冲出了书房门,钻入了玳瑁镶边的白云里玩儿去,谁耐烦站在先生书桌前晃着身子背早上的多难背的书!阿飞!不是那在树枝上矮矮的跳着的麻雀儿的飞;不是那发天黑从堂扁后背冲出来赶蚊子吃的蝙蝠的飞;也不是那软尾巴软嗓子做窠在堂檐上的燕子的飞。要飞就得满天飞,风拦不住云挡不住的飞,一翅膀就跳过一座山头,影子下来遮得阴二十亩稻田的飞,到天晚飞倦了就来绕着那塔顶尖顺着风向打圆圈做梦……听说饿老鹰会抓小鸡!

飞。人们原来都是会飞的。天使们有翅膀,会飞,我们初来时也有翅膀,会飞。我们最初来就是飞了来的,有的做完了事还是飞了去,他们是可羡慕的。但大多数人是忘了飞的,有的翅膀上吊了毛不长再也飞不起来,有的翅膀叫胶水给胶住了再也拉不开,有的羽毛叫人给修短了像鸽子似的只会在地上跳,有的拿背上一对翅膀上当铺去典钱使过了期再也赎不回……真的,我们一过了做孩子的日子就掉了飞的本领。但没了翅膀或是翅膀坏了不能用是一件可怕的事。因为你再也飞不回去,你蹲在地上呆望着飞不上去的天,看旁人有福气的一程一程的在青云里逍遥,那多可怜。而且翅膀又不比是你脚上的鞋,穿烂了可以再问妈要一双去,翅膀可不成,折了一根毛就是一根,没法给补的。还有,单顾着你翅膀也还不定规到时候能飞,你这身子要是不谨慎养太肥了,翅膀力量小再也拖不起,也是一样难不是?一对小翅膀驮不起一个胖肚子,那情形多可笑!到时候你听人家高声的招呼说,朋友,回去罢,趁这天还有紫色的光,你听他们的翅膀在半空中沙沙的摇响,朵朵的春云跳过来推着他们的肩背,望着最光明的来处翩翩的,冉冉的,轻烟似的化出了你的视域,像云雀似的只留下一泻光明的骤雨——"Thou art unseen, but yet I hear the shrill delight."①——那你,独自在泥途里淹着,够多难受,够多懊恼,够多寒伧!趁早留神你的翅膀,朋友。

是人没有不想飞的。老是在这地面上爬着够多厌烦,不说别的。飞出这圈子,飞出这圈子!到云端里去,到云端里去!那个心里不成天千百遍的这么想?飞上天空去浮着;看地球这弹丸在太空里滚着,从陆地看到海,从海再看回陆地。凌空去看一个明白——这才是做人的趣味,做人的权威,做人的交代。这皮囊要是太重挪不动,就挪了它,可能的话,飞出这圈子,飞出这圈子!

人类初发明用石器的时候,已经想长翅膀。想飞。原人洞壁上画的四不像,它的背上掮着翅膀;拿着弓箭赶野兽的,他那肩背上也

---

① 大意是:虽然看不到你的形象,但我能听见你欢乐的歌唱。

给安了翅膀。小爱神是有一对粉嫩的肉翅的。挨开拉斯(Icarus)是人类飞行史里第一个英雄,第一次牺牲。安琪儿(那是理想化的人)第一个标记是帮助他们飞行的翅膀。那也有沿革——你看西洋画上的表现。最初像是一对小精致的令旗,蝴蝶似的粘在安琪儿们的背上,像真的,不灵动的。渐渐的翅膀长大了,地位安准了,毛羽丰满了。画图上的天使们长上了真的可能的翅膀。人类初次实现了翅膀的观念,彻悟了飞行的意义。挨开拉斯闪不死的灵魂,回来投生又投生。人类最大的使命,是制造翅膀,最大的成功是飞!理想的极度,想像的止境,从人到神!诗是翅膀上出世的;哲理是在空中盘旋的。飞:超脱一切,笼盖一切,扫荡一切,吞吐一切。

你上那边山峰顶上试去,要是度不到这边山峰上,你就得到这万丈的深渊里去找你的葬身地!"这人形的鸟会有一天试他第一次的飞行,给这世界惊骇,使所有的著作赞美,给他所从来的栖息处永久的光荣。"阿达文睿!

但是飞?自从挨开拉斯以来,人类的工作是制造翅膀,还是束缚翅膀?这翅膀,承上了文明的重量,还能飞吗?都是飞了来的,还都能飞了回去吗?钳住了,烙住了,压住了,——这人形的鸟会有试他第一次飞行的一天吗?……

同时天上那一点子黑的已经迫近在我的头顶,形成了一架鸟形的机器,忽的机沿一侧,一球光直往下注,砰的一声炸响,——炸碎了我在飞行中的幻想,青天里平添了几堆破碎的浮云。

十四～十六日

就使打破了头，
也还要保持我灵魂的自由

照群众行为看起来，中国人是最残忍的民族。照个人行为看起来，中国人大多数是最无耻的个人。慈悲的真义是感觉人类应感觉的感觉，和有胆量来表现内动的同情。中国人只会在杀人场上听小热昏，决不会在法庭上贺喜判决无罪的刑犯；只想把洁白的人齐拉入混浊的水里，不会原谅拿人格的头颅去撞开地狱门的牺牲精神。只是"幸灾乐祸"，"投井下石"，不会冒一点子险去分肩他人为正义而奋斗的负担。

从前在历史上，我们似乎听见过有什么义呀侠呀，什么当仁不让，见义勇为的榜样呀，气节呀，廉洁呀，等等。如今呢，只听见神圣的职业者接受蜜甜的"冰炭敬"，磕拜寿祝福的响头，到处只见拍卖人格"贱卖灵魂"的招贴。这是革命最彰明的成绩，这是华族民国最动人的广告！

"无理想的民族必亡"，是一句不刊的真言。我们目前的社会政治走的只是卑污苟且的路，最不能容许的是理想，因为理想好比一面大镜子，若然摆在面前，一定照出魑魅魍魉的丑迹。莎士比亚的丑鬼卡立朋（Caliban）有时在海水里照出他自己的尊容，总是老羞成怒的。

所以每次有理想主义的行为或人格出现，这卑污苟且的社会一定不能容忍；不是拳打脚踢，也总是冷嘲热讽，总要把那三闾大夫硬推入汨罗江底，他们方才放心。

我们从前是儒教国，所以从前理想人格的标准是智仁勇。现在不知道变成什么国了,但目前最普通人格的通性,明明是愚闇残忍懦怯,正得一个反面。但是真理正义是永生不灭的圣火,也许有时遭被蒙盖掩翳罢了。大多数的人一天二十四点钟的时间内,何尝没有一刹那清明之气的回复?但是谁有胆量来想他自己的想,感觉他内动的感觉,表现他正义的冲动呢?

蔡元培所以是个南边人说的"戆大",愚不可及的一个书呆子,卑污苟且社会里的一个最不合时宜的理想者,所以他的话是没有人能懂的;他的行为是极少数人——如真有——敢表同情的;他的主张,他的理想,尤其是一盆飞旺的炭火,大家怕炙手,如何敢去抓呢?

"小人知进而不知退。"

"不忍为同流合污之苟安。"

"不合作主义。"

"为保持人格起见……"

"生平仅知是非公道,从不以人为单位。"

这些话有多少人能懂?有多少人敢懂?

这样的一个理想者,非失败不可;因为理想者总是失败的。若然理想胜利,那就是卑污苟且的社会政治失败——那是一个过于奢侈的希望了。

有知识有胆量能感觉的男女同志,应该认明此番风潮是个道德问题;随便彭允彝、京津各报如何淆惑,如何谣传,如何去牵涉政党,总不能掩没这风潮里面一点子理想的火星。要保全这点子小小的火星不灭,是我们的责任,是我们良心上的负担;我们应该积极同情这番拿人格头颅去撞开地狱门的精神!

曼殊斐尔

这心灵深处的欢畅,
这情绪境界的壮旷:
任天堂沈沦,地狱开放,
毁不了我内府的宝藏!

——康河晚照即景

美感的记忆,是人生最可珍的产业。认识美的本能,是上帝给我们进天堂的一把秘钥。

有人的性情,例如我自己的,如以气候作喻,不但是阴晴相间,而且常有狂风暴雨,也有最艳丽蓬勃的春光。有时遭逢幻灭,引起厌世的悲观,铅般的重压在心上,比如冬令阴霾,到处冰结,莫有些微生气;那时便怀疑一切:宇宙,人生,自我,都只是幻的妄的;人情,希望,理想,也只是妄的幻的。

> Ah, human nature, how,
> If utterly frail thou art and vile,
> If dust thou art and ashes, is thy heart so great?
> If thou art noble in part,
> How are thy loftiest and impulses and thoughts
> By so ignoble causes kindled and put out?

"Sopra un ritratto di una bella donna."①

这几行是最深入的悲观派诗人理巴第(Leopardi)的诗。一座荒坟的墓碑上,刻着冢中人生前美丽的肖像,激起了他这根本的疑问——若说人生是有理可寻的,何以到处只是矛盾的现象;若说美是幻的,何以引起的心灵反动能有如此之深刻,若说美是真的,何以也与常物同归腐朽?但理巴第探海灯似的智力虽则把人间种种事物虚幻的外象,一一给褫剥了,连宗教都剥成了个赤裸的梦,他却没有力量来否认美,美的创现他只能认为神奇的;他也不能否认高洁的精神恋,虽则他不信女子也能有同样的境界。在感美感恋最纯粹的一霎那间,理巴第不能不承认是极乐天国的消息,不能不承认是生命中最宝贵的经验。所以我每次无聊到极点的时候,在层冰般严封的心河底里,突然涌起一股消融一切的热流,顷刻间消融了厌世的凝晶,消融了烦恼的苦冻:那热流便是感美感恋最纯粹的一俄顷之回忆。

> To see a world in a grain of sand,
> And a Heaven in a wild flower,
> Hold Infinity in the palm of your hand,
> And eternity in an hour...
> 　　Auguries of Innocence:William Blake

> 从一颗沙里看出世界,
> 天堂的消息在一朵野花,
> 将无限存在你的掌上,
> 刹那间涵有无穷的边涯……

---

① 大意是:啊,人性,如果你是脆弱与卑下的话,如果你是尘与灰的话,你的心怎么如此伟大?如果你部分是高尚的话,你最崇高的冲动和思想怎么却由如此卑贱的原因引起和扑灭?

这类神秘性的感觉,当然不是普遍的经验,也不是常有的经验。凡事只讲实际的人,当然嘲讽神秘主义,当然不能相信科学可解释的神经作用,会发生科学所不能解释的神秘感觉。但世上"可为知者道不可与不知者言"的事正多着哩!

从前在十六世纪,有一次有一个意大利的牧师学者到英国乡下去,见了一大片盛开的苜蓿在阳光中竟同一湖欢舞的黄金,他只惊喜得手足无措,慌忙跪在地上,仰天祷告,感谢上帝的恩典,使他见得这样的美,这样的神景。他这样发疯似的举动,当时一定招起在旁乡下人的哗笑。我这篇要讲的经历,恐怕也有些那牧师狂喜的疯态,但我也深信读者里自有同情的人,所以我也不怕遭乡下人的笑话!

去年七月中有一天晚上,天雨地湿,我独自冒着雨在伦敦的海姆司堆特 Hampstead 问路警,问行人,在寻彭德街第十号的屋子。那就是我初次,不幸也是末次,会见曼殊斐尔——"那二十分不死的时间!"——的一晚。

我先认识麦雷君 John Middleton murry,他是 Athenaeum① 的总主笔,诗人,著名评衡家,也是曼殊斐尔一生最后十余年间最密切的伴侣。

他和她自一九一三年起,即夫妇相处,但曼殊斐尔却始终用她到英国以后的"笔名"Katharine Mansfield。她生长于纽新兰 New Zealand,原名是 Kathleen Beanchamp,是纽新兰银行经理 Sir Harold Beanchamp 的女儿。她十五年前离开了本乡,同着三个小妹子到英国,进伦敦大学皇后学院读书。她从小就以美慧著名,但身体也从小即很怯弱。她曾在德国住过,那时她写她的第一本小说"In a German Pension"。大战期内她在法国的时候多。近几年她也常在瑞士、意大利及法国南部。她常住外国,就为她身体太弱,禁不得英伦雾迷雨苦的

---

① Athenaeum:杂志名。

天时，麦雷为了伴她，也只得把一部分的事业放弃，("Athenaeum"之所以并入"London Nation"就为此。) 跟着他安琪儿似的爱妻，寻求健康。据说可怜的曼殊斐尔战后得了肺病证明以后，医生明说她不过两三年的寿限，所以麦雷和她相处有限的光阴，真是分秒可数。多见一次夕照，多经一次朝旭，她优昙似的余荣，便也消减了如许的活力，这颇使人想起茶花女一面吐血一面纵酒恣欢时的名句：

"You know I have not long to live, therefore I will live fast!"——你知道我是活不久长的，所以我存心喝他一个痛快！

我正不知道多情的麦雷，眼看这艳丽无双的夕阳，渐渐消翳，心里"爱莫能助"的悲感，浓烈到何等田地！

但曼殊斐尔的"活他一个痛快"的方法，却不是像茶花女的纵酒恣欢，而是在文艺中努力；她像夏夜榆林中的鹃鸟，呕出缕缕的心血来制成无双的情曲，便唱到血枯音嘶，也还不忘她的责任是牺牲自己有限的精力，替自然界多增几分的美，给苦闷的人间几分艺术化精神的安慰。

她心血所凝成的便是两本小说集，一本是"Bliss"，一本是去年出版的"Garden Party"。凭这两部书里的二三十篇小说，她已经在英国的文学界里占了一个很稳固的位置。一般的小说只是小说，她的小说是纯粹的文学，真的艺术；平常的作者只求暂时的流行，博群众的欢迎，她却只想留下几小块"时灰"掩不闇的真晶，只要得少数知音者的赞赏。

但唯其是纯粹的文学，她的著作的光彩是深蕴于内而不是显露于外的，其趣味也须读者用心咀嚼，方能充分的理会。我承作者当面许可选译她的精品，如今她去世，我更应当珍重实行我翻译的特权，虽则我颇怀疑我自己的胜任。我的好友陈通伯他所知道的欧洲文学恐怕在北京比谁都更渊博些，他在北大教短篇小说，曾经讲过曼殊斐尔的，这很使我欢喜。他现在也答应也来选译几篇，我更要感谢他了。关于她短篇艺术的长处，我也希望通伯能有机会说一点。

现在让我讲那晚怎样的会晤曼殊斐尔。早几天我和麦雷在Charing Cross背后一家嘈杂的A. B. C.茶店里，讨论英法文坛的状况，我乘便说起近几年中国文艺复兴的趋向，在小说里感受俄国作者的影响最深，他喜的几于跳了起来，因为他们夫妻最崇拜俄国的几位大家，他曾经特别研究过道施滔庖符斯基，著有一本"Dostoievsky: A Critical Study"，曼殊斐尔又是私淑契诃夫(Tchekhov)的，他们常在抱憾俄国文学始终不曾受英国人相当的注意，因之小说的质与式，还脱不尽维多利亚时期的Philistinism①。我又乘便问起曼殊斐尔的近况，他说她一时身体颇过得去，所以此次敢伴着她回伦敦住两星期，他就给了我他们的住址，请我星期四晚上去会她和他们的朋友。

所以我会见曼殊斐尔，真算是凑巧的凑巧。星期三那天我到惠尔斯(H. G. Wells)乡里的家去了(Easten Glebe)，下一天和他的夫人一同回伦敦，那天雨下得很大，我记得回寓时浑身全淋湿了。

他们在彭德街的寓处，很不容易找(伦敦寻地方总是麻烦的，我恨极了那回街曲巷的伦敦)，后来居然寻着了，一家小小一楼一底的屋子，麦雷出来替我开门，我颇狼狈的拿着雨伞，还拿着一个朋友还我的几卷中国字画。进了门，我脱了雨具，他让我进右首一间屋子，我到那时为止对于曼殊斐尔只是对于一个有名的年轻女子作者的景仰与期望；至于她的"仙姿灵态"我那时绝对没有想到，我以为她只是与Rose Macaulay, Virginia Woolf, Roma Wilon, Venessa Bell几位女文学家的同流人物。平常男子文学家与美术家，已经尽够怪僻，近代女子文学家更似乎故意养成怪僻的习惯，最显著的一个通习是装饰之务淡朴，务不入时，务"背女性"；头发是剪了的，又不好好的收拾，一团和糟的散在肩上；袜子永远是粗纱的；鞋上不是沾有泥就是带灰，并且大都是最难看的样式；裙子不是异样的短就是过分的长，眉目间也许有一两圈"天才的黄晕"，或是带着最可厌的美国式龟壳大眼镜，

---

① Philistinism：庸俗。

但她们的脸上却从不见脂粉的痕迹,手上装饰亦是永远没有的,至多无非是多烧了香烟的焦痕;哗笑的声音,十次有九次半盖过同座的男子;走起路来也是挺胸凸肚的,再也辨不出是夏娃的后身;开起口来大半是男子不敢出口的话:当然最喜欢讨论是 Freudian Complex, Birth Control, 或是 George Moore 与 James Joyce 私人印行的新书,例如 "A Story – teller's Holiday" 与 "Ulysses"。总之她们的全人格只是一幅妇女解放的讽刺画。(Amy Lowell 听说整天的抽大雪茄!)和这一班立意反对上帝造人的本意的"唯智的"女子在一起,当然也有许多有趣味的地方,但有时总不免感觉她们矫揉造作的痕迹过深,引起一种性的憎忌。

我当时未见曼殊斐尔以前,固然没有想她是这样一流的 Futuristic, 但也绝对没有梦想到她是女性的理想化。

所以我推进那门时我就盼望她——一个将近中年和蔼的妇人——笑盈盈的从壁炉前沙发上站起来和我握手问安。

但房里——一间狭长的壁炉对门的房——只见鹅黄色恬静的灯光,壁上炉架上杂色的美术的陈设和画件,几张有彩色画套的沙发围列在炉前,却没有一半个人影。麦雷让我一张椅上坐了,伴着我谈天,谈的是东方的观音和耶教的圣母,希腊的 Virgin Diana, 埃及的 Isis, 波斯的 Mithraism 里的 Virgin 等等之相仿佛,似乎处女的圣母是所有宗教里一个不可少的象征……我们正讲着,只听门上一声剥啄,接着进来了一位年轻的女郎,含笑着站在门口。"难道她就是曼殊斐尔——这样的年轻……"我心里在疑惑,她一头的褐色卷发,盖着一张小圆脸,眼极活泼,口也很灵动,配着一身极鲜艳的衣装——漆鞋,绿丝长袜,银红绸的上衣,酱紫的丝绒裙,——亭亭的立着,像一棵临风的郁金香。

麦雷起来替我介绍,我才知道她不是曼殊斐尔,而是屋主人,不知是密司 B—什么,我记不清了,麦雷是暂寓在她家的;她是个画家,壁上挂的画,大都是她自己的作品。她在我对面的椅子上坐了。她从炉架上取下一个小发电机似的东西拿在手里,头上又戴了一个接电话生戴的听箍,向我凑得很近的说话,我先还当是无线电的玩具,随后方知这位秀美的女郎的听觉是有缺陷的!

她正坐定,外面的门铃大响——我疑心她的门铃是特别响些。来的是我在法兰先生(Roger Fry)家里会过的Sydney waterloo,极诙谐的一位先生,有一次他从巨大的口袋里一连掏出了七八枝的烟斗,大的小的长的短的,各种颜色的,叫我们好笑。他进来就问麦雷,迦赛林①今天怎样,我竖了耳朵听他的回答。麦雷说:"她今天不下楼了,天气太坏,谁都不受用……"华德鲁先生就问他可否上楼去看她,麦说可以的。华又问了密司B的允许站了起来,他正要走出门,麦雷又赶过去轻轻的说:"Sydney, don't talk too much!"②

楼上微微听得步响,W已在迦赛林房中了。一面又来了两个客,一个短的M才从游希腊回来,一个轩昂的美丈夫,就是London Nation and Athenaeum里每周做科学文章署名S的Sullivan。M就讲他游历希腊的情形,尽背着古希腊的史迹名胜,Parnassus长,Mycenae短,讲个不住。S也问麦雷迦赛林如何,麦雷说今晚不下楼,W现在楼上。过了半点钟模样,W笨重的足音下来了,S问他迦赛林倦了没有,W说:"不,不像倦,可是我也说不上,我怕她累,所以我下来了。"再等一歇,S也问了麦雷的允许上楼去,麦也照样叮咛他不要让她乏了。麦问我中国的书画,我乘便就拿那晚带去的一幅赵之谦的"草书法画梅",一幅王觉斯的草书,一幅梁山舟的行书,打开给他们看,讲了些书法大意,密司B听得高兴,手捧着她的听盘,挨近我身旁坐着。

但我那时心里却颇觉失望,因为冒着雨存心要来一会Bliss的作者,偏偏她不下楼,同时W,S,麦雷的烘云托月,又增了我对她的好奇心。我想运气不好,迦赛林在楼上,老朋友还有进房去谈的特权,我

---

① 即Katharine,曼殊斐尔的名。
② Sydney, don't talk too much:锡德尼,不要说太多话!

外国人的生客,一定是没有分的了。时已十时过半了,我只得起身告别,走出房门,麦雷陪出来帮我穿雨衣。我一面穿衣,一面说我很抱歉,今晚密司曼殊斐尔不能下来,否则我是很想望会她一面的,不意麦雷竟很诚恳的说,"如其你不介意,不妨请上楼去一见。"我听了这话喜出望外,立即将雨衣脱下,跟着麦雷一步一步地走上楼梯⋯⋯

上了楼梯,扣门,进房,介绍,S告辞,和M一同出房,关门,她请我坐下,我坐下,她也坐下⋯⋯这么一大串繁复的手续我只觉得是像电火似的一扯过,其实我只推想应有这么些的经过,却并不曾觉到:当时只觉得一阵模糊。事后每次回想也只觉得是一阵模糊,我们平常从黑暗的街上走进一间灯烛辉煌的屋子,或是从光薄的屋子里出来骤然对着盛烈的阳光,往往觉得耀光太强,头晕目眩的,得定一定神,方能辨认眼前的事物。用英文说就是 Senses overwhelmed by excessive light[①];不仅是光,浓烈的颜色有时也有"潮没"官觉的效能。我想我那时,虽不定是被曼殊斐尔人格的烈光所潮没,她房里的灯光陈设以及她自身衣饰种种各品浓艳灿烂的颜色,已够使我不预防的神经,感觉刹那间的淆惑,那是很可理解的。

她的房给我的印象并不清切,因为她和我谈话时,不容我去认记房中的布置,我只知道房是很小,一张大床差不多就占了全房大部分的地位,壁是用画纸裱的,挂着好几幅油画大概也是主人画的。她和我同坐在床左贴壁一张沙发榻上,因为我斜倚她正坐的缘故,她似乎比我高得多(在她面前那一个不是低的,真是!)。我疑心那两盏电灯是用红色罩的,否则何以我想起那房,便联想起"红烛高烧"的景象?但背景究属不甚重要,重要的是给我最纯粹的美感的——The purest aesthetic feeling[②]——她;是使我使用上帝给我那把进天国的秘钥的——她;是使我灵魂的内府里,又增加了一部宝藏的——她。但要

---

① Senses overwhelmed by excessive light:过强的光线使感官受不了。
② The purest aesthetic feeling:最纯粹的美感。

用不驯服的文字来描写那晚的她！不要说显示她人格的精华,就是单只忠实地表现我当时的单纯感象,恐怕就够难的了。从前一个人有一次做梦,进天堂去玩了,他异样的欢喜,明天一起身就到他朋友那里去,想描写他神妙不过的梦境。但是,他站在朋友面前,结住舌头,一个字都说不出来,因为他要说的时候,才觉得他所学的在人间适用的字句,绝对不能表现他梦里所见天堂的景色,他气得从此不开口,后来抑郁而死。我此时妄想用字来活现出一个曼殊斐尔,也差不多有同样的感觉,但我却宁可冒亵渎神灵的罪,免得像那位诚实君子活活的闷死。她的打扮与她的朋友 B 女士相像:也是铄亮的漆皮鞋,闪色的绿丝袜,枣红丝绒的围裙,嫩黄薄绸的上衣,领口是尖开的,胸前挂着一串细珍珠,袖口只齐及肘弯。她的发是黑的,也同密司 B 一样剪短的,但她栉发的样式,却是我在欧美从没有见过的。我疑心她是有心仿效中国式,因为她的发不但纯黑,而且直而不卷,整整齐齐的一圈,前面像我们十余年前的"刘海",梳得光滑异常;我虽则说不出所以然,但觉得她发之美也是生平所仅见。

至于她眉目口鼻之清之秀之明净,我其实不能传神于万一;仿佛你对着自然界的杰作,不论是秋水洗净的湖山,霞彩纷披的夕照,或是南洋莹澈的星空,或是艺术界的杰作,培德花芬的沁芳,南怀格纳的奥配拉,密克朗其罗的雕像,卫师德拉(Whistler)或是柯罗(Corot)的画;你只觉得他们整体的美,纯粹的美,完全的美,不能分析的美,可感不可说的美;你仿佛直接无碍的领会了造化最高明的意志,你在最伟大深刻的戟刺中经验了无限的欢喜,在更大的人格中解化了你的性灵。我看了曼殊斐尔像印度最纯澈的碧玉似的容貌,受着她充满了灵魂的电流的凝视,感着她最和软的春风似的神态,所得的总量我只能称之为一整个的美感。她仿佛是个透明体,你只感讶她粹极的灵澈性,却看不见一些杂质。就是她一身的艳服,如其别人穿着,也许会引起琐碎的批评,但在她身上,你只是觉得妥帖,像牡丹的绿叶,只是不可少的衬托,汤林生(H. M. Tomlingson,她生前的一个好

友),以阿尔帕斯山岭万古不融的雪,来比拟她清极超俗的美,我以为很有意味的;他说:

> 曼殊斐尔以美称,然美固未足以状其真,世以可人为美,曼殊斐尔固可人矣,然何其脱尽尘寰气,一若高山琼雪,清澈重霄,其美可惊,而其凉亦可感。艳阳被雪,幻成异彩,亦明明可识,然亦似神境在远,不隶人间。曼殊斐尔肌肤明皙如纯牙,其官之秀,其目之黑,其颊之腴,其约发环整如鬈,其神态之闲静,有华族粲者之明粹,而无西艳伉杰之容;其躯体尤苗约,绰如也,若明蜡之静焰,若晨星之澹妙,就语者未尝不自讶其吐息之重浊,而虑是静且澹者之且神化……

汤林生又说她锐敏的目光,似乎直接透入你的灵府深处,将你所蕴藏的秘密,一齐照澈,所以他说她有鬼气,有仙气;她对着你看,不是见你的面之表,而是见你心之底,但她却不是侦刺你的内蕴,不是有目的的搜罗,而只是同情的体贴。你在她面前,自然会感觉对她无慎密的必要;你不说她也有数,你说了她不会惊讶。她不会责备,她不会怂恿,她不会奖赞,她不会代你出什么物质利益的主意,她只是默默的听,听完了然后对你讲她自己超于善恶的见解——真理。

这一段从长期的交谊中出来深入的话,我与她仅仅一二十分钟的接近当然不会体会到,但我敢说从她神灵的目光里推测起来,这几句话不但是可能,而且是极近情的。

所以我那晚和她同坐在蓝丝绒的榻上,幽静的灯光,轻笼住她美妙的全体,我像受了催眠似的,只是痴对她神灵的妙眼,一任她利剑似的光波,妙乐似的音浪,狂潮骤雨似的向我灵府泼淹。我那时即使有自觉的感觉,也只似济慈 Keats 听鹃啼时的:

> My heart aches, and a drowsy numbness pains

> My sense, as though of homlock I had drunk...
> Tis not through envy of thy happy lot.
> But being too happy in thy happiness... ①

曼殊斐尔的声音之美，又是一个 Miracle②。一个个音符从她脆弱的声带里颤动出来，都在我习于尘俗的耳中，启示着一种神奇的异境，仿佛蔚蓝的天空中一颗一颗的明星先后涌现。像听音乐似的，虽则明明你一生从不曾听过，但你总觉得好像曾经闻到过的，也许在梦里，也许在前生。她的，不仅引起你听觉的美感，而竟似直达你的心灵底里，抚摩你蕴而不宣的苦痛，温和你半冷半僵的希望，洗涤你室碍性灵的俗累，增加你精神快乐的情调，仿佛凑住你灵魂的耳畔私语你平日所冥想不到的仙界消息。我便此时回想，还不禁内动感激的悲慨，几于零泪；她是去了，她的音声笑貌也似蜃彩似的一瞥不再，我只能学 Aft Vogler 之自慰，虔信：

> Whose voice has gone forth, but each survives for the melodist when eternity affirms the conception of an hour.
> ……
> Enough that he heard it once, we shall hear it by & by. ③

曼殊斐尔，我前面说过，是病肺痨的，我见她时正离她死不过半年，她那晚说话时，声音稍高，肺管中便如获管似的呼呼作响。她每句语尾收顿时，总有些气促，颧颊间便也多添一层红润，我当时听出

---

① 大意是：我的心在痛，困顿麻木折磨着我的知觉，我仿佛饮了毒鸩……这并非我嫉妒你的好运，而是你的快乐使我太高兴。
② Miracle：奇迹。
③ 大意是：虽然声音已经飘逝，但每个音符对作曲家来说仍存在，他会让一个小时变成永恒……只要让他听见过一次就够了，我们就会有机会再听见。

了她肺弱的音息,便觉得切心的难过,而同时她天才的兴奋,偏是逼迫她音度的提高,音愈高,肺嘶亦更呖呖,胸间的起伏,亦隐约可辨,可怜!我无奈何,只得将自己的声音特别的放低,希冀她也跟着放低些。果然很应效,她也放低了不少,但不久她又似内感思想的载刺,重复节节的高引。最后我再也不忍因我而多耗她珍贵的精力,并且也记得麦雷再三叮嘱 W 与 S 的话,就辞了出来,总计我进房至出房——她站在房口送我——不过二十分的时间。

我与她所讲的话也很有意味,但大部分是她对于英国当时最风行的几个小说家的批评——例如 Rebecca West, Romer Wilson, Hutchingson, Swinnerton,等——恐怕因为一般人不稔悉,那类简约的评语不能引起相当的兴味所以从略。麦雷自己是现在英国中年的评衡家最有学有识的一人——他去年在牛津大学讲的"The problem of style"有人誉为安诺德(Mathew Arnold)以后评衡界最重要的一部贡献——而他总常常推尊曼殊斐尔,说她是评衡的天才,有言必中肯的本能,所以我此刻要把她那晚随兴月旦的珠沫,略过不讲,很觉得有些可惜。她说她方才从瑞士回来,在那里和罗素夫妇寓所相距颇近,常常说起东方的好处,所以她原来对中国景仰,更一进而为爱慕的热忱。她说她最爱读 Arthur Waley 所翻的中国诗,她说那样的艺术在西方真是一个 Wonderful Revelation①,她说新近 Amy Lowell 译的很使她失望,她这里又用她爱用的短句 That's not the thing!② 她问我译过没有,她再三劝我应当试试,她以为中国诗只有中国人能译得好的。

她又问我是否也是写小说的,她又问中国顶喜欢契诃夫的那几篇,译得怎么样,此外谁最有影响。

她问我最喜欢读那几家小说,我说哈代,康德拉,她的眉稍耸了一耸笑道!

---

① Wonderful Revelation:奇妙的启示。
② That's not the thing:不是那么回事。

"Isn't it! We have to go back to the old masters for good literature——the real thing!"①

她问我回中国去打算怎么样,她希望我不进政治,她愤愤地说现代政治的世界,不论那一国,只是一乱堆的残暴和罪恶。

后来说起她自己的著作。我说她的太是纯粹的艺术,恐怕一般人反而不认识,她说:

"That's just it, then of course, popularity is never the thing for us."②

我说我以后也许有机会试翻她的小说,愿意先得作者本人的许可。她很高兴地说她当然愿意,就怕她的著作不值得翻译的劳力。

她盼望我早日回欧洲,将来如到瑞士再去找她,她说怎样的爱瑞士风景,琴妮湖怎样的妩媚,我那时就仿佛在湖心柔波间与她荡舟玩景:

"Clear, placid Leman! ...
Thy soft murmuring sounds sweet as if a sister's voice reproved.
That I with stern delights should ever have been so moved..."③

我当时就满口的答应,说将来回欧一定到瑞士去访她。

未了我恐怕她已经倦了,深恨与她相见之晚,但盼望将来还有再见的机会。她送我到房门口,与我很诚挚地握别。

将近一月前我得到曼殊斐尔已经在法国的芳丹卜罗去世。这一篇文字,我早已想写出来,但始终为笔懒,延到如今,岂知如今却变了她的祭文了!

---

① 大意是:难道不是吗?我们必须回到过去的大师们那里,才能找到真正的好文学!
② 大意是:是的,确实如此。但流行从来不是我们要的东西。
③ 大意是:清澈、平静的莱蒙湖啊!……你那温柔的波涛声就像姐妹的责备声那样动听,对这种严厉我从未这样快乐与感动过。

鬼　　话

　　慧珈,我只是自然崇拜者。我生平教育之校择者,都从眷爱自然得来。但看我眼中有夏星与秋月;我感情有山岭之雄厚,仿佛大川之潮澜;我思想似山涧之清,似海之阔,似雷电之迅,似枝头好鸟之妙舌;我肢体似雏鹿,似春草,似春云;我想像似电似金似火,有天堂之瑰丽,有地狱之诡幻,有春日之和,有秋花之艳;我爱情如蜜,如蚕丝之不绝,如瀑,如常青之松柏,如石之坚,如月之秘。

　　慧珈,我只是个自然崇拜者,我以为自然界种种事物,不论其细如涧石,暂如花,黑如炭,明如秋月,皆孕有甚深之意义,皆含有不可理解之神秘,皆为至美之象征。我爱汝,因汝亦美之征,我实隐敬畏汝,因汝亦具神之秘。

　　汝手挽我臂,及汝行稍倦,我将以手承汝腰。

　　假令汝蹇不能行,我手必常承汝不辍;假令我盲不能视,汝亦必以至媚之词,状星与月与涧瀑,以娱我常阙之视。月或有盈昃,潮或有涨落,然我不能想像汝我历千难万苦所凝成之恋晶,遭受毫芒之挫损。慧珈,汝我肉虽各体,灵已相和,嘻!汝其东望!美漪初升之满月,至烈至大,披靡云翳,若劲风铲叶。慧珈,忆否年前汝我之奋斗生涯,大敌小寇,巨难隐挫之梗汝我成功之径者,指不可尽数,然美满卒生于黑暗,若潜涧之骤睹光明,若此满月之出雾锢,自此长天晴朗,安行无碍。慧珈,汝试以手觉我心搏,此方寸灵府碎而复全者再再三三,即汝手,此纤纤柔荏之手,亦尝亲傅利刃其中,幸而未殊,然草木不因春荣而怨冬杀,我慧珈仁勇犹天,即使寸寸磔我,成尘成灰。以散入广漠,我魂而有知,犹且感恋,况灾难终解,幸福大来,汝纤美之手,此日竟抚我怀,汝最美丽之灵魂,我竟敢呼为己有。慧珈,我乐良不可支,愿月常圆,愿汝常美,汝泪又盈盈汝眶,月辉出林我视甚清,可爱者泪也,我常呼为人间无价之珍珠。我慧,汝不见我睫亦湿,然今夕彼此怀欢,不能复如春间,在汝园前梨花荫下之交泪成流也。愿汝泪已粗,颓然欲滴,无已容我热吻,咽此情珠。慧乎。汝应登记。汝泪又一度济我情渴,听否桥下涧声凿凿,似讽似妒,且复前进何似?

　　楚王宫殿月轮高,
　　碧琉璃翠烟笼罩。

　　慧珈,汝我真身入仙境矣,如此琉璃,如此昭庙,如此寒烟,如此明月,慧珈吾爱,且为奈何此良宵。李长吉当此冬夜,必念"火井温泉",太白在并,当不吝质裘换酒,然我有慧珈在手,我有慧珈在心,长生情焰,燎尽寒愁,况有蜜吻,何羡庸胶。

　　慧,汝见否昭庙前盘根巨干,决垣破垒而出,宁其难,不屈其性,美哉勇士,来岁春荣时,再来当以花冠宠之。

　　慧,不意冬令清温如此,干草生香,松馨可嗅,此道引向双清,引向玉乳,然汝我不如赴彼新亭一"看云起",半山凉㯏,早动我攀登之念,然前昨游山,屐总北向,何如此夕,慰彼寂寥。且月轮正倚此峰下窥,溯影上寻,别饶逸趣,汝但密抱我袖,当减援蹭之乏,但小心足下,勿为莽棘所扰,勿使乱石为蹭,此境清幽圣洁,即有山鬼,亦必雅驯,不敢孟浪我钟爱之麋。

　　慧,我爱幽秘,不矜明显,故爱月色,甚于昭阳;我童年见月,每每滴泪,但感其悲,不知何以,即今新愁未起,欢满衷肠,然徘徊之顷,便可写泪。大概感美动情,因情生泪,乐之与悲,原相交络,即我与汝年来恋迹他人视为温柔享尽,然我初不知有无悲之欢,无泪之会。汝我回顾来踪,青茵馥郁,何莫非清泪所滋培,即此往夷路从容,亦岂能循庸福之安步。佛说色即是空,空即是色,世俗谬解,负色负空。我谓从空中求色,乃为真色,从色求空,乃得真空;色,情也恋也,空,想像之神境也。汝我自诩识真,舍心在远,岂能局促于皮肉饮食之间哉。

故我爱月,即谓爱其幽秘也可。试看此林此谷,若无秘意,便无神趣昙花泡影之美。正在其来之神,其潜之秘。世每以优昙比人生,设想甚美,然结论以唯其暂忽,应避空虚,则其谬可诛,其愚可怜。人生本非优昙,独见真见美之一俄顷,真生命之消息,乃如电光之涌现。彼牧奴,彼市贾,彼政客,唯日营营于货利泥涸,宁知生命宁有生命,复何优昙之可言。且生命诚是幻境,善生者不虚幻境之易灭,而唯恐其一灭而不复生,苟能如日之出没,生命之优昙朝荣而莫殊,生命之幻境,常绝亦常生,旦旦有希望,息息是危机,(则不其为生命之王欤?)世即有荣华,复何羡?

故我崇拜幽秘,崇拜月,崇拜月夜,夜亦自然之尤秘者。我爱夜,我爱星夜,我爱五星之夜,我爱黑暗中之微芒,我爱星芒下之黑夜。幽秘尤为赋与生命之原素,慧,汝不云乎!西山莫色,钝如铅,呆若木鸡方初星之未露方薇纳司之未现,天圜若冢盖,地偃若古尸,沙云谐色,松柏无声,几疑是沈沈者方且终古,然及明星之独与,顿转钝氲为凉霭,生命复起于沈寂,泄露宇宙生生无已之精神。因其闪耀,因其纯辉,远山近树,并感神明,一若内受神动,回舞欢欣,即石上枯藤,涧底残水,亦似耿耿欲为吟舞,颂美景良辰。慧,汝常爱独凭小牖,默察蓝空,静伺星起。一若展瞭春野,于一涨纯翠之中,忽见罗兰如目,粲笑相迎,讶喜未定,诸鬓并出,星定无极,一体神灵。尔时汝慧心频跃,喜溢长眉。慧珈我爱,汝非凡种,汝来本自神阙,我常有想,天上七星,列汝秀额,无怪汝爱星甚于爱珍。妙盼常在祥云飘渺之间。

慧,枯荆果茧汝行,刺不深否?是藤卷亦大可怜,经霜往雪,色剥根殊,但亘道际,仰啜星光,偶当游踵,辄前纠搂,其意可怜,其情可悯。然汝无端遭刺,痛即不深,亦算小恼,然为常为变,莫非因缘,不如展汝慈腕,温抚而撤置之,彼若有灵,亦当感愧。

慧,汝闻涧声否,似是双清之裔。今冬不冷,泉涧少封,况受星月之惠,流光绰约,宜其韵节连绵,欢惬生平。我尝称山涧为自然界之忠臣义士,自然界之多情种子,休道此潺潺一曲,其来远在云天高处,不知须经过几层地狱,冲度多少林菁,洗磨千万个石堁,涤净几万条苕草,几度幽咽,几番喟息,然其精灵所系,永失勿萱,任难任险,一往无前;慧,汝不尝见流涧合湖,音色并谐,此真克践素愿之欢惊,正不让汝我此夕之踏月林边也。

慧,"看云起"已可望见,月正初卸云衣,散辉如雪蕊缤纷,汝我试立岩松中望月洗之香山,从黑处望光明,益见光明之妩媚,况此尤为神秘之光明。

慧我爱友,汝不感我肢体微震乎?方我见美,神经似感烈电,但觉纤微狂舞,人格辄欲解化,我今又神荡矣!

莎翁尝言,事汝不尝强聒汝客以所恋之誉,汝意未纯。我今欲赋月美以证我恋。慧,汝每讽我以神经逾分之词来相颂汝。然汝当知,苟我不尝因意恋而感神明,则我爱良不足数;我唯从汝纯美的人格中,得窥神圣之奥义,得起悟神禁之境界,故我不得不神汝而圣汝,非滥文字以为夸也。慧乎,汝永为九天明烛,照我入信仰之门!况人道之粹即是神经,神经固人类应有之德。世之猥俗,正生教育习惯之惨堙圣源,汝精神身体之皎洁神明,正不让前峰满月,慧,汝当知吾言之非过誉也。

请为汝颂月:与其谓月为美之象,不如称之为慈悲之征。吾国诗人莫不咏月,然皆止于写态绘形而无深切之同情。唯唐诗"今夜月明人尽望,不知秋思在谁家"韵味俱长,可谓随手检得之宝石。盖月之秘,月之美,月之人道,正在其慨锡慈辉,慰旅人之倦,慰夜莺之寂,慰倚阑啜泣之少女,慰石间独秀之野花,时或轻披帘幕,俯吻眠熟之婴孩,河边沈思之诗人,时或仰天默祷明辉照泪,粲若露珠。天真纯洁之孩童,见天上疾驶之圆艇而啼求焉。而展腴白之小手,以擒清光于怀以示爱焉;此月之秘,此月之美,此月之人道,月之慈悲之效也。我因而每见明月愈不能自折其悲,不能自制其泪,然悲怀益深,泪落益多,而得慰,得灵魂之安慰,亦愈深且多。慧,汝最知此秘,吾不尝谓汝母愿我泣,泣实慰我。

美哉月!此圆此洁,此自由自在惠地不疑,行天无碍。美哉神话!

此高立婆娑者非玉桂乎,此瞿瞿欲动者非嫦娥之蟾乎,兔乎,彼捣玄霜者,何其春之迂徐,广寒之宫禁,何常靳而不启?慧,然汝喜科学,问言天文者月何似,使即量镜而望月,则向之婆娑者今坼侈为谷骷,为岩髅,向之灵动者今僵寂如石沟如败橼,向妩媚流盼如少女,今皱颊丑首如老妇,予我慰使我爱者今骇我视惑我思,向之神秘,向之美,今变为科学之事实;幻象消而美秘俱逝。以此视焚琴煮鹤,其煞风景为何似?慧,设汝有择于真灵之间,汝将焉取?虽然,科学何足以知月,量镜何足以知月,唯见事物之灵者,乃见其真,故讶月之秘之美,而月之真已全。汝不闻开慈之:——Endymion,全诗实一月赋,证美而真自显,宇宙间有途程,理暗文捷,文所不能行,独真觉之灵翼乃得突击而过者,此其一也。开慈之言曰:"我年益长,月之和丽我情热者亦益切;汝犹深谷;汝犹山巅,汝犹圣贤之慧笔,诗人之琴,知己之声音,中天之日;汝犹大口,犹凯得之光荣;汝犹我临阵之鼓角,之战驹,我承美酒之古爵,最高明之勋业;汝犹妇人之媚,汝可爱之明月!"

我的祖母之死

一

一个单纯的孩子,过他快活的时光,与匆匆的,活泼泼的,何尝识别生存与死亡?

这四行诗是英国诗人华茨华斯(William Wordsworth)一首有名的小诗叫做"我们是七人"(We Are Seven)的开端,也就是他的全诗的主意。这位爱自然,爱儿童的诗人,有一次碰着一个八岁的小女孩,发卷蓬松的可爱,他问她兄弟姊妹共有几人,她说我们是七个,两个在城里,两个在外国,还有一个姊妹一个哥哥,在她家里附近教堂的墓园里埋着。但她小孩的心理,却不分清生与死的界限,她每晚携着她的干点心与小盘皿,到那墓园的草地里,独自的吃,独自的唱,唱给她的在土堆里眠着的兄姊听,虽则他们静悄悄的莫有回响,她烂漫的童心却不曾感到生死间有不可思议的阻隔;所以任凭华翁多方的譬解,她只是睁着一双灵动的小眼,回答说:

"可是,先生,我们还是七人。"

二

其实华翁自己的童真,也不让那小女孩的完全:他曾经说"在孩童时期,我不能相信我自己有一天也会得悄悄的躺在坟里,我的骸骨会得变成尘土"。又一次他对人说"我做孩子时最想不通的,是死的这回事将来也会得轮到我自己身上"。

孩子们天生是好奇的,他们要知道猫儿为什么要吃耗子,小弟弟从那里变出来的,或是究竟先有鸡还是先有鸡蛋;但人生最重大的变端——死的见象与实在,他们也只能含糊的看过,我们不能期望一个个小孩子们都是搔头穷思的丹麦王子。他们临到丧故,往往跟着大人啼哭;但他只要眼泪一干,就会到院子里踢毽子,赶蝴蝶,就使在屋子里长眠不醒了的是他们的亲爹或亲娘,大哥或小妹,我们也不能盼望悼死的悲哀可以完全翳蚀了他们稚羊小狗似的欢欣。你如其对孩子说,你妈死了,你知道不知道——他十次里有九次只是对着你发呆;但他等到要妈叫妈,妈偏不应的时候,他的嫩颊上就会有热泪流下。但小孩天然的一种表情,往往可以给人们最深的感动。我生平最忘不了的一次电影,就是描写一个小孩爱恋已死母亲的种种天真的情景。她在园里看种花,园丁告诉她这花在泥里,浇下水去,就会长大起来。那天晚上天下大雨,她睡在床上,被雨声惊醒了,忽然想起园丁的话,她的小脑筋里就发生了绝妙的主意。她偷偷的爬出了床,走下楼梯,到书房里去拿下桌上供着的她死母的照片,一把揣在怀里,也不顾倾倒着的大雨,一直走到园里,在地上用园丁的小锄掘松了泥土,把她怀里的亲妈,谨慎的取了出来,栽在泥里,把松泥掩护着;她做完了工就蹲在那里守候——一个三四岁的女孩,穿着白色的睡衣,在深夜的暴雨里,蹲在露天的地上,专心笃意的盼望已经死去的亲娘,像花草一般,从泥土里发长出来!

三

我初次遭逢亲属的大故,是二十年前我祖父的死,那时我还不满六岁。那是我生平第一次可怕的经验,但我追想当时的心理,我对于死的见解也不见得比华翁的那位小姑娘高明。我记得那天夜里,家里人吩咐祖父病重,他们今夜不睡了,但叫我和我的姊妹先上楼睡去,回头要我们时他们会来叫的。我们就上楼去睡了,底下就是祖父的卧房,我那时也不十分明白,只知道今夜一定有很怕的事,有火烧,强盗抢,做怕梦,一样的可怕。我也不十分睡着,只听得楼下的急步声,碗碟声,唤婢仆声,隐隐的哭泣声,不息的响着。过了半夜,他们上来把我从睡梦里抱了下去,我醒过来只听得一片的哭声,他们已经把长条香点起来,一屋子的烟,一屋子的人,围拢在床前,哭的哭,喊的喊,我也挨了过去,在人丛里偷看大床里的好祖父。忽然听说醒了醒了,哭喊声也歇了,我看见父亲爬在床里,把病父抱持在怀里,祖父倚在他的身上,双眼紧闭着,口里衔着一块黑色的药物他说话了,很清的声音,虽则我不曾听明他说的什么话,后来知道他经过了一阵昏晕,他又醒了过来对家人说:"你们吃吓了,这算是小死。"他接着又说了好几句话,随讲音随低,呼气随微,去了,再不醒了,但我却不曾亲见最后的弥留,也许是我记不起,总之我那时早已跪在地板上,手里擎着香,跟着大众高声的哭喊了。

四

此后我在亲戚家收殓虽则看得不少,但死的实在的状况却不曾见过。我们念书人的幻想力是较比的丰富,但往往因为有了幻想力,就不管生命现象的实在,结果是书呆子,陆放翁说的"百无一用是书生"。人生的范围是无穷的:我们少年时精力充足什么都不怕尝试,只愁没有出奇的事情做,往往抱怨这宇宙太窄,青天太低,大鹏似的翅膀飞不痛快,但是……但是平心的说,且不论奇的,怪的,特别的,离奇的,我们姑且试问人生里最基本的事实,最单纯的,最普遍的,最平庸的,最近人情的经验,我们究竟能有多少的把握,我们能有多少深澈的了解,我们是否都亲身经历过?譬如说:生产,恋爱,痛苦,悲,死,妒,恨,快乐,真疲倦,真饥饿,渴,毒焰似的渴,真的幸福,冻的刑罚,忏悔,种种的情热。我可以说,我们平常人生观,人类,人道,人情,真理,哲理,本能等等名词不离口吻的念书人们,什么文学家,什么哲学家——关于真正人生基本的事实的实在,知道的——恐怕是极微至鲜,即使不等于圆圈。我有一个朋友,他和他夫人的感情极厚,一次他夫人临到难产,因为在外国,所以进医院什么都得他自己照料,最后医生宣言只有用手术一法,但性命不能担保,他没有法子,只好和他半死的夫人诀别(解剖时亲属不准在旁的)。满心毒魔似的难受,他出了医院,走在道上,走上桥去,像得了离魂病似的,心脉舂臼似的跳着,最后他听着了教堂和缓的钟声,他就不自主的跟着钟声,进了教堂,跟着在做礼拜的跪着,祷告,忏悔,祈求,唱诗,流泪,(他并不是信教的人),他这样的捱过时刻,后来回转医院时,一步步都是惨酷的磨难,比上行刑场的犯人,加倍的难受,他怕见医生与看护妇,仿佛他的运命是在他们的手掌里握着。事后他对人说"我这才知道了人生一点子的意味!"

五

所以不曾经历过精神或心灵的大变的人们,只是在生命的户外徘徊,也许偶尔猜想到几分墙内的动静,但总是浮的浅的,不切实的,甚至完全是隔膜的。人生也许是个空虚的幻梦,但在这幻象中,生与死,恋爱与痛苦,毕竟是陡起的奇峰,应得激动我们彷徨者的注意,在此中也许有可以感悟到一些幻里的真,虚中的实,这浮动的水泡不曾破裂以前,也应得饱吸自由的日光,反射几丝颜色!

我是一只不羁的野驹,我往往纵容想像的猖狂,诡辩人生的现实;比如凭藉凹折的玻璃,觉察当前景色。但时而复再,我也能从烦嚣的杂响中听出清新的乐调,在眩耀的杂彩里,看出有条理的意匠。这次祖母的大故,老家庭的生活,给我不少静定的时刻,不少深刻的反省。我不敢说我因此感悟了部分的真理,或是取得了若干的智慧;我只能说我因此与实际生活更深了一层的接触,益发激动我对于人生种种好奇的探讨,益发使我惊讶这迷谜的玄妙,不但死是神奇的现象,不但生命与呼吸是神奇的现象,就连日常的生活与习惯与迷信,也好像放射着异样的光闪,不容我们擅用一两个形容词来概状,更不容我们倡言什么主义来抹煞——一个革新者的热心,碰着了实在的寒冰!

六

我在我的日记里翻出一封不曾写完不曾付寄的信,是我祖母死后第二天的早上写的。我那时在极强烈的极鲜明的时刻内,很想把那几日经过感想与疑问,痛快的写给一个同情的好友,使他在数千里外也能分尝我强烈的鲜明的感情。那位同情的好友我选中了通伯,但那封信却只起了一个呆重的头,一为丧中忙,二为我那时眼热不耐用心,始终不曾写就,一直挨到现在再想补写,恐怕强烈已经变弱,鲜明已经透暗,逃亡的囚逋,不易追获的了。我现在把那封残信录在这里,再来追摹当时的情景。

> 通伯:我的祖母死了!从昨夜十时半起,直到现在,满屋子只是号啕呼抢的悲音与和尚道士女僧的礼忏鼓磬声。二十年前祖父丧时的情景,如今又在眼前了。忘不了的情景! 你愿否听我讲些?
> 我一路回家,怕的是也许已经见不到老人,但老人却在生死的交关仿佛存心的弥留着,等待她最钟爱的孙儿——即不能与他开言诀别,也使他尚能把握她依然温暖的手掌,抚摩她依然跳动着的胸怀。凝视她依然能自开自阖虽则不再能表情的目睛。她的病是脑充血的一种,中医称为"卒

中"(最难救的中风)。她十日前在暗房里踬仆倒地,从此不再开口出言,登仙似的结束了她八十四年的长寿,六十年良妻与贤母的辛勤,她现在已经永远的脱辞了烦恼的人间,还归她清净自在的来处。我们承受她一生的厚爱与荫泽的儿孙,此时亲见,将来追念,她最后的神化,不能自禁中怀的摧痛,热泪暴雨似的盆涌,然痛心中却亦隐有无穷的赞美,热泪中依稀想见她功成德备的微笑,无形中似有不朽的灵光,永远的临照她绵衍的后裔……

七

旧历的乞巧那一天,我们一大群快活的游踪,驴子灰的黄的白的,轿子四个脚夫抬的,正在山海关外,迂回的,曲折的绕登角山的栖贤寺,面对着残圮的长城,巨虫似的爬山越岭,隐入烟霭的迷茫。那晚回北戴河海滨住处,已经半夜,我们还打算天亮四点钟上莲峰山去看日出,我已经快上床,忽然想起了,出去问有信没有,听差递给我一封电报,家里来的四等电报。我就知道不妙,果然是"祖母病危速回"!我当晚就收拾行装,赶早上六时车到天津,晚上才上津浦快车。正嫌路远车慢,半路又为水发冲坏了轨道过不去,一停就停了十二点钟有余,在车里多过了一夜,直到第三天的中午方才过江上沪宁车。这趟车如其准点到上海,刚好可以接上沪杭的夜车,谁知道又误了点,误了不多不少的一分钟,一面我们的车进站,他们的车头乌的一声叫,别断别断的去了!我若然是空身子,还可以冒险跳车,偏偏我的一双手又被行李雇定了,所以只得定着眼睛送它走。

所以直到八月二十二日的中午我方才到家。我给通伯的信说"怕是已经见不着老人",在路上那几天真是难受,缩不短的距离没有法子,但是那急人的水发,急人的火车,几面凑拢来,叫我整整的迟一昼夜到家!试想病危了的八十四岁的老人,这二十四点钟不是容易过的,说不定她刚巧在这个期间内有什么动静,那才叫人抱憾哩!但是结果还算没有多大的差池——她老人家还在生死的交关等着!

八

奶奶——奶奶——奶奶!奶——奶!你的孙儿回来了,奶奶!没有回音。老太太阖着眼,仰面躺在床里,右手拿着一把半旧的雕翎扇很自在的扇动着。老太太原来就怕热,每年暑天总是扇子不离手的,那几天又是特别的热。这还不是好好的老太太,呼吸顶匀净的,定是睡着了,谁说危险!奶奶,奶奶!她把扇子放下了,伸手去摸着头顶上挂着的冰袋,一把抓得紧紧的,呼了一口长气,像是暑天赶道儿的喝了一碗凉汤似的,这不是她明明的有感觉不是?我把她的手拿在我的手里,她似乎感觉我手心的热,可是她也让我握着,她开眼了!右眼张得比左眼开些,瞳子却是发呆,我拿手指在她的眼前一挑,她也没有瞬,那准是她瞧不见了——奶奶,奶奶,——她也真没有听见,难道她真是病了,真是危险,这样爱我疼我宠我的好祖母,难道真会得……我心里一阵的难受,鼻子里一阵的酸,滚热的眼泪就迸了出来。这时候床前已经挤满了人,我的这位,我的那位,我一眼看过去,只见一片惨白忧愁的面色,一双双装满了泪珠的眼眶。我的妈更看的憔悴。她们已经伺候了六天六夜,妈对我讲祖母这回不幸的情形,怎样的她夜饭前还在大厅上吩咐事情,怎样的饭后进房去自己擦脸,不知怎样的闪了下去,外面人听着响声才进去,已经是不能开口了,怎样的请医生,一直到现在还没有转机……

一个人到了天伦骨肉的中间,整套的思想情绪,就变换了式样与颜色。你的不自然的口音与语法没有用了;你的耀眼的袍服可以不必穿了;你的洁白的天使的翅膀,预备飞翔出人间到天堂的,不便在你的慈母跟前自由的开豁;你的理想的楼台亭阁,也不易轻易的放进这二百年的老屋;你的佩剑,要塞,以及种种的防御,在争竞的外界即使是必要的,到此只是可笑的累赘。在这里,不比在其余的地方,他们所要求于你的,只是随熟的声音与笑貌,只是好的,纯粹的本性,只是一个没有斑点子的赤裸裸的好心。在这些纯爱的骨肉的经纬中心,不由得你不从你的天性里抽出最柔糯亦最有力的几缕丝线来加密或是缝补这幅天伦的结构。

所以我那时坐在祖母的床边,含着两朵热泪,听母亲叙述她的病况,我脑中发生了异常的感想,我像是至少逃回了二十年的光阴,正如我膝前子侄辈一般的高矮,回复了一片纯朴的童真,早上走来祖母的床前,揭开帐子叫一声软和的奶奶,她也回叫了我一声,伸手到里床去摸给我一个蜜枣或是三片状元糕,我又叫了一声奶奶,出去玩了,那是如何可爱的辰光,如何可爱的天真,但如今没有了,再也不回来了。现在床里躺着的,还不是我的亲爱的祖母,十个月前我伴着到普陀登山拜佛清健的祖母,但现在何以不再答应我的呼唤,何以不再能表情,不再能说话,她的灵性那里去了,她的灵性那里去了?

九

一天,一天,又是一天——在垂危的病榻前过的时刻,不比平常飞驶无碍的光阴,时钟上同样的一声的嗒,直接的打在你的焦急的心里,给你一种模糊的隐痛——祖母还是照样的眠着,右手的脉自从起病以来已是极微仅有的,但不能动掸的却反是有脉的左侧,右手还是不时在挥扇,但她的呼吸还是一例的平匀,面容虽不免瘦削,光泽依然不减,并没有显著的衰象,所以我们在旁边看她的,差不多每分钟都盼望她从这长期的睡眠中醒来,打一个哈欠,就开眼见人,开口说话——果然她醒了过来,我们也不会觉得离奇,像是原来应当似的。但这究竟是我们亲人绝望中的盼望,实际上所有的医生,中医,西医,针医,都已一致的回绝,说这是"不治之症",中医说这脉象是凭证,西医说脑壳里血管破裂,虽则植物性机能——呼吸,消化——不曾停止,但言语中枢已经断绝——此外更专门更玄学更科学的理论我也记不得了。所以暂时不变的原因,就在老太太本来的体元太好了,拳术家说的"一时不能散工",并不是病有转机的兆头。

我们自己人也何尝不明白这是个绝症;但我们却总不忍自认是绝望:这"不忍"便是人情。我有时在病榻前,在凄恻的静默中,发生了重大的疑问。科学家说人的意识与灵感,只是神经系最高的作用,这复杂,微妙的机械,只要部分有了损伤或是停顿,全体的动作便发生相当的影响;如其最重要的部分受了扰乱,他不是变成反常的疯癫,便是完全的失去意识。照这一说,体即是用,离了体即没有用;灵魂是宗教家的大谎,人的身体一死什么都完了。这是最干脆不过的说法,我们活着时有这样有那样已经尽够麻烦,尽够受,谁还有兴致,谁还愿意到坟墓的那一边再去发生关系,地狱也许是黑暗的,天堂是光明的,但光明与黑暗的区别无非是人类专擅的假定,我们只要摆脱这皮囊,还归我清静,我就不愿意头戴一个黄色的空圈子,合着手掌跪在云端里受罪!

再回到事实上来,我的祖母——一位神智最清明的老太太——究竟在那里?我既然不能断定因为神经部分的震裂她的灵感性便永远的消灭,但同时她又分明的失却了表情的能力,我只能设想她人格的自觉性,也许比平时消澹了不少,却依旧是在着,像在梦魇里将醒未醒时似的,明知她的儿女孙曾不住的叫唤她醒来,明知她即使要永别也总还有多少的嘱咐,但是可怜她的睛球再不能反映外界的印象,她的声带与口舌再不能表达她内心的情意,隔着这脆弱的肉体的关系,她的性灵再不能与她最亲的骨肉自由的交通——也许她也在整天整夜的伴着我们焦急,伴着我们伤心,伴着我们出泪,这才是可怜,这才真叫人悲戚哩!

十

到了八月二十七那天,离她起病的第十一天,医生盼咐脉象大大的变了,叫我们当心,这十一天内每天她只咽入很困难的几滴稀薄的米汤,现在她的面上的光泽也不如早几天了,她的目眶更陷落了,她的口部的筋肉也更宽弛了,她右手的动作也减少了,即使拿起了扇子也不再能很自然的扇动了——她的大限的确已经到了。但是到晚饭后,反是没有什么显象。同时一家人着了忙,准备寿衣的,准备冥银的,准备香灯等等的。我从里走出外,又从外走进里,只见匆忙的脚步与严肃的面容。这时病人的大动脉已经微细的不可辨,虽则呼吸还不至怎样的急促。这时一门的骨肉已经齐集在病房里,等候那不可避免的时刻。到了十时光景,我和我的父亲正坐在房的那一头一张床上,忽然听得一个哭叫的声音说——"大家快来看呀,老太太的眼睛张大了!"这尖锐的喊声,仿佛是一大桶的冰水浇在我的身上,我所有的毛管一齐竖了起来,我们跟跄的奔到了床前,挤进了人群。果然,老太太的眼睛张大了,张得很大了!这是我一生从不曾见过,也是我一辈子忘不了的眼见的神奇。(恕罪我的描写!)不但是两眼,面容也是绝对的神变了(Transfigured):她原来皱缩的面上,发出一种鲜润的彩泽,仿佛半瘀的血脉,又一度满充了生命的精液,她的口,她的两颊,也都回复了异样的丰润;同时她的呼吸渐渐的上升,急进的短促,现在已经几乎脱离了气管,只在鼻孔里脆响的呼出了。但是最神奇不过的是一只眼睛!她的瞳孔早已失去了收敛性,呆顿的放大了。但是最后那几秒钟!不但眼眶是充分的张开了,不但黑白分明,瞳孔锐利的紧敛了,并且放射着一种不可形容,不可信的辉光,我只能称他为"生命最集中的灵光"!这时候床前只是一片的哭声,子媳唤着娘,孙子唤着祖母,婢仆争喊着老太太,几个稚龄的曾孙,也跟着狂叫太太……但老太太最后的开眼,仿佛是与她亲爱的骨肉,作无言的诀别,我们都在号泣的送终,她也安慰了,她放心的去了。在几秒时内,死的黑影已经移上了老人的面部,遏灭了生命的异彩,她最后的呼气,正似水泡破裂,电光杳灭,菩提的一响,生命呼出了窍,什么都止息了。

十一

我满心充塞了死象的神奇,同时又须雇管我有病的母亲,她那时出性的号啕,在地板上滚着,我自己反而哭不出来;我自己也觉得奇怪,眼看着一家长幼的涕泪滂沱,耳听着狂沸似的呼抢号叫,我不但不发生同情的反应,却反而达到了一个超感情的,静定的,幽妙的意境,我想像的看见祖母脱离了躯壳与人间,穿着雪白的长袍,冉冉的上升天去,我只想默默的跪在尘埃,赞美她一生的功德,赞美她一生的圆寂。这是我的设想!我们内地人却没有这样纯粹的宗教思想;他们的假定是不论死的是高年厚德的老人或是无知无怨的幼孩,或是罪大恶极的凶人,临到弥留的时刻总是一例的有无常鬼,摸壁鬼,牛头马面,赤发獠牙的阴差等等到门,拿着镣链枷锁,来捉拿阴魂到案。所以烧纸帛是平他们的暴戾,最后的呼抢是没奈何的诀别。这也许是大部分临死时实在的情景,但我们却不能概定所有的灵魂都不免遭受这样的凌辱。譬如我们的祖老太太的死,我只能想像她是登天,只能想像她慈祥的神化——像那样鼎沸的号啕,固然是至性不能自禁,但我总以为不如匍伏隐泣或祷默,较为近情,较为合理。

理智发达了,感情便失了自然的浓挚;厌世主义的看来,眼泪与笑声一样是空虚的,无意义的。但厌世主义姑且不论,我却不相信理智的发达,会得妨碍天然的情感;如其教育真有效力,我以为效力就在剥削了不合理性的"感情作用",但决不会有损真纯的感情;他眼泪也许比一般人流得少些,但他等到流泪的时候,他的泪才是应流的泪。我也是智识愈开流泪愈少的一个人,但这一次却也真的哭了好几次。一次是伴我的姑母哭的,她为产后不曾复元,所以祖母的病一直瞒着她,一直到了祖母故后的早上方才通知她。她扶病来了,她还不曾下轿,我已经听出她在啜泣,我一时感觉一阵的悲伤,等到她出轿放声时,我也在房中嘘唏不住。又一次是伴祖母当年的赠嫁婢哭的。她比祖母小十一岁,今年七十三岁,亦已是个白发的婆子,她也来哭她的"小姐",她是见着我祖母的花烛的唯一个人,她的一哭我也哭了。

再有是伴我的父亲哭的。我总是觉得一个身体伟大的人,他动情感的时候,动人的力量也比平常人伟大些。我见了我父亲哭泣,我就忍不住要伴着淌泪。但是感动我最强烈的几次,是他一人倒在床里,反覆的啜泣着,叫着妈,像一个小孩似的,我就感到最热烈的伤感,在他伟大的心胸里浪涛似的起伏,我就感到母子的感情的确是一切感情的起原与总结,等到一失慈爱的荫蔽,仿佛一生的事业顿时莫有了根柢,所有的快乐都不能填平这唯一的缺陷;所以他这一哭,我也真哭了。

但是我的祖母果真是死了吗?她的躯体是的。但她是不死的。诗人勃兰恩德说(Bryant)

> So live, that when thy summons comes to join the innumerable caravan, which moves to that mysterious r-ealm where each one takes his chamber in the silent halls of death, then go not, like the quarry slave at night scourged to his dungeon, but sustained and soothed.
>
> By an unfaltering truth, approach thy grave like one that wraps the drapery of his couch, about him, and lies down to pleasant dreams. ①

如果我们的生前是尽责任的,是无愧的,我们就会安坦的走近我

---

① 大意是:所以活下去吧,当你受到召唤,去加入向那神秘的领域行进的旅行队伍,去死亡的府第入住的时候,不要像那逃奴,在深夜里被鞭子抽着回到他的地牢,而应该是镇定与平静的。因为对真理的毫不动摇的信念,你在走近坟墓的时候要像一个上床睡觉的人,把毯子卷好,躺下做一个愉快的梦。"

们的坟墓,我们的灵魂里不会有惭愧或悔恨的啮痕。人生自生至死,如勃兰恩德的比喻,真是大队的旅客在不尽的沙漠中进行,只要良心有个安顿,到夜里你卧倒在帐幕里也就不怕噩梦来缠绕。

  我的祖母,在那旧式的环境里,到我们家来五十九年,真像是做了长期的苦工,她何尝有一日的安闲,不必说子女的嫁娶,就是一家的柴米油盐,扫地抹桌,那一件事不在八十岁老人早晚的心上!我的伯父快近六十岁了,但他的起居饮食,还差不多完全是祖母经管的,初出世的曾孙如其有些身热咳嗽,老太太晚上就睡不安稳;她爱我宠我的深情,更不是文字所能描写;她那深厚的慈荫,真是无所不包,无所不蔽。但她的身心即使劳碌了一生,她的报酬却在灵魂无上的平安;她的安慰就在她的儿女孙曾,只要我们能够步她的前例,各尽天定的责任,她在冥冥中也就永远的微笑了。

十一月二十四日

泰 戈 尔

我有几句话想趁这个机会对诸君讲,不知道你们有没有耐心听。泰戈尔先生快走了,在几天内他就离别北京,在一两个星期内他就告辞中国。他这一去大约是不会再来的了。也许他永远不能再到中国。

他是六七十岁的老人,他非但身体不强健,他并且是有病的。去年秋天他还发了一次很重的骨痛热病。所以他要到中国来,不但他的家属,他的亲戚朋友,他的医生,都不愿意他冒险,就是他欧洲的朋友,比如法国的罗曼·罗兰,也都有信去劝阻他。他自己也曾经踌躇了好久,他心里常常盘算他如其到中国来,他究竟能不能够给我们好处,他想中国人自有他们的诗人,思想家,教育家,他们有他们的智慧,天才,心智的财富与营养,他们更用不着外来的补助与戟刺,我只是一个诗人,我没有宗教家的福音,没有哲学家的理论,更没有科学家实利的效用,或是工程师建设的才能,他们要我去做什么,我自己又为什么要去,我有什么礼物带去满足他们的盼望。他真的很觉得迟疑,所以他延迟了他的行期。但是他也对我们说到冬天完了春风吹动的时候(印度的春风比我们的吹得早),他不由的感觉了一种内迫的冲动,他面对着逐渐滋长的青草与鲜花,不由的抛弃了、忘却了他应尽的职务,不由的解放了他的歌唱的本能,和着新来的鸣雀,在柔软的南风中开怀的讴吟,同时他收到我们催请的信,我们青年盼望他的诚意与热心,唤起了老人的勇气。他立即定夺了他东来的决心。他说趁我暮年的肢体不曾僵透,趁我衰老的心灵还能感受,决不可错过这最后唯一的机会,这博大,从容,礼让的民族,我幼年时便发心朝拜,与其将来在黄昏寂静的境界中萎衰的惆怅,何如利用这夕阳未瞑时的光芒,了却我晋香人的心愿?

他所以决意的东来。他不顾亲友的劝阻,医生的警告,不顾他自身的高年与病体,他也撇开了在本国一切的任务,跋涉了万里的海程,他来到了中国。

自从四月十二在上海登岸以来,可怜老人不曾有过一半天完整的休息,旅行的劳顿不必说,单就公开的演讲以及较小集会时的谈话,至少也有了三四十次!他的,我们知道,不是教授们的讲义,不是教士们的讲道,他的心府不是堆积货品的栈房,他的辞令不是教科书的喇叭。他是灵活的泉水,一颗颗颤动的圆珠从地心里兢兢的泛登水面都是生命的精液;他是瀑布的吼声,在白云间,青林中,石罅里,不住的啸响;他是百灵的歌声,他的欢欣,愤慨,响亮的谐音,弥漫在无际的晴空。但是他是倦了。终夜的狂歌已经耗尽了子规的精力。东方的曙色亦照出她点点的心血,染红了蔷薇枝上的白露。

老人是疲乏了。这几天他睡眠也不得安宁。他已经透支了他有限的精力。他差不多是靠散拿吐瑾过日的,他不由的不感觉风尘的厌倦,他时常想念他少年时在恒河边沿拍浮的清福,他想望椰树的清荫与曼果的甜瓤。

但他还不仅是身体的惫劳,他也感觉心境的不舒畅。这是很不幸的。我们做主人的只是深深的负歉。他这次来华,不为游历,不为政治,更不为私人的利益,他熬着高年,冒着病体,抛弃自身的事业,备尝行旅的辛苦,他究竟为的是什么?他为的只是一点看不见的情感!说远一点,他的使命是在修补中国与印度两民族间中断千余年的桥梁,说近一点,他只想感召我们青年真挚的同情。因为他是信仰生命的,他是尊崇青年的,他是歌颂青春与清晨的,他永远指点着前途的光明。悲悯是当初释迦牟尼证果的动机,悲悯也是泰戈尔先生不辞艰苦的动机。现代的文明只是骇人的浪费,贪淫与残暴,自私与自大，相猜与相忌，飓风似的倾覆了人道的平衡，产生了巨大的毁灭。芜秽的心田里只是误解的蔓草，毒害同情的种子，更没有收成的希冀。在这个荒惨的境地里，难得有少数的丈夫，不怕阻难，不自馁怯，肩上扛着铲除误解的大锄，口袋里满装着新鲜人道的种子，不问天时是阴是雨是晴，不问是早晨是黄昏是黑夜，他只是努力的工作，清理一方泥土，施殖一方生命，同时口唱着嘹亮的新歌，鼓舞在黑暗中将次透露的萌芽。泰戈尔先生就是这少数中的一个。他是来广布同情的，他是来消除成见的。我们亲眼见过他慈祥的阳春似的表情，亲耳听过他从心灵底里迸裂出的大声，我想只要我们的良心不曾受恶毒的烟煤熏黑，或是被恶浊的偏见污抹，谁不曾感觉他至诚的力量，魔术似的，为我们生命的前途开辟了一个神奇的境界，燃点了理想的光明？所以我们也懂得他的深刻的懊怅与失望，如其他知道部分的青年不但不能容纳他的灵感，并且成心的诬毁他的热忱。我们固然奖励思想的独立，但我们决不敢附和误解的自由。他生平最满意的成绩就在他永远能得青年的同情，不论在德国，在丹麦，在美国，在日本，青年永远是他最忠心的朋友。他也曾经遭受种种的误解与攻击，政府的猜疑与报纸的诬捏与守旧派的讥评，不论如何的谬妄与剧烈，从不曾扰动他优容的大量。他的希望，他的信仰，他的爱心，他的至诚，完全的托付青年。我的须，我的发是白的，但我的心却永远是年青的，他常常的对我们说，只要青年是我的知己，我理想的将来就有着落，我乐观的明灯永远不致暗淡。他不能相信纯洁的青年也会坠落在怀疑，猜忌，卑琐的泥溷。他更不能信中国的青年也会沾染不幸的污点。他真不预备在中国遭受意外的待遇。他很不自在，他很感觉异样的怆心。

  因此精神的懊丧更加重他躯体的倦劳。他差不多是病了。我们当然很焦急的期望他的健康，但他再没有心境继续他的讲演。我们恐怕今天就是他在北京公开讲演最后的一个机会。他有休养的必要。我们也决不忍再使他耗费他有限的精力。他不久又有长途的跋涉,他不能不有三四天完全的养息。所以从今天起,所有已经约定的集会,公开与私人的,一概撤消,他今天就出城去静养。

我们关切他的一定可以原谅,就是一小部分不愿意他来作客的诸君也可以自喜战略的成功。他是病了,他在北京不再开口了,他快走了,他从此不再来了。但是同学们,我们也得平心的想想,老人到底有什么罪、他有什么负心,他有什么不可容赦的犯案?公道是死了吗,为什么听不见你的声音?

他们说他是守旧,说他是顽固。我们能相信吗?他们说他是"太迟",说他是"不合时宜",我们能相信吗?他自己是不能信,真的不能信。他说这一定是滑稽家的反调,他一生所遭逢的批评只是太新,太早、太急进、太激烈,太革命的,太理想的,他六十年的生涯只是不断的斗奋与冲锋,他现在还只是冲锋与斗奋。但是他们说他是守旧,太迟,太老。他顽固斗奋的对象只是暴烈主义,资本主义,帝国主义,武力主义,杀灭牲灵的物质主义;他主张的只是创造的生活,心灵的自由,国际的和平,教育的改造,普爱的实现。但他们说他是帝国政策的间谍,资本主义的助力,亡国奴族的流民,提倡裹脚的狂人!肮脏是在我们的政客与暴徒的心里,与我们的诗人又有什么关连?昏乱是在我们冒名的学者与文人的脑里,与我们的诗人又有什么亲属?我们何妨说太阳是黑的,我们何妨说苍蝇是真理?同学们,听信我的话,像他的这样伟大的声音我们也许一辈子再不会听着的了。留神目前的机会,预防将来的惆怅!他的人格我们只能到历史上去搜寻比拟,他的博大的温柔的灵魂我敢说永远是人类记忆里的一次灵迹,他的无边际的想像与辽阔的同情使我们想起惠德曼;他的博爱的福音与宣传的热心使我们记起托尔斯泰;他的坚韧的意志与艺术的天才使我们想起造摩西像的米仡郎其罗;他的诙谐与智慧使我们想像当年的苏格拉底与老聃;他的人格的和谐与优美使我们想念暮年的葛德;他的慈祥的纯爱的抚摩,他的为人道不厌的努力,他的磅礴的大声,有时竟使我们唤起救主的心像;他的光彩,他的音乐,他的雄伟,使我们想念奥林匹克山顶的大神。他是不可侵凌的,不可逾越的,他是自然界的一个神秘的现象。他是三春和暖的南风,惊醒树枝上的新芽,增添处女颊上的红晕。他是普照的阳光。他是一派浩瀚的大水,从来不可追寻的渊源,在大地的怀抱中终古的流着,不息的流着,我们只是两岸的居民,凭着这慈恩的天赋,灌溉我们的田稻,苏解我们的消渴,洗净我们的污垢。他是喜马拉雅积雪的山峰,一般的崇高,一般的纯洁,一般的壮丽,一般的高傲,只有无限的青天枕藉他银白的头颅。

人格是一个不可错误的实在。荒歉是一件大事,但我们是饿惯了的,只认鸠形与鹄面是人生本来的面目,永远忘却了真健康的颜色与彩泽。标准的低降是一种可耻的堕落;我们只是蹲坐在井底的青蛙,但我们更没有怀疑的余地。我们也许描详东方的初白,却不能非议中天的太阳。我们也许见惯了阴霾的天时,不耐这热烈的光焰,消散天空的云雾,暴露地面的荒芜,但同时在我们心灵的深处,我们岂不也感觉一个新鲜的影响,催促我们生命的跳动,唤醒潜在的想望,仿佛是武士望见了前峰烽烟的信号,更不踌躇的奋勇向前?只有接近了这样超轶的纯粹的丈夫,这样不可错误的实在,我们方始相形的自愧我们的口不够阔大,我们的嗓音不够响亮,我们的呼吸不够深长,我们的信仰不够坚定,我们的理想不够莹澈,我们的自由不够磅礴,我们的语言不够明白,我们的情感不够热烈,我们的努力不够勇猛,我们的资本不够充实……

我自信我不是恣滥不切事理的崇拜,我如其曾经应出浓烈的文字,这是因为我不能自制我浓烈的感想。但我最急切要声明的是,我们的诗人,虽则常常招受神秘的徽号,在事实上却是最清明,最有趣,最诙谐,最不神秘的生灵,他是最通达人情,最近人情的。我盼望有机会追写他日常的生活与谈话。如其我是犯嫌疑的,如其我也是性近神秘的(有好多朋友这么说),你们还有适之先生的见证,他也说他是最可爱最可亲的个人;我们可以相信适之先生绝对没有"性近神秘"的嫌疑！所以无论他怎样的伟大与深厚，我们的诗人还只是有骨有血的人，不是野人，也不是天神。唯其是人，尤其是最富情感的人，所以他到处要求人道的温暖与安慰，他尤其要我们中国青年的同情与情爱。他已经为我们尽了责任，我们不应，更不忍辜负他的期望。同学们，爱你的爱，崇拜你的崇拜，是人情不是罪孽，是勇敢不是懦怯！

十二日在真光讲

北戴河海滨的幻想

他们都到海边去了。我为左眼发炎不曾去。我独坐在前廊,偎坐在一张安适的大椅内,袒着胸怀,赤着脚,一头的散发,不时有风来撩拂。清晨的晴爽,不曾消醒我初起时睡态;但梦思却半被晓风吹断。我阖紧眼帘内视,只见一斑斑消残的颜色,一似晚霞的余赭,留恋地胶附在天边。廊前的马樱,紫荆,藤萝,青翠的叶与鲜红的花,都将他们的妙影映印在水汀上,幻出幽媚的情态无数;我的臂上与胸前,亦满缀了绿荫的斜纹。从树荫的间隙平望,正见海湾:海波亦似被晨曦唤醒,黄蓝相间的波光,在欣然的舞蹈。滩边不时见白涛涌起,迸射着雪样的水花。浴线内点点的小舟与浴客,水禽似的浮着;幼童的欢叫,与水波拍岸声,与潜涛呜咽声,相间的起伏,竞报一滩的生趣与乐意。但我独坐的廊前,却只是静静的,静静的无甚声响。妩媚的马樱,只是幽幽的微辗着,蝇虫也敛翅不飞。只有远近树里的秋蝉在纺纱似的缲引他们不尽的长吟。

在这不尽的长吟中,我独坐在冥想。难得是寂寞的环境,难得是静定的意境:寂寞中有不可言传的和谐,静默中有无限的创造。我的心灵,比如海滨,生平初度的怒潮,已经渐次的清翳,只剩有疏松的海砂中偶尔的回响,更有残缺的贝壳,反映星月的辉芒。此时摸索潮余的斑痕,追想当时汹涌的情景,是梦或是真,再亦不须辨问,只此眉梢的轻绉,唇边的微哂,已足解释无穷奥绪,深深的蕴伏在灵魂的微纤之中。

青年永远趋向反叛,爱好冒险;永远如初度航海者,幻想黄金机缘于浩淼的烟波之外:想割断系岸的缆绳,扯起风帆,欣欣的投入无垠的怀抱。他厌恶的是平安,自喜的是放纵与豪迈。无颜色的生涯,是他目中的荆棘;绝海与凶巇,是他爱取由的途径。他爱折玫瑰:为她的色香,亦为她冷酷的刺毒。他爱搏狂澜:为他的庄严与伟大,亦为他吞噬一切的天才,最是激发他探险与好奇的动机。他崇拜冲动:不可测,不可节,不可预逆,起,动,消歇皆在无形中,狂风似的倏忽与猛烈与神秘。他崇拜斗争:从斗争中求剧烈的生命之意义,从斗争中求绝对的实在,在血染的战阵中,呼嚣胜利之狂欢或歌败丧的哀曲。

幻象消灭是人生里命定的悲剧;青年的幻灭,更是悲剧中的悲剧,夜一般的沈黑,死一般的凶恶。纯粹的,猖狂的热情之火,不同阿拉亭的神灯,只能放射一时的异彩,不能永久的朗照;转瞬间,或许,便已敛熄了最后的焰舌,只留存有限的余烬与残灰,在未灭的余温里自伤与自慰。

流水之光,星之光,露珠之光,电之光,在青年的妙目中闪耀,我们不能不惊讶造化者艺术之神奇;然可怖的黑影,倦与衰与饱餍的黑影,同时亦紧紧的跟着时日进行,仿佛是烦恼,痛苦,失败,或庸俗的尾曳,亦在转瞬间,彗星似的扫灭了我们最自傲的神辉——流水涸,明星没,露珠散灭,电闪不再!

在这艳丽的日辉中,只见愉悦与欢舞与生趣,希望,闪烁的希望,在荡漾,在无穷的碧空中,在绿叶的光泽里,在虫鸟的歌吟中,在青草的摇曳中——夏之荣华,春之成功。春光与希望,是长驻的;自然与人生,是调谐的。

在远处有福的山谷内,莲馨花在坡前微笑,稚羊在乱石间跳跃,牧童们,有的吹着芦笛,有的平卧在草地上,仰看变幻的浮游的白云,放射下的青影在初黄的稻田中缥缈地移过。在远处安乐的村中,有妙龄的村姑,在流涧边照映她自制的春裙;口衔烟斗的农夫三四,在预度秋收的丰盈,老妇人们坐在家门外阳光中取暖,她们的周围有不少的儿童,手擎着黄白的钱花在环舞与欢呼。

在远——远处的人间,有无限的平安与快乐,无限的春光……

在此暂时可以忘却无数的落蕊与残红;亦可以忘却花荫中掉下的枯叶,私语地预告三秋的情意;亦可以忘却苦恼的僵瘫的人间,阳光与雨露的殷勤,不能再恢复他们腮颊上生命的微笑;亦可以忘却纷争的互杀的人间,阳光与雨露的仁慈,不能感化他们凶恶的兽性;亦可以忘却庸俗的卑琐的人间,行云与朝露的丰姿,不能引逗他们刹那间的凝视;亦可以忘却自觉的失望的人间,绚烂的春时与媚草,只能反激他们悲伤的意绪。

我亦可以暂时忘却我自身的种种;忘却我童年期清风白水似的天真;忘却我少年期种种虚荣的希冀;忘却我渐次的生命的觉悟;忘却我热烈的理想的寻求;忘却我心灵中乐观与悲观的斗争;忘却我攀登文艺高峰的艰辛;忘却刹那的启示与澈悟之神奇;忘却我生命潮流之骤转;忘却我陷落在危险的漩涡中之幸与不幸;忘却我追忆不完全的梦境;忘却我大海底里埋着的秘密;忘却曾经刳割我灵魂的利刃,炮烙我灵魂的烈焰,摧毁我灵魂的狂飙与暴雨;忘却我的深刻的怨与艾;忘却我的冀与愿;忘却我的恩泽与惠感,忘却我的过去与现在……

过去的实在,渐渐的膨涨,渐渐的模糊,渐渐的不可辨认;现在的实在,渐渐的收缩,逼成了意识的一线,细极狭极的一线,又裂成了无数不相联续的黑点……黑点亦渐次的隐翳?幻术似的灭了,灭了,一个可怕的黑暗的空虚……

济慈的夜莺歌

诗中有济慈(John Keats)的《夜莺歌》，与禽中有夜莺一样的神奇。除非你亲耳听过，你不容易相信树林里有一类发痴的鸟，天晚了才开口唱，在黑暗里倾吐她的妙乐，愈唱愈有劲，往往直唱到天亮，连真的心血都跟着歌声从她的血管里呕出；除非你亲自咀嚼过，你也不易相信一个二十三岁的青年有一天早饭后坐在一株李树底下迅笔的写，不到三小时写成了一首八段八十行的长歌，这歌里的音乐与夜莺的歌声一样的不可理解，同是宇宙间一个奇迹，即使有那一天大英帝国破裂成无可记认的断片时，夜莺歌依旧保有他无比的价值：万万里外的星亘古的亮着，树林里的夜莺到时候就来唱着，济慈的夜莺歌永远在人类的记忆里存着。

那年济慈住在伦敦的 Wentworth Place。百年前的伦敦与现在的英京大不相同，那时候"文明"的沾染比较的不深，所以华次华士站在威士明治德桥上，还可以放心的讴歌清晨的伦敦，还有福气在"无烟的空气"里呼吸，望出去也还看得见"田地，小山，石头，旷野，一直开拓到天边"。那时候的人，我猜想，也一定比较的不野蛮，近人情，爱自然，所以白天听得着满天的云雀，夜里听得着夜莺的妙乐。要是济慈迟一百年出世，在夜莺绝迹了的伦敦市里住着，他别的著作不敢说，这首夜莺歌至少，怕就不会成功，供人类无尽期的享受。说起真觉得可惨，在我们南方，古迹而兼是艺术品的，止淘成了西湖上一座孤单的雷峰塔。这千百年来雷峰塔的文学还不曾见面，雷峰塔的映影已经永别了波心！也许我们的灵性是麻皮做的，木屑做的，要不然这时代普遍的苦痛与烦恼的呼声,还不是最富灵感的天然音乐;——但是我们的济慈在那里?我们的《夜莺歌》在那里?济慈有一次低低的自语——"I feel the flowers growing on me."意思是"我觉得鲜花一朵朵的长上了我的身",就是说他一想着了鲜花,他的本体就变成了鲜花,在草丛里掩映着,在阳光里闪亮着,在和风里一瓣瓣的无形的伸展着,在蜂蝶轻薄的口吻下羞晕着。这是想像力最纯粹的境界:孙猴子能七十二般变化,诗人的变化力更是不可限量——莎士比亚戏剧里至少有一百多个永远有生命的人物,男的女的,贵的贱的,伟大的,卑琐的,严肃的,滑稽的,还不是他自己摇身一变变出来的。济慈与雪莱最有这与自然谐合的变术;——雪莱制"云歌"时我们不知道雪莱变了云还是云变了雪莱;歌"西风"时不知道歌者是西风还是西风是歌者;颂"云雀"时不知道是诗人在九霄云端里唱着还是百灵鸟在字句里叫着;同样的济慈咏"忧郁"(Ode on Melancholy)时他自己就变了忧郁本体,"忽然从天上吊下来像一朵哭泣的云";他赞美"秋"(To Autumn)时他自己就是在树叶底下挂着的叶子中心那颗渐渐发长的核仁儿,或是在稻田里静偃着玫瑰色的秋阳!这样比称起来,如其赵松雪关紧房门伏在地下学马的故事可信时,那我们的艺术家就落粗蠢,不堪的"乡下人气味"!

  他那夜莺歌是他一个哥哥死的那年做的,据他的朋友有名肖像画家 Robert Hayden 给 Miss Mitford 的信里说,他在没有写下以前早就起了腹稿,一天晚上他们俩在草地里散步时济慈低低的背诵给他听——"... in a low, tremulous undertone which affected me extremely."①那年碰巧——据着济慈传的 Lord Houghton 说,在他屋子的邻近来了一只夜莺,每晚不倦的歌唱,他很快活,常常留意倾听,一直听得他心痛神醉逼着他从自己的口里复制了一套不朽的歌曲。我们要记得济慈二十五岁那年在意大利在他一个朋友的怀抱里作

---

① 大意是:低沉、颤抖的嗓音深深地打动了我。

古,他是,与他的夜莺一样,呕血死的!

　　能完全领略一首诗或是一篇戏曲,是一个精神的快乐,一个不期然的发见。这不是容易的事;要完全了解一个人的品性是十分难,要完全领会一首小诗也不得容易。我简直想说一半得靠你的缘分,我真有点儿迷信。就我自己说,文学本不是我的行业,我的有限的文学知识是"无师传授"的。斐德 Walter Pater 是一天在路上碰着大雨到一家旧书铺去躲避无意中发见的,葛德(Goethe)——说来更怪了——是司蒂文孙(R. L S.)介绍给我的(在他的 Art of Writing 那书里他称赞 George Henry Lewes 的葛德评传;Everyman edition① 一块钱就可以买到一本黄金的书),柏拉图是一次在浴室里忽然想着要去拜访他的。雪莱是为他也离婚才去仔细请教他的,杜思退益夫斯基,托尔斯泰,丹农雪乌,波特莱耳,卢骚,这一班人也各有各的来法,反正都不是经由正宗的介绍:都是邂逅,不是约会。这次我到北大教书也是偶然的,我教着济慈的夜莺歌也是偶然的,乃至我现在动手写这一篇短文,更不是料得到的。友鸾再三要我写才鼓起我的兴来,我也很高兴写,因为看了我的乘兴的话,竟许有人不但发愿去读那《夜莺歌》,并且从此得到了一个亲口尝味最高级文学的门径,那我就得意极了。

　　但是叫我怎样讲法呢? 在课堂里一头讲生字一头讲典故,多少有一个讲法,但是现在要我坐下来把这首整体的诗分成片段诠释他的意义,可真是一个难题! 领略艺术与看山景一样,只要你地位站得适当,你这一望一眼便吸收了全景的精神;要你"远视"的看,不是近视的看;如其你捧住了树才能见树,那时即使你不惜工夫一株一株的审查过去,你还是看不到全林的景子。所以分析的看艺术,多少是杀风景的:综合的看法才对。所以我现在勉强讲这《夜莺歌》,我不敢说我能有什么心得的见解! 我并没有! 我只是在课堂里讲书的态度,

---

① 　Everyman edition:普通人版。

按句按段的讲下去就是,至于整体的领悟还得靠你们自己,我是不能帮忙的。

你们没有听过夜莺先是一个困难。北京有没有我都不知道。下回萧友梅先生的音乐会要是有贝德花芬的第六个"沁芳南"(The Pastoral Symphony)时,你们可以去听听,那里面有夜莺的歌声。好吧,我们只要能同意听音乐——自然的或人为的——有时可以使我们听出神:譬如你晚上在山脚下独步时听着清越的笛声,远远的飞来,你即使不滴泪,你多少不免"神往"不是? 或是在山中听泉乐,也可使你忘却俗景,想像神境。我们假定夜莺的歌声比我们白天听着的什么鸟都要好听;她初起像是龚云甫,嗓子发沙的,很懈的试她的新歌;顿上一顿,来了,有调了。可还不急,只是清脆悦耳,像是珠走玉盘(比喻是满不相干的!)。慢慢的她动了情感,仿佛忽然想起了什么事情使她激成异常的愤慨似的,她这才真唱了,声音越来越亮,调门越来越新奇,情绪越来越热烈,韵味越来越深长,像是无限的欢畅,像是艳丽的怨慕,又像是变调的悲哀——直唱得你在旁倾听的人不自主的跟着她兴奋,伴着她心跳。你恨不得和着她狂歌,就差你的嗓子太粗太浊合不到一起! 这是夜莺;这是济慈听着的夜莺,本来晚上万籁静定后声音的感动力就特强,何况夜莺那样不可模拟的妙乐。

好了;你们先得想像你们自己也教音乐的沈醴浸醉了,四肢软绵绵的,心头痒莘莘的,说不出的一种浓味的馥郁的舒服,眼帘也是懒洋洋的挂不起来,心里满是流膏似的感想,辽远的回忆,甜美的惆怅,闪光的希冀,微笑的情调一齐兜上方寸灵台时——再来——"in a low, tremulous undertone"①——开诵济慈的夜莺歌,那才对劲儿!

这不是清醒时的说话;这是半梦呓的私语:心里畅快的压迫太重了流出口来绻缱的细语——我们用散文译过他的意思来看——

---

① "用低沉、颤抖的嗓音。"

一

"这唱歌的,唱这样神妙的歌的,决不是一只平常的鸟;她一定是一个树林里美丽的女神,有翅膀会得飞翔的。她真乐呀,你听独自在黑夜的树林里,在枝干交叉,浓荫如织的青林里,她畅快的开放她的歌调,赞美着初夏的美景,我在这里听她唱,听的时候已经很多,她还是恣情的唱着;阿,我真被她的歌声迷醉了,我不敢羡慕她的清福,但我却让她无边的欢畅催眠住了,我像是服了一剂麻药,或是喝尽了一剂鸦片汁,要不然为什么这睡昏昏思离离的像进了黑甜乡似的,我感觉着一种微倦的麻痹,我太快活了,这快感太尖锐了,竟使我心房隐隐的生痛了!"

二

"你还是不倦的唱着——在你的歌声里我听出了最香洌的美酒的味儿。呵,喝一杯陈年的真葡萄酿真痛快呀!那葡萄是长在暖和的南方的,普鲁罔斯那种地方,那边有的是幸福与欢乐,他们男的女的整天在宽阔的太阳光底下作乐,有的携着手跳春舞,有的弹着琴唱恋歌;再加那遍野的香草与各样的树馨——在这快乐的地土下他们有酒窖埋着美酒。现在酒味益发的澄静,香洌了。真美呀,真充满了南国的乡土精神的美酒,我要来引满一杯,这酒好比是希宝克林灵泉的泉水,在日光里瀲瀲发虹光的清泉,我拿一只古爵盛一个扑满。阿,看呀!这珍珠似的酒沫在这杯边上发瞬,这杯口也叫紫色的浓浆染一个鲜艳;你看看,我这一口就把这一大杯酒吞了下去——这才真醉了,我的神魂就脱离了躯壳,幽幽的辞别了世界,跟着你清唱的音响,像一个影子似澹澹的掩入了你那暗沈沈的林中。"

三

　　想起这世界真叫人伤心。我是无沾恋的,巴不得有机会可以逃避,可以忘怀种种不如意的现象,不比你在青林茂荫里过无忧的生活,你不知道也无须过问我们这寒伧的世界,我们这里有的是热病,厌倦,烦恼,平常朋友们见面时只是愁颜相对,你听我的牢骚,我听你的哀怨;老年人耗尽了精力,听凭痹症摇落他们仅存的几茎可怜的白发;年轻人也是叫不如意事蚀空了,满脸的憔悴,消瘦得像一个鬼影,再不然就进墓门;真是除非你不想他,你要一想的时候就不由得你发愁,不由得你眼睛里钝迟迟的充满了绝望的晦色;美更不必说,也许难得在这里,那里,偶然露一点痕迹,但是转瞬间就变成落花流水似没了,春光是挽留不住的,爱美的人也不是没有,但美景既不常驻人间,我们至多只能实现暂时的享受,笑口不曾全开,愁颜又回来了!因此我只想顺着你歌声离别这世界,忘却这世界,解化这忧郁沈沈的知觉。"

四

　　"人间真不值得留恋,去吧,去吧!我也不必乞灵于培克司(酒神)与他那宝辇前的文豹,只凭诗情无形的翅膀我也可以飞上你那里去。阿,果然来了!到了你的境界了!这林子里的夜是多温柔呀,也许皇后似的明月此时正在她天中的宝座上坐着,周围无数的星辰像侍臣似的拱着她。但这夜却是黑,暗阴阴的没有光亮,只有偶然天风过路时把这青翠荫蔽吹动,让半亮的天光丝丝的漏下来,照出我脚下青茵浓密的地土。"

五

"这林子里梦沈沈的不漏光亮,我脚下踏着的不知道是什么花,树枝上渗下来的清馨也辨不清是什么香;在这薰香的黑暗中我只能按着这时令猜度这时候青草里,矮丛里,野果树上的各色花香;——乳白色的山楂花,有刺的野蔷薇,在叶丛里掩盖着的芝罗兰已快萎谢了,还有初夏最早开的麝香玫瑰,这时候准是满承着新鲜的露酿,不久天暖和了,到了黄昏时候,这些花堆里多的是采花来的飞虫。"

我们要注意从第一段到第五段是一顺下来的:第一段是乐极了的谵语,接着第二段声调跟着南方的阳光放亮了一些,但情调还是一路的缠绵。第三段稍为激起一点浪纹,迷离中夹着一点自觉的愤慨,到第四段又沈了下去,从"already with thee!"①起,语调又极幽微,像是小孩子走入了一个阴凉的地窖子,骨髓里觉着凉,心里却觉着半害怕的特别意味,他低低的说着话,带颤动的,断续的;又像是朝上风来吹断清梦时的情调;他的诗魂在林子的黑荫里闻着各种看不见的花草的香味,私下一一的猜测诉说,像是山涧平流入湖水时的尾声……这第六段的声调与情调可全变了;先前只是畅快的惝恍,这下竟是极乐的谵语了。他乐极了,他的灵魂取得了无边的解脱与自由,他就想永保这最痛快的俄顷,就在这时候轻轻的把最后的呼吸和入了空间,这无形的消灭便是极乐的永生;他在另一首诗里说——

> I know this being's lease,
> My fancy to its utmost bliss spreads,
> Yet could I on this very midnight cease,
> And the world's gaudy ensign see in shreds;

---

① "早已和你在一起。"

> Verse, Fame and Beauty are intense indeed,
> But death intenser – Death is Life's high meed. ①

在他看来,(或是在他想来),"生"是有限的,生的幸福也是有限的——诗,声名与美是我们活着时最高的理想,但都不及死,因为死是无限的,解化的,与无尽流的精神相投契的,死才是生命最高的蜜酒,一切的理想在生前只能部分的,相对的实现,但在死里却是整体的绝对的谐合,因为在自由最博大的死的境界中一切不调谐的全调谐了,一切不完全的全完全了。他这一段用的几个状词要注意,他的死不是苦痛;是"Easeful death"舒服的,或是竟可以翻作"逍遥的死";还有他说"Quiet breath",幽静或是幽静的呼吸,这个观念在济慈诗里常见,很可注意;他在一处排列他得意的幽静的比象——

> Autumn Suns
> Smiling at eve upon the quiet sheaves,
> Sweet Sapphos Cheek – a sleeping infant's breath –
> The gradual sand that through an hour glass runs
> A woodland rivulet, a poet's death. ②

秋田里的晚霞,沙浮女诗人的香腮,睡孩的呼吸,光阴渐缓的流沙,山林里的小溪,诗人的死。他诗里充满着静的,也许香艳的,美丽的静的意境,正如雪莱的诗里无处不是动,生命的振动,剧烈的,有色彩的,嘹亮的。我们可以拿济慈的"秋歌"对照雪莱的"西风歌",济慈

---

① 大意是:我知道人的寿限,我的想像向极乐伸展着,可是我能就在今晚上死去,并把这尘世的浮名弃若敝屣。诗歌,美名,美貌确实是强烈的,但死更强烈——死是生活最高的报酬。
② 大意是:秋阳黄昏时在寂静的草丛微笑。甜蜜的沙浮的面颊——睡婴的呼唤——。从沙漏里逐渐留下的沙粒。林地上的一条小溪,诗人死了。

的"夜莺"对比雪莱的"云雀",济慈的"忧郁"对比雪莱的"云",一是动,舞,生命,精华的,光亮的,搏动的生,一是静,幽,甜熟的,渐缓的,"奢侈"的死,比生命更深奥更博大的死,那就是永生。懂了他的生死的概念我们再来解释他的诗。

"但是我一面正在猜测着这青林里的这样那样,夜莺她还是不歇的唱着,这回唱得更浓更烈了。(先前只像荷池里的雨声,调虽急,韵节还是很匀净的;现在竟像是大块的骤雨落在盛开的丁香林中,这白英在狂颤中缤纷的堕地,雨中的一阵香雨,声调急促极了。)所以我竟想在这极乐中静静的解化,平安的死去,所以我竟与无痛苦的解脱发生了恋爱,昏昏的随口编着钟爱的名字唱着赞美她,要她领了我永别这生的世界,投入永生的世界。这死所以不仅不是痛苦,真是最高的幸福,不仅不是不幸,并且是一个极大的奢侈;不仅不是消极的寂灭,这正是真生命的实现。在这青林中,在这半夜里,在这美妙的歌声里,轻轻的挑破了生命的水泡,阿,去吧! 同时你在歌声中倾吐了你的内蕴的灵性,放胆的尽性的狂歌好像你在这黑暗里看出比光明更光明的光明,在你的叶荫中实现了比快乐更快乐的快乐:——我即使死了,你还是继续的唱着,直唱到我听不着,变成了土,你还是永远的唱着。"

这是全诗精神最饱满音调最神灵的一节,接着上段死的意思与永生的意思,他从自己又回想到那鸟的身上,他想我可以在这歌声里消散,但这歌声的本体呢? 听歌的人可以由生入死,由死得生,这唱歌的鸟,又怎样呢? 以前的六节都是低调,就是第六节调虽变,音还是像在浪花里浮沈着的一张叶片,浪花上涌时叶片上涌,浪花低伏时叶片也低伏;但这第七节是到了最高点,到了急调中的急调——诗人的情绪,和着鸟的歌声,尽情的涌了出来:他的迷醉中的诗魂已经到了梦与醒的边界。

这节里 Ruth 的本事是在旧约书里 The Book of Ruth,她是嫁给一个客民的,后来丈夫死了,她的姑要回老家,叫她也回自己的家再嫁人去,罗司一定不肯,情愿跟着她的姑到外国去守寡,后来她在麦田里收麦,她常常想着她的本乡,济慈就应用这段故事。

七

"方才我想到死与灭亡,但是你,不死的鸟呀,你是永远没有灭亡的日子,你的歌声就是你不死的一个凭证。时代尽迁异,人事尽变化,你的音乐还是永远不受损伤,今晚上我在此地听你,这歌声还不是在几千年前已经在着,富贵的王子曾经听过你,卑贱的农夫也听过你;也许当初罗司那孩子在黄昏时站在异邦的田里割麦,她眼里含着一包眼泪思念故乡的时候,这同样的歌声,曾经从林子里透出来,给她精神的慰安;也许在中古时期幻术家在海上变出蓬莱仙岛,在波心里起造着楼阁,在这里面住着他们摄取来的美丽的女郎,她们凭着窗户望海思乡时,你的歌声也曾经感动她们的心灵,给她们平安与愉快。"

八

这段是全诗的一个总束,夜莺放歌的一个总束,也可以说人生的大梦的一个总束。他这诗里有两相对的(动机);一个是这现世界,与这面目可憎的实际的生活:这是他巴不得逃避,巴不得忘却的;一个是超现实的世界,音乐声中不朽的生命,这是他所想望的,他要实现的,他愿意解脱了不完全暂时的生,为要化入这完全的永久的生。他如何去法,凭酒的力量可以去,凭诗的无形的翅膀亦可以飞出尘寰,或是听着夜莺不断的唱声也可以完全忘却这现世界的种种烦恼。他去了,他化入了温柔的黑夜,化入了神灵的歌声——他就是夜莺,夜莺就是他。夜莺低唱时他也低唱,高唱时他也高唱,我们辨不清谁是谁,第六第七段充分发挥"完全的永久的生"那个动机,天空里,黑夜里已经充塞了音乐——所以在这里最高的急调尾声一个字音 forlorn① 里转回到那一个动机,他所从来那个现实的世界,往来穿着的还是那一条线,音调的接合,转变处也极自然;最后揉和那两个相反的动机,用醒(现世界)与梦(想像世界)结束全文,像拿一块石子掷入山壑内的深潭里,你听那音响又清切又谐和,余音还在山壑里回荡着,使你想见那石块慢慢的,慢慢的沈入了无底的深潭……音乐完了,梦醒了,血呕尽了,夜莺死了!但他的余韵却袅袅的永远在宇宙间回响着……

十三年十二月二日夜半

---

① forlorn:孤寂。

翡冷翠山居闲话

在这里出门散步去,上山或是下山,在一个晴好的五月的向晚,正像是去赴一个美的宴会,比如去一果子园,那边每株树上都是满挂着诗情最秀逸的果实,假如你单是站着看还不满意时,只要你一伸手就可以采取,可以恣尝鲜味,足够你性灵的迷醉。阳光正好暖和,决不过暖;风息是温驯的,而且往往因为他是从繁花的山林里吹度过来,他带来一股幽远的澹香,连着一息滋润的水气,摩挲着你的颜面,轻绕着你的肩腰,就这单纯的呼吸已是无穷的愉快;空气总是明净的,近谷内不生烟,远山上不起霭,那美秀风景的全部正像画片似的展露在你的眼前,供你闲暇的鉴赏。

作客山中的妙处,尤在你永不须踌躇你的服色与体态;你不妨摇曳着一头的蓬草,不妨纵容你满腮的苔藓;你爱穿什么就穿什么;扮一个牧童,扮一个渔翁,装一个农夫,装一个走江湖的桀卜闪,装一个猎户;你再不必提心整理你的领结,你尽可以不用领结,给你的颈根与胸膛一半日的自由,你可以拿一条这边艳色的长巾包在你的头上,学一个太平军的头目,或是拜伦那埃及装的姿态;但最要紧的是穿上你最旧的旧鞋,别管他模样不佳,他们是顶可爱的好友,他们承着你的体重却不叫你记起你还有一双脚在你的底下。

这样的玩顶好是不要约伴,我竟想严格的取缔,只许你独身;因为有了伴多少总得叫你分心,尤其是年轻的女伴,那是最危险最专制不过的旅伴,你应得躲避她像你躲避青草里一条美丽的花蛇!平常我们从自己家里走到朋友的家里,或是我们执事的地方,那无非是在同一个大牢里从一间狱室移到另一间狱室去,拘束永远跟着我们,自由永远寻不到我们;但在这春夏间美秀的山中或乡间你要是有机会独身闲逛时,那才是你福星高照的时候,那才是你实际领受,亲口尝味,自由与自在的时候,那才是你肉体与灵魂行动一致的时候;朋友们,我们多长一岁年纪往往只是加重我们头上的枷,加紧我们脚胫上的链,我们见小孩子在草里在沙堆里在浅水里打滚作乐,或是看见小猫追他自己的尾巴,何尝没有羡慕的时候,但我们的枷,我们的链永远是制定我们行动的上司!所以只有你单身奔赴大自然的怀抱时,像一个裸体的小孩扑入他母亲的怀抱时,你才知道灵魂的愉快是怎样的,单是活着的快乐是怎样的,单就呼吸单就走道单就张眼看耸耳听的幸福是怎样的。因此你得严格的为己,极端的自私,只许你,体魄与性灵,与自然同在一个脉搏里跳动,同在一个音波里起伏,同在一个神奇的宇宙里自得。我们浑朴的天真是像含羞草似的娇柔,一经同伴的抵触,他就卷了起来,但在澄静的日光下,和风中,他的姿态是自然的,他的生活是无阻碍的。

  你一个人漫游的时候,你就会在青草里坐地仰卧,甚至有时打滚,因为草的和暖的颜色自然的唤起你童稚的活泼;在静僻的道上你就会不自主的狂舞,看着你自己的身影幻出种种诡异的变相,因为道旁树木的阴影在他们纡徐的婆娑里暗示你舞蹈的快乐;你也会得信口的歌唱,偶尔记起断片的音调,与你自己随口的小曲,因为树林中的莺燕告诉你春光是应得赞美的;更不必说你的胸襟自然会跟着曼长的山径开拓,你的心地会看着澄蓝的天空静定,你的思想和着山壑间的水声,山罅里的泉响,有时一澄到底的清澈,有时激起成章的波动,流,流,流入凉爽的橄榄林中,流入妩媚的阿诺河去⋯⋯

  并且你不但不须应伴,每逢这样的游行,你也不必带书。书是理想的伴侣,但你应得带书,是在火车上,在你住处的客室里,不是在你独身漫步的时候。什么伟大的深沈的鼓舞的清明的优美的思想的根源不是可以在风籁中,云彩里,山势与地形的起伏里,花草的颜色与香息里寻得？自然是最伟大的一部书,葛德说,在他每一页的字句里我们读得最深奥的消息。并且这书上的文字是人人懂得的:阿尔帕斯与五老峰,雪西里与普陀山,莱因河与扬子江,梨梦湖与西子湖,建兰与琼花,杭州西溪的芦雪与威尼市夕照的红潮,百灵与夜莺,更不提一般黄的黄麦,一般紫的紫藤,一般青的青草同在大地上生长,同在和风中波动——他们应用的符号是永远一致的,他们的意义是永远明显的,只要你自己性灵上不长疮瘢,眼不盲,耳不塞,这无形迹的最高等教育便永远是你的名分,这不取费的最珍贵的补剂便永远供你的受用;只要你认识了这一部书,你在这世界上寂寞时便不寂寞,穷困时不穷困,苦恼时有安慰,挫折时有鼓励,软弱时有督责,迷失时有南针。

十四年七月

我的彼得

　　新近有一天晚上,我在一个地方听音乐,一个不相识的小孩,约莫八九岁光景,过来坐在我的身边,他说的话我不懂,我也不易使他懂我的话,那可并不妨事,因为在几分钟内我们已经是很好的朋友,他拉着我的手,我拉着他的手,一同听台上的音乐。他年纪虽则小,他音乐的兴趣已经很深:他比着手势告我他也有一张提琴,他会拉,并且说那几个是他已经学会的调子。他那资质的敏慧,性情的柔和,体态的秀美,不能使人不爱;而况我本来是欢喜小孩们的。

　　但那晚虽则结识了一个可爱的小友,我心里却并不快爽;因为不仅见着他使我想起你,我的小彼得,并且在他活泼的神情里我想见了你,彼得,假如你长大的话,与他同年龄的影子。你在时,与他一样,也是爱音乐的;虽则你回去的时候刚满三岁,你爱好音乐的故事,从你襁褓时起,我屡次听你妈与你的"大大"讲,不但是十分的有趣可爱,竟可说是你有天赋的凭证,在你最初开口学话的日子,你妈已经写信给我,说你听着了音乐便异常的快活,说你在坐车里常常伸出你的小手在车栏上跟着音乐按拍;你稍大些会得淘气的时候,你妈说,只要把话匣开上,你便在旁边乖乖的坐着静听,再也不出声不闹——并且你有的是可惊的口味,是贝德花芬是槐格纳你就爱,要是中国的戏片,你便盖没了你的小耳,决意不让无意味的锣鼓,打搅你的清听——你的大大(她多疼你!)讲给我听你得小提琴的故事:怎样那晚上买琴来的时候你已经在你的小床上睡好,怎样她们为怕你起来闹赶快灭了灯亮把琴放在你的床边,怎样你这小机灵早已看见,却偏不作声,等你妈与大大都上了床,你才偷偷的爬起来,摸着了你的宝贝,再也忍不住的你技痒,站在漆黑的床边,就开始你"截桑柴"的本领,后来怎样她们干涉了你,你便乖乖的把琴抱进你的床去,一起安眠。她们又讲你怎样喜欢拿着一根短棍站在桌上模仿音乐会的导师,你那认真的神情常常叫在座人大笑。此外还有不少趣话,大大记得最清楚,她都讲给我听过;但这几件故事已够见证你小小的灵性里早长着音乐的慧根。实际我与你妈早经同意想叫你长大时留在德国学习音乐——谁知道在你的早殇里我们不失去了一个可能的毛赞德(Mozart):在中国音乐最饥荒的日子,难得见这一点希冀的青芽,又教运命无情的脚根踏倒,想起怎不可伤?

彼得,可爱的小彼得,我"算是"你的父亲,但想起我做父亲的往迹,我心头便涌起了不少的感想;我的话你是永远听不着了,但我想借这悼念你的机会,稍稍疏泄我的积愫,在这不自然的世界上,与我境遇相似或更不如的当不在少数,因此我想说的话或许还有人听,竟许有人同情。就是你妈,彼得,她也何尝有一天接近过快乐与幸福,但她在她同样不幸的境遇中证明她的智断,她的忍耐,尤其是她的勇敢与胆量;所以至少她,我敢相信,可以懂得我话里意味的深浅,也只有她,我敢说,最有资格指证或相诠释,在她有机会时,我的情感的真际。

但我的情愫!是怨,是恨,是忏悔,是怅惘?对着这不完全,不如意的人生,谁没有怨,谁没有恨,谁没有怅惘?除了天生颠预的,谁不曾在他生命的经途中——葛德说的——和着悲哀吞他的饭,谁不曾拥着半夜的孤衾饮泣?我们应得感谢上苍的是他不可度量的心裁,不但在生物的境界中他创造了不可计数的种类,就这悲哀的人生也是因人差异,各各不同,——同是一个碎心,却没有同样的碎痕;同是一滴眼泪,却难寻同样的泪晶。

彼得我爱,我说过我是你的父亲。但我最后见你的时候你才不满四月,这次我再来欧洲你已经早一个星期回去,我见着的只你的遗像,那太可爱;与你一撮的遗灰,那太可惨。你生前日常把弄的玩具——小车,小马,小鹅,小琴,小书——你妈曾经件件的指给我看,你在时穿着的衣褂鞋帽,你妈与你大大也曾含着眼泪从箱里理出来给我抚摩,同时她们讲你生前的故事,直到你的影像活现在我的眼前,你的脚踪仿佛在楼板上踹响。你是不认识你父亲的,彼得,虽则我听说他的名字常在你的口边,他的肖像也常受你小口的亲吻,多谢你妈与你大大的慈爱与真挚,她们不仅永远把你放在她们心坎的底里,她们也使我,没福见着你的父亲,知道你,认识你,爱你,也把你的影像,活泼,美慧,可爱,永远镂上了我的心版。那天在柏林的会馆里,我手捧着那收存你遗灰的锡瓶,你妈与你七舅站在旁边止不住滴泪,你的大大哽咽着,把一个小花圈挂上你的门前——那时间我,你的父亲,觉着心里有一个尖锐的刺痛,这才初次明白曾经有一点血肉从我自己的生命里分出,这才觉着父性的爱像泉眼似的在性灵里汩汩的流出:只可惜是迟了,这慈爱的甘液不能救活已经萎折了的鲜花,只能在他纪念日的周遭永远无声的流转。

  彼得,我说我要借这机会稍稍爬梳我年来的郁积;但那也不见得容易;要说的话仿佛就在口边,但你要它们的时候,它们又不在口边:像是长在大块岩石底下的嫩草,你得有力量翻起那岩石才能把它不伤损的连根起出——谁知道那根长的多深!是恨,是怨,是忏悔,是怅惘?许是恨,许是怨,许是忏悔,许是怅惘。荆棘刺入了行路人的胫踝,他才知道这路的难走;但为什么有荆棘?是它们自己长着,还是有人成心种着的?也许是你自己种下的?至少你不能完全抱怨荆棘,一则因为这道是你自愿才来走的,再则因为那刺伤是你自己的脚踏上了荆棘的结果,不是荆棘自动来刺你——但又谁知道?因此我有时想,彼得,像你倒真是聪明:你来时是一团活泼、光亮的天真,你去时也还是一个光亮、活泼的灵魂;你来人间真像是短期的作客,你知道的是慈母的爱,阳光的和暖与花草的美丽,你离开了妈的怀抱,你回到了天父的怀抱,我想他听你欣欣的回报这番作客——只尝甜浆,不吞苦水——的经验,他上年纪的脸上一定满布着笑容——你的小脚踝上不曾碰着过无情的荆刺,你穿来的白衣不曾沾着一斑的泥污。

但我们,比你住久的,彼得,却不是来作客;我们是遭放逐,无形的解差永远在后背催逼着我们赶道:为什么受罪,前途是那里,我们始终不曾明白,我们明白的只是底下流血的胫踝,只是这无思的长路,这时候想回头已经太迟,想中止也不可能,我们真的羡慕,彼得,像你那谪期的简净。

在这道上遭受的,彼得,还不止是难,不止是苦,最难堪的是逐步相追的嘲讽,身影似的不可解脱。我既是你的父亲,彼得,比方说,为什么我不能在你的生前,日子虽短,给你应得的慈爱,为什么要到这时候,你已经去了不再回来,我才觉着骨肉的关连?并且假如我这番不到欧洲,假如我在万里外接到你的死耗,我怕我只能看作水面上的云影,来时自来,去时自去;正如你生前我不知欣喜,你在时我不知爱惜,你去时也不能过分动我的情感。我自分不是无情,不是寡思,为什么我对自身的血肉,反是这般不近情的冷漠?彼得,我问为什么,这问的后身便是无限的隐痛:我不能怨,我不能恨,更无从悔,我只是怅惘,我只能问!明知是自苦的揶揄,但我只能忍受。而况揶揄还不止此,我自身的父母,何尝不赤心的爱我;但他们的爱却正是造成我痛苦的原因:我自己也何尝不笃爱我的亲亲,但我不仅不能尽我的责任,不仅不曾给他们想望的快乐,我,他们的独子,也不免加添他们的烦愁,造作他们的痛苦,这又是为什么?在这里,我也是一般的不能恨,不能怨,更无从悔,我只是怅惘——我只能问。昨天我是个孩子,今天已是壮年;昨天腮边还带着圆润的笑涡,今天头上已见星星的白发;光阴带走的往迹,再也不容追赎,留下在我们心头的只是些揶揄的鬼影;我们在这道上偶尔停步回想的时候,只能投一个虚圈的"假使当初",解嘲已往的一切。但已往的教训,即使有,也不能给我们利益,因为前途还是不减启程时的渺茫,我们还是不能选择取由的途径——到那天我们无形的解差喝住的时候,我们唯一的权利,我猜想,也只是再丢一个虚圈更大的"假使",圆满这全程的寂寞,那就是止境了。

迎上前去

这回我不撒谎,不打隐谜,不唱反调,不来烘托;我要说几句至少我自己信得过的话,我要痛快的招认我自己的虚实,我愿意把我的花押画在这张供状的末尾。

我要求你们大量的容许我,在我第一天接手《晨报副刊》的时候,介绍我自己,解释我自己,鼓励我自己。

今天碰巧是我这辈子一个转向的日子,我新近经验过在我算是严重、惨刻、极痛心的经验:这经验撼动我全身的纤维,像大风摇动一株孤立的树,在这剧震中谁知道掉下了多少不曾焦透的叶子?但我却因此得到一种心地的清明,近年来不曾尝味过的;因此我敢放胆的说我要说的话:我的呼吸这时候是洁净的,我的嗓音是浏亮的,像大风雨后的空气,原有的芜秽与杂质都叫大自然的震怒洗刷一个净尽,我此时觉着在受重伤的过去的我里,重新透出了一团新来的勇气,一部新来的健康;一个更确定的我,更倔强的我,更有力的我。

我相信真的理想主义者是受得住眼看他往常保持着的理想萎成灰,碎成断片,烂成泥,在这灰这断片这泥的底里他再来发见他更伟大更光明的理想。我就是这样的一个。

只有信生病是荣耀的人们才来不知耻的高声嚷痛,这时候他听着有脚步声,他以为有帮助他的人向着他来,谁知是他自己的灵性离了他去!真有志气的病人,在不能自己豁脱苦痛的时候,宁可死休,不来忍受医药与慈善的侮辱。我又是这样的一个。

我们在这生命里到处碰头失望,连续遭逢"幻灭",头顶只见乌云,地下满是黑影;同时我们的年岁,病痛,工作,习惯,恶狠狠的压上我们的肩背,一天重似一天,在无形中嘲讽的呼喝着:"倒,倒,你这不量力的蠢才!"因此你看这满路的倒尸,有全死的,有半死的,有爬着挣扎的,有默无声息的……嘿!生命这十字架,有几个人抗得起来?

但生命还不是顶重的担负,比生命更重实更压得死人的是思想那十字架。人类心灵的历史里能有几个天成的孟贲乌育?在思想可怕的战场上我们就只数得清有限的几具光荣的尸体。

我不敢非分的自夸;我不够狂,不够妄。我认识我自己的力量的止境,但我却不能制止我看了这时候国内思想界萎瘪现象的愤懑与羞恶。我要一把抓住这时代的脑袋,问他要一点真思想的精神给我看看——不是借来的税来的冒来的描来的东西,不是纸糊的老虎,摇头的傀儡,蜘蛛网幕面的偶像;我要的是筋骨里迸出来,血液里激出来,性灵里跳出来,生命里震荡出来的真纯的思想。我不来问他要,是我的懦怯;他拿不出来给我看,是他的耻辱。朋友,我要你选定一边,假如你不能站在我的对面,拿出我要的东西来给我看,你就得站在我这一边,帮着我对这时代挑战。

我预料有人笑骂我的大话。是的,大话。我正嫌这年头的话太小了,我们得造一个比小更小的字来形容这年头听着的说话,写下印成的文字;我们得请一个想像力细致如史魏夫脱(Dean Swift)的来描写那些说小话的小口,说尖话的尖嘴。一大群的食蚁兽!他们最大的快乐是忙着他们的尖喙在泥土里垦寻细微的蚂蚁。蚂蚁是吃不完的,同时这可笑的尖嘴却益发不住的向尖的方向进化,小心再隔几代连蚂蚁这食料都显太大了!

我不来谈学问,我不配,我书本的知识是真的十二分的有限。年轻的时候我念过几本极普通的中国书,这几年不但没有知新,温过都说不上,我实在是固陋,但我却抱定孔子的一句话"知之为知之,不知为不知,是知也",决不来强不知为知;我并不看不起国学与研究国学的学者,我十二分的尊敬他们,只是这部分的工作我只能艳羡的看他们去做,我自己恐怕不但今天,竟许这辈子都没希望参加的了。外国书呢?看过的书虽则有几本,但是真说得上"我看过的"能有多少,说多一点,三两篇戏,十来首诗,五六篇文章,不过这样罢了。

科学我是不懂的,我不曾受过正式的训练,最简单的物理化理,都说不明白,我要是不预备就去考中学校,十分里有九分是落第,你信不信!天上我只认识几颗大星,地上几棵大树;这也不是先生教我的;先生那里学来的,十几年学校教育给我的,究竟有些什么,我实在想不起,说不上,我记得的只是几个教授可笑的嘴脸与课堂里强烈的催眠的空气。

我人事的经验与知识也是同样的有限,我不曾做过工,我不曾尝味过生活的艰难,我不曾打过仗,不曾坐过监,不曾进过什么秘密党,不曾杀过人,不曾做过买卖,发过一个大的财。

所以你看,我只是个极平常的人,没有出人头地的学问,更没有非常的经验。但同时我自信我也有我与人不同的地方。我不曾投降这世界。我不受它的拘束。

我是一只没笼头的野马,我从来不曾站定过。我人是在这社会里活着,我却不是这社会里的一个,像是有离魂病似的,我这躯壳的动静是一件事,我那梦魂的去处又是一件事。我是一个傻子:我曾经妄想在这流动的生里发见一些不变的价值,在这打谎的世上寻出一些不磨灭的真,在我这灵魂的冒险是生命核心里的意义;我永远在无形的经验的巉岩上爬着。

冒险——痛苦——失败——失望,是跟着来的,存心冒险的人就得打算他最后的失望;但失望却不是绝望,这分别很大。我是曾经遭受失望的打击,我的头是流着血,但我的脖子还是硬的;我不能让绝望的重量压住我的呼吸,不能让悲观的慢性病侵蚀我的精神,更不能让厌世的恶质染黑我的血液。厌世观与生命是不可并存的;我是一个生命的信徒,初起是的,今天还是的,将来我敢说,也是的。我决不容忍性灵的颓唐,那是最不可救药的堕落,同时却继续躯壳的存在;在我,单这开口说话,提笔写字的事实就表示后背有一个基本的信仰,完全的没破绽的信仰;否则我何必再做什么文章,办什么报刊?

但这并不是说我不感受人生遭遇的痛创;我决不是那童骏性的乐观主义者;我决不来指着黑影说这是阳光,指着云雾说这是青天,指着分明的恶说这是善;我并不否认黑影,云雾与恶,我只是不怀疑阳光与青天与善的实在;暂时的掩蔽与侵蚀不能使我们绝望,这正应得加倍的激动我们寻求光明的决心。前几天我觉着异常懊丧的时候无意中翻着尼采的一句话,极简单的几个字却涵有无穷的意义与强悍的力量,正如天上星斗的纵横与山川的经纬在无声中暗示你人生的奥义,袪除你的迷惘,照亮你的思路,他说"受苦的人没有悲观的权利"(The sufferer has no right to pessimism),我那时感受一种异样的惊心,一种异样的澈悟:

> 我不辞痛苦,因为我要认识你,上帝;
> 我甘心,甘心在火焰里存身,
> 到最后那时辰见我的真,
> 见我的真,我定了主意,上帝,再不迟疑!

所以我这次从南边回来,决意改变我对人生的态度,我写信给朋友说这来要来认真做一点"人的事业"了:

> 我再不想成仙,蓬莱不是我的分;
> 我只要这地面,情愿安分的做人。

在我这"决心做人,决心做一点认真的事业",是一个思想的大转变;因为先前我对这人生只是不调和不承认的态度,因此我与这现世界并没有什么相互的关系,我是我,它是它,它不能责备我,我也不来批评它。但这来我决心做人的宣言却就把我放进了一个有关系,负责任的地位,我再不能张着眼睛做梦。从今起得把现实当现实看:我要来察看,我要来检查,我要来清除,我要来颠扑,我要来挑战,我要来破坏。

人生到底是什么?我得先对我自己给一个相当的答案。人生究竟是什么?为什么这形形色色的,纷扰不清的现象——宗教,政治,社会,道德,艺术,男女,经济?我来是来了,可还是一肚子的不明白,我得慢慢的看古玩似的,一件件拿在手里看一个清切再来说话,我不敢保证我的话一定在行,我敢担保的只是我自己思想的忠实;我前面说过我的学识是极浅陋的,但我却并不因此自馁,有时学问是一种束缚,知识是一层障碍,我只要能信得过我能看的眼,能感受的心,我就有我的话说;至于我说的话有没有人听,有没有人懂,那是另外一件事我管不着了——"有的人身死了才出世的",谁知道一个人有没有真的出世那一天?

是的,我从今起要迎上前去!生命第一个消息是活动,第二个消息是搏斗,第三个消息是决定;思想也是的,活动的下文就是搏斗。搏斗就包含一个搏斗的对象,许是人,许是问题,许是现象,许是思想本体。一个武士最大的期望是寻着一个相当的敌手,思想家也是的,他也要一个可以较量他充分的力量的对象,"攻击是我的本性,"一个哲学家说,"要与你的对手相当——这是一个正直的决斗的第一个条件。你心存鄙夷的时候你不能搏斗。你占上风,你认定对手无能的时候你不应当搏斗。我的战略可以约成四个原则——第一,我专打正占胜利的对象——在必要时我暂缓我的攻击等他胜利了再开手。第二,我专打没有人打的对象,我这边不会有助手,我单独的站定一边——在这搏斗中我难为的只是我自己。第三,我永远不来对人的攻击——在必要时我只拿一个人格当显微镜用,借它来显出某种普遍的,但却隐遁不易踪迹的恶性。第四,我攻击某事物的动机,不包含私人嫌隙的关系,在我攻击是一个善意的,而且在某种情况下,感恩的凭证。"

　　这位哲学家的战略,我现在僭引作我自己的战略,我盼望我将来不至于在搏斗的沈酣中忽略了预定的规律,万一疏忽时我恳求你们随时提醒。我现在戴我的手套去!

巴黎的鳞爪

咳巴黎！到过巴黎的一定不会再希罕天堂；尝过巴黎的，老实说，连地狱都不想去了。整个的巴黎就像是一床野鸭绒的垫褥，衬得你通体舒泰，硬骨头都给薰酥了的——有时许太热一些。那也不碍事，只要你受得住。赞美是多余的，正如赞美天堂是多余的；咒诅也是多余的，正如咒诅地狱是多余的。巴黎，软绵绵的巴黎，只在你临别的时候轻轻地嘱咐一声："别忘了，再来！"其实连这都是多余的，谁不想再去？谁忘得了？

香草在你的脚下，春风在你的脸上，微笑在你的周遭。不拘束你，不责备你，不督饬你，不窘你，不恼你，不揉你。它搂着你，可不缚住你：是一条温存的臂膀，不是根绳子。它不是不让你跑，但它那招逗的指尖却永远在你的记忆里晃着。多轻盈的步履，罗袜的丝光随时可以沾上你记忆的颜色！

但巴黎却不是单调的喜剧。赛因河的柔波里掩映着罗浮宫的倩影，它也收藏着不少失意人最后的呼吸。流着，温驯的水波；流着，缠绵的恩怨。咖啡馆：和着交颈的软语，开怀的笑响，有踞坐在屋隅里蓬头少年计较自毁的哀思。跳舞场：和着翻飞的乐调，迷醉的酒香，有独自支颐的少妇思量着往迹的怆心。浮动在上一层的许是光明，是欢畅，是快乐，是甜蜜，是和谐；但沈淀在底里阳光照不到的才是人事经验的本质：说重一点是悲哀，说轻一点是惆怅；谁不愿意永远在轻快的流波里漾着，可得留神了你往深处去时的发见！

一天一个从巴黎来的朋友找我闲谈,谈起了劲,茶也没喝,烟也没吸,一直从黄昏谈到天亮,才各自上床去躺了一歇,我一阖眼就回到了巴黎,方才朋友讲的情境惝恍的把我自己也缠了进去;这巴黎的梦真醇人,醇你的心,醇你的意志,醇你的四肢百体,那味儿除是亲尝过的谁能想像!——我醒过来时还是迷糊的忘了我在那儿,刚巧一个小朋友进房来站在我的床前笑吟吟喊我,"你做什么梦来了,朋友,为什么两眼潮潮的像哭似的?"我伸手一摸,果然眼里有水,不觉也失笑了——可是朝来的梦,一个诗人说的,同是这悲凉滋味,正不知这泪是为那一个梦流的呢!

下面写下的不成文章,不是小说,不是写实,也不是写梦,——在我写的人只当是随口曲,南边人说的"出门不认货",随你们宽容的读者们怎样看罢。

出门人也不能太小心了,走道总得带些探险的意味。生活的趣味大半就在不预期的发见,要是所有的明天全是今天刻板的化身,那我们活什么来了?正如小孩子上山就得采花,到海边就得检贝壳,书呆子进图书馆想捞新智慧——出门人到了巴黎就想……

你的批评也不能过分严正不是?少年老成——什么话!老成是老年人的特权,也是他们的本分;说来也不是他们甘愿,他们是到了年纪不得不。少年人如何能老成?老成了才是怪那!

放宽一点说,人生只是个机缘巧合;别瞧日常生活河水似的流得平顺,它那里面多的是潜流,多的是漩涡——轮着的时候谁躲得了给卷了进去?那就是你发愁的时候,是你登仙的时候,是你辨着酸的时候,是你尝着甜的时候。

巴黎也不定比别的地方怎样不同:不同就在那边生活流波里的潜流更猛,漩涡更急,因此你叫给卷进去的机会也就更多。

我赶快得声明我是没有叫巴黎的漩涡给淹了去——虽则也就够险。多半的时候我只是站在赛因河岸边看热闹,下水去的时候也不能说没有,但至多也不过在靠岸清浅处溜着,从没敢往深处跑——这来漩涡的纹螺,势道,力量,可比远在岸上时认清楚多了。

一、九小时的萍水缘

　　我忘不了她。她是在人生的急流里转着的一张萍叶,我见着了它,掬在手里把玩了一晌,依旧交还给它的命运,任它飘流去——它以前的飘泊我不曾见来,它以后的飘泊,我也见不着,但就这曾经相识匆匆的恩缘——实际上我与她相处不过九小时——已在我的心泥上印下踪迹,我如何能忘,在忆起时如何能不感须臾的惆怅?

　　那天我坐在那热闹的饭店里瞥眼看着她,她独坐在灯光最暗漆的屋角里,这屋内那一个男子不带媚态,那一个女子的胭脂口上不沾笑容,就只她:穿一身淡素衣裳,戴一顶宽边的黑帽,在髻密的睫毛上隐隐闪亮着深思的目光——我几乎疑心她是修道院的女僧偶尔到红尘里随喜来了。我不能不接着注意她,她的别样的支颐的倦态,她的曼长的手指,她的落漠的神情,有意无意间的叹息,在在都激发我的好奇——虽则我那时左边已经坐下了一个瘦的,右边来了肥的,四条光滑的手臂不住的在我面前晃着酒杯。但更使我奇异的是她不等跳舞开始就匆匆的出去了,好像害怕或是厌恶似的。第一晚这样,第二晚又是这样:独自默默的坐着,到时候又匆匆的离去。到了第三晚她再来的时候我再也忍不住不想法接近她。第一次得着的回音,虽则是"多谢好意,我再不愿交友"的一个拒绝,只是加深了我的同情的好奇。我再不能放过她。巴黎的好处就在处处近人情;爱慕的自由是永远容许的。你见谁爱慕谁想接近谁,决不是犯罪,除非你在经程中泄漏了你的粗气暴气,陋相或是贫相,那不是文明的巴黎人所能容忍的。只要你"识相",上海人说的,什么可能的机会你都可以利用。对方人理你不理你,当然又是一回事;但只要你的步骤对,文明的巴黎人决不让你难堪。

我不能放过她。第二次我大胆写了个字条付中间人——店主人——交去。我心里直怔怔的怕讨没趣。可是回话来了——她就走了,你跟着去吧。

她果然在饭店门口等着我。

你为什么一定要找我说话,先生,像我这再不愿意有朋友的人?

她张着大眼看我,口唇微微的颤着。

我的冒昧是不望恕的,但是我看了你忧郁的神情我足足难受了三天,也不知怎的我就想接近你,和你谈一次话,如其你许我,那就是我的想望,再没有别的意思。

真的她那眼内绽出了泪来,我话还没说完。

想不到我的心事又叫一个异邦人看透了……她声音都哑了。

我们在路灯的灯光下默默的互注了一晌,并着肩沿马路走去,走不到多远她说不能走,我就问了她的允许雇车坐上,直望波龙尼大林园清凉的暑夜里兜去。

原来如此,难怪你听了跳舞的音乐像是厌恶似的,但既然不愿意何以每晚还去?

那是我的感情作用;我有些舍不得不去,我在巴黎一天,那是我最初遇见——他的地方,但那时候的我……可是你真的同情我的际遇吗,先生?我快有两个月不开口了,不瞒你说,今晚见了你我再也不能制止,我爽性说给你我的生平的始末吧,只要你不嫌。我们还是回那饭庄去罢。

你不是厌烦跳舞的音乐吗?

她初次笑了。多齐整洁白的牙齿,在道上的幽光里亮着!有了你我的生气就回复了不少,我还怕什么音乐?

我们俩重进饭庄去选一个基角坐下,喝完了两瓶香槟,从十一时舞影最凌乱时谈起,直到早三时客人散尽侍役打扫屋子时才起身走,我在她的可怜身世的演述中遗忘了一切,当前的歌舞再不能分我丝毫的注意。

下面是她的自述。

我是在巴黎生长的。我从小就爱读《天方夜谭》的故事,以及当代描写东方的文学;阿,东方,我的童真的梦魂那一刻不在它的玫瑰园中留恋?十四岁那年我的姊姊带我上北京去住,她在那边开一个时式的帽铺,有一天我看见一个小身材的中国人来买帽子,我就觉着奇怪,一来他长得异样的清秀,二来他为什么要来买那样时式的女帽;到了下午一个女太太拿了方才买去的帽子来换了,我姊姊就问她那中国人是谁,她说是她的丈夫,说开了头她就讲她当初怎样为爱他触怒了自己的父母,结果断绝了家庭和他结婚,但她一点也不追悔,因为她的中国丈夫待她怎样好法,她不信西方人会得像他那样体贴,那样温存。我再也忘不了她说话时满心怡悦的笑容。从此我仰慕东方的私衷又添深了一层颜色。

我再回巴黎的时候已经长成了,我父亲是最宠爱我的,我要什么他就给我什么。我那时就爱跳舞,阿,那些迷醉轻易的时光,巴黎那一处舞场上不见我的舞影。我的妙龄,我的颜色,我的体态,我的聪慧,尤其是我那媚人的大眼——阿,如今你见的只是悲惨的余生再不留当时的丰韵——制定了我初期的堕落。我说堕落不是?是的,堕落,人生那处不是堕落,这社会那里容得一个有姿色的女人保全她的清洁?我正快走入险路的时候,我那慈爱的老父早已看出我的倾向,私下安排了一个机会,叫我与一个有爵位的英国人接近。一个十七岁的女子那有什么主意,在两个月内我就做了新娘。

说起那四年结婚的生活,我也不应得过分的抱怨,但我们欧洲的势利的社会实在是树心里生了蠹,我怕再没有回复健康的希望。我到伦敦去做贵妇人时我还是个天真的孩子,那有什么机心,那懂得虚伪的卑鄙的人间的底里,我又是个外国人,到处遭受嫉忌与批评。还有我那叫名的丈夫。他娶我究竟为什么动机我始终不明白,许贪我年轻贪我貌美带回家去广告他自己的手段,因为真的我不曾感着他一息的真情;新婚不到几时他就对我冷淡了,其实他就没有热过,碰巧我是个傻孩子,一天不听着一半句软语,不受些温柔的怜惜,到晚上我就不自制的悲伤。他有的是钱,有的是趋奉谄媚,成天在外打猎作乐,我愁了不来慰我,我病了不来问我,连着三年抑郁的生涯完全消灭了我原来活泼快乐的天机,到第四年实在耽不住了,我与他吵一场回巴黎再见我父亲的时候,他几乎不认识我了。我自此就永别了我的英国丈夫。因为虽则实际的离婚手续在他方面到前年方始办理,他从我走了后也就不再来顾问我——这算是欧洲人夫妻的情分!

我从伦敦回到巴黎,就比久困的雀儿重复飞回了林中,眼内又有了笑,脸上又添了春色,不但身体好多,就连童年时的种种想望又在我心头活了回来。三四年结婚的经验更叫我厌恶西欧,更叫我神往东方。东方,阿,浪漫的多情的东方!我心里常常的怀念着。有一晚,那一个运定的晚上,我就在这屋子内见着了他,与今晚一样的歌声,一样的舞影,想起还不就是昨天,多飞快的光阴,就可怜我一个单薄的女子,无端叫运神摆布,在情网里颠连,在经验的苦海里沈沦,朋友,我自分是已经埋葬了的活人,你何苦又来逼着我把往事掘起,我的话是简短的,但我身受的苦恼,朋友,你信我,是不可量的;你望我的眼里看,凭着你的同情你可以在刹那间领会我灵魂的真际!

他是菲利滨人,也不知怎的我初次见面就迷了他。他肤色是深黄的,但他的性情是不可信的温柔;他身材是短的,但他的私语有多叫人魂销的魔力?阿,我到如今还不能怨他;我爱他太深,我爱他太真,我如何能一刻忘他,虽则他到后来也是一样的薄情,一样的冷酷。你不倦么,朋友,等我讲给你听?

我自从认识了他我便倾注给他我满怀的柔情,我想他,那负心的他,也够他的享受,那三个月神仙似的生活!我们差不多每晚在此聚会的。秘谈是他与我,欢舞是他与我,人间再有更甜美的经验吗?朋友你知道痴心人赤心爱恋的疯狂吗?因为不仅满足了我私心的想望,我十多年梦魂缭绕的东方理想的实现。有他我什么都有了,此外我更有什么沾恋?因此等到我家里为这事情与我开始交涉的时候,我更不踌躇的与我生身的父母根本决绝。我此时又想起了我垂髫时在北京见着的那个嫁中国人的女子,她与我一样也为了痴情牺牲一切,我只希冀她这时还能保持着她那纯爱的生活,不比我这失运人成天在幻灭的辛辣中回味。

我爱定了他。他是在巴黎求学的,不是贵族,也不是富人,那更使我放心,因为我早年的经验使我迷信真爱情是穷人才能供给的。谁知他骗了我——他家里也是有钱的,那时我在热恋中抛弃了家,牺牲了名誉,跟了这黄脸人离却巴黎,辞别欧洲,经过一个月的海程,我就到了我理想的灿烂的东方。阿,我那时的希望与快乐!但才出了红海,他就上了心事,经我再三的逼他才告诉他家里的实情,他父亲是菲利滨最有钱的土著,性情是极严厉的,他怕轻易不能收受我进他们的家庭。我真不愿意比此后可怜的身世烦你的听,朋友,但那才是我痴心人的结果,你耐心听着吧!

东方,东方才是我的烦恼!我这回投进了一个更陌生的社会,呼吸更沈闷的空气;他们自己中间也许有他们温软的人情,但轮着我的却一样还只是猜忌与讥刻,更不容情的刺袭我的孤独的性灵。果然他的家庭不容我进门,把我看作一个"巴黎淌来的可疑的妇人"。我为爱他也不知忍受了多少不可忍的侮辱,吞了多少悲泪,但我自慰的是他对我不变的恩情。因为在初到的一时他还是不时来慰我——我独自赁屋住着。但慢慢的也不知是人言浸润还是他原来爱我不深,他竟然表示割绝我的意思。朋友,试想我这孤身女子牺牲了一切为的还不是他的爱,如今连他都离了我,那我更有什么生机?我怎的始终不曾自毁,我至今还不信,因为我那时真的是没路走了。我又没有钱,他狠心丢了我,我如何能再去缠他,这也许是我们白种人的倔强,我不久便揩干了眼泪,出门去自寻活路。我在一个菲美合种人的家里寻得了一个保姆的职务;天幸我生性是耐烦领小孩的——我在伦敦的日子没孩子管我就养猫弄狗——救活我的是那三五个活灵的孩子,黑头发短手指的乖乖。在那炎热的岛上我是过了两年没颜色的生活，得了一次凶险的热病，从此我面上再不存青年期的光彩。我的心境正稍稍回复平衡的时候两件不幸的事情又临着了我：一件是我那他与另一女子的结婚，这消息使我昏绝了过去；一件是被我弃绝的慈父也不知怎的问得了我的踪迹来电说他老病快死要我回去。阿，天罚我！等我赶回巴黎的时候正好赶着与老人诀别，忏悔我先前的造孽！

从此我在人间还有什么意趣？我只是个实体的鬼影，活动的尸体；我的心也早就死了，再也不起波澜；在初次失望的时候我想像中还有个辽远的东方，但如今东方只在我的心上留下一个鲜明的新伤，我更有什么希冀，更有什么心情？但我每晚还是不自主的到这饭店里来小坐，正如死去的鬼魂忘不了他的老家！我这一生的经验本不想再向人前吐露的，谁知又碰着了你，苦苦的追着我，逼我再一度撩拨死尽的火灰，这来你够明白了，为什么我老是这落漠的神情，我猜你也是过路的客人，我深深自幸又接近一次人情的温慰，但我不敢希望什么，我的心是死定了的，时候也不早了，你看方才舞影凌乱的地板上现在只剩一片冷淡的灯光，侍役们已经收拾干净，我们也该走了，再会吧，多情的朋友！

二、"先生，你见过艳丽的肉没有？"

我在巴黎时常去看一个朋友，他是一个画家，住在一条老闻着鱼腥的小街底头一所老屋子的顶上一个 A 字式的尖阁里，光线暗惨得怕人，白天就靠两块日光胰子大小的玻璃窗给装装幌，反正住的人不嫌就得，他是照例不过正午不起身，不近天亮不上床的一位先生，下午他也不居家，起码总得上灯的时候他才脱下了他的外褂露出两条破烂的臂膀埋身在他那艳丽的垃圾窝里开始他的工作。

艳丽的垃圾窝——它本身就是一幅妙画！我说给你听听。贴墙有精窄的一条上面盖着黑毛毡的算是他的床，在这上面就准你规规矩矩的躺着,不说起坐一定扎脑袋,就连翻身也不免冒犯斜着下来永远不退让的屋顶先生的身分!承着顶尖全屋子顶宽舒的部分放着他的书桌——我捏着一把汗叫它书桌,其实还用提吗,上边什么法宝都有,画册子,稿本,黑炭,颜色盘子,烂袜子,领结,软领子,热水瓶子压瘪了的,烧干了的酒精灯,电筒,各色的药瓶,彩油瓶,脏手绢,断头的笔杆,没有盖的墨水瓶子,一柄手枪,那是瞒不过我化七法郎在密歇耳大街路旁旧货摊上换来的,照相镜子,小手镜,断齿的梳子,蜜膏,晚上喝不完的咖啡杯,详梦的小书,还有——还有可疑的小纸盒儿,凡士林一类的油膏……一只破木板箱一类漆着名字上面蒙着一块灰色布的是他的梳妆台兼书架,一个洋瓷面盆半盆的胰子水似乎都叫一部旧板的卢骚集子给饕了去,一项便帽套在洋瓷长提壶的耳柄上,从袋底里倒出来的小铜钱错落的散着像是土耳其人的符咒,几只稀小的烂苹果围着一条破香蕉像是一群大学教授们围着一个教育次长索薪……

  壁上看得更斑斓了:这是我顶得意的一张庞那的底稿当废纸买来的,这是我临蒙内的裸体,不十分行,我来撩起灯罩你可以看清楚一点,草色太浓了,那膝部画坏了。这一小幅更名贵,你认是谁,罗丹的!那是我前年最大的运气,也算是错来的,老巴黎就是这点子便宜,挨了半年八个月的饿不要紧,只要有机会捞着真东西,这还不值得!那边一张挤在两幅油画缝里的,你见了没有,也是有来历的,那是我前年趁马克倒霉路过佛兰克福德时夹手抢来的,是真的孟督尔都难说,就差糊了一点,现在你给三千佛郎我都不卖,加倍再加倍都值,你信不信?再看那一长条……在他那手指东点西的卖弄他的家珍的时候,你竟会忘了你站着的地方是不够六尺阔的一间阁楼,倒像跨在你头顶那两爿斜着下来的屋顶也顺着他那艺术谈法术似的隐了去,露出一个爽恺的高天,壁上的疙瘩,壁蟢窠,霉块,钉疤,全化成了哥罗画帧中"飘摇欲化烟"的最美丽林树与轻快的流涧;桌上的破领带及手绢烂香蕉臭袜子等等也全变形成戴大阔边稻草帽的牧童们,偎着树打盹的,牵着牛在涧里喝水的,手反衬着脑袋放平在青草地上瞪眼看天的,斜眼溜着那边走进来的娘们手按着音腔吹横笛的——可不是那边来了一群娘们,全是年岁青青的,露着胸膛,散着头发,还有光着白腿的在青草地上跳着来了?……嗐!小心扎脑袋,这屋子真扁纽,你出什么神来了?想着你的 Bel Ami 对不对?你到巴黎快半个月,该早有落儿了,这年头收成真容易——吭,太容易了!谁说巴黎不是理想的地狱?你吸烟斗吗?这儿有自来火。对不起,屋子里除了床,就是那张弹簧早经追悼过了的沙发,你坐坐吧,给你一个垫子,这是全屋子顶温柔的一样东西。

　　不错,那沙发,这阁楼上要没有那张沙发,主人的风格就落了一个极重要的原素。说它肚子里的弹簧完全没了劲,在主人说是太谦,在我说是简直污蔑了它。因为分明有一部分内簧是不曾死透的,那在正中间,看来倒像是一座分水岭,左右都是往下倾的,我初坐下时不提防它还有弹力,倒叫我骇了一下;靠手的套布可真是全霉了,露着黑黑黄黄不知是什么货色,活像主人衬衫的袖子。我正落了坐,他咬了咬嘴唇翻一翻眼珠微微的笑了。笑什么了你?我笑——你坐上沙发那样儿叫我想起爱菱。爱菱是谁?她呀——她是我第一个模特儿。模特儿?你的?你的破房子还有模特儿,你这穷鬼化得起……别急,究竟是中国初来的,听了模特儿就这样的起劲,看你那脖子都上了红印了!本来不算事,当然,可是我说像你这样的破鸡棚……破鸡棚便怎么样,耶稣生在马号里的,安琪儿们都在马矢里跪着礼拜那!别忙,好朋友,我讲你听。如其巴黎人有一个好处,他就是不势利!中国人顶糟了,这一点;穷人有穷人的势利,阔人有阔人的势利,半不阑珊的有半不阑珊的势利——那才是半开化,才是野蛮!你看像我这样子,头发像刺猬,八九天不刮的破胡子,半年不收拾的脏衣服,鞋带扣不上的皮鞋——要在中国,谁不叫我外国叫化子,那配进北京饭店一类的势利场;可是在巴黎,我就这样儿随便问那一个衣服顶漂亮脖子搽得顶香的娘们跳舞,十回就有九回成,你信不信?至于模特儿,那更不成话,那有在巴黎学美术的,不论多穷,一年里不换十来个眼珠亮亮的来坐样儿?屋子破更算什么?波希民的生活就是这样,按你说模特儿就不该坐坏沙发,你得准备杏黄贡缎绣丹凤朝阳做垫的太师椅请她坐你才安心对不对?再说……

别再说了!算我少见世面,算我是乡下老戆,得了;可是说起模特儿,我倒有点好奇,你何妨讲些经验给我长长见识?有真好的没有?我们在美术院里见着的什么维纳丝得米罗,维纳丝梅第妻,还有铁青的,鲁班师的,鲍第千里的,丁稻来笃的,箕奥其安内的裸体实在是太美,太理想,太不可能,太不可思议;反面说,新派的比如雪尼约克的,玛提斯的,塞尚的,高耿的,弗朗剌马克的,又是太丑,太损,太不像人,一样的太不可能,太不可思议。人体美,究竟怎么一回事,我们不幸生长在中国女人衣服一直穿到下巴底下腰身与后部看不出多大分别的世界里,实在是太蒙昧无知,太不开眼。可是再说呢,东方人也许根本就不该叫人开眼的,你看过约翰巴里士那本沙扬娜拉没有,他那一段形容一个日本裸体舞女——就是一张脸子粉搽得像棺材里爬起来的颜色,此外耳朵以后下巴以下就比如一节蒸不透的珍珠米!——看了真叫人恶心。你们学美术的才有第一手的经验,我倒是……

你倒是真有点羡慕,对不对?不怪你,人总是人。不瞒你说,我学画画原来的动机也就是这点子对人体秘密的好奇。你说我穷相,不错,我真是穷,饭都吃不出,衣都穿不全,可是模特儿——我怎么也省不了。这对人体美的欣赏在我已经成了一种生理的要求,必要的奢侈,不可摆脱的嗜好;我宁可少吃俭穿,省下几个法郎来多雇几个模特儿。你简直可以说我是着了迷,成了病,发了疯,爱说什么就什么,我都承认——我就不能一天没有一个精光的女人躺在我的面前供养,安慰,喂饱我的"眼淫"。当初罗丹我猜也一定与我一样的狼狈,据说他那房子里老是有剥光了的女人,也不为坐样儿,单看她们日常生活"实际的"多变化的姿态——他是一个牧羊人,成天看着一群剥了毛皮的驯羊！鲁班师那位穷凶极恶的大手笔，说是常难为他太太做模特儿，结果因为他成天不断的画他太太竟许连穿裤子的空儿都难得有！但如果这话是真的鲁班师还是太傻，难怪他那画里的女人都是这剥白猪似的单调，少变化；美的分配在人体上是极神秘的一个现象，我不信有理想的全材，不论男女我想几乎是不可能的；上帝拿着一把颜色望地面上撒，玫瑰，罗兰，石榴，玉簪，剪秋罗，各样都沾到了一种或几种的彩泽，但决没有一种花包涵所有可能的色调的，那如其有，按理论讲，岂不是又得回复了没颜色的本相？人体美也是这样的，有的美在胸部，有的腰部，有的下部，有的头发，有的手，有的脚踝，那不可理解的骨格，筋肉，肌理的会合，形成各各不同的线条，色调的变化，皮面的涨度，毛管的分配，天然的姿态，不可制止的表情——也得你不怕麻烦细心体会发见去，上帝没有这样便宜你的事情，他决不给你一个具体绝对美，如果有我们所有艺术的努力就没了意义；巧妙就在你明知这山里有金子，可是在那一点你得自己下工夫去找。阿！说起这艺术家审美的本能，我真要闭着眼感谢上帝——要不是它，岂不是所有人体的美，说窄一点，都变了古长安道上历代帝王的墓窟，全叫一层或几层薄薄的衣服给埋没了！回头我给你看我那张破床底下有一本宝贝，我这十年血汗辛苦的成绩——千把张的人体临摹，而且十分之九是在这间破鸡棚里钩下的，别看低我这张弹簧早经追悼了的沙发，这上面落坐过至少一二百个当得起美字的女人！别提专门做模特儿的，巴黎那一个不知道俺家黄脸什么，那不算希奇，我自负的是我独到的发见：一半因为看多了缘故，女人肉的引诱在我差不多完全消灭在美的欣赏里面，结果在我这双"淫眼"看来，一丝不挂的女人就同紫霞宫里翻出来的尸首穿得重重密密的摇不动我的性欲，反面说当真穿着得极整齐的女人，不论她在人堆里站着，在路上走着，只要我的眼到，她的衣服的障碍就无形的消灭，正如老练的矿师一瞥就认出矿苗，我这美术本能也是一瞥就认出"美苗"，一百次里错不了一次：每回发见了可能的时候，我就非想法找到她剥光了她叫我看个满意不成,上帝保佑这文明的巴黎,我失望的时候真难得有!我记得有一次在戏院子看着了一个贵妇人,实在没法想(我当然试来)我那难受就不用提了,比发疟疾还难受——她那特长分明是在小腹与……

够了够了!我倒叫你说得心痒痒的。人体美!这门学问,这门福气,我们不幸生长在东方谁有机会研究享受过来?可是我既然到了巴黎,又幸气碰着你,我倒真想叨你的光开开我的眼,你得替我想法,要找在你这宏富的经验中比较最贴近理想的一个看看……

你又错了!什么,你意思花就许巴黎的花香,人体就许巴黎的美吗?太灭自己的威风了!别信那巴里士什么沙扬娜拉的胡说;听我说,正如东方的玫瑰不比西方的玫瑰差什么香味,东方的人体在得到相当的栽培以后,也同样不能比西方的人体差什么美——除了天然的限度,比如骨格的大小,皮肤的色彩。同时顶要紧的当然要你自己性灵里有审美的活动,你得有眼睛,要不然这宇宙不论它本身多美多神奇在你还是白来的。我在巴黎苦过这十年,就为前途有一个宏愿:我要张大了我这经过训练的"淫眼"到东方去发见人体美——谁说我没有大文章做出来?至于你要借我的光开开眼,那是最容易不过的事情,可是我想想——可惜了!有个马达姆朗洒,原先在巴黎大学当物理讲师的,你看了准忘不了,现在可不在了,到伦敦去了;还有一个马达姆薛托漾,她是远在南边乡下开面包铺子的,她就够打倒你所有的丁稻来笃,所有的铁青,所有的箕奥其安内——尤其是给你这未入流看,长得太美了,她通体就看不出一根骨头的影子,全叫匀匀的肉给隐住的,圆的,润的,有一致节奏的,那妙是一百个哥蒂蔼也形容不全的,尤其是她那腰以下的结构,真是奇迹!你从意大利来该见过西龙尼维纳丝的残像,就那也只能仿佛,你不知道那活的气息的神奇,什么大艺术天才都没法移植到画布上或是石塑上去的(因此我常常自己心里辩论究竟是艺术高出自然还是自然高出艺术,我怕上帝僭先的机会毕竟比凡人多些);不提别的单就她站在那里你看,从小腹接榫上股那两条交荟的弧线起直往下贯到脚着地处止,那肉的浪纹就比是——实在是无可比——你梦里听着的音乐:不可信的轻柔,不可信的匀净,不可信的韵味——说粗一点,那两股相并处的一条线直贯到底,不漏一屑的破绽,你想通过一根发丝或是吹度一丝风息都是绝对不可能的——但同时又决不是肥肉的黏着,那就呆了。真是梦!唉,就可惜多美一个天才偏叫一个身高六尺三寸长红胡子的面包师给糟踢了;真的这世上的因缘说来真怪,我很少看见美妇人不嫁给猴子类牛类水马类的丑男人!但这是支话。眼前我招得到的,够资格的也就不少——有了,方才你坐上这沙发的时候叫我想起了爱菱,也许你与她有缘分,我就为你招她去吧,我想应该可以容易招到的。可是上那儿呢?这屋子终究不是欣赏美妇人的理想背景,第一不够开展,第二光线不够——至少为外行人像你一类着想……我有了一个顶好的主意,你远来客,也该独出心裁招待你一次,好在爱菱与我特别的熟,我要她怎么她就怎么;暂且约定后天吧,你上午十二点到我这里来,我们一同到芳丹薄罗的大森林里去,那是我常游的地方,尤其是阿房奇石相近一带,那边有的是天然的地毯,这时是自然最妖艳的日子,草青得滴得出翠来,树绿得涨得出油来,松鼠满地满树都是,也不很怕人,顶好玩的,我们决计到那一带去秘密野餐吧——至于"开眼"的话,我包你一个百二十分的满足,将来一定是你从欧洲带回家最不易磨灭的一个印象!一切有我布置去,你要是愿意贡献的话,也不用别的,就要你多买大杨梅,再带一瓶橘子酒,一瓶绿酒,我们享半天闲福去。现在我讲得也累了,我得躺一会儿,我拿我床底下那本秘本给你先揣摩揣摩……

隔一天我们从芳丹薄罗林子里回巴黎的时候,我仿佛刚做了一个最荒唐,最艳丽,最秘密的梦。

十四年十二月二十一日

契诃夫的墓园

诗人们在这喧哗的市街上不能不感寂寞;因此"伤时"是他们怨愫的发泄,"吊古"是他们柔情的寄托。但"伤时"是感情直接的反动:子规的清啼容易转成夜鸦的急调,吊古却是情绪自然的流露,想像已往的韶光,慰藉心灵的幽独。在墓墟间,在晚风中,在山一边,在水一角,慕古人情,怀旧光华;像是朵朵出岫的白云,轻沾斜阳的彩色,冉冉的卷,款款的舒,风动时动,风止时止。

吊古便不得不懔悟光阴的实在;随你想像它是汹涌的洪潮,想像它是缓渐的流水想像它是倒悬的急湍,想像它是足迹的尾闾,只要你见到它那水花里隐现着的骸骨,你就认识它那无顾恋的冷酷,它那无限量的破坏的馋欲:桑田变沧海,红粉变骷髅,青梗变枯柴,帝国变迷梦。梦变烟,火变灰,石变砂,玫瑰变泥,一切的纷争消纳在无声的墓窟里……那时间人的来踪与去迹,它那色调与波纹,便如夕照晚霞中的山岭融成了青紫一片,是丘是壑,是林是谷,不再分明。但它那大体的轮廓却亭亭的刻画在天边,给你一个最清切的辨认。这一辨认就相联的唤起了疑问:人生究竟是什么? 你得加下你的按语,你得表示你的"观"。陶渊明说大家在这一条水里浮沈,总有一天浸没在里面,让我今天趁南山风色好,多种一棵菊花,多喝一杯甜酒;李太白、苏东坡、陆放翁都回响说不错,我们的"观"就在这酒杯里。古诗十九首说这一生一掠即过,不过也得过,想长生的是傻子,抓住这现在的现在尽量的享福寻快乐是真的——"不如饮美酒,被服纨与素,"曹子建望着火烧了的洛阳,免不得动感情,他对着渺渺的人生也是绝望——"转蓬离本根,飘飘随长风,何意回飙举,吹我入云中,高高上无极,天路安可穷"。光阴"悠悠"的神秘警觉了陈元龙:人们在世上都是无俦伴的独客,各个,在他觉悟时都是寂寞的灵魂。庄子也没奈何这悠悠的光阴,他借重一个调侃的骷髅,设想另一个宇宙,那边生的进行不再受时间的限制。

所以吊古——尤其是上坟——是中国文人的一个癖好。这癖好想是遗传的;因为就我自己说,不仅每到一处地方爱去郊外冷落处寻墓园消遣,那坟墓的意象竟仿佛在我每一个思想的后背遮拦着——单这馒形的一块黄土在我就有无穷的意趣——更无须蔓草、凉风、白杨、青鳞等等的附带。坟的意象与死的概念当然不能差离多远,但在我坟与死的关系却并不密切:死仿佛有附着或有实质的一个现象,坟墓只是一个美丽的虚无,在这静定的意境里,光阴仿佛止息了波动,你自己的思感收敛了震悚,那时你的性灵便可感到最纯净的安慰,你再不要什么。有一个原因为什么我不爱想死是为死的对象就是最恼人不过的生,死只是中止生,不是解决生,更不是消灭生,只是增剧生的复杂,并不清理它的纠纷。坟的意象却不暗示你什么对举或比称的实体,它没有远亲,也没有近邻,它只是它,包涵一切,覆盖一切,调融一切的一个美的虚无。

我这次到欧洲来倒像是专做清明来的;我不仅上知名的或与我有关系的坟[在莫斯科上契诃夫、克鲁泡德金的坟,在柏林上我自己儿子的坟,在枫丹薄罗上曼殊斐尔的坟,在巴黎上茶花女、哈哀内的坟;上菩特莱"恶之花"的坟;上凡尔泰、卢骚、嚣俄的坟;在罗马上雪莱、济慈的坟;在翡冷翠上勃朗宁太太的坟,上密仡郎其罗,梅迪启家的坟;日内到 Ravenna 去还得上丹德的坟,到 Assisi 上法兰西士的坟,到 Mautua 上浮吉尔(Virgil)的坟],我每过不知名的墓园也往往进去留连,那时情绪不定是伤悲,不定是感触,有风听风,在块块的墓碑间且自徘徊,待斜阳淡了再计较回家。

你们下回到莫斯科去,不要贪看列宁,那无非是一个像活的死人放着做广告的(口孽罪过!)反而忘却一个真值得去的好所在——是在雀山山脚下的一座有名的墓园,原先是贵族埋葬的地方,但契诃夫的三代与克鲁泡德金也在里面,我在莫斯科三天,过得异常的烦闷,但那一个向晚,在那噤寂的寺园里,不见了莫斯科的红尘,脱离了犹太人的怖梦,从容的怀古,默默的寻思,在他人许有更大的幸福,在我已经知足。那庵名像是 Monestiere Vinozositoh(可译作圣贞庵),但不敢说是对的,好在容易问得。

我最不能忘情的坟山是日中神户山上专葬僧尼那地方,一因它是依山筑道,林荫花草是天然的,二因两侧引泉,有不绝的水声,三因地位高亢,望见海湾与对岸山岛,我最不喜欢的巴黎 Montmartre 的那个墓园,虽则有茶花女的芳邻我还是不愿意,因为它四周是市街,驾空又是一架走电车的大桥,什么清宁的意致都叫那些机轮轧成了断片,我是立定主意不去的;罗马雪莱,济慈的坟场算是不错,但这留着以后再讲;莫斯科的圣贞庵,是应得赞美的,但到那边去的机会似乎不多!

那圣贞庵本身是白石的,葫芦顶是金的,旁边有一个极美的钟塔,红色的,方的,异常的鲜艳,远望这三色——白、金、红——的配置,极有风趣;墓碑与坟亭密密的在这塔影下散布着,我去的那天正当傍晚,地下的雪一半化了水,不穿胶皮套鞋是不能走的;电车直到庵前,后背望去森森的林山便是拿破仑退兵时曾经回望的雀山,庵门内的空气先就不同,常青的树荫间,雪铺的地里,悄悄的屏息着各式的墓碑:青石的平台,镂像的长碣,嵌金的塔,中空的亭亭,有高踞的,有低伏的,有雕饰繁复的,有平易的;但他们表示的意思却只是极简单的一个,古诗说的:"下有陈死人,杳杳即长暮,潜寐黄泉下,千载永不寤。"

我们向前走不久便发见了一个颇堪惊心的事实:有不少极庄严的碑碣倒在地上的,有好几处坚致的石栏与铁栏打毁了的;你们记得在这里埋着的贵族居多,近几年来风水转了,贵族最吃苦,幸而不毁,也不免亡命,阶级的怨毒在这墓园里都留下了痕迹——楚平王死得快还是逃不了尸体受刑——虽则有标记与无标记,有祭扫与无祭扫,究竟关不关这底下陈死人的痛痒,还是不可知的一件事。但对于虚荣心重的活人,这类示威的手段却是一个警告。

我们摸索了半天,不曾寻着契诃夫;我的朋友上那边问去了,我在一个转角站等着,那时候忽的眼前一亮(那天本是阴沈),夕阳也不知从那边过来,正照着金顶与红塔,打成一片不可信的辉煌;你们没见过大金顶的不易想像它回光的力量,平常玻璃窗上的反光已够你耀眼的,何况偌大一个纯金的圆穹,我不由得不感谢那建筑家的高见,我看了西游记、封神榜渴慕的金光神霞,到这里见着了!更有那秀挺的绯红的高塔也在这俄顷间变成了縩花摇曳的长虹,仿佛脱离了地面,将次凌空飞去。

契诃夫的墓上(他父亲与他并肩)只是一块瓷青色的石碑,刻着他的名字与生死的年分,有铁栏围着,栏内半化的雪里有几瓣小青叶,旁边树上吊下去的,在那里微微的转动。

我独自倚着铁栏,沈思契诃夫今天要是在他不知怎样;他是最爱"幽默",自己也是最有谐趣的一位先生。他的太太告诉我们他临死的时候还要她讲笑话给他听,有幽默的人是不易做感情的奴隶的。但今天俄国的情形,今天世界的情形,他要是看了还能笑否,还能拿着他的灵活的笔继续写他灵活的小说否?……我正想着,一阵异样的声浪从园的那一角传过来打断了我的盘算,那声音在中国是听惯了的,但到欧洲是不提防的;我转过去看时有一位黑衣的太太站在一个坟前,她旁边一个服装古怪的牧师(像我们的游方和尚)高声念着经咒,在晚色团聚时,在森森的墓门间,听那异样的音调(语尾曼长向上曳作顿),你知道那怪调是念给墓中人听的,这一想毛发间就起了作用,仿佛底下的一大群全爬了上来在你的周围站着倾听似的,同时钟声响动。那边庵门开了,门前亮着一星的油灯,里面出来成行列的尼僧,向另一屋子走去,一体的黑衣黑兜,悄悄的在雪地里走去……

克鲁泡德金的坟在后园,只一块扁平的白石,指示这伟大灵魂遗蜕的歇处,看着颇觉凄惘。关门铃已摇过,我们又得回红尘去了。

吸烟与文化

一

牛津是世界上名声压得倒人的一个学府。牛津的秘密是它的导师制。导师的秘密，按利卡克教授说，是"对准了他的徒弟们抽烟"。真的在牛津或康桥地方要找一个不吸烟的学生是很费事的——先生更不用提。学会抽烟，学会沙发上古怪的坐法，学会半吞半吐的谈话——大学教育就够格儿了。"牛津人"，"康桥人"；还不彀斗吗？我如其有钱办学堂的话，利卡克说，第一件事情我要做的是造一间吸烟室，其次造宿舍，再次造图书室；真要到了有钱没地方化的时候再来造课堂。

二

怪不得有人就会说，原来英国学生就会吃烟，就会懒惰。臭绅士的架子！臭架子的绅士！难怪我们这年头背心上刺刺的老不舒服，原来我们中间也来了几个叫土巴菇烟臭薰出来的破绅士！

这年头说话得谨慎些。提起英国就犯嫌疑。贵族主义！帝国主义！走狗！挖个坑埋了他！

实际上事情可不这么简单。侵略，压迫，该咒是一件事，别的事情可不跟着走。至少我们得承认英国，就它本身说，是一个站得住的国家，英国人是有出息的民族。它的是有组织的生活，它的是有活气的文化。我们也得承认牛津或是康桥至少是一个十分可羡慕的学府,它们是英国文化生活的娘胎。多少伟大的政治家,学者,诗人,艺术家,科学家,是这两个学府的产儿——烟味儿给薰出来的。

三

利卡克的话不完全是俏皮话。"抽烟主义"是值得研究的。但吸烟室究竟是怎么一回事?烟斗里如何抽得出文化真髓来?对准了学生抽烟怎样是英国教育的秘密?利卡克先生没有描写牛津康桥生活的真相;他只这么说,他不曾说出一个所以然来。许有人愿意听听的,我想。我也叫名在英国念过两年书,大部分的时间在康桥。但严格的说,我还是不够资格的。我当初并不是像我的朋友温源宁先生似的出了大金镑正式去请教薰烟的:我只是个,比方说,烤小半熟的白薯,离着焦味儿透香还正远那。但我在康桥的日子可真是享福,深怕这辈子再也得不到那样蜜甜的机会了。我不敢说康桥给了我多少学问或是教会了我什么。我不敢说受了康桥的洗礼,一个人就会变气息,脱凡胎。我敢说的只是——就我个人说,我的眼是康桥教我睁的,我的求知欲是康桥给我拨动的,我的自我的意识是康桥给我胚胎的。我在美国有整两年,在英国也算是整两年。在美国我忙的是上课,听讲,写考卷,啃象皮糖,看电影,赌咒。在康桥我忙的是散步,划船,骑自转车,抽烟,闲谈,吃五点钟茶牛油烤饼,看闲书。如其我到美国的时候是一个不含糊的草包,我离开自由神的时候也还是那原封没有动;但如其我在美国时候不曾通窍,我在康桥的日子至少自己明白了原先只是一肚子颟顸。这分别不能算小。

我早想谈谈康桥,对它我有的是无限的柔情。但我又怕亵渎了它似的始终不曾出口。这年头!只要贵族教育一个无意识的口号就可以把牛顿,达尔文,米尔顿,拜伦,华茨华斯,阿诺尔德,纽门,罗刹蒂,格兰士顿等等所从来的母校一下抹煞。再说年来交通便利了,各式各种日新月异的教育原理教育新制翻翻的从各方向的外洋飞到中华,那还容得厨房老过四百年墙壁上爬满骚胡髭一类藤萝的老书院一起来上讲坛?

四

但另换一个方向看去,我们也见到少数有见地的人,再也看不过国内高等教育的混沌现象,想跳开了踩烂的道儿,回头另寻新路走去。向外望去,现成有牛津康桥青藤缭绕的学院招着你微笑;回头望去,五老峰下飞泉声中白鹿洞一类的书院瞅着你惆怅。这浪漫的思乡病跟着现代教育丑化的程度在少数人的心中一天深似一天。这机械性买卖性的教育够腻烦了,我们说。我们也要几间满沿着爬山虎的高雪克屋子来安息我们的灵性,我们说。我们也要一个绝对闲暇的环境好容我们的心智自由的发展去,我们说。

林玉堂先生在《现代评论》登过一篇文章谈他的教育的理想。新近任叔永先生与他的夫人陈衡哲女士也发表了他们的教育的理想。林先生的意思约莫记得是想仿效牛津一类学府,陈、任两位是要恢复书院制的精神。这两篇文章我认为是很重要的,尤其是陈、任两位的具体提议,但因为开倒车走回头路分明是不合时宜,他们几位的意思并不曾得到期望的回响。想来现在的学者们太忙了,寻饭吃的,做官的,当革命领袖的,谁都不得闲,谁都不愿闲,结果当然没有人来关心什么纯粹教育(不含任何动机的学问)或是人格教育。这是个可憾的现象。

我自己也是深感这浪漫的思乡病的一个;我只要——
"草青人远,
一流冷涧……"
但我们这想望的境界有容我们达到的一天吗?

十五年一月十四日

我所知道的康桥

一

我这一生的周折,大都寻得出感情的线索。不论别的,单说求学。我到英国是为要从罗素。罗素来中国时,我已经在美国。他那不确的死耗传到的时候,我真的出眼泪不够,还做悼诗来了。他没有死,我自然高兴。我摆脱了哥岺比亚大博士衔的引诱,买船票过大西洋,想跟这位二十世纪的福禄泰尔认真念一点书去。谁知一到英国才知道事情变样了:一为他在战时主张和平,二为他离婚,罗素叫康桥给除名了,他原来是 Trinity College 的 fellow①,这来他的 fellow-ship② 也给取消了。他回英国后就在伦敦住下,夫妻两人卖文章过日子。因此我也不曾遂我从学的始愿。我在伦敦政治经济学院里混了半年,正感着闷想换路走的时候,我认识了狄更生先生。狄更生——Galsworthy Lowes Dickinson——是一个有名的作者,他的《一个中国人通信》(Letters From John Chinaman)与《一个现代聚餐谈话》(A Modern Symposium)两本小册子早得了我的景仰。我第一次会着他是在伦敦国际联盟协会席上,那天林宗孟先生演说,他做主席;第二次是宗孟寓里吃茶,有他。以后我常到他家里去。他看出我的烦闷,劝我到康桥去,他自己是王家学院(Kings College)的 fellow。我就写信去问两个学院,回信都说学额早满了,随后还是狄更生先生替我去

---

① fellow:研究员。
② fellowship:研究员资格。

在他的学院里说好了,给我一个特别生的资格,随意选科听讲。从此黑方巾黑披袍的风光也被我占着了。初起我在离康桥六英里的乡下叫沙士顿地方租了几间小屋住下,同居的有我从前的夫人张幼仪女士与郭虞裳君。每天一早我坐街车(有时自行车)上学,到晚回家。这样的生活过了一个春,但我在康桥还只是个陌生人,谁都不认识,康桥的生活,可以说完全不曾尝着,我知道的只是一个图书馆,几个课室,和三两个吃便宜饭的菜食铺子。狄更生常在伦敦或是大陆上,所以也不常见他。那年的秋季我一个人回到康桥,整整有一学年,那时我才有机会接近真正的康桥生活,同时我也慢慢的"发见"了康桥。我不曾知道过更大的愉快。

二

"单独"是一个耐寻味的现象。我有时想它是任何发见的第一个条件。你要发见你的朋友的"真",你得有与他单独的机会。你要发见你自己的真,你得给你自己一个单独的机会。你要发见一个地方(地方一样有灵性),你也得有单独玩的机会。我们这一辈子,认真说,能认识几个人?能认识几个地方?我们都是太匆忙,太没有单独的机会。说实话,我连我的本乡都没有什么了解。康桥我要算是有相当交情的,再次许只有新认识的翡冷翠了。阿,那些清晨,那些黄昏,我一个人发痴似的在康桥!绝对的单独。

但一个人要写他最心爱的对象,不论是人是地,是多么使他为难的一个工作?你怕,你怕描坏了它,你怕说过分了恼了它,你怕说太谨慎了辜负了它。我现在想写康桥,也正是这样的心理,我不曾写,我就知道这回是写不好的——况且又是临时逼出来的事情。但我却不能不写,上期预告已经出去了。我想勉强分两节写,一是我所知道的康桥的天然景色,一是我所知道的康桥的学生生活。我今晚只能极简的写些,等以后有兴会时再补。

三

康桥的灵性全在一条河上；康河，我敢说，是全世界最秀丽的一条水。河的名字是葛兰大（Granta），也有叫康河（River Caun）的，许有上下流的区别，我不甚清楚。河身多的是曲折，上游是有名的拜伦潭——"Byron's Pool"——当年拜伦常在那里玩的；有一个老村子叫格兰骞斯德，有一个果子园，你可以躺在累累的桃李树荫下吃茶，花果会吊入你的茶杯，小雀子会到你桌上来啄食，那真是别有一番天地。这是上游；下游是从骞斯德顿下去，河面展开，那是春夏间竞舟的场所。上下河分界处有一个坝筑，水流急得很，在星光下听水声，听近村晚钟声，听河畔倦牛刍草声，是我康桥经验中最神秘的一种：大自然的优美，宁静，调谐在这星光与波光的默契中不期然的淹入了你的性灵。

但康河的精华是在它的中流，著名的"Backs"，这两岸是几个最蜚声的学院的建筑。从上面下来是 Pembroke，St. Katharine's，King's，Clare，Trinty，St. John's。最令人留连的一节是克莱亚与王家学院的毗连处，克莱亚的秀丽紧邻着王家教堂（King's Chapel）的宏伟。别的地方尽有更美更庄严的建筑，例如巴黎赛因河的罗浮宫一带，威尼斯的利阿尔多大桥的两岸，翡冷翠维基乌大桥的周遭；但康桥的"Backs"自有它的特长，这不容易用一二个状词来概括，它那脱尽尘埃气的一种清澈秀逸的意境可说是超出了画图而化生了音乐的神味。再没有比这一群建筑更调谐更匀称的了！论画，可比的许只有柯罗（Corot）的田野；论音乐，可比的许只有萧班（Chopin）的夜曲。就这也不能给你依稀的印象，它给你的美感简直是神灵性的一种。

假如你站在王家学院桥边的那棵大椈树荫下眺望，右侧面，隔着一大方浅草坪，是我们的校友居（Fellows Building），那年代并不早，但它的妩媚也是不可掩的，它那苍白的石壁上春夏间满缀着艳色的蔷薇在和风中摇颤,更移左是那教堂,森林似的尖阁不可浼的永远直指着天空;更左是克莱亚,阿! 那不可信的玲珑的方庭,谁说这不是圣克莱亚(St. Clare)的化身,那一块石上不闪耀着她当年圣洁的精神? 在克莱亚后背隐约可辨的是康桥最潇贵最骄纵的三清学院(Trinity),它那临河的图书楼上坐镇着拜伦神采惊人的雕像。

但这时你的注意早已叫克莱亚的三环洞桥魔术似的摄住。你见过西湖白堤上的西泠断桥不是(可怜它们早已叫代表近代丑恶精神的汽车公司给踩平了,现在它们跟着苍凉的雷峰永远辞别了人间)? 你忘不了那桥上斑驳的苍苔,木栅的古色,与那桥拱下泄露的湖光与山色不是? 克莱亚并没有那样体面的衬托,它也不比庐山栖贤寺旁的观音桥,上瞰五老的奇峰,下临深潭与飞瀑;它只是怯怜怜的一座三环洞的小桥,它那桥洞间也只掩映着细纹的波鳞与婆娑的树影,它那桥上栉比的小穿阑与阑节顶上双双的白石球,也只是村姑子头上不夸张的香草与野花一类的装饰;但你凝神的看着,更凝神的看着,你再反省你的心境,看还有一丝屑的俗念沾滞不? 只要你审美的本能不曾汩灭时,这是你的机会实现纯粹美感的神奇!

但你还得选你赏鉴的时辰。英国的天时与气候是走极端的。冬天是荒谬的坏,逢着连绵的雾盲天你一定不迟疑的甘愿进地狱本身去试试;春天(英国是几乎没有夏天的)是更荒谬的可爱,尤其是它那四五月间最渐缓最艳丽的黄昏,那才真是寸寸黄金。在康河边上过一个黄昏是一服灵魂的补剂。阿! 我那时蜜甜的单独,那时蜜甜的闲暇。一晚又一晚的,只见我出神似的倚在桥阑上向西天凝望——

> 看一回凝静的桥影,
> 数一数螺细的波纹:
> 我倚暖了石阑的青苔,
> 青苔凉透了我的心坎……

还有几句更笨重的怎能仿佛那游丝似轻妙的情景:

难忘七月的黄昏,远树凝寂,
像墨泼的山形,衬出轻柔暝色,
密稠稠,七分鹅黄,三分橘绿,
那妙意只可去秋梦边缘捕捉……

四

这河身的两岸都是四季常青最葱翠的草坪。从校友居的楼上望去,对岸草场上,不论早晚,永远有十数匹黄牛与白马,胫蹄没在恣蔓的草丛中,纵容的在咬嚼,星星的黄花在风中动荡,应和着它们尾鬃的扫拂。桥的两端有斜倚的垂柳与椈荫护住。水是澈底的清澄,深不足四尺,匀匀的长着长条的水草。这岸边的草坪又是我的爱宠,在清朝,在傍晚,我常去这天然的织锦上坐地,有时读书,有时看水,有时仰卧着看天空的行云,有时反仆着搂抱大地的温软。

但河上的风流还不止两岸的秀丽。你得买船去玩。船不止一种:有普通的双桨划船,有轻快的薄皮舟(Canoe),有最别致的长形撑篙船(Punt)。最末的一种是别处不常有的:约莫有二丈长,三尺宽,你站直在船艄上用长竿撑着走的。这撑是一种技术。我手脚太蠢,始终不曾学会。你初起手尝试时,容易把船身横在河中,东颠西撞的狼狈。英国人是不轻易开口笑人的,但是小心他们不出声的皱眉!也不知有多少次河中本来优闲的秩序叫我这莽撞的外行给捣乱了。我真的始终不曾学会;每回我不服输跑去租船再试的时候,有一个白胡子的船家往往带讥讽的对我说:"先生,这撑船费劲,天热累人,还是拿个薄皮舟溜溜吧!"我那里肯听话,长篙子一点就把船撑了开去,结果还是把河身一段段的腰斩了去!

你站在桥上去看人家撑,那多不费劲,多美,尤其在礼拜天有几个专家的女郎,穿一身缟素衣服,裙裾在风前悠悠的飘着,戴一顶宽边的薄纱帽,帽影在水草间颤动,你看她们出桥洞时的姿态,捻起一根竟像没分量的长竿,只轻轻的,不经心的往波心里一点,身子微微的一蹲,这船身便波的转出了桥影,翠条鱼似的向前滑了去。她们那敏捷,那闲暇,那轻盈,真是值得歌咏的。

在初夏阳光渐暖时你去买一支小船,划去桥边荫下躺着念你的书或是做你的梦,槐花香在水面上飘浮,鱼群的唼喋声在你的耳边挑逗。或是在初秋的黄昏,近着新月的寒光,望上流僻静处远去。爱热闹的少年们携着他们的女友,在船沿上支着双双的东洋彩纸灯带着话匣子,船心里用软垫铺着,也开向无人迹处去享他们的野福——谁不爱听那水底翻的音乐在静定的河上描写梦意与春光!

住惯城市的人不易知道季候的变迁。看见叶子掉知道是秋,看见叶子绿知道是春;天冷了装炉子,天热了拆炉子;脱下棉袍,换上夹袍,脱下夹袍,穿上单袍:不过如此罢了。天上星斗的消息,地下泥土里的消息,空中风吹的消息,都不关我们的事。忙着那,这样那样事情多着,谁耐烦管星星的移转,花草的消长,风云的变幻?同时我们抱怨我们的生活,苦痛,烦闷,拘束,枯燥,谁肯承认做人是快乐?谁不多少间咒诅人生?

但不满意的生活大都是由于自取的。我是一个生命的信仰者,我信生活决不是我们大多数人仅仅从自身经验推得的那样暗惨。我们的病根是在"忘本"。人是自然的产儿,就比枝头的花与鸟是自然的产儿;但我们不幸是文明人,入世深似一天,离自然远似一天。离开了泥土的花草,离开了水的鱼,能快活吗?能生存吗?从大自然,我们取得我们的生命;从大自然,我们应分取得我们继续的滋养。那一株婆娑的大木没有盘错的根柢深入在无尽藏的地里?我们是永远不能独立的。有幸福是永远不离母亲抚育的孩子,有健康是永远接近自然的人们。不必一定与鹿豕游,不必一定回"洞府"去;为医治我们当前生活的枯窘,只要"不完全遗忘自然"一张轻淡的药方我们的病象就有缓和的希望。在青草里打几个滚,到海水里洗几次浴,到高处去看几次朝霞与晚照——你肩背上的负担就会轻松了去的。

这是极肤浅的道理,当然。但我要没有过遇康桥的日子,我就不会有这样的自信。我这一辈子就只那一春,说也可怜,算是不曾虚度。就只那一春,我的生活是自然的,是真愉快的!(虽则碰巧那也是我最感受人生痛苦的时期。)我那时有的是闲暇,有的是自由,有的是绝对单独的机会。说也奇怪,竟像是第一次,我辨认了星月的光明,草的青,花的香,流水的殷勤。我能忘记那初春的睥睨吗?曾经有多少个清晨我独自冒着冷去薄霜铺地的林子里闲步——为听鸟语,为盼朝阳,为寻泥土里渐次苏醒的花草,为体会最微细最神妙的春信。阿,那是新来的画眉在那边凋不尽的青枝上试它的新声!阿,这是第一朵小雪球花挣出了半冻的地面!阿,这不是新来的潮润沾上了寂寞的柳条?

静极了,这朝来水溶溶的大道,只远处牛奶车的铃声,点缀这周遭的沈默。顺着这大道走去,走到尽头,再转入林子里的小径,往烟雾浓密处走去,头顶着交枝的榆荫,透露着漠楞楞的曙色;再往前走去,走尽这林子,当前是平坦的原野,望见了村舍,初青的麦田,更远三两个馒形的小山掩住了一条通道。天边是雾茫茫的,尖尖的黑影是近村的教寺。听,那晓钟和缓的清音。这一带是此邦中部的平原,地形像是海里的轻波,默沈沈的起伏;山岭是望不见的,有的是常青的草原与沃腴的田壤。登那土阜上望去,康桥只是一带茂林,拥戴着几处娉婷的尖阁。妩媚的康河也望不见踪迹,你只能循着那锦带似的林木想像那一流清浅。村舍与树林是这地盘上的棋子,有村舍处有佳荫,有佳荫处有村舍。这早起是看炊烟的时辰:朝雾渐渐的升起,揭开了这灰苍苍的天幕(最好是微霰后的光景),远近的炊烟,成丝的,成缕的,成卷的,轻快的,迟重的,浓灰的,淡青的,惨白的,在静定的朝气里渐渐的上腾,渐渐的不见,仿佛是朝来人们的祈祷,参差的翳入了天听。朝阳是难得见的,这初春的天气。但它来时是起早人莫大的愉快。顷刻间这田野添深了颜色,一层轻纱似的金粉糁上了这草,这树,这通道,这庄舍。顷刻间这周遭弥漫了清晨富丽的温柔。顷刻间你的心怀也分润了白天诞生的光荣。"春"!这胜利的晴空仿佛在你的耳边私语。"春"!你那快活的灵魂也仿佛在那里回响。

  ……

  伺候着河上的风光,这春来一天有一天的消息。关心石上的苔痕,关心败草里的花鲜,关心这水流的缓急,关心水草的滋长,关心天上的云霞,关心新来的鸟语。怯怜怜的小雪球是探春信的小使。铃兰与香草是欢喜的初声。窈窕的莲馨,玲珑的石水仙,爱热闹的克罗克斯,耐辛苦的蒲公英与雏菊——这时候春光已是缦烂在人间,更不须殷勤问讯。

  瑰丽的春放。这是你野游的时期。可爱的路政,这里不比中国,那一处不是坦荡荡的大道?徒步是一个愉快,但骑自转车是一个更大的愉快。在康桥骑车是普遍的技术;妇人,稚子,老翁,一致享受这双轮舞的快乐。(在康桥听说自转车是不怕人偷的,就为人人都自己有车,没人要偷。)任你选一个方向,任你上一条通道,顺着这带草味的和风,放轮远去,保管你这半天的逍遥是你性灵的补剂。这道上有的是清荫与美草,随地都可以供你休憩。你如爱花,这里多的是锦绣似的草原。你如爱鸟,这里多的是巧啭的鸣禽。你如爱儿童,这乡间到处是可亲的稚子。你如爱人情,这里多的是不嫌远客的乡人,你到处可以"挂单"借宿,有酪浆与嫩薯供你饱餐,有夺目的果鲜恣你尝新。你如爱酒,这乡间每"望"都为你储有上好的新酿,黑啤如太浓,苹果酒姜酒都是供你解渴润肺的。……带一卷书,走十里路,选一块清静地,看天,听鸟,读书,倦了时,和身在草绵绵处寻梦去——你能想像更适情更适性的消遣吗?

  陆放翁有一联诗句:"传呼快马迎新月,却上轻舆趁晚凉";这是做地方官的风流。我在康桥时虽没马骑,没轿子坐,却也有我的风流:我常常在夕阳西晒时骑了车迎着天边扁大的日头直追。日头是追不到的,我没有夸父的荒诞,但晚景的温存却被我这样偷尝了不少。有三两幅书画似的经验至今还是栩栩的留着。只说看夕阳,我们平常只知道登山或是临海,但实际只须辽阔的天际,平地上的晚霞有时也是一样的神奇。有一次我赶到一个地方,手把着一家村庄的篱笆,隔着一大田的麦浪,看西天的变幻。有一次是正冲着一条宽广的大道,过来一大群羊,放草归来的,偌大的太阳在它们后背放射着万缕的金辉,天上却是乌青青的,只剩这不可逼视的威光中的一条大路,一群生物!我心头顿时感着神异性的压迫,我真的跪下了,对着这冉冉渐翳的金光。再有一次是更不可忘的奇景,那是临着一大片望不到头的草原,满开着艳红的罂粟,在青草里亭亭的像是万盏的金灯,阳光从褐色云里斜着过来,幻成一种异样的紫色,透明似的不可逼视,霎那间在我迷眩了的视觉中,这草田变成了……不说也罢,说来你们也是不信的!

一别二年多了,康桥,谁知我这思乡的隐忧?也不想别的,我只要那晚钟撼动的黄昏,没遮拦的田野,独自斜倚在软草里,看第一个大星在天边出现!

十五年一月十五日

海滩上种花

朋友是一种奢华；且不说酒肉势利，那是说不上朋友，真朋友是相知，但相知谈何容易，你要打开人家的心，你先得打开你自己的，你要在你的心里容纳人家的心，你先得把你的心推放到人家的心里去：这真心或真性情的相互的流转，是朋友的秘密，是朋友的快乐。但这是说你内心的力量够得到，性灵的活动有富余，可以随时开放，随时往外流，像山里的泉水，流向容得住你的同情的沟槽；有时你得冒险，你得花本钱，你得抵拼在巉岈的乱石间，触刺的草缝里耐心的寻路，那时候艰难，苦痛，消耗，在在是可能的，在你这水一般灵动，水一般柔顺的寻求同情的心能找到平安欣快以前。

我所以说朋友是奢华，"相知"是宝贝，但得拿真性情的血本去换，去拼。因此我不敢轻易说话，因为我自己知道我的来源有限，十分的谨慎尚且不时有破产的恐惧；我不能随便"化"。前天有几位小朋友来邀我跟你们讲话，他们的恳切折服了我，使我不得不从命，但是小朋友们，说也惭愧，我拿什么来给你们呢？

我最先想来对你们说些孩子话，因为你们都还是孩子。但是那孩子的我到那里去了？仿佛昨天我还是个孩子，今天不知怎的就变了样。什么是孩子要不为一点活泼的天真？但天真就比是泥土里的嫩芽，天冷泥土硬就压住了它的生机——这年头问谁去要和暖的春风？

孩子是没了。你记得的只是一个不清切的影子，麻糊得紧，我这时候想起就像是一个瞎子追念他自己的容貌，一样的记不周全；他即使想急了拿一双手到脸上去印下一个模子来,那模子也是个死的。真的没了。一天在公园里见一个小朋友不提多么活动,一忽儿上山,一忽儿爬树,一忽儿溜冰,一忽儿干草里打滚,要不然就跳着憨笑;我看着羡慕,也想学样,跟他一起玩,但是不能,我是一个大人,身上穿着长袍,心里存着体面,怕招人笑,天生的灵活换来矜持的存心——孩子,孩子是没有的了,有的只是一个年岁与教育蛀空了的躯壳,死僵僵的,不自然的。

　　我又想找回我们天性里的野人来对你们说话。因为野人也是接近自然的;我前几年过印度时得到极刻心的感想,那里的街道房屋以及土人的体肤容貌,生活的习惯,虽则简,虽则陋,虽则不夸张,却处处与大自然——上面碧蓝的天,火热的阳光,地下焦黄的泥土,高矗的椰树——相调谐,情调,色彩,结构,看来有一种意义的一致,就比是一件完美的艺术的作品。也不知怎的,那天看了他们的街,街上的牛车,赶车的老头露着他的赤光的头颅与紫姜色的圆肚,他们的庙,庙里的圣像与神座前的花,我心里只是不自在,就仿佛这情景是一个熟悉的声音的叫唤,叫你去跟着他,你的灵魂也何尝不活跳跳的想答应一声"好,我来了,"但是不能,又有碍路的挡着你,不许你回复这叫唤声启示给你的自由。困着你的是你的教育;我那时的难受就比是一条蛇摆脱不了困住他的一个硬性的外壳——野人也给压住了,永远出不来。

　　所以今天站在你们上面的我不再是融会自然的野人,也不是天机活灵的孩子:我只是一个"文明人",我能说的只是"文明话"。但什么是文明什么是堕落! 文明人的心里只是种种虚荣的念头,他到处忙不算,到处都得计较成败。我怎么能对着你们不感觉惭愧? 不了解自然不仅是我的心,我的话也是的。并且我即使有话说也没法表现,即使有思想也不能使你们了解;内里那点子性灵就比是在一座石壁里牢牢的砌住,一丝光亮都不透,就凭这双眼望见你们,但有什么法子可以传达我的意思给你们,我已经忘却了原来的语言,还有什么话可说的?

但我的小朋友们还是逼着我来说谎(没有话说而勉强说话便是谎)。知识,我不能给;要知识你们得请教教育家去,我这里是没有的。智慧,更没有了:智慧是地狱里的花果,能进地狱更能出地狱的才采得着智慧,不去地狱的便没有智慧——我是没有的。

我正发窘的时候,来了一个救星——就是我手里这一小幅画,等我来讲道理给你们听。这张画是我的拜年片,一个朋友替我制的。你们看这个小孩子在海边砂滩上独自的玩,赤脚穿着草鞋,右手提着一枝花,使劲把它往砂里栽,左手提着一把浇花的水壶,壶里水点一滴滴的往下吊着。离着小孩不远看得见海里翻动着的波澜。

你们看出了这画的意思没有?

在海砂里种花。在海砂里种花!那小孩这一番种花的热心怕是白费的了。砂碛是养不活鲜花的,这几点淡水是不能帮忙的;也许等不到小孩转身,这一朵小花已经支不住阳光的逼迫,就得交卸他有限的生命,枯萎了去。况且那海水的浪头也快打过来了,海浪冲来时不说这朵小小的花,就是大根的树也怕站不住——所以这花落在海边上是绝望的了,小孩这番力量准是白化的了。

你们一定狠能明白这个意思。我的朋友是狠聪明的,她拿这画意来比我们一群呆子,乐意在白天里做梦的呆子,满心想在海砂里种花的傻子。画里的小孩拿着有限的几滴淡水想维持花的生命,我们一群梦人也想在现在比沙漠还要干枯比砂滩更没有生命的社会里,凭着最有限的力量,想下几颗文艺与思想的种子,这不是一样的绝望,一样的傻?想在海砂里种花,想在海砂里种花,多可笑呀! 但我的聪明的朋友说,这幅小小画里的意思还不止此;讽刺不是她的目的。她要我们更深一层看。在我们看来海砂里种花是傻气,但在那小孩自己却不觉得。他的思想是单纯的,他的信仰也是单纯的。他知道的是什么? 他知道花是可爱的,可爱的东西应得帮助他发长;他平常看见花草都是从地土里长出来的,他看来海砂也只是地,为什么海砂里不能长花他没有想到,也不必想到,他就知道拿花来栽,拿水去浇,只要那花在地上站直了他就欢喜,他就乐,他就会跳他的跳,唱他的唱,来赞美这美丽的生命,以后怎么样,海砂的性质,花的运命,他全管不着!我们知道小孩们怎样的崇拜自然,他的身体虽则小,他的灵魂却是大着,他的衣服也许脏,他的心可是洁净的。这里还有一幅画,这是自然的崇拜,你们看这孩子在月光下跪着拜一朵低头的百合花,这时候他的心与月光一般的清洁,与花一般的美丽,与夜一般的安静。我们可以知道到海边上来种花那孩子的思想与这月下拜花的孩子的思想会得跪下的——单纯,清洁,我们可以想像那一个孩子把花栽好了也是一样来对着花膜拜祈祷——他能把花暂时栽了起来便是他的成功,此外以后怎么样不是他的事情了。

你们看这个象征不仅美,并且有力量;因为它告诉我们单纯的信心是创作的泉源——这单纯的烂漫的天真是最永久最有力量的东西,阳光烧不焦他,狂风吹不倒他,海水冲不了他,黑暗掩不了他——地面上的花朵有被摧残有消灭的时候,但小孩爱花种花这一点:"真"却有的是永久的生命。

我们来放远一点看。我们现有的文化只是人类在历史上努力与牺牲的成绩。为什么人们肯努力肯牺牲?因为他们有天生的信心;他们的灵魂认识什么是真什么是善什么是美,虽则他们的肉体与智识有时候会诱惑他们反着方向走路;但只要他们认明一件事情是有永久价值的时候,他们就自然的会得兴奋,不期然的自己牺牲,要在这忽忽变动的声色的世界里,赎出几个永久不变的原则的凭证来。耶稣为什么不怕上十字架?密尔顿何以瞎了眼还要做诗,贝德花芬何以聋了还要制音乐,密仡郎其罗为什么肯积受几个月的潮湿不顾自己的皮肉与靴子连成一片的用心思,为的只是要解决一个小小的美术问题?为什么永远有人到冰洋尽头雪山顶上去探险?为什么科学家肯在显微镜底下或是数目字中间研究一般人眼看不到心想不通的道理消磨他一生的光阴?

为的是这些人道的英雄都有他们不可摇动的信心;像我们在海砂里种花的孩子一样,他们的思想是单纯的——宗教家为善的原则牺牲,科学家为真的原则牺牲,艺术家为美的原则牺牲——这一切牺牲的结果便是我们现有的有限的文化。

你们想想在这地面上做事难道还不是一样的傻气——这地面还不与海砂一样不容你生根;在这里的事业还不是与鲜花一样的娇嫩?——潮水过来可以冲掉,狂风吹来可以折坏,阳光晒来可以薰焦我们小孩子手里拿着往砂里栽的鲜花,同样的,我们文化的全体还不一样有随时可以冲掉折坏薰焦的可能吗?巴比伦的文明现在那里?庞培城曾经在地下埋过千百年,克利脱的文明直到最近五六十年间才完全发见。并且有时一件事实体的存在并不能证明他生命的继续。这区区地球的本体就有一千万个毁灭的可能。人们怕死不错,我们怕死人,但最可怕的不是死的死人,是活的死人,单有躯壳生命没有灵性生活是莫大的悲惨;文化也有这种情形,死的文化倒也罢了,最可怜的是勉强喘着气的半死的文化。你们如其问我要例子,我就不迟疑的回答你说,朋友们,贵国的文化便是一个喘着气的活死人!时候已经狠久的了,自从我们最后的几个祖宗为了不变的原则牺牲他们的呼吸与血液,为了不死的生命牺牲他们有限的存在,为了单纯的信心遭受当时人的讪笑与侮辱。时候已经狠久的了,自从我们最后听见普遍的声音像潮水似的充满着地面。时候已经狠久的了,自从我们最后看见强烈的光明像彗星似的扫掠过地面。时候已经狠久的了,自从我们最后为某种主义流过火热的鲜血。时候已经狠久的了,自从我们的骨髓里有胆量,我们的说话里有分量。这是一个极伤心的反省!我真不知道这时代犯了什么不可赦的大罪,上帝竟狠心的赏给我们这样恶毒的刑罚?你看看去这年头到那里去找一个完全的男子或是一个完全的女子——你们去看看,这年头那一个男子不是阳痿,那一个女子不是鼓胀!要形容我们现在受罪的时期,我们得发明一个比丑更丑比脏更脏比下流更下流比苟且更苟且比懦怯更懦怯的一类生字去！朋友们，真的我心里常常害怕，害怕下回东风带来的不是我们盼望中的春天，不是鲜花青草蝴蝶飞鸟，我怕他带来一个比冬天更枯槁更凄惨更寂寞的死天——因为丑陋的脸子不配穿漂亮的衣服，我们这样丑陋的变态的人心与社会凭什么权利可以问青天要阳光，问地面要青草，问飞鸟要音乐，问花朵要颜色？你问我明天天会不会放亮？我回答说我不知道，竟许不！

归根是我们失去了我们灵性努力的重心，那就是一个单纯的信仰，一点烂漫的童真！不要说到海滩去种花——我们都是聪明人谁愿意做傻瓜去——就是在你自己院子里种花你都恐怕动手那！最可怕的怀疑的鬼与厌世的黑影已经占住了我们的灵魂！

所以朋友们，你们都是青年，都是春雷声响不曾停止时破绽出来的鲜花，你们再不可堕落了——虽则陷井的大口满张在你的跟前，你不要怕，你把你的烂漫的天真倒下去，填平了它再往前走——你们要保持那一点的信心，这里面连着来的就是精力与勇敢与灵感——你们要不怕做小傻瓜，尽量在这人道的海滩边种你的鲜花去——花也许会消灭，但这种花的精神是不烂的！

天目山中笔记

佛于大众中　　说我当作佛
闻如是法音　　疑悔悉已除
初闻佛所说　　心中大惊疑
将非魔作佛　　恼乱我心耶

——莲华经譬喻品

　　山中不定是清静。庙宇在参天的大木中间藏着,早晚间有的是风,松有松声,竹有竹韵,鸣的禽,叫的虫子,阁上的大钟,殿上的木鱼,庙身的左边右边都安着接泉水的粗毛竹管,这就是天然的笙箫,时缓时急的参和着天空地上种种的鸣籁。静是不静的;但山中的声响,不论是泥土里的蚯蚓叫或是轿夫们深夜里"唱宝"的异调,自有一种各别处:它来得纯粹,来得清亮,来得透澈,冰水似的沁入你的脾肺;正如你在泉水里洗濯过后觉得清白些,这些山籁,虽则一样是音响,也分明有洗净的功能。

　　夜间这些清籁摇着你入梦,清早上你也从这些清籁的怀抱中苏醒。

　　山居是福,山上有楼住更是修得来的。我们的楼窗开处是一片蓊葱的林海;林海外更有云海!日的光,月的光,星的光:全是你的。从这三尺方的窗户你接受自然的变幻;从这三尺方的窗户你散放你情感的变幻。自在;满足。

　　今早梦回时睁眼见满帐的霞光。鸟雀们在赞美;我也加入一份。

它们的是清越的歌唱，我的是潜深一度的沈默。

钟楼中飞下一声洪钟，空山在音波的磅礴中震荡。这一声钟激起了我的思潮。不，潮字太夸；说思流罢。耶教人说阿门，印度教人说"欧姆"（O——m），与这钟声的嗡嗡，同是从撮口外摄到阖口内包的一个无限的波动：分明是外扩，却又是内潜；一切在它的周缘，却又在它的中心：同时是皮又是核，是轴亦复是廓。这伟大奥妙的"Om"使人感到动，又感到静；从静中见动，又从动中见静。从安住到飞翔，又从飞翔回复安住；从实在境界超入妙空，又从妙空化生实在：——
"闻佛柔软音，深远甚微妙。"

多奇异的力量！多奥妙的启示！包容一切冲突性的现象，扩大霎那间的视域，这单纯的音响，于我是一种智灵的洗净。花开，花落，天外的流星与田畦间的飞萤，上缒云天的青松，下临绝海的巉岩，男女的爱，珠宝的光，火山的溶液：一如婴儿在它的摇篮中安眠。

这山上的钟声是昼夜不间歇的，平均五分钟打一次。打钟的和尚独自在钟楼上住着，据说他已经不间歇的打了十一年钟，他的愿心是打到他不能动弹的那天。钟楼上供着菩萨，打钟人在大钟的一边安着他的"座"，他每晚是坐着安神的，一只手挽着钟棰的一头，从长期的习惯，不叫睡眠耽误他的职司。"这和尚，"我自忖，"一定是有道理的！和尚是没道理的多：方才那知客僧想把七窍蒙充六根，怎么算总多了一个鼻孔或是耳孔；那方丈师的谈吐里不少某督军与某省长的点缀；那管半山亭的和尚更是贪嗔的化身，无端摔破了两个无辜的茶碗。但这打钟和尚，他一定不是庸流不能不去看看！"他的年岁在五十开外，出家有二十几年，这钟楼，不错，是他管的，这钟是他打的（说着他就过去撞了一下），他每晚，也不错，是坐着安神的，但此外，可怜，我的俗眼竟看不出什么异样。他拂拭着神龛，神座，拜垫，换上香烛，掇一盂水，洗一把青菜，捻一把米，擦干了手接受香客的布施，又转身去撞一声钟。他脸上看不出修行的清癯，却没有失眠的倦态,倒是满满的不时有笑容的展露;念什么经;不,就念阿弥陀佛,他竟许是不认识字的。"那一带是什么山,叫什么,和尚?""这里是天目山。"他说。"我知道,我说的是那一带的。"我手点着问。"我不知道。"他回答。

山上另有一个和尚,他住在更上去昭明太子读书台的旧址,盖着几间屋,供着佛像,也归庙管的,叫作茅棚。但这不比得普渡山上的真茅棚,那鹄了怕人的,坐着或是偎着修行的和尚没一个不是鹄形鸠面,鬼似的东西。他们不开口的多,你爱布施什么就放在他跟前的篓子或是盘子里,他们怎么也不睁眼,不出声,随你给的是金条或是铁条。人说得更奇了。有的半年没有吃过东西,不曾挪过窝,可还是没有死,就这冥冥的坐着。他们大约离成佛不远了,单看他们的脸色,就比石片泥土不差什么,一样这黑刺刺,死僵僵的。"内中有几个,"香客们说,"已经成了活佛,我们的祖母早三十年来就看见他们这样坐着的!"

但天目山的茅棚以及茅棚里的和尚,却没有那样的浪漫出奇。茅棚是尽够蔽风雨的屋子,修道的也是活鲜鲜的人,虽则他并不因此减却他给我们的趣味。他是一个高身材,黑面目,行动迟缓的中年人;他出家将近十年,三年前坐过禅关,现在这山上茅棚里来修行;他在俗家时是个商人,家中有父母兄弟姊妹,也许还有自身的妻子;他不曾明说他中年出家的缘由,他只说"俗业太重了,还是出家从佛的好",但从他沈着的语音与持重的神态中可以觉出他不仅是曾经在人事上受过磨折,并且是在思想上能分清黑白的人。他的口,他的眼,都泄漏着他内里强自抑制,魔与佛交斗的痕迹;说他是放过火杀过人的忏悔者,可信;说他是个回头的浪子,也可信。他不比那钟楼上人的不着颜色,不露曲折:他分明是色的世界里逃来的一个因犯。三年的禅关,三年的草棚,还不曾压倒,不曾灭净,他肉身的烈火。"俗业太重了,不如出家从佛的好";这话里岂不颤栗着一往忏悔的深心?

我觉着好奇;我怎么能得知他深夜趺坐时意念的究竟?

    佛于大众中 说我当作佛
    闻如是法音 疑悔悉已除
    初闻佛所说 心中大惊疑
    将非魔所说 恼乱我心耶

  但这也许看太奥了。我们承受西洋人生观洗礼的,容易把做人看太积极,入世的要求太猛烈,太不肯退让,把住这热乎乎的一个身子一个心放进生活的轧床去,不叫他留存半点汁水回去;非到山穷水尽的时候,决不肯认输,退后,收下旗帜;并且即使承认了绝望的表示,他往往直接向生存本体作取决,不来半不阑珊的收回了步子向后退:宁可自杀,甘脆的生命的断绝,不来出家,那是生命的否认。不错,西洋人也有出家做和尚做尼姑的,例如亚佩腊与爱洛绮丝,但在他们是情感方面的转变,原来对人的爱移作对上帝的爱,这知感的自体与它的活动依旧不含糊的在着;在东方人,这出家是求情感的消灭,皈依佛法或道法,目的在自我一切痕迹的解脱。再说,这出家或出世的观念的老家,是印度不是中国,是跟着佛教来的;印度何以曾发生这类思想,学者们自有种种哲理上乃至物理上的解释,也尽有趣味的。中国何以能容留这类思想,并且在实际上出家做尼僧的今天不比以前少(我新近一个朋友差一点做了小和尚!)这问题正值得研究,因为这分明不仅仅是个知识乃至意识的浅深问题,也许这情形尽有极有趣味的解释的可能,我见闻浅,不知道我们的学者怎样想法,我愿意领教。

                   十五年九月

求 医

To underst and that the sky is everywhere, blue, it is not necessary to have travelled all round the world.——Goethe①

新近有一个老朋友来看我,在我寓里住了好几天。彼此好久没有机会谈天,偶尔通信也只泛泛的;他只从旁人的传说中听到我生活的梗概,又从他所听到的推想及我更深一义的生活的大致。他早把我看作"丢了"。谁说空闲时间不能离间朋友间的相知?但这一次彼此又检起了,理清了早年息息相通的线索,这是一个愉快!单说一件事:他看看我四月间副刊上的两篇《自剖》,他说他也有文章做了,他要写一篇《剖志摩的自剖》。他却不曾写;我几次逼问他,他说一定在离京前交卷。有一天他居然谢绝了约会,躲在房子里装病,想试他那柄解剖的刀。晚上见他的时候,他文章不曾做起,脸上倒真的有了病容!"不成功,"他说,"不要说剖,我这把刀,即使有,早就在刀鞘里锈住了,我怎么也拉它不出来!我倒自己发生了恐怖,这回回去非发奋不可。"打了全军覆没的大败仗回来的,也没有他那晚谈话时的沮丧!

但他这来还是帮了我的忙;我们俩连着四五晚通宵的谈话,在我至少感到了莫大的安慰。我的朋友正是那一类人,说话是绝对不敏捷的,他那永远茫然的神情与偶尔激出来的几句话,在当时极易招

---

① 大意是:不必游遍全世界,就能知道天到处都是蓝的。——歌德

笑，但在事后往往透出极深刻的意义，在听着的人的心上不易磨灭的；别看他说话的外貌乱石似的粗糙，它那核心里往往藏着直觉的纯璞。他是那一类的朋友，他那不浮夸的同情心在无形中启发你思想的活动，引逗你心灵深处的"解严"；"你尽量披露你自己"，他仿佛说，"在这里你没有被误解的恐怖。"我们俩的谈话是极不平等的；十分里有九分半的时光是我占据的，他只贡献简短的评语，有时修正，有时赞许，有时引申我的意思；但他是一个理想的"听者"，他能尽量的容受，不论对面来的是细流或是大水。

我的自剖文不是解嘲体的闲文，那是我个人真的感到绝望的呼声。"这篇文章是值得写的，"我的朋友说，"因为你这来冷酷的操刀，无顾恋的劈剖你自己的思想，你至少摸着了现代的意识的一角；你剖的不仅是你，我也叫你剖着了，正如葛德说的'要知道天到处是碧蓝，并用不着到全世界去绕行一周'。你还得往更深处剖，难得你有勇气下手；你还得如你说的，犯着恶心呕苦水似的呕，这时代的意识是完全叫种种相冲突的价值的尖刺给交占住，支离了缠昏了的，你希冀回复清醒与健康先得清理你的外邪与内热。至于你自己，因为发见病象而就放弃希望，当然是不对的；我可以替你开方。你现在需要的没有别的，你只要多多的睡！休息，休养，到时候你自会强壮。我是开口就会牵到葛德的，你不要笑；葛德就是懂得睡的秘密的一个。他每回觉得他的创作活动有退潮的趋向，他就上床去睡，真的放平了身子的睡，不是喻言，直睡到精神回复了，一线新来的波澜逼着他再来一次发疯似的创作。你近来的沈闷，在我看，也只是内心需要休息的符号。正如潮水有涨落的现象，我们劳心的也不免同样受这自然律的支配。你怎么也不该挫气，你正应得利用这时期；休息不是工作的断绝，它是消极的活动；这正是你吸新营养取得新生机的机会。听凭地面上风吹的怎样尖厉，霜盖得怎么严密，你只要安心在泥土里等着，不愁到时候没有再来一次爆发的惊喜。"

这是他开给我的药方。后来他又跟别的朋友谈起，他说我的病——如其是病——有两味药可医,一是"隐居",一是"上帝"。烦闷是起原于精神不得充分的怡养;烦嚣的生活是劳心人最致命的伤,离开了就有办法,最好是去山林静僻处躲起。但这环境的改变,虽则重要,还只是消极的一面;为要启发性灵,一个人还得积极的寻求。比性爱更超越更不可摇动的一个精神的寄托——他得自动去发见他的上帝。

上帝这味药是不易配得的,我们姑且放开在一边(虽则我们不能因他字面的兀突就忽略他的深刻的涵义,那就是说这时代的苦闷现象隐示一种渐次形成宗教性大运动的趋向);暂时脱离现社会去另谋隐居生活那味药,在我不但在事实上有要得到的可能,并且正合我新近一天迫似一天的私愿,我不能不计较一下。

我们都是在生活的蜘网中胶住了的细虫,有的还在勉强挣扎,大多数是早已没了生气,只当着风来吹动网丝的时候顶可怜相的晃动着,多经历一天人事,做人不自由的感觉也跟着真似一天。人事上的关连一天加密一天,理想的生活上的依据反而一天远似一天,尽是这飘忽忽的,仿佛是一块石子在一个无底的深潭中无穷尽的往下坠着似的——有到底的一天吗,天知道!实际的生活逼得越紧,理想的生活宕得越空,你这空手仆仆的不"丢"怎么着?你睁开眼来看看,见着的只是一个悲惨的世界。我们这倒运的民族眼下只有两种人可分,一种是在死的边沿过活的,又一种简直是在死里面过活的:你不能不发悲心不是,可是你有什么能耐能抵挡这普遍"死化"的凶潮?太凄惨了呀这"人道的幽微的悲切的音乐"!那么你闭上眼罢,你只是发见另一个悲惨的世界:你的感情,你的思想,你的意志,你的经验,你的理想,有那一样调谐的,有那一样容许你安舒的?你想要——但是你的力量?你仿佛是掉落在一个井里,四边全是光油油不可攀援的陡壁,你怎么想上得来?就我个人说,所谓教育只是"画皮"的勾当,我何尝得到一点真的知识?说经验吧,不错,我也曾进货似的运得一部分的经验,但这都是硬性的,杂乱的,不经受意识渗透的;经验自经验,我自我,这一屋子满满的生客只使主人觉得迷惑,慌张,害怕。不,我不但不曾"找到"我自己;我竟疑心我是"丢"定了的。曼殊斐尔在她的日记里写——

"我不是晶莹的透澈。"

"我什么都不愿意写。全是灰色的;重的,闷的。……我要生活,这话怎么讲?单说是太易了。可是你有什么法子?"

"所有我写下的,所有我的生活,全是在海水的边沿上。这仿佛是一种玩艺。我想把我所有的力量全给放上去,但不知怎的我做不到。"

"前这几天,最使人注意的是蓝的色彩。蓝的天,蓝的山——一切都是神异的蓝!……但深黄昏的时刻才真是时光的时光。当着那时候,面前放着非人间的美景,你不难领会到你应分走的道儿有多远。珍重你的笔,得不辜负那上升的明月,那白的天光。你得够'简洁'的。正如你在上帝跟前得简洁。"

"我方才细心的刷净收拾我的水笔。下回它再要是漏,那它就不够格儿!"

"我觉得我总不能给我自己一个沈思的机会,我正需要那个。我觉得我的心地不够清白,不谦卑,不①兴。这底里的渣子新近又漾了起来。我对着山看,我见着的就是山。说实话?我念不相干的书……不经心,随意?是的,就是这情形。心思乱,含糊,不积极,尤其是躲懒,不够用工——白费时光!我早就这么喊着——现在还是这呼声。为什么这阑珊的,你?阿,究竟为什么?"

---

① 此处疑缺一字。

"我一定得再发心一次,我得重新来过。我再来写一定得简洁的,充实的,自由的写,从我心坎里出来的。平心静气的,不问成功或是失败,就这往前去做去。但是这回得下决心了! 尤其得跟生活接近。跟这天,这月,这些星,这些冷落的坦白的高山。"

"我要是身体健,"曼殊斐尔在又一处写,"我就一个人跑到一个地方,在一株树下坐着去。"她这苦痛的企求内心的莹澈与生活的调谐,那一个字不在我此时比她更"散漫,含糊,不积极"的心境里引起同情的回响! 阿,谁不这样想:我要是能,我一定跑到一个地方在一株树下坐着去。但是你能吗?

谒见哈代的一个下午

一

"如其你早几年,也许就是现在,到道骞斯德的乡下,你或许碰得到《裘德》的作者,一个和善可亲的老者,穿着短裤便服,精神飒爽的,短短的脸面,短短的下颔,在街道上闲暇的走着,照呼着,答话着,你如其过去问他卫撒克士小说里的名胜,他就欣欣的从详指点讲解;回头他一扬手,已经跳上了他的自行车,按着车铃,向人丛里去了。我们读过他著作的,更可以想像这位貌不惊人的圣人,在卫撒克士广大的,起伏的草原上,在月光下,或在晨曦里,深思地徘徊着。天上的云点,草里的虫吟,远处隐约的人声都在他灵敏的神经里印下不磨的痕迹;或在残败的古堡里拂拭乱石上的苔青与网结;或在古罗马的旧道上,冥想数千年前铜盔铁甲的骑兵曾经在这日光下驻踪;或在黄昏的苍茫里,独倚在枯老的大树下,听前面乡村里的青年男女,在笛声琴韵里,歌舞他们节会的欢欣;或在济慈或雪莱或史文庞的遗迹,悄悄的追怀他们艺术的神奇……在他的眼里,像在高蒂闲(Theophile Gautier)的眼里,这看得见的世界是活着的;在他的'心眼'(The Inward Eye)里,像在他最服膺的华茨华斯的心眼里,人类的情感与自然的景象是相联合的;在他的想像里,像在所有大艺术家的想像里,不仅伟大的史迹,就是眼前最琐小最暂忽的事实与印象,都有深奥的意义,平常人所忽略或竟不能窥测的。从他那六十年不断的心灵生活——观察,考量,揣度,印证——从他那六十年不懈不弛的真纯经验里,哈代,像春蚕吐丝制茧似的,抽绎他最微妙最桀骜的音调,纺织他最缜密最经久的诗歌——这是他献给我们可珍的礼物。"

二

上文是我三年前慕而未见时半自想像半自他人传述写来的哈代。去年七月在英国时,承狄更生先生的介绍,我居然见到了这位老英雄,虽则会面不及一小时,在余小子已算是莫大的荣幸,不能不记下一些踪迹。我不讳我的"英雄崇拜"。山,我们爱蹑高的;人,我们为什么不愿意接近大的?但接近大人物正如爬高山,往往是一件费劲的事;你不仅得有热心,你还得有耐心。半道上力乏是意中事,草间的刺也许拉破你的皮肤,但是你想一想登临顶峰时的愉快!真怪,山是有高的,人是有不凡的!我见曼殊斐尔,比方说,只不过二十分钟模样的谈话,但我怎么能形容我那时在美的神奇的启示中的全生的震荡?——

我与你虽仅一度相见——

但那二十分不死的时间!

果然,要不是那一次巧合的相见,我这一辈子就永远见不着她——会面后不到六个月她就死了。自此我益发坚持我英雄崇拜的势利,在我有力量能爬的时候,总不教放过一个"登高"的机会。我去年到欧洲完全是一次"感情作用的旅行";我去是为泰谷尔,顺便我想去多瞻仰几个英雄。我想见法国的罗曼·罗兰,意大利的丹农雪乌,英国的哈代。但我只见着了哈代。

在伦敦时对狄更生先生说起我的愿望,他说那容易,我给你字信介绍,老头精神真好,你小心他带了你到道骞斯德林子里去走路,他仿佛是没有力乏的时候似的!那天我从伦敦下去到道骞斯德,天气好极了,下午三点过到的。下了站我不坐车,问了 Max Gate① 的方

---

① Max Gate:麦克斯门,地名。

向,我就欣欣的走去。他家的外园门正对一片青碧的平壤,绿到天边,绿到门前;左侧远处有一带绵邈的平林。进园径转过去就是哈代自建的住宅,小方方的壁上满爬着藤萝。有一个工人在园的一边剪草,我问他哈代先生在家不,他点一点头,用手指门。我拉了门铃,屋子里突然发一阵狗叫声,在这宁静中听得怪尖锐的,接着一个白纱抹头的年轻下女开门出来。

"哈代先生在家,"她答我的问,"但是你知道哈代先生是'永远'不见客的。"

我想糟了。"慢着,"我说,"这里有一封信,请你给递了进去。""那末请候一候。"她拿了信进去,又关上了门。

她再出来的时候脸上堆着最俊俏的笑容。"哈代先生愿意见你,先生,请进来。"多俊俏的口音!"你不怕狗吗,先生?"她又笑了。"我怕。"我说。"不要紧,我们的梅雪就叫,她可不咬,这儿生客来得少。"

我就怕狗的袭来!战兢兢的进了门,进了客厅,下女关门出去,狗还不曾出现,我才放心。壁上挂着沙琴德(John Sargent)的哈代画像,一边是一张雪莱的像,书架上记得有雪莱的大本集子,此外陈设是朴素的,屋子也低,暗沈沈的。

我正想着老头怎么会这样喜欢雪莱,两人的脾胃相差够多远,外面楼梯上一阵急促的脚步声和狗铃声下来,哈代推门进来了。我不知他身材实际多高,但我那时站着平望过去,最初几乎没有见他,我的印象是他是一个矮极了的小老头儿。我正要表示我一腔崇拜的热心,他一把拉了我坐下,口里连着说"坐坐",也不容我说话,仿佛我的"开篇"辞他早就有数,连着问我,他那急促的一顿顿的语调与干涩的苍老的口音,"你是伦敦来的?""狄更生是你的朋友?""他好?""你译我的诗?""你怎么翻的?""你们中国诗用韵不用?"前面那几句问话是用不着答的(狄更生信上说起我翻他的诗),所以他也不等我答话,直到末一句他才住了。他坐着也是奇矮,也不知怎的,我自己只显得高,私下不由的踟蹰,似乎在这天神面前我们凡人就在身材上也不应分占先似的!(阿,你没见过萧伯纳——这比下来你是个蚂蚁!)这时候他斜着坐,一只手搁在台上头微微低着,眼往下看,头顶全秃了,两边脑角上还各有一鬈也不全花的头发;他的脸盘粗看像是一个尖角往下的等边形三角,两颧像是特别宽,从宽浓的眉尖直扫下来束住在一个短促的下巴尖;他的眼不大,但是深窈的,往下看的时候多,只易看出颜色与表情。最特别的,最"哈代的",是他那口连着两旁松松往下堕的夹腮皮。如其他的眉眼只是忧郁的深沈,他的口脑的表情分明是厌倦与消极。不,他的脸是怪,我从不曾见过这样耐人寻味的脸。他那上半部,秃的宽广的前额,着发的头角,你看了觉着好玩,正如一个孩子的头,使你感觉一种天真的趣味,但愈往下愈不好看,愈使你觉着难受,他那皱纹龟驳的脸皮正使你想起一块苍老的岩石,雷电的猛烈,风霜的侵陵,雨雷的剥蚀,苔藓的沾染,虫鸟的斑斓,什么时间与空间的变幻都在这上面遗留着痕迹!你知道他是不抵抗的,忍受的,但看他那下颊,谁说这不泄露他的怨毒,他的厌倦,他的报复性的沈默!他不露一点笑容,你不易相信他与我们一样也有喜笑的本能。正如他的脊背是倾向伛偻,他面上的表情也只是一种不胜厌迫的伛偻。喔哈代!

回讲我们的谈话。他问我们中国诗用韵不。我说我们从前只有韵的散文,没有无韵的诗,但最近……但他不要听最近,他赞成用韵,这道理是不错的。你投块石子到湖心里去,一圈圈的水纹漾了开去。韵是波纹。少不得。抒情诗 Lyric 是文学的精华的精华。颠不破的钻石,不论多小。磨不灭的光彩。我不重视我的小说。什么都没有做好的小诗难。(他背了莎氏"Tell me where is Fancy bred",①朋琼生(Ben Jonson)的"Drink to me only with thine eyes"②,高兴的样子。)我

---

① 引文大意是:"告诉我爱恋从何处产生。"
② 引文大意是:"只用你的眼睛向我祝酒。"

说我爱他的诗因为它们不仅结构严密像建筑,同时有思想的血脉在流走,像有机的整体。我说了 Organic① 这个字;他重复说了两遍:"Yes, organic, yes, organic: A poem ought to be a living thing."②练习文字顶好学写诗;狠多人从学诗写好散文,诗是文字的秘密。

他沈思了一晌。"三十年前有朋友约我到中国去。他是一个教士,我的朋友,叫莫尔德,他在中国住了五十年,他回英国来时每回说话先想起中文再翻英文的!他中国什么都知道,他请我去,太不便了,我没有去。但是你们的文字是怎么一回事?难极了不是?为什么你们不丢了它,改用英文或法文,不方便吗?"哈代这话骇住了我。一个最认识各种语言的天才的诗人要我们丢掉几千年的文字!我与他辩难了一晌,幸亏他也没有坚持。

说起我们共同的朋友。他又问起狄更生的近况,说他真是中国的朋友。我说我明天到康华尔去看罗素。谁?罗素?他没有加案语。我问起勃伦腾(Edmund Blunden),他说他从日本有信来,他是一个诗人。讲起麦雷(John M. Murry)他起劲了。"你认识麦雷?"他问。"他就住在这儿道骞斯德海边,他买了一所古怪的小屋子,正靠着海,怪极了的小屋子,什么时候那可以叫海给吞了去似的。他自己每天坐一部破车到镇上来买菜。他是很能干的。他会写。你也见过他从前的太太曼殊斐尔?他又娶了,你知道不?我说给你听麦雷的故事。曼殊斐尔死了,他悲伤得很,无聊极了,他办了他的报(我怕他的报维持不了),还是悲伤。好了,有一天有一个女的投稿几首诗,麦雷觉得有意思,写信叫她去看他,她去看他,一个年轻的女子,两人说投机了,就结了婚,现在大概他不悲伤了。"

他问我那晚到那里去。我说到 Exeter 看教堂去,他说好的,他就讲建筑,他的本行。我问你小说里常有建筑师,有没有你自己的影

---

① Organic:有机的。
② 引文大意是:"说得对,有机的,说得对:一首诗应当是活的。"

子?他说没有。这时候梅雪出去了又回来,咻咻的爬在我的身上乱抓。哈代见我有些窘,就站起来呼开梅雪,同时说我们到园里去走走吧,我知道这是送客的意思。我们一起走出门绕到屋子的左侧去看花,梅雪摇着尾巴咻咻的跟着。我说哈代先生,我远道来你可否给我一点小纪念品。他回头见我手里有照相机,他赶紧他的步子急急的说,我不爱照相,有一次美国人来给了我狠多的麻烦,我从此不叫来客照相——我也不给我的笔迹(Autograph),你知道?他脚步更快了,微偻着背,腿微向外弯一摆一摆的走着,仿佛怕来客要强抢他什么东西似的!"到这儿来,这儿有花,我来采两朵花给你做纪念,好不好?"他俯身下去到花坛里去采了一朵红的一朵白的递给我:"你暂时插在衣襟上吧,你现在赶六点钟车刚好,恕我不陪你了,再会,再会——来,来,梅雪,梅雪……"老头扬了扬手,径自进门去了。

啬刻的老头,茶也不请客人喝一杯!但谁还不满足,得着了这样难得的机会?往古的达文謇,莎士比亚,葛德,拜伦,是不回来了的;——哈代!多远多高的一个名字!方才那头秃秃的背弯弯的腿屈屈的,是哈代吗?太奇怪了!那晚有月亮,离开哈代家五个钟头以后,我站在哀克剎脱教堂的门前玩弄自身的影子,心里充满着神奇。

"浓得化不开"(星加坡)

大雨点打上芭蕉有铜盘的声音,怪。"红心蕉",多美的字面。红得浓得好。要红,要热,要烈,就得浓,浓得化不开,树胶似的才有意思,"我的心像芭蕉的心,红……"不成!"紧紧的卷着,我的红浓的芭蕉的心……"更不成。趁早别再诌什么诗了。自然的变化,只要你有眼,随时随地都是绝妙的诗。完全天生的。白做就不成。看这骤雨,这万千雨点奔腾的气势,这迷濛,这煊染,看这一小方草地生受这暴雨的侵凌,鞭打,针刺,脚踹,可怜的小草,无辜的……可是慢着,你说小草要是会说话,它们会嚷痛,会叫冤不?难说它们就爱这门儿——出其不意的,使蛮劲的,太急一些,当然,可这正见情热,谁说这外表的凶狠不是变相的爱。有人就爱这急劲儿!

再说小草儿吃亏了没有,让急雨狼虎似的胡亲了这一阵子?别说了,它们这才真漏着喜色那,绿得发亮,绿得生油,绿得放光。它们这才乐那!

吭,一首淫诗。蕉心红得浓,绿草绿成油。本来末,自然就是淫,它那从来不知厌满的创化欲的表现还不是淫:淫,甚也。不说别的,这雨后的泥草间就是万千小生物的胎宫,蚊虫,甲虫,长脚虫,青跳虫,慕光明的小生灵,人类的大敌。热带的自然更显得浓厚,更显得猖狂,更显得淫,夜晚的星都显得玲珑些,像要向你说话半开的妙口似的。

可是这一个人耽在旅舍里看雨,够多凄凉。上街不知向那儿转,一只热脸都看不见,话都说不通,天又快黑,胡湿的地,你上那儿去?

得。"有孤王……"一个小声音从廉枫的嗓子里自己唱了出来。"坐至在梅……"怎么了！哼起京调来了？一想着单身就转着梅龙镇，再转就该是李凤姐了吧，哼！好，从高超的诗思堕落到腐败的戏腔！可是京戏也不一定是腐败，何必一定得跟着现代人学势利？正德皇帝在梅龙镇上林廉枫在星加坡。他有凤姐，我——惭愧没有。廉枫的眼前晃着舞台上凤姐的倩影，曳着围巾，托着盘，踩着跷。"自幼儿……"去你的！可是这闷是真的。雨后的天黑得更快，黑影一幕幕的直盖下来，麻雀儿都回家了。干什么好呢？有什么可干的？这叫做孤单的况味。这叫做闷。怪不得唐明皇在斜谷口听着栈道中的雨声难过，良心发见，想着玉环……我负了卿，负了卿……转自忆荒茔——吭，又是戏！又不是戏迷，左哼右哼哼什么的！出门吧。

  廉枫跳上了一架厂车，也不向那带回子帽的马来人开口，就用手比了一个丢圈子的手势。那马来人完全了解，脑袋微微的一侧，车就开了。焦桃片似的店房，黑芝麻长条饼似的街，野兽似的汽车，磕头虫似的人力车，长人似的树，矮树似的人。廉枫在急掣的车上快镜似的收着模糊的影片，同时顶头风刮得他本来梳整齐的分边的头发直向后冲，有几根沾着他的眼皮痒痒的舐，掠上了又下来，怪难受的。这风可真凉爽，皮肤上，毛孔里，那儿都受用，像是在最温柔的水波里游泳。做鱼的快乐。气流似乎是密一点，显得沈。一只疏荡的胳膊压在你的心窝上……确是有肉糜的气息，浓得化不开。快，快，芭蕉的巨灵掌，椰子树的旗头，橡皮树的白鼓眼，棕榈树的毛大腿，合欢树的红花痫，无花果树的要饭腔，蹲着脖子，弯着臂膊……快，快：马来人的花棚，中国人家的鬃灯，西洋人家的牛奶瓶，回子的回子帽，一脸的黑花，活像一只煨灶的猫……

  车忽然停住在那有名的潏水潭的时候，廉枫快活的心轮转得比车轮更显得快，这一顿才把他从幻想里甩了回来。这时候旅困是完全叫风给刮散了。风也刮散了天空的云，大狗星张着大眼霸占着东半天，猎夫只看见两只腿，天马也只漏半身，吐鲁士牛大哥只翘着一支小尾。咦,居然有湖心亭。这是谁的主意? 红毛人都雅化了,唉。不坏,黄昏未死的紫曛,湖边丛林的倒影,林树间艳艳的红灯,瘦玲玲的窄堤桥连通着湖亭。水面上若无若有的涟漪,天顶几颗疏散的星。真不坏。但他走上堤桥不到半路就发见那亭子里一齿齿的把柄,原来这是为安量水表的,可这也将就,反正轮廓是一座湖亭,平湖秋月……呒,有人在那! 这回他发见的是靠亭阑的一双人影,本来是糊成一饼的,他一走近打搅了他们。"道歉,有扰清兴,但我还不只是一朵游云,虑俺作甚。"廉枫默诵着他戏白的念头,粗粗望了望湖,转身走了回去。"苟……"他坐上车起首想,但他记起了烟卷,忙着在风尖上划火,下文如其有,也在他第一喷龙卷烟里没了。

廉枫回进旅店门仿佛又投进了昏沈的圈套。一阵热,一阵烦,又压上了他在晚凉中疏爽了来的心胸。他正想叹一口安命的气走上楼去,他忽然感到一股彩流的袭击从右首窗边的桌座上飞骠了过来。一种巧妙的敏锐的刺激,一种秾艳的警告,一种不是没有美感的迷惑。只有在巴黎晦盲的市街上走进新派的画店时,仿佛感到过相类的惊瞿。一张佛拉明果的野景,一幅玛提斯的窗景,或是佛朗次马克的一方人头马面。或是马克夏高尔的一个卖菜老头。可这是怎么了,那窗边又没有挂什么未来派的画,廉枫最初感觉到的是一球大红,像是火焰;其次是一片乌黑,墨晶似的浓,可又花须似的轻柔;再次是一流蜜,金漾漾的一泻;再次是朱古律 Chocolate,饱和着奶油最可口的朱古律。这些色感因为浓初来显得凌乱,但瞬息间线条和轮廓的辨认笼住了色彩的蓬勃的波流。廉枫幽幽的喘了一口气。"一个黑女人,什么了!"可是多妖艳的一个黑女,这打扮真是绝了,艺术的手腕神化了天生的材料,好! 乌黑的惺松的是她的发,红的是一边鬓角上的插花,蜜色是她的玲巧的挂肩,朱古律是姑娘的肌肤的鲜艳,得儿朗打打,得儿铃丁丁……廉枫停步在楼梯边的欣赏不期然的流成了新韵。

"还漏了一点小小的却也不可少的点缀,她一只手腕上还带着一小支金环那。"廉枫上楼进了房还是尽转着这绝妙的诗题——色香味俱全的奶油朱古律,耐宿儿老牌,两个便士一厚块,拿铜子往轧缝里放,一,二,再拉那铁环,喂,一块印金字红纸包的耐宿儿奶油朱古律。可口!最早黑人上画的怕是孟内那张奥林比亚吧,有心机的画家,廉枫躺在床上在脑筋里翻着近代的画史。有心机有胆识的画家,他不但敢用黑而且敢用黑来衬托黑,唉,那斜躺着的奥林比亚不是发上也插着一朵花吗?底下的那位很有点像奥林比亚的抄本,就是白的变黑了。但最早对朱古律的肉色表示敬意的可还得让还高根,对了,就是那味儿,浓得化不开,他为人间,发见了朱古律皮肉的色香味,他那本 Noa, Noa 是二十世纪的"新生命"——到半开化,全野蛮的风土间去发见文化的本真,开辟文艺的新感觉……

但底下那位朱古律姑娘倒是作什么的?作什么的傻子!她是一个人道主义者,一筏普济的慈航,她是赈灾的特派员,她是来慰藉旅人的幽独的。可惜不曾看清她的眉目,望去只觉得浓,浓得化不开,谁知道她眉清还是目秀。眉清目秀!思想落后!唯美派的新字典上没有这类腐败的字眼。且不管她眉目,她那姿态确是动人,怯怜怜的,简直是秀丽,衣服也剪裁得好,一头蓬松的乌霞就耐人寻味。"好花儿出至在僻岛上!"廉枫闭着眼又哼上了……

"谁?"悉率的门响将他从床上惊跳了起来,门慢慢的自己开着,廉枫的眼前一亮,红的!一朵花!是她!进来了!这怎么好!镇定,傻子,这怕什么。

她果然进来了,红的,蜜的,乌的,金的,朱古律,耐宿儿,奶油全进来了你不许我进来吗?朱古律笑口的低声的唱着,反手关上了门。这回眉目认得清楚了。清秀,秀丽,韶丽;不成,实在得另翻一本字典,可是"妖艳",总合得上。廉枫迷胡的脑筋里挂上了"妖""艳"两个大字。朱古律姑娘也不等请,已经自己坐上了廉枫的床沿。你倒像是怕我似的,我又不是马来半岛上的老虎!朱古律的浓重的色浓重的香团团围裹住了半心跳的旅客。浓得化不开!李凤姐,李凤姐,这不是你要的好花儿自己来了！笼着金环的一支手腕放上了他的身，紫姜的一支小手把住了他的手。廉枫从没有知道他自己的手有那样的白。"等你家哥哥回来"……廉枫觉得他自己变了骤雨下的小草，不知道是好过，也不知道是难受。湖心亭上那一饼子黑影。大自然的创化欲。你不爱我吗？朱古律的声音也动人——脆，幽，媚。一只青蛙跳进了池潭，扑崔！猎夫该从林子里跑出来了吧？你不爱我吗？我知道你爱，方才你在楼梯边看我我就知道，对不对亲孩子？紫姜辣上了他的面庞，救驾！快辣上他的口唇了。可怜的孩子，一个人住着也不嫌冷清，你瞧，这胖胖的荷兰老婆都让你抱瘪了，你不害臊吗？廉枫一看果然那荷兰老婆让他给挤扁了，他不由的觉得脸上有些发烧。我来做你的老婆好不好？朱古律的乌云都盖下来了。"有孤王……"使不得。朱古律，盖苏文，青面獠牙的……"乾米一家的姑母，"血盆的大口，高耸的颧骨，狼嗥的笑响……鞭打，针刺，脚踢——喜色，呸，见鬼！唷，闷死了，不好，茶房！

廉枫想叫可是嚷不出，身上油油的觉得全是汗。醒了醒了，可了不得，这心跳得多厉害。荷兰老婆①活该遭劫，夹成了一个破烂的葫芦。廉枫觉得口里直发腻，紫姜，朱古律，也不知是什么。浓得化不开。

十七年一月

---

① 荷兰老婆（Dutch Wife）：南洋人用的一种长枕。

"浓得化不开"之二(香港)

廉枫到了香港,他见的九龙是几条盘错的运货车的浅轨,似乎有头,有尾,有中段,也似乎有隐现的爪牙,甚至在火车头穿度那栅门时似乎有迷漫的云气。中原的念头,虽则有广九车站上高标的大钟的暗示,当然是不能在九龙的云气中幸存。这在事实上也省了许多无谓的感慨。因此眼看着对岸,屋宇像樱花似盛开着的一座山头,如同对着希望的化身,竟然欣欣的上了渡船。从妖龙的脊背上过渡到希望的化身去。

富庶,真富庶,从街角上的水果摊看到中环乃至上环大街的珠宝店;从悬挂得如同 Banyan 树一般繁衍的腊食及海味铺看到穿着定阔花边艳色新装走街的粤女;从石子街的花市看到饭店门口陈列着"时鲜"的花狸金钱豹以及在浑水盂内倦卧着的海狗鱼,唯一的印象是一个不容分析的印象:浓密,琳琅。琳琅,琳琅,廉枫似乎听得到钟磬相击的声响。富庶,真富庶。

但看香港,至少玩香港少不了坐吊盘车上山去一趟。这吊着上去是有些好玩。海面,海港,海边,都在轴辘声中继续的往下沈。对岸的山,龙蛇似盘旋着的山脉,也往下沈。但单是直落的往下沈还不奇,妙的是一边你自身凭空的往上提,一边绿的一角海,灰的一陇山,白的方的房屋,高直的树,都怪相的一头吊了起来,结果是像一幅画斜提着看似的。同时这边的山头从平放的馒头变成侧竖的,山腰里的屋子从横刺里倾斜了去,相近的树木也跟着平行的来。怪极了。原来一个人从来不想到他自己的地位也有不端正的时候;你坐在吊盘车里只觉得眼前的事物都发了疯,倒竖了起来。

但吊盘车的车里也有可注意的。一个女性在廉枫的前几行椅座上坐着。她满不管车外拿大鼎的世界,她有她的世界。她坐着,屈着一只腿,脑袋有时枕着椅背,眼向着车顶望,一个手指含在唇齿间。这不由人不注意。她是一个少妇与少女间的年轻女子。这不由人不注意,虽则车外的世界都在那里倒竖着玩。

她在前面走。上山。左转弯,右转弯,宕一个山腰的弧线,她在前面走。沿着山堤,靠着岩壁,转入 Aloe 丛中,绕着一所房舍,抄一摺小径,拾几级石磴,她在前面走。如其山路的姿态是婀娜,她的也是的。灵活的山的腰身,灵活的女人的腰身。浓浓的折叠着,融融的松散着。肌肉的神奇!动的神奇!

廉枫心目中的山景,一幅幅的舒展着,有的山背海,有的山套山,有的浓荫,有的巉岩,但不论精粗,每幅的中点总是她,她的动,她的中段的摆动。但当她转入一个比较深奥的山坳时廉枫猛然记起了 Tanhauser 的幸运与命运——吃灵魂的薇纳丝。一样的肥满。前面别是她的洞府呃,危险,小心了!

她果然进了她的洞府,她居然也回头看来。她竟然似乎在回头时露着微哂的瓠犀。孩子,你敢吗?那洞府径直的石级竟像直通上天。她进了洞了。但这时候路旁又发生一个新现象,惊醒了廉枫"邓浩然"的遐想。一个老婆子操着最破烂的粤音问他要钱。她不是化子,至少不是职业的,因为她现成有她体面的职业。她是一个劳工。她是一个挑砖瓦的。挑砖瓦上山因红毛人要造房子。新鲜的是她同时挑着不止一副重担,她的是局段的回复的运输。挑上一担,走上一节路,空身下来再挑一担上去,如此再下再上,再下再上。她不但有了年纪,她并且是个病人。她的喘是哮喘,不仅是登高的喘,她也咳嗽,她有时全身都咳嗽。但她可解释错了。她以为廉枫停步在路中是对她发生了哀怜的趣味;以为看上了她!她实在没有注意到这位年轻人的眼光曾经飞注到云端里的天梯上。她实想不到在这寂寞的山道上会有与她利益相冲突的现象。她当然不能使他失望。当得成全他的慈悲心。她向他伸直了她的一只焦枯得像贝壳似的手,口里呢喃着在她是最软柔的语调。但"她"已经进洞府了。

往更高处去。往顶峰的顶上去。头顶着天,脚踏着地尖,放眼到寥廓的天边,这次的凭眺不是寻常的凭眺。这不是香港,这简直是蓬莱仙岛,廉枫的全身,他的全人,他的全心神,都感到了酣醉,觉得震荡。宇宙的肉身的神奇。动在静中,静在动中的神奇。在一刹那间,在他的眼内,在他的全生命的眼内,这当前的景象幻化成一个神灵的微笑,一折完美的歌调,一朵宇宙的琼花。一朵宇宙的琼花在时空不容分化的仙掌上俄然的擎出了它全盘的灵异。山的起伏,海的起伏,光的起伏;山的颜色,水的颜色,光的颜色——形成了一种不可比况的空灵,一种不可比况的节奏,一种不可比况的谐和。一方宝石,一球纯晶,一颗珠,一个水泡。

但这只是一刹那,也许只许一刹那。在这刹那间廉枫觉得他的脉搏都止息了跳动。他化入了宇宙的脉搏。在这刹那间一切都融合了,一切都消纳了,一切都停止了它本体的现象的动作来参加这"刹那的神奇"的伟大的化生。在这刹那间他上山来心头累聚着的杂格的印象与思绪梦似的消失了踪影,倒挂的一角海,龙的爪牙,少妇的腰身,老妇人的手与乞讨的碎琐,薇纳丝的洞府,全没了。但转瞬间现象的世界重复回还。一层纱幕,适才睁眼纵览时顿然揭去的那一层纱幕,重复不容商榷的盖上了大地。在你也回复了各自的辨认的感觉。这景色是美,美极了的,但不再是方才那整个的灵异。另一种文法,一种关键,另一种意义也许,但不再是那个。它的来与它的去,正如恋爱,正如信仰,不是意力可以支配,可以作主的。他这时候可以分别的赏识这一峰是一个秀挺的莲苞,那一屿像一只雄蹲的海豹,或是那湾海像一钩的眉月;他也能欣赏这幅天然画图的色彩与线条的配置,透视的匀整或是别的什么,但他见的只是一座山峰,一湾海,或是一幅画图。他尤其惊讶那波光的灵秀,有的是绿玉,有的是紫晶,有的是琥珀,有的是翡翠,这波光接连着山峰的晴霭,化成一种异样的珠光,扫荡着无际的青空,但就这也是可以指点,可以比况给你身旁的友伴的一类诗意,也不再是初起那回事。这层遮隔的纱幕是盖定的了。

因此廉枫拾步下山时心胸的舒爽与恬适不是不和杂着,虽则是隐隐的,一些无名的惆怅。过山腰时他又飞眼望了望那"洞府",也向路侧寻觅那挑砖瓦的老妇,她还是忙着搬运着她那搬运不完的重担,但她对他犹是对"她",兴趣远不如上山时的那样馥郁了。他到半山的凉座地方坐下来休息时,他的思想几乎完全中止了活动。

《猛虎集》序

在诗集子前面说话不是一件容易讨好的事。说得近于夸张了自己面上说不过去,过分谦恭又似乎对不起读者。最甘脆的办法是什么话也不提,好歹让诗篇它们自身去承当。但书店不肯同意;他们说如其作者不来几句序言书店做广告就无从着笔。作者对于生意是完全外行,但他至少也知道书卖得好不仅是书店有利益,他自己的版税也跟着像样,所以书店的意思,他是不能不尊敬的。事实上我已经费了三个晚上,想写一篇可以帮助广告的序。可是不相干,一行行写下来只是仍旧给涂掉,稿纸糟蹋了不少张,诗集的序终究还是写不成。

况且写诗人一提起写诗他就不由得伤心。世界上再没有比写诗更惨的事;不但惨,而且寒伧。就说一件事,我是天生不长髭须的,但为了一些破烂的句子,就我也不知曾经捻断了多少根想像的长须!

这姑且不去说它。我记得我印第二集诗的时候曾经表示过此后不再写诗一类的话。现在如何又来了一集,虽则转眼间四个年头已经过去。就算这些诗全是这四年内写的(实在有几首要早到十三年份),每年平均也只得十首,一个月还派不到一首,况且又多是短短一橛的。诗固然不能论长短,如同 Whistler 说画幅是不能用田亩来丈量的。但事实是咱们这年头一口气总是透不长——诗永远是小诗,戏永远是独幕,小说永远是短篇。每回我望到莎士比亚的戏,丹丁的神曲,歌德的浮士德一类作品比方说,我就不由的感到气馁,觉得我们即使有一些声音,那声音是微细得随时可以用一个小拇指给掐死的。天呀!那天我们才可以在创作里看到使人起敬的东西?那天我们这些细嗓子才可以豁免混充大花脸的急涨的苦恼?

说到我自己的写诗,那是再没有更意外的事了。我查过我的家谱,从永乐以来我们家里没有写过一行可供传诵的诗句。在二十四岁以前我对于诗的兴味远不如我对于相对论或民约论的兴味。我父亲送我出洋留学是要我将来进"金融界"的,我自己最高的野心是想做一个中国的 Hamilton!在二十四岁以前,诗,不论新旧,于我是完全没有相干。我这样一个人如果真会成功一个诗人——那还有什么话说?

但生命的把戏是不可思议的!我们都是受支配的善良的生灵,那件事我们作得了主?整十年前我吹着了一阵奇异的风,也许照着了什么奇异的月色,从此起我的思想就倾向于分行的抒写。一份深刻的忧郁占定了我;这忧郁,我信,竟于渐渐的潜化了我的气质。

话虽如此,我的尘俗的成分并没有甘心退让过;诗灵的稀小的翅膀,尽他们在那里腾扑,还是没有力量带了这整份的累坠往天外飞的。且不说诗化生活一类的理想那是谈何容易实现,就说平常在实际生活的压迫中偶尔挣出八行十二行的诗句都是够艰难的。尤其是最近几年,有时候自己想着了都害怕:日子悠悠的过去内心竟可以一无消息,不透一点亮,不见丝纹的动。我常常疑心这一次是真的干了完了的。如同契珂腊的一身美是问神道通融得来限定日子要交还的,我也时常疑虑到我这些写诗的日子,也是什么神道因为怜悯我的愚蠢暂时借给我享用的非分的奢侈。我希望他们可怜一个人可怜到底!

一眨眼十年已经过去。诗虽则连续的写,自信还是薄弱到极点。"写是这样写下了,"我常自己想,"但准知道这就能算是诗吗?"就经验说,从一点意思的晃动到一篇诗的完成,这中间几乎没有一次不经过唐僧取经似的苦难的。诗不仅是一种分娩,它并且往往是难产!这份甘苦是只有当事人自己知道。一个诗人,到了修养极高的境界,如同泰谷尔先生比方说,也许可以一张口就有精圆的珠子吐出来,这事实上我亲眼见过来的不打谎,但像我这样既无天才又少修养的人如何说得上?

只有一个时期我的诗情真有些像是山洪暴发,不分方向的乱冲。那就是我最早写诗那半年,生命受了一种伟大力量的震撼,什么半成熟的未成熟的意念都在指顾间散作缤纷的花雨。我那时是绝无依傍,也不知顾虑,心头有什么郁积,就付托腕底胡乱给爬梳了去,救命似的迫切,那还顾得了什么美丑!我在短时期内写了狠多,但几乎全部都是见不得人面的。这是一个教训。

我的第一集诗——《志摩的诗》——是我十一年回国后两年内写的;在这集子里初期的汹涌性虽已消灭,但大部分还是情感的无关阑的泛滥,什么诗的艺术或技巧都谈不到。这问题一直要到民国十五年我和一多今甫一群朋友在《晨报副镌》刊行诗刊时方才开始讨论到。一多不仅是诗人,他也是最有兴味探讨诗的理论和艺术的一个人。我想这五六年来我们几个写诗的朋友多少都受到《死水》的作者的影响。我的笔本来是最不受羁勒的一匹野马,看到了一多的谨严的作品我方才憬悟到我自己的野性;但我素性的落拓始终不容我追随一多他们在诗的理论方面下过任何细密的工夫。

我的第二集诗——《翡冷翠的一夜》——可以说是我的生活上的又一个较大的波折的留痕。我把诗稿送给一多看,他回信说"这比《志摩的诗》确乎是进步了——一个绝大的进步"。他的好话我是最愿意听的,但我在诗的"技巧"方面还是那楞生生的丝毫没有把握。

最近这几年生活不仅是极平凡,简直是到了枯窘的深处。跟着诗的产量也尽"向瘦小里耗"。要不是去年在中大认识了梦家和玮德两个年青的诗人,他们对于诗的热情在无形中又鼓动了我奄奄的诗心,第二次又印《诗刊》,我对于诗的兴味,我信,竟可以销沈到几于完全没有。今年在六个月内在上海与北京间来回奔波了八次,遭了母丧,又有别的不少烦心的事,人是疲乏极了的,但继续的行动与北京的风光却又在无意中摇活了我久蛰的性灵。抬起头居然又见到天了。眼睛睁开了心也跟着开始了跳动。嫩芽的青紫,劳苦社会的光与影,悲欢的图案,一切的动,一切的静,重复在我的眼前展开,有声色与有情感的世界重复为我存在;这仿佛是为了要挽救一个曾经有单纯信仰的流入怀疑的颓废,那在帷幕中隐藏着的神通又在那里栩栩的生动:显示它的博大与精微,要他认清方向,再别错走了路。

我希望这是我的一个真的复活的机会。说也奇怪,一方面虽则明知这些偶尔写下的诗句,尽是些"破破烂烂"的,万谈不到什么久长的生命,但在作者自己,总觉得写得成诗不是一件坏事,这至少证明一点性灵还在那里挣扎,还有它的一口气。我这次印行这第三集诗没有别的话说,我只要藉此告慰我的朋友,让他们知道我还有一口气,还想在实际生活的重重压迫下透出一些声响来的。

你们不能更多的责备。我觉得我已是满头的血水,能不低头已算是好的。你们也不用提醒我这是什么日子;不用告诉我这遍地的灾荒,与现有的以及在隐伏中的更大的变乱,不用向我说正今天就有千万人在大水里和身子浸着,或是有千千万人在极度的饥饿中叫救命;也不用劝告我说几行有韵或无韵的诗句是救不活半条人命的;更不用指点我说我的思想是落伍或是我的韵脚是根据不合时宜的意识形态……这些,还有别的狠多,我知道,我全知道;你们一说到只是叫我难受又难受。我再没有别的话说,我只要你们记得有一种天教歌唱的鸟不到呕血不住口,它的歌里有它独自知道的别一个世界的愉快,也有它独自知道的悲哀与伤痛的鲜明;诗人也是一种痴鸟,他把他的柔软的心窝紧抵着蔷薇的花刺,口里不住的唱着星月的光辉与人类的希望,非到他的心血滴出来把白花染成大红他不住口。他的痛苦与快乐是浑成的一片。

日记书信编

爱眉小札[1]

八月九日起日札

"幸福还不是不可能的",这是我最近的发现。

今天早上的时刻,过得甜极了。我只要你:有你我就忘却一切,我什么都不想什么都不要了,因为我什么都有了。

与你在一起没有第三人时,我最乐,坐着谈也好,走道也好,上街买东西也好,厂甸我何尝没有去过,但那有今天那样的甜法。爱是甘草,这苦的世界有了它就好上口了。

眉,你真玲珑,你真活泼,你真像一条小龙。

我爱你朴素,不爱你奢华,你穿上一件蓝布袍,你的眉目间就有一种特异的光彩,我看了心里就觉着不可名状的欢喜。朴素是真的高贵,你穿戴齐整的时候当然是好看,但那好看是寻常的,人人都认得的,素服时的眉有我独到的领略。

"玩人丧德,玩物丧志"这句话确有道理。

我恨的是庸凡,平常,琐细,俗;我爱个性的表现。

我的胸膛并不大,决计装不下整个或是甚至部分的宇宙,我的心河也不够深,常常有露底的忧愁,我即使小有才,决计不是天生的,我信是勉强来的,所以每回我写什么多少总是难产,我唯一的靠傍是霎那间的灵通。我不能没有心的平安,眉,只有你能给我心的平安,在

---

[1] 一九二五年八月九日至九月十七日写。

你完全的蜜甜的高贵的爱里我享受无上的心与灵的平安。

凡事开不得头,开了头便有重复,甚至成习惯的倾向,在恋中人也得提防小漏缝儿,小缝儿会变大窟窿,那就糟了。我见过两相爱的人因为小事情误会斗口,结果只有损失,没有利益,我们家乡俗谚有"一天相骂十八头,夜夜睡在一横头",意思说是好夫妻也免不了吵。我可不信,我信合理的生活动机是爱,知识是南针;爱的生活也不能纯粹靠感情,彼此的了解是不可少的,爱是帮助了解的力,了解是爱的成熟,最高的了解是灵魂的化合,那是爱的圆满功德。

没有一个灵性不是深奥的;要懂得,真认识一个灵性,是一辈子的工作,这功夫愈下愈有味,像逛山似的唯恐进得不深。

眉,你今晚说想到乡间去过活,我听了顶欢喜,可是你得准备吃苦,总有一天我引你到一个地方,使你完全转变你的思想与生活的习惯,你这孩子其实是太娇养惯了!我今天想起旦农雪乌的"死的胜利"的结局;但中国人,那配?眉,你我从今起对爱的生活负有做到他十全的义务,我们应得努力。眉,你怕死吗?眉,你怕活吗?活比死难得多!眉,老实说,你的生活一天不改变,我一天不得放心,但北京就是阻碍你新生命的一个大原因,因此我不免发愁。

我从前的束缚是完全靠理性解开的;我不信你的就不能用同样的方法。万事只要自己决心,决心与成功间的是最短的距离。

往往一个人最不愿意听的话,是他最应得听的话。

十日

我六时就醒了,一醒就想你来话,现在九点半了,难道你还不曾起身,我真等急了。

我有一个心,我有一个头;我心动的时候,头也是动的。

我真应得谢天;我在那一辈子里,本来自己已是陈死人,竟然还能尝着生活的甜味,曾经享受过最完全、最奢侈的时辰,我从此是一个富人,再没有抱怨的口实,我已经知足。这时候,天坍了下来,地陷了下去,霹雳种在我的身上,我再也不怕死,不愁死,我满心只是感谢,即使眉你有一天(恕我这不可能的设想)心换了样,停止了爱我,那时我的心就像莲蓬似的载满了窟窿,我所有的热血都从这些窟窿里流走——即使有那样悲惨的一天,我想我还是不敢怨的,因为你我的心曾经一度灵通,那是不可灭的,上帝的意思到处是明显的。

他的发落永远是平正的;我们永远不能批评,不能抱怨。

十一日

这过的什么日子?我这心上压得多重呀!眉,我的眉,怎么好呢?霎那间有千百件事在方寸间起伏,是忧,是虑,是瞻前,是顾后,这笔上那能写出?眉,我怕,我真怕,世界与我们是不能并立的,不是我们把他们打毁成全我们的话,就是他们打毁我们,逼迫我们的死。眉,我悲极了,我胸口隐隐的生痛,我双眼盈盈的热泪,我就要你,我此时要你,我偏不能有你,喔!这难受——恋爱是痛苦,是的,眉,再也没有疑义。眉!我恨不得立刻与你死去,因为只有死可以给我们想望的清静,相互的永远占有。眉,我来献全盘的爱给你,一团火热的真情,整个儿给你,我也盼望你也一样拿整个、完全的爱还我。

世上并不是没有爱,但大多是不纯粹的,有漏洞的,那就不值钱,平常,浅薄,我们是有志气的,决不能放松一屑屑。我们得来一个真纯的榜样,眉,这恋爱是大事情,是难事情,是关生死超生死的事情——如其要到真的境界,那才是神圣,那才是不可侵犯。有同情的朋友是难得的,我们现在有少数朋友,就思想见解论,在中国是第一流,他们如"先生",如水王,如金——都是真爱你我,看重你我,期望你我的。他们要看我们做到一般做不到的事,实现一般人梦想的境界。他们,我敢说,相信你我有这天赋,有这能力;他们的期望是最难得的,但同时你我负着的责任,那不是玩儿,对己,对友,对社会,对天,我们有奋斗到底、做到十全的责任!眉,你知道我这近来心事重极了,晚上睡不着不说,睡着了就来怖梦,种种的顾虑整天像刀光似的在心头乱刺,眉,你又是在这样的环境里嵌着,连自由谈天的机会都没有,唉这真是那里说起!眉,我每晚睡在床上寻思时,我仿佛觉着发根里的血液一滴滴的消耗,在忧郁的思念中黑发变成苍白,一天廿四时,心头那有一刻的平安——除了与你单独相对的俄顷,那是太难得了。眉,我们死去吧,眉,你知道我怎样的爱你,阿眉!比如昨天早上你不来电话,从九时半到十一时,我简直像是活抱着炮烙似的受罪,心那么的跳,那么的痛,也不知为什么,说你也不信,我躺在榻上直咬着牙,直翻身喘着那!后来再也忍不住了,自己拿起了电话,心头那阵的狂跳,差一点把我晕了,谁知你一直睡着没有醒,我这自讨苦吃多可笑,但同时你得知道,眉,在恋中人的心里是最复杂的心理,说是最不合理可以,说是最合理也可以。眉,你肯不肯亲手拿刀割破我的胸膛,挖出我那血淋淋的心留着,算是我给你最后的礼物?

  今朝上睡昏昏的只是在你的左右,那怖梦真可怕,仿佛有人用妖法来离间我们,把我迷在一辆车上,整天整夜的飞行了三昼夜,旁边坐着一个瘦长的严肃的妇人,像是运命自身,我昏昏的身体动不得,口开不得,听凭那妖车带着我跑,等得我醒来下车的时候,有人来对我说你已另订约了。我说不信,你带约指的手指忽在我眼前闪动,我一见就往石板上一头冲去,一声悲叫,就死在地下——正当你电话铃响把我振醒,我那时虽则醒了,把那一阵的凄惶与悲酸,像是灵魂出了窍似的,可怜呀!眉!我过来正想与你好好的谈半句钟天,偏偏你又得出门就诊去,以后一天就完了,四点以后过的是何等不自然局促的时刻,我与适之谈,也是凄凉万状,我们的影子在荷池圆叶上晃着,我心里只是悲惨,眉呀!我心肝的眉呀!你快来伴我死去吧!

十二日

  这在恋中人的心境真是每分钟变样,绝对的不可测度。昨天那样的受罪,今儿又这般的上天,多大的分别!像这样的艳福世上能有几个人享着;像这样奢侈的光阴这宇宙间能有几多?却不道我年前口占的"海外缠绵香梦境,销魂今日竟燕京",应在我的甜心眉你的身上!海,明白了,我真又欢喜又感激;他这来才够交情,我从此完全信托他了。眉,你的福分可也真不小,当代贤哲你瞧都在你的妆台前听候差遣!海与先生争送花的故事极趣。眉你该睡着了吧,这时候,我们又该梦会了,说也真怪,近来精神异常的抖擞,真想做事了;眉你内助我,我要向外打仗去!

十四日

昨晚不知那儿来的兴致,十一点钟跑到东花厅,本想与奚若谈天,他买了新鲜合桃、葡萄、沙果、莲蓬请我,谁知讲不到几句话,太太回来了,那就是完事,接着慰慈、梦绿也来了,一同在天井里坐着闲话,大家嚷饿,就吃蛋炒饭,我吃了两碗,饭后就嚷打牌,我说那我就得住夜,住夜就得与慰慈夫妇同床,梦绿连骂:"要死快哩,疯头疯脑!"但结果打完了八圈牌,我的要求居然做到,三个人一头睡下,息了灯,绿躲紧在慈的胸前,格支支的笑个不住,我假装睡着,其实他们说话等等我全听分明,到天亮都不曾落聪。

眉,娘真是何苦来。她是聪明,就该聪明到底;她既然看出我们俩是痴情人,容易钟情,她就该得想法大处落墨,比如说禁止你与我往来,不许你我见面,也是一个办法;否则就该承认我们的情分,给我们一条活路,才是道理,像这样小鹅鹅的溜着眼珠当着人前提防,多说一句话该,多看一眼该,多动一手该,这可不是真该,实际毫无干系,只叫人不舒服,强迫人装假,真是何苦来!眉,我总说有真爱就有勇气,你爱我的一片血诚,我身体磨成了粉都不能怀疑,但同时你娘那里既不肯冒险,他那里又不肯下决断,生活上也没有改向,单叫我含糊的等着,你说我心上那能有平安,这神魂不定又那能做事,因此我不由的不私下盼望你能进一步爱我,早晚想一个坚决的办法出来,使我早一天定心,早一天能堂皇的做人,早一天实现我一辈子理想中的新生活。眉,你爱我究竟是怎样的爱法?

我不在时你想我,有时狠热烈的想我,那我信;但我不在时你依旧有你的生活,并不是怎样的过不去;我在你当然更高兴,但我所最要知道的是,眉呀,我是否你"完全的必要",我是否能给你一些世界上再没有第二人能给你的东西,是否在我的爱你的爱里得到了你一生最圆满,最无遗憾的满足?这问题是最重要不过的,因为恋爱之所以为恋爱,就在他那绝对不可改变不可替代的一点;罗米鸟爱玖丽德,愿为她死,世上再没有第二个女子能动他的心,玖丽德爱罗米鸟,愿为他死,世上再没有第二个男子能占她一点子的情,他们那恋爱之所以不朽,又高尚,又美,就在这里。他们俩死的时候,彼此都是无遗憾的,因为死成全他们的恋爱到完全最圆满的程度,所以这"Die upon a kiss"①是真钟情人理想的结局,再不要别的。反面说,假如恋爱是可以替代的,像一支牙刷烂了可以另买,衣服破了可以另制,他那价值也就可想。"定情"——the spirutal engagement, the great mutual giving up② 是一件伟大的事情,两个灵魂在上帝的眼前自愿的结合,人间再没有更美的时刻——恋爱神圣就在这绝对性,这完全性,这不变性;所以诗人说——

The light of a whole life dies.
When love is done. ③

恋爱是生命的中心与精华,恋爱的成功是生命的成功,恋爱的失败是生命的失败,这是不容疑义的。

眉,我感谢上苍,因为你已经接受了我;这来我的灵性有了永久的寄托,我的生命有了最光荣的起点,我这一辈子再不能想望关于我自身更大的事情发见;我一天有你的爱,我的命就有根,我就

---

① 引文大意是:"一吻而亡。"
② 大意是:神圣的婚约,伟大的献身。
③ 大意是:当恋爱失败时,整个生命之火也熄灭了。

是精神上的大富翁。因此我不能不切实的认明这基础究竟是多深，多坚实，有多少抵抗侵凌的实力——这生命里多的是狂风暴雨！

所以我不怕你厌烦我要问你究竟爱我到什么程度？有了我的爱你是否可以自慰已经得到了生命与生命中的一切？反面说，要没有我的爱，是否你的一生就没有光彩？我再来打譬喻。你爱吃莲肉，爱吃鸡豆肉；你也爱我的爱；在这几天我信莲肉，鸡豆，爱都是你的需要；在这情形下爱只像是一个"加添的必要"。The additional necessity 不是绝对的必要，比如空气，比如饮食，没有一样就没有命的。有莲时吃莲，有鸡豆时吃鸡豆；有爱时"吃"爱。好；再过几时时新就换样，你又该吃蜜桃，吃大石榴了，那时假定我给你的爱也跟着莲与鸡豆完了，但另有与石榴同时的爱现成可以"吃"——你是否照样过你的活，照样生活里有跳有笑的？再说明白的，眉呀，我祈望我的爱是你的空气，你的饮食，有了就活，缺了就没有命的一样东西；不是鸡豆，或是莲肉，有时吃固然痛快，过了时也没多大交关，石榴、柿子、青果跟着来替口味多着呢！眉你知道我怎样的爱你，你的爱现在已是我的空气与饮食，到了一半天不可少的程度。因此我要知道在你的世界里我的爱占一个什么地位？

May, I miss your passionately appealing gazing and soul communicating glances which once so overwhelmed and ingratiated me. Suppose I die suddenly tomorrow morning. Suppose I come to contract an incurable disease. Suppose I cease to love you. Suppose I change my heart and love somebody else, what then would you feel and what would you do? These are very cruel supposition I know, but all the same I can't help making them, such being the love's psychology.

Do you know what would I have done if in my coming back, I should have found my love no longer mine! Try and imagine the situation and tell me what you think.①

日记已经第六天了,我写上了一二十页,不管写的是什么,你一个字都还没有出世哪!但我却不怪你,因为你真是贵忙;我自己就负你空忙大部分的责。但我盼望你及早开始你的日记,纪念我们同玩厂甸那一个蜜甜的早上。我上面一大段问你的话,确是我每天郁在心里的一点意思,眉你不该答复我一两个字吗?眉,我写日记的时候我的意绪益发蚕丝似的绕着你;我笔下多写一个眉字,我口里低呼一声我的爱,我的心为你多跳了一下,你从前给我写的时候也是同样的情形我知道,因此我益发盼望你继续你的日记,也使我多得一点欢喜,多添几分安慰。

十四日半夜

我想去买一只玲珑坚实的小箱,存你我这几日来交换的信件,算是我们定情的一个纪念,你意思怎样?

十六日

真怪,此刻我的手也直抖擞,从没有过的,眉,我的心,你说怪不怪,跟你的抖擞一样?想是你传给我的,好,让我们同病,叫这剧烈的心震震死了岂不是完事一宗?事情的确是到门了,眉!是往东走或往西走你赶快得定主意才是,再要含糊时大事就变成了顽笑,那可真不是玩!他那口气是最分明没有的了;那位京友我想一定是双心(手震好了)决不会第二个人。他现在的口气似乎比从前有主意的多,他已经准备"依法办理";你听他的话"今年决不拦阻你",好,这回像人

---

① 大意是:眉,我思念你那深情的凝视和传情的眼神,它们曾使我魄牵梦绕。假设我明天早晨突然死去,假设我突然染上了绝症,假设我不再爱你,假设我变心了,爱上了别人,你会有什么感觉,你会怎么做?我知道这些都是很残酷的假设,但我还是忍不住作了,这便是陷于爱情之中的人的心理。如果我回来,发现我的爱人已不再属于我,你知道我会怎么作吗?想像一下这种情形,告诉我你的想法。

了！他像人,我们还不争气吗？眉,这事情清楚极了,只要你的决心,娘,别说一个,十个也不能拦阻你。我的意思是我们回到南边去（你不愿我的名字混入第一步,固然你的好意,但你知道那是不成功的,所以与其拖泥带浆还不如走大方的路,来一个甘脆,只是情是真的。我们有什么见不得人面的地方？)找着百里做中间人,解决你与他的事情,第二步当然不用提及,虽则谁不明白？眉,你这回真不能再做小孩了,你得硬一硬心,一下解决了这大事,免得成天怀鬼胎过不自然的痛苦的日子。要知道你一天在这尴尬的境地里嵌着,我也心理上一天站不直,那能真心去做事,害得谁都不舒服,真是何苦来？眉,救人就是自救,自救就是救人。我最恨的是苟且,因循,懦怯,在这上面无论什么事,都是找不到基础的。有志事竟成,没有错儿。奋勇上前吧,眉,你不用怕,有我整个儿在你旁边站着,谁要动你分毫,有我拼着性命保护你,你还怕什么？

今晚我认帐心上有点不舒服,但我有解释,理由很长,明天见面再说吧。我的心怀里,除了挚爱你的一片热情外,我决不容留任何夹杂的感想；这册爱眉小札里,除了登记因爱而流出的思想外,我也决不愿夹杂一些不值得的成分。眉,我是太痴了,自顶至踵全是爱,你得明白我,眉,得永远用你的柔情包住我这一团的热情,决不可有一丝的漏缝,因为那时就有爆烈的危险。

十八日

十一点过了,肚子还是疼,又着了凉,怪难受的,但我一个人占这空院子,(道宏这会真走了,)夜沈沈那能睡得着。这时候饭店凉台上正凉快,舞场中衣香鬓影多浪漫多作乐呀！这屋子闷热得凶,蚊虫也不饶人,我脸上腕上脚上都叫咬了。我病我想是一半昨晚少睡了,今天打球后喝冰水太多,此时也有些倦意,但眉你不是说回头给我打电话吗？我那能睡呢？听差们该死,走的走,睡的睡,一个都使唤不来,你来电时我要睡着了那又不成。所以我还是起来涂我最亲爱的爱眉小札吧。方才我躺在床上又想这样那样的。怪不得老话说"疾病则思亲",我才小不舒服就动了感情,你说可笑不? 我倒不想父母,早先我有病时总想妈妈,现在连妈妈都退后了,我只想我那最亲爱的,最钟爱的小眉。我也想起了你病的那时候,天罚我不叫我在你的身旁,我想起就痛心,眉,我怎么不知道你那时热烈的想我要我,我在意大利时有无数次想出了神。不是使劲的自咬手臂,就是拿拳头捶着胸,直到真痛了才知道。今晚轮着我想你了。眉! 我想像你坐在我的床头,给我喝热水,给我吃药,抚摩着我生痛的地方,让我好好的安眠,那多幸福呀! 我愿意生一辈子病,叫你坐一辈的床头。哦,那可不成,太自私了,不能那样设想。昨晚我问你我死了你怎样,你说你也死,我问真的吗,你接着说的较比近情些。你说你或许不能死,因为你还有娘,但你会把自己"关"起来,再不与男子们来往。眉,真的吗?门关得上,也打得开,是不是? 我真傻,我想的是什么呀,太空幻了! 我方才想假使我今晚肚子疼是盲肠炎,一阵子涌上来在极短的时间痛死了我,反正这空院子里鬼影都没,天上只有几颗冷淡的星,地下只有几茎野草花。我要是真的灵魂出了窍,那时我一缕精魂飘飘荡荡的好不自在,我一定跟着凉风走,自己什么主意都没有;假如空中吹来有音乐的声响,我的鬼魂许就望着那方向飞去——许到了饭店的凉台上,阿,多凉快的地方,多好听的音乐,多热闹的人群呀! 阿! 那又是谁,一位妙龄女子,她慵慵的倚着一个男子肩头在那像水泼似的地平上翩翩的舞,多美丽的舞影呀! 但她是谁呢? 为什么我这飘渺的三魂无端又感受一个劲烈的颤栗? 她是谁呢,那样的美,那样的风情,让我移近去看看,反正这鬼影是没人觉察,不会招人讨厌的不是? 现在我移近了她的跟前——慵慵的倚着一个男子肩头款款舞踏着的那位女郎。她到底是谁呀,你,孤单的鬼影,究竟认清了没有? 她不是旁人;不是皇家的公主,不是外邦的少女;她不是别人,她就是她——你生前沥肝脑去恋爱的她! 你自己不幸,这大早就变了鬼,她又不知道,你不通知她那能知道——那圆舞的音乐多香柔呀! 好,我去通知她吧,鬼影踌躇了一响,咽住了他无形的悲泪,益发移近了她,举起一个看不见的指头,向着她暖和的胸前轻轻的一点——阿,她打了一个寒噤,她抬起了头,停了舞,张大了眼睛,望着透光的鬼影睁眼的看。在那一瞥间她见着了,她也明白了,她知道完了——她手掩着面,她悲切切的哭了,她同舞的那位男子用手去揽着她,低下头,去软声的安慰她——在泼水似的地平上,他拥着掩面悲泣的她慢慢走回坐位。去坐下了。音乐还是不断的奏着。

十二点了,你还没有消息,我再上床去躺着想吧。

十二点三刻了。还是没有消息,水管的水声,像是沥淅的秋雨,真恼人。为什么心头这一阵阵的凄凉;眼泪——线条似的挂下来了!写什么,上床去吧。

一点了。一个秋虫在阶下鸣。我的心跳;我的心一块块的迸裂;痛!写什么,还是躺着去。孤单的痴人!

一点过十分了。还这么早,时候过的真慢呀!

这地板多硬呀!跪着双膝生痛;其实何苦来,祈告又有什么用处?人有没有心是问题;天上有没有神道更是疑问了。

志摩阿你真不幸!志摩阿你真可怜!早知世界是这样的,你何必投娘胎出世来!这一腔热血迟早有一天呕尽。

一点二十分!

一点半——Marvelous!![1]

一点三十五分——Life's too charming, too charming, indeed. Haha!![2]

一点三刻——O is that the way women love! Is that the way women love![3]

……!

---

[1] 太妙了!
[2] 大意是:生活太美妙了,确实是太美妙了,哈哈!
[3] 大意是:哦,女人的爱原来如此!女人的爱原来如此!

一点五十五分——天呀！

两点五分——我的灵魂里的血一滴滴在那里吊……

两点十八分——疯了

两点三十分

两点四十分

"O the pity of it, the pity of it, Iago!!" Christ what a hall. Is packed into that line! Each syllable bleeds when you say it....①

两点五十分——静极了

三点七分

三点二十五分——火都没了

三点四十分——心茫然了

五点欠一刻了——咳

六点三十分

七点三十七分

十九日

眉，你救了我。我想你这回真的明白了。情感到了真挚而且热烈时，不自主的往极端方向走去。亦难怪我昨夜一个人发狂似的想了一夜。我何尝成心与你生气，我更不会存一丝的怀疑，因为那就是怀疑我自己的生命，我只怪嫌你其实太孩子气，看事情有时不认清亲疏的区别，又太顾虑，缺乏勇气，须知真爱不是罪（就怕爱而不真，做到真字的绝对义那才做到爱字），在必要时我们得以身殉，与烈士们爱国，宗教家殉道，同是一个意思。你心上还有芥蒂时，还觉着"怕"时，那你的思想就没有完全叫爱染色，你的情没有到晶莹剔透的境

---

① 大意是："可惜呀，可惜，伊阿古！！"天哪，这一句话里面凝聚了多少的痛苦！说话时每个音节都在流血……

界,那就比一块光泽不纯的宝石,价值不能怎样高的。昨晚那个经验,现在事后想来,自有它的功用。你看我活着不能没有你,不单是身体,我要你的性灵,我要你的身体完全的爱我,我也要你的性灵完全的化入我的,我要的是你的绝对的全部——因为我献给你的也是绝对的全部,那才当得起一个爱字。在真的互恋里,眉,你可以尽量,尽性的给,把你一切的所有全部给你的恋人,再没有任何的保留,隐藏更不须说;这给,你要知道,并不是给掉,像你送人家一件袍子或是什么;非但不是给掉,这给是真的爱。因为在两情的交流中,给与受再没有分界;实际是你给的多你愈富有,因为恋情不是像金子似的硬性,它是水流与水流的交抱,是明月穿上了一件轻快的云衣,云彩更美,月色亦更艳了。眉,你懂得不是?我们买东西尚且要挑剔,怕上当,水果不要有蛀洞的,宝石不要有斑点的,布绸不要有皱纹的;爱是人生最伟大的一件事实,如何少得了一个完全,一定得整个换整个,整个化入整个,像糖化在水里,才是理想的事业,有了那一天,这一生也就有交代了。

眉,方才你说你愿意跟我死去,我才放心你爱我是有根了;事实不必有,决心不可不有,因为实际的事变谁都不能测料,到了临场要没有相当准备时,原来神圣的事业立刻就变成了丑陋的顽笑。世间多的是没志气人,所以只听见顽笑;真的能认真的能有几个人!我们不可不格外自勉。

我不仅要爱的肉眼认识我的肉身,我要你的灵眼认识我的灵魂。

小曼名言:"我想一个人想吃,什么东西就吃得着,也是好过的。"

二十日

赘人寄户西,腰微昆理姚。

我还觉得虚虚的,热没有退净,今晚好好睡就好了。这全是自讨苦吃,前晚本只小恙,加上整夜的发狂,当然出报应了,眉,你也应得负责。

我爱那重帘,要是帘外有浓绿的影子,那就更趣了。

你这无谓的应酬真叫人不耐烦,我想想真有气,成天遭强盗抢,老实说,我每晚睡不着也就为此,眉,你真的得小心些,要知道"防微杜渐"在相当的时候是不可少的。

二十一日

眉,醒起来,眉,起来,你一生最重要的交关已经到门了,你再不可含糊,你再不可因循。你成人的机会到了,真的到了。F已把你看作泼水难收,当着生客们的面前,尽量的羞辱你;你再没有志气,也不该犹豫了! 同时你自己也看得分明,假如你离成了,决不能再在北京耽下去。我是等着你,天边去,地角也去,为你我什么道儿都欣欣的不踌躇的走去。听着:你现在的选择,一边是苟且,暧昧的图生,一边是认真的生活;一边是肮脏的社会,一边是光荣的恋爱;一边是无可理喻的家庭,一边是海阔天空的世界与人生;一边是你的种种的习惯,寄妈舅母,各类的朋友,一边是我与我的爱。认清楚了这回,我最爱的眉呀,"差以毫里,谬以千里","一失足成千古恨",你真的得下一个完全自主的决心,叫爱你期望你的真朋友们一致起敬你才好呢!

眉,为什么你不信我的话,到什么时候你才听我的话;你不信我的爱吗? 你给我的爱不完全吗? 为什么你不肯听我的话,连极小的事情都不依从我——倒是别人叫你上那儿,你就梳头打扮了快走。你果真爱我,不能这样没胆量。恋爱本是光明事,为什么要这般偷偷的,多不痛快。

眉,要知道你只是偶尔的觉悟,偶尔的难受,我呢,简直是整天整晚的叫忧愁割破了我的心!

O May! Love me, give me all your love, let us become one; try to live into my love for you, let my love fill you, nourish you, caress your darling body and hug your darling soul too; let my love stream over you, merge you thoroughly; let me rest happy and confident in your passion for me!①

> 忧愁他整天拉着我的心,
> 像一个琴师擦练他的琴;
> 悲哀像是海礁间的飞涛:
> 看他那汹涌,听他那呼号!

二十二日

　　眉,今儿下午我实在是饿慌了,压不住上冲的肝气,就这么说吧,倒叫你笑话我酸劲儿大,我想想是觉着有些过分的不自持。但同时你当然也懂得我的意思,我盼望,聪明的眉呀,你知道我的心胸不能算不坦白,度量也不能说是过分的窄,我最恨是琐碎地方认真。但大处要分明,名分与了解有了就好办,否则就比如一盘不分疆界的棋,叫人无从下手了。狠多事情是庸人自扰,头脑清明所以是不能少的。

　　你方才跳舞说一句话狠使我自觉难为情,你说:"我们还有什么客气?"难道我真的气度不宽,我得好好的反省才是。眉,我没有怪你的地方,我只要你的思想与我的合并成一体,绝对的泯缝,那就不易见错儿了。

　　我们得互相体谅;在你我间的一切都得从一个爱字里流出。

　　我一定听你的话;你叫我几时回南我就回南,你叫我几时往北我就几时往北。

　　今天本想当人前对你说一句小小的怨语,可没有机会,我想说,"小眉真对不起人,把人家万里路外叫了回来,可连一个清静谈话的机会都没给人家!"下星期西山去一定可以有机会了,我想着就起劲,

---

① 大意是:哦,眉! 爱我,给我你所有的爱,让我们成为一体;尝试生活在我对你的爱里边,让我的爱充满你,滋养你,爱抚你美丽的肉体并拥抱你美丽的灵魂;让我的爱漫过你,彻底地淹没你;让我幸福与自信地休息在你对我的爱里边!

你呢眉？

我较深的思想一定得写成诗才能感动你，眉，有时我想就只你一个人真的懂我的诗，爱我的诗，真的我有时恨不得拿自己血管里的血写一首诗给你。叫你知道我爱你是怎样的深。

眉，我的诗魂的滋养全得靠你，你得抱着我的诗魂像母亲抱孩子似的，他冷了你得给他穿，他饿了你得喂他食——有你的爱他就不愁饿不怕冻，有你的爱他就有命！

眉，你得引我的思想往更高更大更美处走；假如有一天我思想堕落或是衰败时就是你的羞耻。记着了眉！

已经三点了，但我不对你说几句话我就别想睡。这时你大概早着了，明儿九时半能起吗？我怕还是问题。

你不快活时我最受罪，我应当是第一个有特权有义务给你慰安的人不是？下回无论你怎样受了谁的气不受用时，只要我在你旁边看你一眼或是轻轻的对你说一两个小字，你就应得宽解。你永远不能对我说"Shut up"①（当然人你决不会说的，我是说笑话），叫我心里受刀伤。

我们男人，尤其是像我这样的痴子，真也是怪。我们的想头不知是那样转的。比如说去秋那"一双海电"，为什么这一来就叫一万二千度的热顿时变成了冰，烧得着天的火立刻变成了灰。也许我是太痴了，人间绝对的事情本是少有的。All or nothing②——到如今还是我做人的标准。

眉，你真是孩子，你知道你的情感的转向来的多快；一会儿气的话都说不出，一会儿又嚷吃面包夹肉了！

今晚与你跳的那一个舞，在我是最 Enjoy③ 不过了，我觉得从没有经验过那样秾艳的趣味——你要知道你偶尔唤我时我的心身就

---

① Shut up：闭嘴。
② All or nothing：要么拥有全部，要么一无所有。
③ Enjoy：享受。

化了!

二十三日

昨晚来今雨轩又有慷慨激昂的"援女学联会",有一个大胡子矮矮的,很像沈钧儒不知是谁,他像是大军师模样,三五个女学生一群男学生站在一起谈话,女的哭哭啼啼,一面擦眼泪,一面高声的抗议,我只听见"像这样还有什么公理呢?"又说"谁失踪了,谁受重伤?谁准叫他们打死了,唉,一定是打死了,乌……乌……"

眉,倒看得好玩,你说女人真不中用,一来就哭;你可不知道女人的哭才是她的真本领哩!

今天一早就下雨,整天阴霾到底,你不乐,我也不快。你不愿见人,并且不愿见我;你不打电话,我知道你连我的声音都不愿听见。我可一点也不怪你,眉,我懂得你的抑郁,我只抱歉我不能给你我应分的慰安。十一点半了,你还不曾回家,我想像你此时坐在一群叫嚣不相干的俗客中间,看他们放肆的赌,你尽楞着,眼泪向里流着,有时你还得陪笑脸,眉,你还不厌吗,这种无谓的生活?你还不造反吗,眉?

我不知道我对你说什么话才好。好像我所有的话全说完了,又像是什么话都没有说,眉呀,你望不见我的心吗?这凄凉的大院子今晚又是我单个儿占着,静极了,我觉得你不在我的周围,我想飞上你那里去,一时也像飞不到的样子,眉,这是受罪,真是受罪!方才适之说他这一时不狠上我们这儿来,因为他看了我们不自然的情形觉着不舒服;原来事情没有到门大家见面打哈哈到没有什么,这回来可不对了,悲惨的颜色,紧急的情调,一时都来了,但见面时还得装作,那就是痛苦,连旁观人都受着的,所以他不愿意来,虽则他很 Miss① 你,他明天见娘谈话去,他再不见效,谁都不能见效了。他真是好朋友,

---

① Miss:想。

他见到,他也做到,我们将来怎样答谢他才好哩。叔华来信有这几句话:——我觉得自己无助的可怜,但是,一看小曼,我觉得自己运气比她高多了。如果我精神上来,多少可以做些事业,她却难上难,一不狠心立志,险得很。岁月蹉跎,如何能保守健康精神与身体!志摩,你们都是她的至近朋友,怎不代她设想设想?使她蹉磨下去,真是可惜。我是巾帼到底不好参与家事……

二十四日

近来你真的不很听话,眉,你知道不?也许我不会说话,你不爱听;也许你心烦听不进,今晚在真光我问你记否去年第一次在剧场觉得你的发鬓擦着我的脸,(我在海拉尔寄回一首诗来纪念那初度尖锐的官感,在我是不可忘的,)你连理都没有理会我。许是你看电影出了神,我不能过分怪你。

今晚北海真好,天上的双星那样的晶清,隔着一条天河含情的互睇着;满池的荷叶在微风里透着清馨;一弯黄玉似的初月在西天挂着;无数的小虫相应的叫着;我们的小舫在荷叶丛中刺着。我与适之同舟,我忽然发了虚荣病,想起"李郭同舟望若仙"的句子,你不要笑我!)我就想你,要是你我俩坐着一只船在湖心里荡着,看星,听虫,嗅荷馨,忘却了一切,多幸福的事!我就怨你这一时心不静,思想不清,我要你到山里去也就为此,你一到山里心胸自然开豁的多。我敢说你多忘了一件杂事,你就多一分心思留给你的爱;你看看地上的草色,看看天上的星光,摸摸自己的胸膛,自问究竟你的灵魂得到了寄托没有,你的爱得到了代价没有,你的一生寻出了意义没有……你在北京城里是不会有清明思想的——大自然提醒我们内心的愿望。

我想我以后写下的不拿给你看了,眉,一则因为天天看烦得狠,反正是这一路的话,这爱长爱短老听也怪腻烦的,二则我有些不甘愿,因为分明近来你并不怎样看重我的"心声",我见天的写,有工夫就写,倒像是我唯一的功课,狠多是夜阑人静半夜三更写的,可是你看也就翻过算数,到今天你那本子还是白白的,我问你劝你的话你也从不提及,可见你并不曾看进去。我写当然还是写,但我想近来不每天缴卷似的送过去了,我也得装装妈〈马〉虎,等你自己想起时问起时真要看时再给你不迟。我记得(你记得吗眉?)才几个月前你最初与我秘密通讯时,你那时的诚恳,焦急,需要,怎样抱怨我不给你多写,你要看我的字,就比掉在岸上的鱼想水似的急——唉,那时间我的肝肠都叫你摇动了眉!难道这几个月来你已经看够了不成,我的话准没有先前的动听,所以你也不再着急要,虽则我自问我对你一往的深情真是一天深似一天,我想看你的字,想听你的话,想搂抱你的思想,正比你几个月前想要我的有增无减——眉,这是什么道理?我知道我如其尽说这一套带怨意的话,你一定看得更不耐烦,我真是愈来愈蠢了,什么新鲜的念头,讨人欢喜招人乐的俏皮话一句也想不着。这本子一页又一页只是板着脸子说的郑重话,那能怪你不爱看——我自个儿活该不是?下回我想来一个你给我的信的一个研究——我要重新接近你那时的真与挚,热烈与深刻,眉,你知道你那时偶尔看我一眼,那一眼里含着多少的深情呀!现在你快正眼都不爱觑我了——眉,这是什么道理?你说你心烦,所以连面都不愿见我——我懂得,我不怪你,假如我再跑了一次看看——我不在跟前时也许你的思想倒会分给我一些——你说人在身边,何必再想,真是!这样说来我愿意我立即死了,那时候倒可以希望占有你一部分;纯洁的思想的快乐。眉,你几时才能不心烦?你一天心烦,我也一天心不安,因为我们俩的思想镶不到一起,随我怎样的用力用心——

眉,假如我逼着你跟我走,那是说到和平办法真没有希望时,你待怎样发付我?不,我愿意收回这问句,因为你也许不忍心拿一把刀插在爱你的摩的心里!

咳,"以不了了之",什么话!我倒不信,徐志摩不是懦夫,到相当时候我有我的颜色,无耻的社会你们看着吧!

眉,只要你有一个日本女子一半的痴情与侠气——你早跟我飞了,什么事都解决了。乱丝总得快刀斩,眉你怎的想不通呀!(夜半二时)上海有时症,天又热,我也有些怕去。

二十五日

眉,你快乐时就比花儿开,我见了真乐。

二十七日

两天不亲近《爱眉小札》了,真觉得抱歉。

香山去只增添,加深我的懊丧与惆怅,眉眉。没有一分钟过去不带着想你的痴情,眉。上山,听泉,折花,望远,看星,独步,嗅草,捕虫,寻梦——那一处没有你,眉,那一处不惦着你眉,那一个心跳不是为着你眉!

我一定得造成你,眉!旁人的闲话我愈听愈恼愈愤愈自信,眉,交给我你的手,我引你到更高处去。我要你托胆的,完全信任的把你的手交给我。

我没有别的方法,我就有爱;没有别的天才,就是爱;没有别的能耐,只是爱;没有别的动力,只是爱。

我是极空洞的一个穷人,我也是一个极充实的富人——我有的只是爱。

眉,这一潭清洌的泉水:你不来洗濯谁来;你不来解渴谁来;你不来照形谁来。

我白天想望的,晚间祈祷的,梦中缠绵的,平旦时神往的——只是爱的成功,那就是生命的成功。

是真爱不能没有力量;是真爱不能没有悲剧的倾向。

眉,适之说你意志不坚强,所以目前逢着有阻力的环境倒是好的,因为有阻力的环境是激发意志最强的一个力量。假如阻力再不能激发意志时,那事情也就不易了。

这时候各家的看法各各不同,眉你觉出了没有?有绝对怀疑的;

有相对怀疑的;有部分同情的;有完全同情的(那狠少,除是老金);有嫉忌的,有阴谋破坏的(那最危险);有肯积极助成的;有愿消极帮忙的……都有。但是,眉听着,一切都跟着你我自身走;只要你我有意志,有志气,有勇,加在一个真的情爱上,什么事不成功,真的!

有你在我的怀中,虽则不过几秒钟,我的心头便没有忧愁的踪迹;你不在我的当前,我的心就像挂灯似的悬着。

你为什么不抽空给我写一点,不论多少。抱着你的思想与抱着你的温柔的肉体,同样是我这辈子无上的快乐。

往高处走,眉,往高处走!

我不愿意你过分"爱物",不愿意你随便化钱,无形中养成"想什么非要到什么不可"的习惯;我将来决不会怎样赚钱的,即使有机会我也不来,因为我认定奢侈的生活不是高尚的生活。

爱,在俭朴的生活中,是有真生命的,像一朵朝露浸着的小草花;在奢华的生活中,即使有爱,不能纯粹,不能自然,像是热屋子里烘出来的花,一半天就有衰萎的忧愁。

论精神我主张贵族主义;谈物质我主张平民主义。

眉,你闲着时候想一想,你会不会有一天厌弃你的摩。不要怕想,想是领到"通"的路上去的。

受朋友怜惜与照顾也得有个限度,否则就有界限不分明的危险。小的地方要防,正因为小的地方容易忽略。

二十八日

这生活真闷死得人,下午等你消息不来时,我反仆在床上凄凉极了,心跳得飞快,在迷惘中呻吟着"Let me die, let me die, o love!"①

眉,你的舌头上生疱,说话不利便;我的舌头上不生疱,说话一样的不能出口,我只能连声的叫你,眉,眉,你听着了没有?

---

① 引文大意是:"让我死去,让我死去,啊,爱情。"

为谁憔悴,眉,今天有不少人说我。

老太爷防贼有功,应赏反穿黄马褂!

心里只是一束乱麻,叫我如何定心做事。

"南边去防口实",咳眉,这回再要"以不了了之",我真该投身西湖做死鬼去了!

我本想在南行前写完这本日记的,但看情形怕不易了;眉,这本子里不少我的呕心血的话,你要是随便翻过的话,我的心血就白呕了!

二十九日

眉,今天今晚我释然得狠。

三十一日

眉,今晚我只是"爽然"!"如此星辰非昨夜,为谁风露立终宵",多凄凉的情调呀!北海月色荷香,再会了!

织女与牛郎,清浅一水隔,相对两无言,盈盈复盼盼。

请看石上三分月。

九月五日　上海

前几天真不知是怎样过的,眉呀,昨晚到站时"谭"背给我听你的来电,他不懂得末尾那个眉字,瞎猜是密码或是什么,我真忍不住笑了——好久不笑了眉,你的摩!

先生真可人,"一切如意——珍重——眉"多可爱呀,救命王菩萨,我的眉眉!这世界毕竟不是骗人的,我心里又漾着一阵甜味儿,痒齐齐怪难受的,飞一个吻给我至爱的眉,我感谢上苍,真厚待我,眉终究不负我,忍不住又独自笑了。昨夜我睡在蒋家,覆去翻来老想着你,那睡得着,连着蜜甜的叫你喷你亲你,你知道不我的爱?

今天捱过好不容易,直到十一时半你的信才来,阿弥陀佛,我上了天了。我一壁开信就见着你肥肥的字迹我就乐,想躲着看,我妈坐在我对桌,我爸躺在床上同声笑着骂了,"谁来看你信,这鬼鬼祟祟的干么!"我倒怪不好意思的。念你信时我脸上一定狠有表情,一忽儿紧皱着眉头,一忽儿笑逐颜开,妈准递眼风给爸笑话我那!

眉,我真心的小龙,这来才是推开云雾见青天了!我心花怒放就不用提了,眉,我恨不得立刻搂着你,亲你一个气都喘不回来,我的至宝,我的心血,这才是我的好龙儿那!

你那里是披心沥胆,我这里也打开心肠来收受你的至诚——同时我也不敢不感激我们的"红娘",他真是你我的恩人——想想当代的圣人做你我的红娘!你我还不争气一些,还不争气一些!

说也真怪,昨天还是在昏沈地狱里坑着的,这来勇气全回来了。你答应了我的话,你给了我交代,我还不听你话向前做事去,眉,你放心,你的摩也不能不给你一个好"交代"!

今天我对百里全讲了,他明白,他说有办法,可不知什么办法?

真厌死人,娘还得跟了来!我本想到南京去接你的,她若来时连上车站都不便,这多气人。可是我听你话眉,如今完全听你话,你要我怎办就怎办,我完全信托你,我耐着——为你眉。

眉,你几时才能再给我一个甜甜的……我急了!

八日 四时

风波,恶风波。

眉,方才听说你在先施吃冰其林,剪发,我也放心了;昨晚我说——"The absolute way out is the best way out; let he die."①

我意思是要你死;你既不能死,那你就活;现在情形大概你也活得过去,你也不须我的保护;我为你已经在我的灵魂上涂上一大塔的窑煤,我等于说了谎,我想我至少是对得住你的;这也是种气使然,有行动时只是往下爬,永远不能向上争,我只能暂时洒一滴伤心的悲

---

① 引文大意是:最好的出路就是走极端的出路:去死。

泪,拿一块冷笑的毛毡包起我那流鲜血的心,等着再看随后的变化罢。

我此时竟想立刻跑开,远着你们,至少让"你的"几位安安心;我也不写信给你,也没法写信;我也不想报复,虽则你娘的横蛮真叫人发指;我也不要安慰,我自己会骗自己的;罢了,罢了,真罢了。

一切人的生活都是说谎打底的,志摩你这个痴子妄想拿真去代谎,结果你自己轮着双层的大谎,罢了,罢了,真罢了,眉,难着这就是你我的下场头?难道老婆婆的一条命就活活的吓倒了我们,真的蛮横压得倒真情吗?

眉,我现在只想在什么时候再有机会抱着你痛哭一场——我此时忍不住悲泪直流,你是弱者,眉,我更是弱者的弱者,我还有什么面目见朋友去,还有什么心肠做事情去——罢了,罢了,真罢了!

眉,留着你半夜惊醒时一颗凄凉的眼泪给我吧,你不幸的爱人!

眉,你镜子里照照,你眼珠里有我的泪水没有?唉,再见吧!

九日

今晚许见着你,眉,叫我怎样好?郭虞裳说我非但近痴,简直已经痴了。方才爸爸进来问我写什么,我说日记,他要看前面题字,没法给他看了,他指了指"眉"字,笑了笑,用手打了我一下。爸爸真通人情,前夜我没回家他急得什么似的一晚没睡,他说替我"捏着一大把汗",后来问我怎样,我说没事,他说"你额角上亮着那!"他又对我说"像你这样年纪,身边女人是应得有一个的,但可不能胡闹,以后,有夫之妇总以少接近为是。"我当然不能对他细讲,点点头算数。

昨晚我叫梦象缠得真苦,眉,你真害苦了我,叫我怎生才是?我真想与你与你们一家形迹上完全绝交,能躲避处躲避,免了见面时也只随便敷衍。我恨你的娘刺骨,要不为你我爱,我要叫她认识我的厉害!等着吧,总有一天报复的!

我见人都觉着尴尬,瞭解的朋友又少,真苦死。前天我急极时忽然想起了庐隐,她多少是个有侠气的女子,她或能帮忙,比如代通信息。但我现在简直连信都不想给你通了。我这里还记着日记,你那里恐怕连想我都没有时候了,咳,我一想起你那专暴淫蛮的娘!

> 我来扬子江买一把莲蓬:
> 手剥一层层的莲衣,
> 看江鸥在眼前飞,
> 忍含着一眼悲泪,——
> 我想着你,我想着你,阿小龙!
>
> 我尝一尝莲瓢,回味曾经的温存——
> 那阶前不卷的重帘,
> 掩护着销魂的欢恋,
> 我又听着你的盟言:
> "永远是你的,我的身体,我的灵魂。"
>
> 我尝一尝莲心,我的心比莲心苦——
> 我长夜里怔忡,
> 挣不开的恶梦;
> 谁知我的苦痛?——
> 你害了我,爱,这日子叫我如何过?
>
> 但我不能说你负,更不能猜你变;
> 我心头只是一片柔,
> 你是我的!我依旧
> 将你紧紧的抱搂;——
> 除非是天翻——但我不能想像那一天!
>
> 九月四日　沪宁道上

九月十日

"受罪受大了!"受罪受大了,我也这么说。眉呀,昨晚席间我浑身的肉都颤动了,差一点不曾爆裂。说也怪,我本不想与你说话的,但等到你对我开口时,我闷在心里的话一句都说不上来,我睁着眼看你来,睁着眼看你去,谁知道你我的心!

有一点我却不甚懂。照这情形绝望是定的了,但你的口气却还不是那样子,难道你另外又想出了路子来,我真想不出。

适之、歆海见了我的报告不知作何感想,咳!

方才写了封信给歆海,替她传了话,且看这段绿是什么一回事,有一句话我方才忘了告他,我对瑛说 A·A 也是怪可怜的,他这辈子……瑛接着说:"你就不可怜我吗?"不知道海爱不爱听那句话,我想他不能不爱,话样儿说得就好。

十一日

眉,你到底是什么会事?你眼看着我泪晶晶的说话的时候,我似乎懂得你,但转瞬间又模糊了;不说别的,就这现亏我就吃定的了,"总有一天报答你"——那一天不是今天,更有那一天?我心只是放不下,我明天还得对你说话。

事态的变化真是不可逆料,难道真有命的不成? 昨晚在 M 外院微光中,你铄亮的眼对着我,你温热的身子亲着我,你说"除非立刻跑",那话就像电火似的照亮了我的心,那一刹那间,我乐极了,什么都忘了。因为昨天下午你在慕尔鸣路上那神态真叫我有些诧异,你一边咬得那样定,你心里究竟是什么一回事呢? 所以我忍不住(怕你真又糊涂了)写了封信给 F,亲自跑去送信,本不想见你的。F 昨晚态度倒不错,承他的情,我又占了你至少五分钟。但我昨晚一晚只睡不着,就惦着怎样"跑"。我想起大连,想叫适之下来帮着我们一点,这样那样尽想,连我们在大连租的房子,相互的生活,都一一影片似的翻上心来。今天我一早出门还以为有几分希冀,这冒险的意思把我的心搔得直发痒。可万想不到说谎时是这般田地,说了真话还是这般田地,真是麻维勒斯了!这下F可露透,他真是乏,他真甘心情愿,做开眼的第八,舍不得抛你走,够了。

我心里只是一团迷,我爸我娘直替我着急,悲观得凶,可我又有什么办法?咳眉你不能成心的害我毁我;你今天还说你永远是我的,又偷给我两个吻,在F的鼻子底下,我没法不信你,况且你又有那封真挚的信,我怎能不怜着你一点。这生活真是太蹊跷了!

十三日

适之昨晚来信,满是慰我的好意,我不能不听他的话,他懂得比我多,看得比我透,我真想暂时收拾起我的私情,做些正经事业,也叫爱我如适之的宽宽心。咳,我真是太对不起人了。

眉,一见你一口气就哽住了我的咽喉,什么话都说不出来了。他昨晚的态度真怪,(唐瑛吓坏了,祖法取笑她,说她想到自己身上去了;)许有什么花样,他临上马车过来与我握手的神情也顶怪的。我站着看你,心里难受就不用提了。你到底是谁的?昨晚本想与你最后说几句话,结果还是一句话都说不成,只是加添了愤懑。咳,你的思想真混,眉,我不能不说你。你画那蜘蛛网是什么存心,难怪适之见了不高兴,我也不高兴!

这来我几时再见你眉?看你吧。我不放心的就是你许有澈悟的时候,真要我的时候,我又不在你的身旁,那便怎办?

西湖上见得着我的眉吗?

我本来站在一个光亮的地位,你拿一个黑影子丢上我的身来,我没法摆脱……

The sufferer has no right to pessimism. ①

---

① 大意是:痛苦的人没有权利悲观。

这话里有电！有震醒力！

十日在栈里做一首诗：

> 今晚天上有半轮的下弦月；
> 　　我想携着她的手，
> 　　往明月多处走——
> 一样是清光,我想,圆满或残缺。

> 庭前有一树开剩的玉兰花；
> 　　她有的是爱花癖，
> 　　我无心看她的怜惜——
> 一样是芬芳,她说,满花与残花。

> 浓阴里有一只过时的夜莺；
> 　　她受了秋凉，
> 　　不如从前浏亮——
> 快死了,她说,但我不悔我的痴情！

> 但这莺,这一树残花,这半轮月——
> 　　我独自沈吟，
> 　　对着我的身影——
> 她在那里呀,为什么伤悲,凋谢残缺？

十六日

你今晚终究来不来？你不来时我明天走怕不得相见了；你来了又待怎样？我现在至多的想望是与你临行一诀，但看来百分里没一分机会！你娘不来时许还有法想；她若来时什么都完了。想着真叫人气；但转想即使见面又待怎生,你还是在无情的石壁里嵌着,我没法挖你出来,多见只多尝锐利的痛苦,虽则我不怕痛苦。眉,我这来完全变了个"宿命论者",我信人事会合有命有缘,绝对不容什么自由与意志;我现在只妄想你常说那句话早些应验——"我总有一天报答你"。是的我也信,前世不论,今生是你欠我债的;你受了我的礼还不曾回答;你的盟言——"完全是你的,我的身体,我的灵魂"——还不曾实践,眉,你决不能随便堕落了,你不能负我,你的唯一的摩!我固然这辈子除了你没有受过女人的爱,同时我自信你也该觉着我给你的爱也不是寻常的。眉,真的到几时才能清帐,我不是急,你要我耐我不是不能耐,但怕的是华年不驻,热情难再,到那天彼此都离朽木不远的时候再交抱,岂不是"何苦"?

我怕我的话说不到你耳边,我不知你不见我时心里想的是什么,我不能自由见你,更不能勉强你想我;但你真的能忘我吗,真的能忍心随我去休吗?眉,我真不信为什么我的运蹇如此!

我的心想不论望那一方向走,碰着的总是你,我的甜;你呢?

在家里伴娘睡两晚,可怜,只是在梦阵里颠倒,连白天都是怔怔的。昨天上车时,怕你在车上,初到打电时怕你已到,到春润庐时怕你就到——这心头的回折,这无端的狂跳,有谁知道?

方才送花去,踌躇了半晌,不忍不送,却没有附信去,我想你够懂得。

昨天在楼外楼上微醺时那凄凉况味,眉呀,你何苦爱我来!

方才在烟霞洞与复三闲谭,他说今天红蓼红蕉都死了,紫薇也叫虫咬了,我听了又有怅触,随诌四句——

  红蕉烂死紫薇病,
  秋雨横斜秋风紧。
  山前山后乱鸣泉,
  有人独立怅空溟。

十七日

爸今天一定狠怪我,早上没有同去,他已是不愿意,下午又没有回,他准皱眉!但他也一定有数,我为什么耽着;眉,我的眉,为你,不为你更为谁!可怜我今天去车站盼望你来,又不敢露面,心里双层的难受,结果还是白候。这时候有九时半了,王福没电话来,大约又没有到,也许不叫打,我几次三番想写给你可又没法传递,咳,真苦极了,现在我立定主意走了,不管了,以后就看你了眉呀!想不到这爱眉小札,欢欢喜喜开篇,会有这样惨凄的结束,这一段公案到那一天才判得清?我成天思前想后的,神思越来越恍惚了,再不赶快找适之寻安慰去,我真该疯了。眉,我有些怨你;不怨你别的,怨你在京那一个月,多难得的日子,没多给我一点平安。你想想北海那晚上!眉,要不是你后来那封信,我真该疑你了。

今天我又发傻,独自去灵隐,直挺挺的躺在壑雷亭下那石条磴上寻梦。我故意把你那小红绢盖在脸上,妄想倩女离魂,把你变到壑雷亭下来会我!眉你究竟怎样了,我那里舍得下你,我这里还可以现在似的自由的写日记,你那里怕连"出神"的机会都没,一个野蛮娘,一个满旷丈夫,手挽手的给你造上一座打不破的牢墙,想着怎不叫人悲愤!你说"Some day God will pity us";but will there be such a day?①

昨晚把娘给我那玻璃翠戒指落了,真吓得我!恭喜没有掉了;我盼望有一天把小龙也检了回来,那才真该恭喜那!

昏昏的度日,诗意尽有,写可写不成,方才凑成了四节。

> 昨天我冒着大雨去烟霞岭下访桂;
> 　　南高峰在烟霞中不见;
> 　　在一家松茅铺的屋沿前

---

① 大意为:"总有一天上帝会怜悯我们";可是会有这样的一天吗?

　　　　我停步,问一个村姑今年
　　翁家山的丹桂有没有去年时的媚。

　　那村姑先对着我身上细细的端详
　　　　"活像个羽毛浸瘪了的鸟",
　　　　我心里想,她一定觉得蹊跷,
　　　　在这大雨天单身走远道,
　　倒来没来头的问桂花今年香不香!

　　"客人,你运气不好,来得太迟又太早;
　　　　这里就是有名的满菊隆①,
　　　　往年这时候到处香得凶,
　　　　这几天连绵的雨,外加风,
　　弄得这希糟,今年的早桂就算完了。"

　　果然这桂子林也不能给我欢喜:
　　　　枝上只见焦烂的细蕊,
　　　　看着凄惨,咳,无妄的灾,
　　　　我心想,为什么到处憔悴?——
　　这年头活着不易,这年头活着不易!

又凑成了一首——

　　再不见雷峰,雷峰坍成了一座大荒冢,
　　　　顶上有不少交抱的青葱;
　　　　顶上有不少交抱的青葱,

---

① 满菊隆,据诗《这年头活着不易》似应为满家弄。

再不见雷峰,雷峰坍成了一座大荒冢。

发什么感慨,对着这光阴应分的摧残?
　　世上多的是不应分的变态;
　　世上多的是不应分的变态,
发什么感慨,对着这光阴应分的摧残?

发什么感慨,这塔是镇压,这坟是掩埋——
　　镇压还不如掩埋来的得痛快;
　　镇压还不如掩埋来的得痛快,
发什么感慨,这塔是镇压,这坟是掩埋!

再没有雷峰,雷峰从此掩埋在人的记忆中,
　　像曾经的梦境,曾经的爱宠;
　　像曾经的梦境,曾经的爱宠,
再没有雷峰,雷峰从此掩埋在人的记忆中!

这首我看还过得去,通篇还有连贯的地方。

志摩书信[①]

一九二五年三月三日

小曼：

这实在是太惨了，怎叫我爱你的不难受？假如你这番深沈的冤曲有人写成了小说故事，一定可使千百个同情的读者滴泪，何况今天我处在这最尴尬最难堪的地位，怎禁得不咬牙切齿的恨，肝肠迸裂的痛心呢？真的太惨了，我的乖，你前生作的是什么孽，今生要你来受这样惨酷的报应？无端折断一枝花，尚且是残忍的行为，何况这生生的糟蹋一个最美最纯洁最可爱的灵魂。真是太难了，你的四围全是铜墙铁壁，你便有翅膀也难飞，咳，眼看着一只洁白美丽的稚羊让那满面横肉的屠夫擎着利刀向着她刀刀见血的踩躏谋杀——旁边站着不少的看客，那羊主人也许在内，不但不动怜惜，反而称赞屠夫的手段，好像他们都挂着馋涎想分尝美味的羊羔那！咳，这简直的不能想，实有的与想像的悲惨的故事我亦闻见过不少，但我爱，你现在所身受的却是谁都不曾想到过，更有谁有胆量来写？我倒劝你早些看哈代那本 Jude the Obscure 吧，那书里的女子 Sue 你一定狠可同情她，哈代写的结果叫人不忍卒读，但你得明白作者的意思，将来有机会我对你细讲。

[①] 一九二六年八月至一九二七年四月写。

咳,我真不知道你申冤的日子在那一天!实在是没有一个人能明白你,不明白也算了,一班人还来绝对的冤你,阿呸,狗屁的礼教,狗屁的家庭,狗屁的社会,去你们的,青天里白白的出太阳,这群人血管的水全是冰凉的!我现在可以放怀的对你说,我腔子里一天还有热血,你就一天有我的同情与帮助;我大胆的承受你的爱,珍重你的爱,永保你的爱,我如其凭爱的恩惠还能从我性灵里放射出一丝一缕的光亮,这光亮全是你的,你尽量用吧!假如你能在我的人格思想里发见有些须的滋养与温暖,这也全是你的,你尽量使吧!最初我听见人家诬蔑你的时候,我就热烈的对他们宣言,我说你们听着,先前我不认识她,我没有权利替她说话,现在我认识了她,我绝对的替她辩护,我敢说如其女人的心曾经有过纯洁的,她的就是一个。(Her heart is as pure and unsoiled as any women's heart can be; and her soul as noble. ①)现在更进一层了,你听着这分别,先前我自己仿佛站得高些,我的眼是往下望的,那时我怜你惜你疼你的感情是斜着下来到你身上的,渐渐的我觉得我的看法不对,我不应得站得比你高些,我只能平看着你。我站在你的正对面,我的泪丝的光芒与你的泪丝的光芒针对的交换着,你的灵性渐渐的化入了我的,我也与你一样觉悟了一个新来的影响,在我的人格中四布的贯彻;——现在我连平视都不敢了,我从你的苦恼与悲惨的情感里憬悟了你的高洁的灵魂的真际,这是上帝神光的反映,我自己不由的低降了下去,现在我只能仰着头献给你我有限的真情与真爱,声明我的惊讶与赞美。不错,勇敢,胆量,怕什么?前途当然是有光亮的,没有也得叫他有。一个灵魂有时可以到最黑暗的地狱里去游行,但一点神灵的光亮却永远在灵魂本身的中心点着——况且你不是确信你已经找着了你的真归宿,真想望,实现了你的梦?来,让这伟大的灵魂的结合毁灭一切的阻碍,创造一切的价值,往前走吧,再也不必迟疑!

---

① 大意是:她的心同其他女人的心一样纯洁,她的灵魂也同其他女人一样高尚。

你要告诉我什么,尽量的告诉我,像一条河流似的尽量把他的积聚交给无边的大海,像一朵高爽的葵花,对着和暖的阳光一瓣瓣的展露她的秘密。你要我的安慰,你当然有我的安慰,只要我有我能给;你要什么有什么,我只要你做到你自己说的一句话——"Fight On"——即使运命叫你在得到最后胜利之前碰着了不可躲避的死,我的爱,那时你就死,因为死就是成功,就是胜利。一切有我在,一切有爱在。同时你努力的方向得自己认清,再不容丝毫的含糊,让步牺牲是有的,但什么事都有个限度,有个止境;你这样一朵希有的奇葩,决不是为一对不明白的父母,一个不了解的丈夫牺牲来的。你对上帝负有责任,你对自己负有责任,尤其你对于你新发见的爱负有责任,你已往的牺牲已经足够,你再不能轻易糟蹋一分半分的黄金光阴。人间的关系是相对的,应职也有个道理,灵魂是要救度的,肉体也不能永远让人家侮辱蹂躏,因为就是肉体也是含有灵性的。

总之一句话:时候已经到了,你得 Assert your own personality①。你的心肠太软,这是你一辈子吃亏的原因,但以后可再不能过分的含糊了,因为灵与肉实在是不能绝对分家的,要不然 Nora 何必一定得抛弃她的家,永别她的儿女,重新投入渺茫的世界里去?她为的就是她自己人格与性灵的尊严,侮辱与蹂躏是不应得容许的。且不忙慢慢的来,不必悲观,不必厌世,只要你抱定主意往前走,决不会走过头,前面有人等着你。

以后的信,你得好好的收藏起来,将来或许有用,在你申冤出气时的将来,但暂时决不可泄漏,切切!

摩　一九二五年三月三日

---

① 维护自己的人格。

一九二五年三月四日

小龙：

你知道我这次想出去也不是十二分心愿的，假定老翁的信早六个星期来时，我一定绝无顾恋的想法走了完事；但我的胸坎间不幸也有一个心，这个脆弱的心又不幸容易受伤，这回的伤不瞒你说又是受定的了，所以我即使走也不免咬一咬牙齿忍着些心痛的。这还是关于我自己的话；你一方面我委实有些不放心，不是别的，单怕你有限的勇气敌不过环境的压迫力，结果你竟许多少不免明知故犯，该走一百里路也只能走满三四十里，这是可虑的。

龙呀：你不知道我怎样深刻的期望你勇猛的上进，怎样的相信你确有能力发展潜在的天赋，怎样的私下祷祝有那一天叫这浅薄的恶俗的势利的"一般人"开着眼惊讶，闭着眼惭愧——等到那一天实现时，那不仅是你的胜利也是我的荣耀哩！聪明的小曼：千万争这口气才是！我常在身旁自然多少于你有些帮助，但暂时分别也有绝大的好处，我人去了，我的思想还是在着，只要你能容受我的思想。我这回去是补足我自己的教育，我一定加倍的努力吸收可能的滋养，我可以答应你我决不枉费我的光阴与金钱，同时我当然也期望你加倍的勤奋，认清应走的方向，做一番认真的工夫试试，我们总要隔了半年再见时彼此无愧才好。你的情形固然不同，但你如其真有深澈的觉悟时，你的生活习惯自然会得改变的，我信F也能多少帮助你。

我并不愿意做你的专制皇帝，落后叫你害怕讨厌，但我真想相当的笃饬着你，如其你过分顽皮时，我是要打的吓！有一件事不知你能否做到，如能到是件有益而且有趣的事，我想要你写信给我，不是平常的写法，我要你当作日记写，不仅记你的起居等等，并且记你的思想情感——能寄给我当然最好，就是不寄也好，留着等我回来时一总看，先生再批分数，你如其能做到这点意思，那我就高兴而且放心了。

同时我当然有信给你,不能怎样的密,因为我在旅行时怕不能多写,但我答应选我一路感到的一部分真纯思想给你,总叫你得到了我的消息,至少暂时可以不感觉寂寞,好不好,曼?关于游历方面,我已经答应做《现代评论》的特约通讯员,大概我人到眼到的事物多少总有报告,使我这里的朋友都能分沾我经验的利益。

顶要紧是你得拉紧你自己,别让不健康的引诱摇动你,别让消极的意念过分压迫你,你要知道我们一辈子果然能真相知真了解,我们的牺牲,苦恼与努力,也就不算是枉费的了。

摩　三月四日

一九二五年三月十日早

龙龙:

我的肝肠寸寸的断了,今晚再不好好的给你一封信,再不把我的心给你看,我就不配爱你,就不配受你的爱。我的小龙呀,这实在是太难受了,我现在不愿别的,只愿我伴着你一同吃苦——你方才心头一阵阵的作痛,我在旁边只是咬紧牙关闭着眼替你熬着,龙呀,让你血液里的讨命鬼来找着我吧,叫我眼看你这样生生的受罪,我什么意念都变了灰了!你吃现鲜鲜的苦是真的,叫我怨谁去?

离别当然是你今晚纵酒的大原因,我先前只怪我自己不留意,害你吃成这样,但转想你的苦,分明不全是酒醉的苦,假如今晚你不喝酒,我到了相当的时刻得硬着头皮对你说再会,那时你就会舒服了吗?再回头受逼迫的时候,就会比醉酒的病苦强吗?咳,你自己说的对,顶好是醉死了完事,不死也得醉,醉了多少可以自由发泄,不比死闷在心窝里好吗?所以我一想到你横竖是吃苦,我的心就硬了。我只恨你不该留这许多人一起喝,人一多就糟;要是单是你与我对喝,那时要醉就同醉,要死也死在一起,醉也是一体,死也是一体,要哭让眼泪和成一起,要心跳让你我的胸膛贴紧在一起,这不是在极苦里实现了我们想望的极乐,从醉的大门走进了大解脱的境界,只要我们灵魂合成了一体,这不就满足了我们最高的想望吗?

阿我的龙,这时候你睡熟了没有?你的呼吸调匀了没有?你的灵魂暂时平安了没有?你知不知道你的爱正在含着两眼热泪在这深夜里和你说话,想你、疼你、安慰你、爱你?我好恨呀,这一层的隔膜,真的全是隔膜,这仿佛是你淹在水里挣扎着要命,他们却掷下瓦片石块来算是救渡你,我好恨呀!这酒的力量还不够大,方才我站在旁边我是完全准备了的,我知道我的龙儿的心坎儿只嚷着"我冷呀,我要他的热胸膛偎着我,我痛呀,我要我的他搂着我,我倦呀,我要在他的手臂内得到我最想望的安息与舒服!"——但是实际上我只能在旁边站着看,我稍微的一帮助就受人干涉,意思说"不劳费心,这不关你的事,请你早去休息吧,她不用你管!"哼,你不用我管!我这难受,你大约也有些觉着吧!

方才你接连了叫着,"我不是醉,我只是难受,只是心里苦。"你那话一声声像是钢铁锥子刺着我的心:愤、慨、恨、急的各种情绪就像潮水似的涌上了胸头;那时我就觉得什么都不怕,勇气像天一般的高,只要你一句话出口什么事我都干!为你,我抛弃了一切只是本分;为你,我还顾得什么性命与名誉?——真的,假如你方才说出了一半句着边际着颜色的话,此刻你我的命运早已变定了方向都难说哩!

你多美呀,我醉后的小龙,你那惨白的颜色与静定的眉目,使我想像起你最后解脱时的形容,使我觉着一种逼迫赞美崇拜的激震,使我觉着一种美满的和谐——龙,我的至爱,将来你永诀尘俗的俄顷,不能没有我在你的最近的边旁,你最后的呼吸一定得明白报告这世间你的心是谁的,你的爱是谁的,你的灵魂是谁的!龙呀,你应当知道我是怎样的爱你,你占有我的爱,我的灵,我的肉,我的"整个儿"永远在我爱的身旁旋转着,永久的缠绕着,真的龙龙,你已经激动了我的痴情。我说出来你不要怕,我有时真想拉你一同情死去,去到绝对的死的寂灭里去实现完全的爱,去到普遍的黑暗里去寻求唯一的光明——咳,今晚要是你有一杯毒药在近旁,此时你我竟许早已在极乐世界了。说也怪,我真的不沾恋这形式的生命,我只求一个同伴,有了同伴我就情愿欣欣的瞑目;龙龙,你不是已经答应做我永久的同伴了吗?我再不能放松你,我的心肝,你是我的,你是我这一辈子唯一的成就,你是我的生命,我的诗;你完全是我的,一个个细胞都是我的——你要说半个不字叫天雷打死我完事。

我在十几个钟头内就要走了,丢开你走了,你怨我忍心不是?我也自认我这回不得不硬一硬心肠,你也明白我这回去是我精神的与知识的"散拿吐瑾",我受益就是你受益。我此去得加倍的用心,你在这时期内也得加倍的奋斗,我信你的勇气,这回就是你试验,实证你勇气的机会。我人虽走,我的心不离开你,要知道在我与你的中间有的是无形的精神线,彼此的悲欢喜怒此后是会相通的,你信不信?(身无彩凤双飞翼,心有灵犀一点通。)我再也不必嘱咐,你已经有了努力的方向,我预知你一定成功,你这回冲锋上去,死了也是成功!有我在这里,阿龙,放大胆子,上前去吧,彼此不要辜负了,再会!

摩 三月十日早三时

我不愿意替你规定生活,但我要你注意缰子一次拉紧了是松不得的,你得咬紧牙齿暂时对一切的游戏娱乐应酬说一声再会,你甘脆的得谢绝一切的朋友。你得彻底的刻苦,你不能纵容你的 Whims①,再不能管闲事,管闲事空惹一身骚;也再不能发脾气。记住,只要你耐得住半年,只要你决意等我,回来时一定使你满意欢喜,这都是可能的;天下没有不可能的事——只要你有信心,有勇气,腔子里有热血,灵魂里有真爱。龙呀!我的孤注就押在你的身上了!

---

① Whims:冲动,怪念头。

再如失望,我的生机也该灭绝了,

最后一句话:只有S是唯一有益的真朋友。

三月十日早

一九二五年三月十日晚

方才无数美丽的雅致的信笺都叫你们抢了去,害我一片纸都找不着,此刻过西北时写一个字条给丁在君是撕下一张报纸角来写的,你看这多窘;幸亏这位先生是丁老夫子的同事,说来也是熟人,承他作成,翻了满箱子替我寻出这几张纸来,要不然我到奉天前只好搁笔,笔倒有,左边小口袋内就是一排三支。

方才那百子放得恼人,害得我这铁心汉也觉着有些心酸,你们送客的有掉眼泪的没有?(阿阿臭美!)小曼,我只见你双手掩着耳朵,满面的惊慌,惊了就不悲,所以我推想你也没掉眼泪。但在满月夜分别,咳!我孤孤单单的一挥手,你们全站着看我走,也不伸手来拉一拉,样儿也不装装,真可气。我想送我的里面,至少有一半是巴不得我走的,还有一半是"你走也好,走吧。"车出了站,我独自的晃着脑袋,看天看夜,稍微有些难受,小停也就好了。

我倒想起去年五月间那晚我离京向西时的情景:那时更凄怆些,简直的悲,我站在车尾巴上,大半个黄澄澄的月亮在东南角上升起,车轮阁的阁的响着,W还大声的叫"徐志摩哭了"(不确);但我那时虽则不曾失声,眼泪可是有的。怪不得我,你知道我那时怎样的心理,仿佛一个在俄国吃了大败仗往后退的拿破仑,天茫茫,地茫茫,心更茫茫,叫我不掉眼泪怎么着?但今夜可不同,上次是向西,向西是追落日,你碰破了脑袋都追不着,今晚是向东,向东是迎朝日,只要你认定方向,伸着手膀迎上去,迟早一轮旭红的朝日会得涌入你的怀中的。这一有希望,心头就痛快,暂时的小悱恻也就上口有味,半酸不甜的,生滋滋的像是龈大鲜果,有味!

娘那里真得替我磕脑袋道歉,我不但存心去恭恭敬敬的辞行,我还预备了一番话要对她说那,谁知道下午六神无主的把她忘了,难怪令尊大人相信我是荒唐,这还不够荒唐吗?你替我告罪去,我真不应该,你有什么神通,小曼,可以替我"包荒"?

天津已经过了,(以上是昨晚写的,写至此,倦不可支,闭目就睡,睡醒便坐着发呆的想,再隔一两点钟就过奉天了。)韩所长现在车上,真巧,这一路有他同行,不怕了。方才我想打电话,我的确打了,你没有接着吗?往窗外望,左边黄澄澄的土直到天边,右边黄澄澄的地直到天边;这半天,天色也不清明,叫人看着生闷。方才遥望锦州城那座塔,有些像西湖上那座雷峰,像那倒坍了的雷峰,这又增添了我无限的惆怅。但我这独自的吁嗟,有谁听着来?

你今天上我的屋子里去过没有?希望沈先生已经把我的东西收拾起来,一切零星小件可以塞在那两个手提箱里,没有钥匙,贴上张封条也好,存在社里楼上我想够妥当了。还有我的书顶好也想法子点一点。你知道我怎样的爱书,我最恨叫人随便拖散,除了一两个我准许随便拿的(你自己一个)之外,一概不许借出,这你得告诉沈先生。至少得过一个多月才能盼望看你的信,这还不是刑罚!你快写了寄吧,别忘 Via Siberia,[①]要不是一信就得走两个月。

志摩星二奉天

一九二五年三月十二日

叫我写什么呢?咳!今天一早到哈,上半天忙着换钱,一个人坐着吃过两块糖,口里怪腻烦的,心里——不狠好过。国境不曾出,已

---

① Via Siberiha:经西伯利亚。

经是举目无亲的了,再下去益发凄惨,赶快写信吧,干闷着也不是道理。但是写什么呢?写感情是写不完的还是写事情的好。

日记大纲:

星一　松树胡同七号分脏,车站送行百子响,小曼掩耳朵。

星二　睡至十二时正,饭车里碰见老韩,夜十二时到奉天,住日本旅馆。

星三　早上大雪缤纷,独坐洋车进城闲逛,三时与韩同行去长春。车上赌纸牌,输钱,头痛。看两边雪景,一轮日。夜十时换俄国车吃美味柠檬茶。睡着小凉,出涕。

星四　早到哈,韩侍从甚盛。去懋业银行,与犹太鬼换钱买糖,吃饭,写信。

韩事未了,须迟一星期。我先走,今晚独去满洲里,后日即入西伯利亚了。这次是命定不得同伴,也好,可以省唾液,少谈天,多想,多写,多读。真倦,才在沙发上入梦,白天又沈西,距车行还有六个钟头,叫我干什么去?

说话一不通,原来机灵人,也变成了木松松。我本来就不灵机,这来去俄国真像呆徒了。今早撞进一家糖果铺去,一位卖糖的姑娘黄头发白围裙,来得标致;我晓风里进来,本有些冻嘴,见了她爽性愣住了,愣了半天,不得要领,她都笑了。

不长胡子真吃亏,问我那儿来的,我说北京大学,谁都拿我当学生看。今天早上在一家钱铺子里一群犹太人,围着我问话,当然只当我是个小孩,后来一见我护照上填着"大学教授",他们一齐吃惊,改容相待,你说不有趣吗?我爱这儿尖屁股的小马车,顶好要一个戴大皮帽的大俄鬼子赶,这满街乱跳,什么时候都可以翻车,看了真有意思,坐着更好玩。中午我闯进一家俄国饭店去,一大群涂脂抹粉的俄国女人全抬起头看我,吓得我直往外退出门逃走了。我从来不看女人的鞋帽,今天居然看了半天,有一顶红的真俏皮。寻书铺,不得。我只好寄一本糖书去,糖可真坏,留着那本书吧。这信迟四天可以到京,此后就远了,好好的自己保重吧,小曼,我的心神摇摇的仿佛不曾离京,今晚可以见你们似的,再会吧!

摩　三月十二日

一九二五年三月十四日

小曼:

　　昨夜过满洲里,有冯定一招呼,他也认识你的。难关总算过了,但一路来还是小心翼翼的只怕"红先生"们打进门来麻烦,多谢天,到现在为止,一切平安顺利。今天下午三时到赤塔,也有朋友来招呼,这国际通车真不坏,我运气格外好,独自一间大屋子,舒服极了。我闭着眼想,假如我有一天与"她"度蜜月,就这西伯利亚也不坏;天冷算什么?心窝里热就够了!路上饮食可有些麻烦,昨夜到今天下午简直没东西吃,我这茶桶没有茶灌顶难过,昨夜真饿,翻箱子也翻不出吃的来,就只陈博生送我的那罐福建肉松伺候着我,但那干束束的,也没法子吃。想起倒有些怨你青果也不曾给我买几个;上床睡时没得睡衣换,又得怨你,那几天你出了神,一点也不中用了。但是我决不怪你,你知道,我随便这么说就是了。

　　同车有一个意大利人极有趣,狠谈得上。他的胡子比你头发多得多,他吃烟的时候我老怕他着火;德国人有好几个,蠢的多;中国人有两个学生,不相干。英美法人一个都没有。再过六天,就到莫斯科,我还想到彼得堡去玩哪!这回真可惜了,早知道西伯利亚这样容易走,我理清一个提包,把小曼装在里面带走不好吗?不说笑话,我走了以后你这几天的生活怎样的过法?我时刻都惦记着你,你赶快写信寄英国吧,要是我人到英国没有你的信,那我可真要怨了。你几时搬回家去,既然决定搬,早搬为是,房子收拾整齐些,好定心读书做事。这几天身体怎样?散拿吐瑾一定得不间断的吃,记着我的话!

心跳还来否？什么细小事情都愿意你告诉我，能定心的写几篇小说，不管好坏，我一定有奖。你见着的是那几个人，戏看否？早上什么时候起来，都得告诉我。我想给《晨报》写通信，老是提心不起，火车里写东西真不容易，家信也懒得写，可否恳你的情，常常为我转告我的客中情形，写信寄浙江硖石徐申如先生。说起我临行忘了一本金冬心梅花册，他的梅花真美，不信我画几朵你看。

摩　三月十四日

一九二五年三月十八日

小曼：

好几天没信寄你，但我这几天真是想家的厉害。每晚（白天也是的）一闭上眼就回北京，什么奇怪的花样都会在梦里变出来。曼，这西伯利亚的充军，真有些儿苦，我又晕车，看书不舒服，写东西更烦，车上空气又坏，东西也难吃，这真是何苦来。同车的人不是带着家眷便是回家去的，他们在车上多过一天便离家近一天，就只我这傻瓜甘心抛去暖和热闹的北京，到这荒凉境界里来叫苦！

再隔一个星期到柏林，又得对付张幼仪了，我口虽硬，心头可是不免发腻。小曼你懂得不是？这一来柏林又变了一个无趣味的难关，所以总要到意大利等着老头以后，我才能鼓起游兴来玩；但这单身的玩，兴趣终是有限的，我要是一年前出来，我的心里就不同，那时倒是破釜沉舟的决绝，不比这一次身心两处，梦魂都不得安稳。

但是曼，你们放心，我决不颓丧，更不追悔，这次欧游的教育是不可少的，稍微吃点子苦算什么，那还不是应该的。你知道我并没有多么不可动摇的大天才。我这两年的文字生活差不多是逼出来的，要不是私下里吃苦，命途上颠仆，谁知道我灵魂里有没有音乐？安乐是害人的，像我最近在北京的生活是不可以为常的，假如我新月社的生活继续下去,要不了两年,徐志摩不堕落也堕落了,我的笔尖上再也没有光芒,我的心上再没有新鲜的跳动,那我就完了——"泯然众人矣"!到那时候我一定自惭形秽,再也不敢谬托谁的知己,竟许在政治场中鬼混,涂上满面的窑煤——咳,那才叫做出丑哩!要知道堕落也得有天才,许多人连堕落都不够资格。我自信我够,所以更危险。因此我力自振拔,这回出来清一清头脑,补足了我的教育再说——爱我的,期望我成才的,都好像是我的恩主,又像债主,我真的又感激又怕他们!小曼,你也得尽你的力量帮助我望清明的天空上腾,谨防我一滑足陷入泥深潭,从此不得救度。小曼,你知道我绝对不慕荣华,不羡名利——我只求对得起我自己。

将来我回国后的生活,的确是问题,照我自己理想,简直想丢开北京,你不知道我多么爱山林的清静。前年我在家乡山中,去年在庐山时,我的性灵是天天新鲜天天活动的。创作是一种无上的快乐,何况这自然而然像山溪似的流着——我只要一天出产一首短诗,我就满意。所以我狠想望欧洲回去后到西湖山里(离家近些)去住几时。但须有一个条件,至少得有一个人陪着我。前年胡适在烟霞洞养病,有他的表妹与他作伴,我说他们是神仙似的生活;我当时很羡慕他们。这种的生活——在山林清幽处与一如意友人共处——是我理想的幸福,也是培养,保全一个诗人性灵的必要生活。你说是否,小曼?

朋友像子美他们,固然他们也很爱我器重我,但他们却不了解我——他们期望我做一点事业,譬如要我办报等等,但他们那能知道我灵魂的想望?我真的志愿,他们永远端详不到的。男朋友里真期望我的,怕只有张彭春一个,女友里叔华是我一个同志。但我现在只想望"她"能做我的伴侣,给我安慰,给我快乐,除了"她"这茫茫大地上叫我更问谁要去?

这类话暂且不提,我来讲些车上的情形给你听听——我上一封信上不是说在这国际车上我独占一大间卧室舒服极了不是?好,乐极生悲,昨晚就来了报应!昨夜到一个大站,那地名不知有多长,我怎样也念不上来。未到以前就有人来警告我说前站有两个客人上前，你的独占得满期了。我就起了恐慌，去问那和善的老车役，他张着口对我笑笑说，"不错，有两个客人要到你房里，而且是两位老太太！"（此地是男女同房的，不管是谁！）我说你不要开玩笑，他说"那你看着，要是老太太还算是你的幸气，在这样荒凉的地方，那里有好客人来。"过了一程，车到了站。我下去散步回来，果然，房间里有了新来的行李，一只帆布提箱，两个铺盖，一只篾篮装食物的，我看这情形不对，就问间壁房里人来了些什么客人，间壁住了一位肥美的德国太太，回答我"来人不是好对付的，先生这回怕要受苦了！"不像是好对付的，唉，来了，两位，一矮，一高，矮的青脸，高的黑脸。青的穿黑，黑的穿青，一个像老母鸭，一个像猫头鹰，衣襟上都带着列宁小照的御章，分明是红党里的将军！

我马上陪笑脸，凑上去说话，不成，高的那位只会三句英语，青脸的那位一字不提，说了半天，不得要领。再过一歇，他们在饭厅里，我回房，老车役进来铺床，他就笑着问我，"那两位老太太好不好？"我恨恨的说，"别打趣了，我真着急，不知来人是什么路道？"正说时，他掀起一个垫子，露出两柄明晃晃上足子弹的手枪，他就拿在手里，一头笑着说"你看，他们就是这个路道！"

今天早上醒来，恭喜我的头还是好好的在我的脖子上安着。小曼，你要看了他们两位好汉的尊容，准吓得你心跳，浑身抖擞！

俄国的东西贵死了，可恨！车里饭坏的不成话，贵的更不成话，一杯可可五毛钱像泥水，还得看侍者大爷们的嘴脸！地方是真冷，决不是人住的！一路风景可真美，我想专写一封晨报通信，讲西伯利亚。

小曼，现在我这里下午六时，北京约在八时半，你许正在吃饭，同谁？讲些什么？为什么我听不见？咳！我恨不得——不写了。一心只想到狄更生那里看信去！

            志摩　三月十八日 Omsk 西

一九二五年三月二十六日

小曼：

　　柏林第一晚。一时半。方才送 C 女士回去，可怜不幸的母亲，三岁的小孩子只剩了一撒冷灰，一周前死的。她今天挂着两行眼泪等我，好不凄惨；只要早一周到，还可见着可爱的小脸儿，一面也不得见，这是那里说起？他人缘到有，前天有八十人送他的殡，说也奇怪，凡是见过他的，不论是中国人德国人，都爱极了他，他死了街坊都出眼泪，没一个不说的不曾见过那样聪明可爱的孩子。曼，你也没福，否则你也一定乐意看见这样一个孩儿的——他的相片明后天寄去，你为我珍藏着吧。真可怜，为他病也不知有几十晚不曾阖眼，瘦得什么似的，她到这时还不能相信，昏昏的只似在梦中过活。小孩儿的保姆比她悲伤更切。她是一个四十左右的老姑娘，先前爱上了一个人，不得回音，足足的痴了这六七年，好容易得着了宝贝，容受他母性的爱；她整天的在他身上用心尽力，每晚每早要他祷告，如今两手空空的，两眼汪汪的，连祷告都无从开口，因为上帝待她太惨酷了。我今天赶来哭他，半是伤心，半是惨目，也算是天罚我了。

　　咳！家里有电报去，堂上知道了更不知怎样的悲惨，急切又没有相当人去安慰他们，真是可怜！曼！你为我写封信去吧，好么？听说老谷尔也在南方病着，我赶快得去，回头老人又有什么长短，我这回到欧洲来，岂不是老小两空！而且我深怕这兆头不好呢。

　　C 可是一个有志气有胆量的女子，她这两年来进步不少，独立的步子已经站得稳，思想确有通道，这是朋友的好处，老 K 的力量最大，不亚于我自己的。她现在真是"什么都不怕"，将来准备丢几个炸弹，惊惊中国鼠胆的社会，你们看着吧！

　　柏林还是旧柏林，但贵贱差得太远了，先前化四毛现在得化六元八元，你信不信？

小曼,对你不起,收到这样一封悲惨乏味的信,但是我知道你一定生气我补这句话,因为你是最柔情不过的,我掉眼泪的地方你也免不了掉,我闷气的时候你也不免闷气,是不是?

今晚与 C 看茶花女的乐剧解闷,闷却不解。明儿有好戏看,那是萧伯讷的 Joan Dare,柏林的咖啡(叫 Macoa)真好,Peach Melba 也不坏,就是太贵。

今年江南的春梅都看不到,你多多寄些给我才是!

志摩三月廿六日

一九二五年四月十日

小曼:

我一个人在伦敦瞎逛,现在在"采花楼"一个人喝乌龙茶等吃饭。再隔一点钟,去看 John Barrymore 的 Hamlet①。这次到英国来就为看戏。你要一时不得我的信,我怕你有些着急,我也不知怎的总是懒得动笔,虽则我没有一天不想把那天的经验整个儿告诉你。说也奇怪,我还是每晚做梦回北京,十次里有九次见着你,每次的情形,总令人难过。真的。像 C 他们说我只到欧洲来了一双腿,"心"不用说,连肠胃都不曾带来,因为我胃口不好!你们那里有谁做梦会见我的魂没有?我也愿意知道。我到现在还不曾接到中国来的单个字;狄更生不在康桥,他那里不知有我的信没有,单怕掉了,我真着急。我想别人也许没有信,小曼你总该有,可是到那一天才能得到你的信我自己都不知道!我这次来一路上坟送葬,惘惘极了,我有一天想立刻买票到印度去还了愿心完事;又想立刻回头赶回中国,也许有机会与我一同到小林深处过夏去,强如在欧洲做流氓。其实到今天为止我也

---

① Hamlet:《哈姆莱特》,莎士比亚的著名悲剧。

是没有想定要流到那里去,感情是我的指南,冲动是我的风!

这是今日不知明日事的办法。印度我总得去,老头在不在我都得去。这比菩萨面前许下的愿心还要紧。照我现在的主意竟是至迟六月初动身到印度,八九月间可回国,那就快乐了不是?

我前晚到伦敦的,这里大半朋友全不在,春假旅行去了。只见着那美术家 Roger Fry 译中国诗的 Arthur Waly。昨晚我住在他那里。今晚又得做流氓了。今天看完了戏,明早就回巴黎,张女士等着要跟我上意大利玩去。我们打算先玩威尼斯,再去佛洛伦斯与罗马,她只有两星期就得回柏林去上学,我一个人还得往南;想到 Sicily 去洗澡,再回头来。我这一时一点心的平安都没有,烦极了,"先生"那里信也一封没有着笔,诗半行也没有——如其有什么可提的成绩,也许就只晚上的梦,那倒不少,并且多的是花样,要是有法子理下来时,早已成书了。

这回旅行太糟了,本来的打算多如意多美,泰谷尔一跑,我就没了落儿,我倒不怨他,我怨的是他的书记那恩厚之小鬼,一面催我出来,一面让老头回去,也不给我个消息,害我白跑一趟。同时他倒舒服,你知道他本来是个不名一文的光棍,现在可大抖了,他做了 Mrs. Willard Straight 的老爷,她是全世界最富女人的一个,在美国顶有名的。这小鬼不是平地一声雷,脑袋上都装了金了吗?我有电报给他,已经四天了,也不得回电,想是在蜜月里蜜昏了,那管得我在这儿空宕。

小曼你近来怎样?身体怎样?你的心跳病我最怕,你知道你每日一发病,我的心好像也吊了下去似的。近来发不发?我盼望不再来了。你的心绪怎样?这话其实不必问,不问我也猜着。真是要命,这距离不是假的,一封信来回,至少得四十天,我问话也没有用,还不如到梦里去问吧!说起现在无线电的应用真是可惊,我在伦敦可以听到北京饭店礼拜天下午的音乐或是旧金山市政所里的演说,你说奇不奇?现在德国差不多每家都装了听音机,就是有限制(每天报什么时候听什么)并且自己不能发电,将来我想无线电话有了普遍的设备,距离与空间就不成问题了。比如我在伦敦,就可以要北京电话与你直接谈天,你说多 Wonderful!

在曼殊斐尔坟前写的那张信片到了没有？我想另做一首诗。

但是你可知道她的丈夫已经再娶了,也是一个有钱的女人。那虽则没有什么,曼殊斐尔也不会见怪,但我总觉得有些尴尬,我的东道都输了。你那篇 Something Childish 改好没有？近来做些什么事？英国寒伧的很,没有东西寄给你,到了意大利再买好玩儿的寄给你,你乖乖的等着吧!

摩　四月十日伦敦

一九二五年五月二十六日

小曼:

适之的回电来后,又是四五天了,我早晚忧巴巴的只是盼着信,偏偏信影子都不见,难道你从四月十三写信以后,就没有力量提笔？适之的信是二十三,正是你进协和的第二天,他说等"明天"医生报告病情,再给我写信,只要他或你自己上月寄出信,此时也该到了,真闷煞人!

回电当然是个安慰,否则我这几天那有安静日子过？电文只说"一切平安",至少你没有危险了是可以断定的,但你的病情究竟怎样？进院后医治见效否？此时已否出院？已能照常行动否？我都急切要知道,但急切偏不得知道,这多别扭!

小曼,这回苦了你,我想你病中一定格外的想念我,你哭了没有？我想一定有的,因为我在这里只要上床一时睡不着,就叫曼,曼不答应,我就有些心酸,何况你在病中呢？早知你有这场病,我就不应离京,我老是怕你病倒,但是总希望你可以逃过,谁知你还是一样吃苦,为什么你不等着我在你身边的时候生病？

这话问的没理我知道；我也不定会得侍候病人，但是我真想倘如有机会伴着你养病就是乐趣。你枕头歪了，我可以替你理正，你要水喝，我可以拿给你，你不厌烦我念书给你听，你睡着了我轻轻的掩上了门，有人送花来我给你装进瓶子去；现在我没福享受这种想像中的逸趣，将来或许我病倒了，你来伴我也是一样的。你此番病中有谁侍候着你？娘总常常在你身边，但她也得管家，朋友中适之大约总常来的，歆海也不会缺席的，慰慈不在，梦绿来否？翊唐呢？叔华两月来没有信，不知何故，她来看你否？你病中感念一定很多，但不写下来也就忘了。

近来不说功课，不说日记，连信都没有，可见你病得真乏了。你最后倚病勉强写的那两封信字迹潦草，看出你腕劲一些也没有，真可怜，曼呀，我那时真着急，简直怕你死，你可不能死，你答应为我活着。你现在又多了一个仇敌——病，那也得你用意志力来奋斗的，你究竟年轻，你的伤损容易养得过来的，千万不要过于伤感。病中面色是总不好看的，那也没法，你就少照镜子，等精神回来的时候，再自己看自己也不迟。你现在虽则瘦，还是可以回复你的丰腴的，只要你生活根本的改样。我月初连着寄的长信，应该连续的到了，但你的回信不知要到什么时候才来？想着真急。适之说：娘疑心我的信激成你的病的，所以常在那里查问我；我寄中街的信不会丢不会漏吗？我一时急，所以才得适之电，请他告你，特别关照，盼望寄你的信只有你看见再没有第二人看，不是看不得，不愿意叫人家随便讲闲话是真的。但你这回可真得坚决了，我上封信要你跟适之来欧，你仔细想过没有？这是你一生的一个大关键。俗语说的快刀斩乱丝，再痛快不过的。我不愿意你再有踌躇，上帝帮助能自助的人，只要你站起来就有人在你前面领路。适之真是"解人"，要不是他，岂不是我你在两地着急，叫天天不应的多苦；现在有他做你的红娘，你也够荣耀，放心烧你的夜香吧！我真盼望你们师生俩一共到欧洲来，我一定请你们喝香槟接风，有好消息时，最好来电 Amexes Firenze 就可以到。慰慈尚在瑞士,月初或到斐伦翠来,我们许同游欧洲,再报告你,盼望你早已健全,我永远在你的身边,我的曼!

适之替我问候不另。

摩　五月二十六日

一九二五年六月二十五日

我唯一的爱龙,你真得救我了!我这几天的日子也不知怎样过的,一半是痴子,一半是疯子,整天昏昏的,惘惘的,只想着我爱你,你知道吗?早上梦醒来,套上眼镜,衣服也不换就到楼下去看信——照例是失望,那就好比几百斤的石子压上了心去,一阵子悲痛,赶快回头躲进了被窝,抱住了枕头叫着我爱的名字,心头火热的浑身冰冷的,眼泪就冒了出来,这一天的希冀又没了。说不出的难受,恨不得睡着从此不醒,做梦到可以自由些。龙呀,你好吗?为什么我这心惊肉跳的一息也忘不了你,总觉得有什么事不曾做妥当或是你那里有什么事似的。龙呀,我想死你了,你再不救我,谁来救我?为什么你信寄得这样稀,笔这样懒?我知道你在家忙不过来,家里人烦着你,朋友们烦着你,等得清静的时候你自己也倦了;但是你要知道你那里日子过得容易,我这孤鬼在这里,把一个心悬在那里收不回来,平均一个月盼不到一封信,你说能不能怪我抱怨?龙呀,时候到了,这是我们,你与我,自己顾全自己的时候,再没有工夫去敷衍人了。现在时候到了,你我应当再也不怕得罪人——哼,别说得罪人,到必要时天地都得捣烂他那!

龙呀,你好吗?为什么我心里老是这怔怔的?我想你亲自给我一个电报,也不曾想着——我倒知道你又做了好几身时式的裙子!你不能忘我,爱,你忘了我,我的天地都昏黑了。你一定骂我不该这样说话,我也知道,但你得原谅我,因为我其实是急慌了。(昨晚写的墨水干了所以停的。)

Z走后我简直是"行尸走肉",有时到赛因河边去看水,有时到清凉的墓园里默想。这里的中国人,除了老K都不是我的朋友,偏偏老K整天做工,夜里又得早睡,因此也不易见着他。昨晚去听了一个Opera叫Tristan et lsolde。音乐,唱都好,我听着浑身只发冷劲,第三幕Tristan快死的时候,Iso从海湾里转出来拼了命来找她的情人,穿一身浅蓝带长袖的罗衫——我只当是我自己的小龙,赶着我不曾脱气的时候,来搂抱我的躯壳与灵魂——那一阵子寒冰刺骨似的冷,我真的变了戏里的Tristan了!

那本戏是最出名的"情死"剧Love – Death, Tristan与Isolde因为不能在这世界上实现爱,他们就死,到死里去实现更绝对的爱,伟大极了,猖狂极了,真是"惊天动地"的概念,"惊心动魄"的音乐。龙,下回你来,我一定伴你专看这戏,现在先寄给你本子,不长,你可以先看一遍。你看懂这戏的意义,你就懂得恋爱最高,最超脱,最神圣的境界;几时我再与你细谈。

龙儿,你究竟认真看了我的信没有?为什么回信还不来?你要是懂得我,信我,那你决不能再让你自己多过一半天糊涂的日子;我并不敢逼迫你做这样,做那样,但如果你我间的恋情是真的,那它一定有力量,有力量打破一切的阻碍;即使得渡过死的海,你我的灵魂也得结合在一起——爱给我们勇,能勇就是成功,要大抛弃才有大收成,大牺牲的决心是进爱境唯一的通道。我们有时候不能因循,不能躲懒,不能姑息,不能纵容"妇人之仁"。现在时候到了,龙呀,我如果往虎穴里走(为你),你能不跟着来吗?

我心思维乱极了,笔头上也说不清,反正你懂就好了,话本来是多余的。

你决定的日子就是我们理想成功的日子——我等着你的信号,你给W看了我给你的信没有?我想从后为是,尤是这最后的几封信,我们当然不能少他的帮忙,但也得谨慎,他们的态度你何不讲给我听听。

照我的预算在三个月内(至多)你应该与我一起在巴黎!

你的心他　六月廿五日

一九二五年六月二十六日

居然被我急出了你的一封信来,我最甜的龙儿!再要不来,我的心跳病也快成功了。让我先来数一数你的信:(1)四月十九,你发病那天一张附着随后来的;(2)五月五号(邮章);(3)五月十九至二十一(今天才到,你又忘了西伯利亚);(4)五月二十五英文的。

我发的信只恨我没有计数,论封数比你来的多好几倍。在斐伦翠四月上半月至少有十封多是寄中街的;以后,适之来信以后,就由他邮局住址转信,到如今全是的。到巴黎后,至少已寄五六封,盼望都按期寄到。

昨天才写信的,但今天一看了你的来信,胸中又涌起了一海的思感,一时那说得清。第一,我怨我上几封信不该怨你少写信,说的话难免有些怨气,我知道你不会怪我的。但我一想起我的曼已是满身的病,满心的病,我这不尽责的□□□,溜在海外,不分你的病,不分你的痛,倒反来怨你笔懒。——咳,我这一想起你,我唯一的宝贝,我满身的骨肉就全化成了水一般的柔情,向着你那里流去。我真恨不得剖开我的胸膛,把我爱放在我心头热血最暖处窝着,再不让你遭受些微风霜的侵暴,再不让你受些微尘埃的沾染。曼呀,我抱着你,亲着你,你觉得吗?

我在斐伦翠知道你病,我急得什么似的;幸亏适之来了回电,才稍为放心了些。但你的病情的底细,直到今天看了你五月十九至二十一日的信才知道清楚。真苦了你,我的乖!真苦了你。但是你放心,我这次虽然不曾尽我的心,因为不在你的身旁,眼看那特权叫旁人享受了去;但是你放心,我爱! 我将来有法子补我缺憾。你与我生命合成了一体以后,日子还长着哩,你可以相信我一定充分酬报你的。不得你信我急,看你信又不由我不心痛。可怜你心跳着,手抖着,眼泪咽着,还得给我写信;那一个字里,那一句里,我不看出我曼曼的影子。你的爱,隔着万里路的灵犀一点,简直是我的命水,全世界所有的宝贝买不到这一点子不朽的精诚。——我今天要是死了,我是要把你爱我的爱带了坟里去,做鬼也以自傲了! 你用不着再来叮嘱,我信你完全的爱,我信你比如我信我的父母,信我自己,信天上的太阳;岂止,你早已成我灵魂的一部,我的影子里有你的影子,我的声音里有你的声音,我的心里有你的心;鱼不能没有水,人不能没有氧气;我不能没有你的爱。

曼,你连着要我回去。你知道我不在你的身旁,我简直是如坐针毡,那有什么乐趣? 你知道我一天要咬几回牙,顿几回脚,恨不蹦破了地皮,滚入了你的交抱;但我还不走,有我踌躇的理由。

曼,我上几封信已经说得很亲切,现在不妨再说个明白。你来信最使我难受的是你多少不免绝望的口气。你身在那鬼世界的中心,也难怪你偶尔的气馁。我也不妨告诉你,这时候我想起你还是与他同住,同床共枕,我这心痛,心血都迸了出来似的!

曼,这在无形中是一把杀我的刀,你忍心吗? 你说老太太的"面子"。咳! 老太太的面子——我不知道要杀灭多少性灵,流多少的人血,为要保全她的面子! 不,不;我不能再忍。曼你得替我——你的爱,与你自己,我的爱——想一想那! 不,不;这是什么时代,我们再不能让社会拿我们的血肉去祭迷信! Oh! come, love! assert your passion, let our love conquer; we can't suffer any longer such degradation and humiliation. ① 退步让步,也得有个止境;来! 我的爱,我们手里有

---

① 大意是:哦,来吧,爱人! 坚持你的激情,让我们的爱战胜;我们不能再忍受这样的堕落和羞辱了。

刀,斩断了这把乱丝才说话。——要不然,我们怎对得起给我们灵魂的上帝!是的,曼,我已经决定了,跳入油锅,上火焰山,我也得把我爱你洁净的灵魂与洁净的身子拉出来。我不敢说,我有力量救你,救你就是救我自己,力量是在爱里;再不容迟疑,爱,动手吧!

我在这几天内决定我的行期,我本想等你来电后再走,现在看事情急不及待,我许就来了。但同时我们得谨慎,万分的谨慎,我们再不能替鬼脸的社会造笑话。有勇还得有智,我的计画已经有了。

一九二六年二月六日

眉眉!

接续报告,车又误点,二时半近三时才到老站。苦了王麻子直等了两个钟头,下车即运行李上船。舱间没你的床位大,得挤四个人,气味当然不佳。这三天想不得舒服,但亦无法。船明早十时开,今晚未有住处。文伯家有客住满,在君不在家,家中仅其夫人,不便投宿。也许住南开,稍远些就是。也许去国民饭店,好好的洗一个澡,睡一觉,明天上路。那还可以打电话给你。盼望你在家;不在,骂你。

奇士林吃饭,买了一大盒好吃糖,就叫他们寄了,想至迟明晚可到。现在在南开中学张伯苓处,问他要纸笔写信,他问写给谁,我说不相干的,仲述在旁解释一句:"顶相干的。"方才看见电话机,就想打,但有些不好意思。回头说吧,如住客栈一定打。这半天不见,你觉得怎样?好像今晚还是照样见你似的。眉眉,好好养息吧!我要你听一句话,你爱我,就该听话。晚上早睡,早上至迟十时得起身。好在扰乱的摩走了,你要早睡还不容易?初起一两夜许觉不便,但扭了过来就顺了。还有更要紧的一句话,你得照做。每天太阳好到公园去,叫 Lilia 伴你,至少至少每两天一次!

记住太阳光是健康唯一的来源,比什么药都好。

我愈想愈觉得生活有改样的必要。这一时还是糊涂,非努力想法改革不可。眉眉你一定得听我话;你不听,我不乐!

今晚范静生先生请正昌吃饭。晚上有余叔岩,我可不看了。文伯的新车子漂亮极了,在北方我所见的顶有 taste 的一辆,内外都是暗蓝色,里面是顶厚的蓝绒,窗靠是真柚木,你一定欢喜。只可惜摩不是银行家,眉眉没有福享。但眉眉也有别人享不到的福气对不对?也许是摩的臭美?

眉我临行不曾给你去看,你可以问 Lilia 老金,要书七号拿去。且看你,你连 Maugham 的"Rain"都没有看那。

你日记写不写?盼望你写,算是你给我的礼,不厌其详,随时涂什么都好。我写了一忽儿,就得去吃饭。此信明日下午四五时可到,那时我已经在大海中了。告诉叔华他们准备灯节热闹。别等到临时。眉眉,给你一把顶香顶醉人的梅花。

你的亲摩　二月六日下午二时

一九二六年二月七日

眉眉:

上船了,挤得不堪;站的地方都没有,别说坐。这时候写字也得拿纸贴着板壁写,真要命!票价临时飞涨,上了船,还得敲了十二块钱的竹杠去。上边大菜间也早满了,这回买到票,还算是运气!比我早买的都没买到。

文伯昨晚伴我谈天,谈他这几年的经过。这人真有心计,真厉害,我们朋友中谁都比不上他。我也对他讲些我的事,他懂我很深;别看这麻脸。到塘沽了,吃过饭,睡过觉,讲些细情给你听了。同房有两位(一个定位没有来):一是清华学生,新从美国回的;一是姓杨,躺着尽抽大烟,一天抽"两把膏子"的一个鸦片老生。徐志摩大名可不小,他一请教大名,连说:"真是三生有幸。"我的床位靠窗,圆圆的一块,望得见外面风景;但没法坐,只能躺,看看书,冥想想而已。写字苦极了,这贴着壁写,手酸不堪。吃饭像是喂马,一长条的算是桌子,活像你们家的马槽,用具的龌龊就不用提了;饭菜除了白菜,绝对放不下筷去,饭米倒还好,白净得很。昨天吃奇斯林、正昌,今天这样吃法,分别可不小! 这其实真不能算苦。我看看海,心胸就宽。何况心头永远有眉眉我爱蜜甜的影子,什么苦我吃不下去? 别说这小不方便!

船家多宁波老,妙极了。

得寄信了,不写了,到烟台再写。

爹爹娘请安。

你的摩摩 二月七日

一九二六年二月十七日

眉爱:

我又在上海了。本与适之约定,今天他由杭州来同车。谁知他又失约,料想是有事绊住了,走不脱,我也懂得。只是我一人凄凄凉凉的在栈房里闷着。遥想我眉此时亦在怀念远人,怎不怅触! 南方天时真坏,雪后又雨,屋内又无炉火。我是只不惯冷的猫,这一时只冻得手足常冰。见报北京得雪,我们那快雪同志会,我不在,想也鼓不起兴来。户外雪重,室内衾寒,眉眉我的,你不想念摩摩否?

昨天整天只寄了封没字梅花信给你,你爱不爱那碧玉香囊? 寄到时,想多少还有余甘。前晚在杭州,正当雪天奇冷,旅馆屋内又不生火。下午风雪猛厉,只得困守。晚饭喝了几杯酒,暖是暖些,情景却是百无聊赖,真闷得凶。游灵峰时坐轿,脚冻如冰,手指也直了。下午与适之去肺病院看郁达夫,不见。我一个人去买了点东西,坐车回硖。过年初四,你的第二封信等着我。爸说有信在窗上我好不欢喜。但在此等候张女士,偏偏她又不来,已发两电,亦未得复。咳!

"这日子叫我如何过?"我爸前天不舒服,发寒热、咳嗽,今天还不曾全好。他与妈许后天来沪。新年大家多少有些兴致,只我这孤零零心魂不定,眠食也失了常度,还说什么快活?爸妈看我神情,也觉着关切。其实这也不是一天的事,除了张眼见我眉眉的妙颜,我的愁容就没有开展的希望。眉,你一定等急了,我怎不知道?但急也只能耐心等着。现在爸妈要(此处似有脱页)我,到京后自当与我亲亲好好的欢聚。就我自己说,还不想变一只长小毛翅的小鸟,波的飞向最亲爱的妆前。谭宜孙诗人那首燕儿歌,爱,你念过没有?你的脆弱的身体没一刻不在我的念中。你来信说还好,我就放心些。照你上函,又像是不很爽快的样子。爱爱,千万保重要紧!为你摩摩。适之明天回沪,我想与他同车走。爸妈一半天也去,再容通报。动身前有电报去,弗念。前到电谅收悉。要赶快车寄出,此时不多写了。堂上大人安健,为我叩叩。

汝摩　年初五

一九二六年二月十八日

我等北京人①来谈过,才许走;这事情又是少不了的关键。我怎敢迷拗呢?眉眉,你耐着些吧,别太心烦了。有好戏就伴爹娘去看看,听听锣鼓响暂时总可忘忧。说实话,我也不要你老在火炉生得太热的屋子里窝着,这其实只有害处,少有好处;而况你的身体就要阳光与鲜空气的滋补,那比什么神仙药都强。我只收了你两回的信,你近来起居情形怎样,我恨不立刻飞来拥着你,一起翻看你的日记。那我想你总是为在远方的摩摩不断的记着。陆医的药你虽怕吃,娘大约是不肯放松你的。据适之说,他的补方倒是吃不坏的。我始终以

---

① 指张幼仪,徐志摩当时正跟张幼仪办理财产分割手续。

为你的病只要养得好就可以复元的;绝妙的养法是离开北京到山里去嗅草香吸清鲜空气;要不了三个月,保你变一只小活老虎。你生性本来活泼,我也看出你爱好天然景色,只是你的习惯是城市与暖屋养成的;无怪缺乏了资养的泉源。你这一时听了摩摩的话否?早上能比先前早起些,晚上能比先前早睡些否?读书写东西,我一点也不期望你;我只想你在日记本上多留下一点你心上的感想。你信来常说有梦,梦有时怪有意思的;你何不闲着没事,描了一些你的梦痕来给你摩摩把玩?

但是我知道我们都是太私心了,你来信只问我这样那样,我去信也只提眉短眉长,你那边二老的起居我也常在念中。娘过年想必格外辛苦,不过劳否?爸爸呢,他近来怎样,兴致好些否?糖还有否?我深恐他们也是深深的关念我远行人,我想起他们这几月来待我的恩情便不禁泫然欲涕。眉,你我真得知感些,像这样慈爱无所不至的爹娘,真是难得又难得,我这来自己尝着了味道,才明白娘真是了不得,了不得!到我们恋爱成功日,还不该对她磕一万个响头道谢吗?我说:"恋爱成功",这话不免有语病;因为这好像说现在还不曾成功似的。但是亲亲的眉,要知道爱是做不尽的,每天可以登峰,明天还一样可以造极,这不是缝衣,针线有造完工的一天。在事实上呢,当然俗语说的"洞房花烛夜",是一个分明的段落;但你我的爱,眉眉,我期望到海枯石烂日,依旧是与今天一样的风光、鲜艳、热烈。眉眉,我们真得争一口气,努力来为爱做人;也好叫这样疼惜我们的亲人,到晚年落一个心欢的笑容!

我这里事情总算是有结果的。成见的力量真是不小,但我总想凭至情至性的力量去打开他,那怕他铁山般的牢硬。今午与我妈谈,极有进步,现在得等北京人到后,方有明白结束,暂时只得忍耐。老金与人想常在你那里,为我道候,恕不另,梅花香柬到否?

摩祝眉喜　年初六

一九二六年二月十九日

眉眉我亲亲：

　　今天我无聊极了，上海这多的朋友，谁都不愿见，独自躲在栈房里耐闷。下午几个内地朋友拉住了打牌，直到此刻，已经更深，人也不舒服，老是这要呕心的。心想着的眼看着的一个情影慰我孤独，此外都只是烦心事。唐有壬本已替我定好初十的日本船，十二就可到津，那多快！不是不到一星期就可重在眉眉的左右，同过元宵，是多么一件快心事？但为北京来人杳无消息，我为亲命又不能不等，只得把定票回了，真恨人！适之今天才来；方才到栈房里来，两眼红红的，不知是哭了还是少睡，也许两样全有！他为英国赔款委员快到，急得又不能走。本说与我同行，这来怕又不成。其实他压根儿就不热心回京；不比我。我觉得不好受，想上床了，明儿再接写吧！

一九二六年二月二十日

眉眉：

　　你猜我替你买了些什么衣料？就不说新娘穿的，至少也得定亲之类用才合式才配，你看了准喜欢，只是小宝贝，你把摩摩的口袋都掏空了，怎么好！

　　昨天没有寄信，今天又到此时晚上才写。我希望这次发信后，就可以决定行期，至多再写一次上船就走。方才我们一家老小，爸妈小欢都来了。老金有电报说幼仪二十以前动身，那至早后天可到。她一到我就可以走，所以我现在只眼巴巴的盼她来，这闷得死人，这样的日子。今天我去与张君劢谈了一上半天连着吃饭。下午又在栈里无聊，人来邀我看戏什么都回绝。方才老高忽然进我房来，穿一身军服，大皮帽子，好不神气。他说南边住了五个月，主人给了一百块钱，在战期内跑来跑去吃了不少的苦。心里真想回去,又说不出口。他说老太太叫他有什么写信去,但又说不上什么所以也没写。受,又回无锡去了。新近才算把那买军火上当的一场官司了结。还算好,没有赔钱。差事名目换了,本来是顾问,现在改了咨议,薪水还是照旧三百。按老高的口气,是算不得意的。他后天从无锡回来,我倒想去看他一次,你说好否?钱昌照我在火车里碰着;他穿了一身衣服,修饰得像新郎官似的,依旧是那满面笑容。我问起他最近的"计画",他说他决意再读书;孙传芳请他他不去,他决意再拜老师念老书。现在瞒了家里在上海江湾租了一个花园,预备"闭户三年",不能算没志气,这孩子!但我每回见他总觉得有些好笑,你觉不觉得?不知不觉尽说了旁人的事情。妈坐在我对面,似乎要与我说话的样子。我得赶快把信寄去,动身前至少还有一两次信。眉眉,你等着我吧,相见不远了,不该欢慰吗?

摩摩　年初八

一九二六年二月二十一日

眉爱:

今天该是你我欢喜的日子了,我的亲亲的眉眉!方才已经发电给适之,爸爸也写了信给他。现在我把事情的大致讲一讲:我们的家产差不多已经算分了,我们与大伯一家一半。但为家产都系营业,管理仍须统一。所谓分者即每年进出各归各就是了,来源大都还是共同的。例如酱业、银号以及别种行业。然后在爸爸名下再作为三份开:老辈(爸妈)自己留开一份,幼仪及欢儿立开一份,我们得一份:这是产业的暂时支配法。

第二是幼仪与欢儿问题。幼仪仍居于女儿名,在未出嫁前担负欢儿教养责任,如终身不嫁,欢的一份家产即归她管;如嫁则仅能划取一份奁资,欢及余产仍归徐家,尔时即与徐家完全脱离关系。嫁资成数多少,请她自定,这得等到上海时再说定。她不住我家,将来她亦自寻职业,或亦不在南方;但偶尔亦可往来,阿欢两边跑。

第三:离婚由张公权设法公布;你们方面亦请设法于最近期内登报声明。

这几条都是消极方面,但都是重要的,我认为可以同意。只要幼仪同意即可算数。关于我们的婚事,爸爸说这时候其实太热,总得等暑后才能去京。我说但我想夏天同你避暑去,不结婚不便。爸说,未婚妻还不一样可以同行。我说但我们婚都没有订。爸说:"那你这回回去就定好了。"我说那边好说,媒人请谁呢?他说当然适之是一个,幼伟来一个也好。我说那爸爸就写个信给适之吧,爸爸说好吧。订婚手续他主张从简,我说这回通伯叔华是怎样的,他说照办好了。

眉,所以你我的好事,到今天才算磨出了头,我好不快活。今天与昨天心绪大大的不同了。我恨不得立刻回京向你求婚,你说多有趣。闲话少说,上面的情形你说给娘跟爸爸听。我想办法比较的很合理,他们应当可以满意。

但今年夏天的行止怎样呢?爸爸一定去庐山,我想先回京赶速订婚,随后拉了娘一同走京汉下去,也到庐山去住几时。我十分感到暑天上山的必要,与你身体也有关系,你得好好运动,娘及早预备!多快活,什么理想都达到了!我还说北京顶好备一所房子,爸说北京危险,也许还有大遭灾的一天。我说那不见得吧!我就说陶太太说起的那所房子,爸似乎有兴趣,他说可以看看去。但这且从缓,好在不急:我们婚后即得回南,京寓布置尽来得及也。我急想回京,但爸还想留住我。你赶快叫适之来电要我赶他动身前去津见面:那爸许放我早走。有事情,再谈吧!

你的欢畅了的摩摩

一九二六年二月二十三日

眉:

　　我在适之这里。他新近照了一张相,荒谬! 简直是个小白脸儿那! 他有一张送你的,等我带给你。我昨晚独自在硖石过夜(爸妈都在上海)。十二时睡下去,醒过来以为是天亮,冷得不堪,头也冻,脚也冻,谁知正打三更。听着窗外风声响,再也不能睡熟想爬起来给你写信。其实冷不过,没有钻出被头勇气。但怎样也睡不着,又想你;蜷着身子想梦,梦又不来。从三更听到四更,从四更听尽五更,才又闭了一回眼。早车又回上海来了。北京来人还是杳无消息。你处也没信,真闷。栈房里人多,连写信都不便;所以我特地到适之这里来,随便写一点给你。眉眉,有安慰给你,事情有些眉目了。昨晚与娘舅寄父谈,成绩很好。他们完全谅解,今天许有信给我爸。但愿下去顺手,你我就登天堂了。妈昨天笑着说我:"福气太好了,做爷娘的是孝子孝到底的了。"但是眉眉,这回我真的过了不少为难的时刻。也该的,"为我们的恋爱"可不是? 昨天随口想诌几行诗,开头是:

　　　　我心头平添了一块肉,
　　　　这辈子算有了归宿!
　　　　看白云在天际飞,
　　　　听雀儿在枝上啼。
　　　　忍不住感恩的热泪,
　　　　我喊一声天,我从此知足!
　　　　再不想望更高远的天国!

　　眉眉,这怎好? 我有你什么都不要了。文章、事业、荣耀,我都不要了。诗、美术、哲学,我都想丢了。有你我什么都有了。抱住你,就比抱住整个的宇宙,还有什么缺陷,还有什么想望的余地?你说这是有志气还是没志气?你我不知道,娘听了,一定骂。别告诉她,要不然她许不要这没出息的女婿了。你一定在盼着我回去,我也何尝不时刻想望眉眉胸怀里飞。但这情形真怕一时还走不了。怎好?爸爸与娘近来好吗?我没有直接去信,你得常常替我致意。他们待我真太好了,我自家爹娘,也不过如此。适之在下面叫了,我们要到高梦旦家吃饭去,明天再写。

摩摩祝眉眉福　正月十一日

一九二六年二月二十四日

小龙我爱:

真烦死人,至少还得一星期才能成行?明早有船到,满望幼仪来,见过就算完事一宗,转身就走。谁知她乘的是新丰船,十六日方能到此,她到后至少得费我两三天才能了事。故预期本月二十前才能走,至少得十天后才能见你,怎不闷死了我?同时你那里天天盼着我,又不来信,我独自在此连信札的安慰都得不到,真太苦了!你也不算算,怎的年内写了两封就不再写,就算寄不到,打往回,又有什么要紧。你摩摩在这里急。你知道不?明天我想给你一个电报,叫你立刻写信或是来电,多少也给我点安慰。眉眉,这日子没有你,比白过都不如。什么我都不要,就要你。我几次想丢了这里。牟妻运虽则不好,但我此后艳福是天生的,我的太太不仅绝美,而且绝慧。说得活现,竟像对准了我又美又慧的小眉娘说的。你说多怪!又说:就我有白头到老,十分的美满,没有缺陷,也不会出乱子。我听了,不能不谢谢金口!眉眉,真的,我妈说的对,她说我太享福了!眉,我有福消受你吗?

近来《晨报》不知道怎样,你看不看?江绍原盼望我有东西往回寄,但我如何有心思写? 不但现在,就算这回事情办妥当了,回北京见了你,我那还舍得一刻丢开你。能否提起心来,写文章与否,很是问题,这怎好? 而且这来,无谓的捱了至少一星期十天工夫。回京时编辑教书的任务,又逼着来,想起真烦。我真恨不得一把拖了你往山里一躲,什么人事都不问,单只你我俩细细的消受蜜甜的时刻! 娘又该骂我了,明天再写。

摩问眉好　正月十二日

一九二六年二月二十五日

至亲爱的小眉:

　　昨晚发信后,正在踌躇,怎样给你去电。今早上你的电从硖石转了来,我怎不知道你急? 我的眉眉! 盼望我的复电可以给你些安慰。我的信想都寄到,"蓝信"英文的十封,中文的一封,此外非蓝信不编号的不知有多少封。除了有一天没有写,总算天天给我眉作报告的。白天的事情其实是太平常。一无足写。夜里睡不着的时候多,梦不很有,有也记不清,将来还是看你的罢。今天我得到消息,更觉得愁了,张女士坐新丰轮来,要二月二十七才从天津开,真把我肚子都气瘪。这来她至少三月一二才能到,我得呆着在这里等,你说多冤! 方才我又对爸爸提了,我说眉急的凶,我想走了。他说,他知道,但是没办法,总得等她到后,结束了才能走,否则你自己一样不安心不是;北京那里你常有信去,想也不至过分急。所以我只得耐心等,这是一个不快消息。第二件事叫我操心的,是报上说李景林打了胜仗,又逼近天津了。这可不是玩,万一京津路再像上回似的停顿起来,那怎么好? 我们只能祷告天帮忙着我们:一、我们大事圆满解决;二、我们及早可以重聚,不至再有麻烦。眉你怎不来信? 你说我在上海过最干枯的日子,连你的信都见不着,怎过得去?

眉眉,我们尝受过的阻难也不少了,让我们希望此后永远是平安。我倒也不是完全为我们自己着想,为两边的高堂是真的。明明走了,前两天唐有壬、欧阳予倩走,我眼看他们一个个的往回走。就只我落在背后,还有满肚子的心事,真是无从叫苦。英国的赔款委员全到了,开会在天津,我一定拉适之同走。回头再接写!

摩问眉　正月十三日

一九二六年二月二十六日

　　久之今天走,我托他带走一网篮,但是里面你的东西一样也没有,偏熬熬你,抵拼将来受你的! 我不能就走,真急,但我去定船了,至迟三月四一定动身。这来我的牺牲已经不小不小!

　　现在房里有不少人,写信不便,我叫久之过来面见你,对你说我的近况,叫你放心等着,只要路上不发生乱子,我十天内总有希望见眉眉了。这信托久之面交,你有话问他。下午另函再写。

　　堂上问候!

摩摩　正月十四

一九二六年二月二十六日

眉眉乖乖:

　　今天托沈久之带京网篮一只,内有火腿茶菊,以及家用托买的两包。你一双鞋也带去,看适用否,缎鞋年前已卖完,这双尺寸恰好,但不怎么好:茶菊你替我留下一点,我要另送人。今天我又替你买了一双我自以为极得意的鞋,你一定欢喜,北京一定买不出,是外国做来的,价钱可不小。你的大衣料顶麻烦,我看过,也问过,但始终没有买,也许不买,到北京再说。你说要厚呢夹大衣,那还不是冬天用的,薄的倒有好看的,怕又买不合式。天台橘子倒有,临走时,再买,早买要坏。火腿恐不十分好,包头里的好,我还想去买些,自己带。

适之真可恶,他又不走了!赔款委员会仍在上海开,他得在此接洽,他不久搬去沧州别墅。

昨晚有人请我妈听戏,我也陪了去,听的你说是什么?就是上次你想听没听着的新玉堂春。尚小云唱的真不坏,下回再有,一定请眉眉听去。

朱素云也配得好,昨晚戏园里挤得简直是水泄不通。戏情虽则简单,却是情形有趣,三堂会审后,穿蓝的官与王金龙作对,他知道王三一定去监牢里会苏三,故意守他们正在监内绸缪的时候,带了衙役去查监。吓得王三涂了满面窑煤,装疯混了出去。后来穿红的官做好人,调和了他们,审清了案子,苏三挂红出狱。苏三到客店里去梳妆一节,小云做得极好,结局拜天地团圆,成全了一对恩爱夫妻。这戏不坏。但我看时也只想着眉眉,她说不定几时候怎样坐立不安的等着我哩!眉眉,我真的心烦,什么事也做不成,今天想写一点给副刊,提了笔直发愣,什么也没有写成。大约我在见眉之前,什么事都不用想了,这几十天就算是白活的,真坑人!思想也乱得很,一时高飞,一时沈低,像在梦里似的,与人谈话也是心不在焉的慌。眉眉,不知道你怎样;我没有你简直不能做人过日子。什么繁华,什么声色,都是甘蔗滓,前天有人很热心的要介绍电影明星,我一点也没兴趣,一概婉辞谢绝。上海可不了,这班所谓明星,简直是"火腿"的变相,那里还是干净的职业,眉眉,你想上银幕的意思趁早打消了罢!我看你还是往文学美术方面,耐心的做去。不要贪快,以你的聪明,只要耐心,什么事不成,你真的争口气,羞羞这势利世界也好!你近来身体怎样?没有信来真急人。昨天有船到,今天还是没有信,大概你压根儿就没有写。我本该明天赶到京和我的爱眉宝贝同过元宵的;谁知我们还得磨折,天罚我们冷清清的一个在南,一个在北,冷眼看人家热闹,自己伤心!新月社一定什么举动也没,风景煞尽的了!你今晚一定特别的难过,满望摩摩元宵回京,谁知还是这形单影只的!你也只能自己譬解譬解,将来我们温柔的福分厚着,蜜甜的日子多着;名分定了,谁还抢得了?我今晚仍伴妈睡,爸在杭未回。昨晚在第一台见一女,长得真美,妈都看呆了;那一双大眼真惊人,少有得见的。见时再详说。

　　堂上请安。

摩摩问候　元宵前夜

一九二六年二月二十七日

眉我的乖:

　　昨晚写了信,托沈久之带走,他又得后天才走,我恨不能打长电给你;将来无线电实行后,那就便了。本来你知道一百五十年前寄信,不但在中国是麻烦不堪的事,俗语说的一纸家书值万金;就在外国也是十二分的不方便。在英国邮政是分区域的,越远越贵,从伦敦寄信到苏格兰要化不少的钱。后来有一个叫威廉什么的,他住在伦敦,他的爱人在苏格兰,通信又慢又贵。他气极了,就想了一个办法,就是现在邮政的制度。寄信不论远近,在国内收费一律。他在议会上了一个条陈,叫做"便士信",意思是一便士可以寄一封信。这条陈提出议会时,大家哄堂大笑,有一个有名的政治家宣言,他一辈子从不曾听见过这样荒谬透顶的主张;说这个人一定是疯的,怎么一便士可以寄信到苏格兰,不是太匪夷所思了!但后来这位情急先生的主张竟然普遍实行了。现在我们邮政有这样利便,追溯原委,也还全亏"恋爱的灵感",你说有趣不?但这一打仗,什么都停顿了。手边又没有青鸟,这灵犀耿耿,向何处慰情去?从前欧洲大战时,邦交断绝时,邮政不通,有隔了五年才寄到的信!现在我们中间,只差了二三千里路,但为政治捣乱,害得我们信都不得如意的通。将来飞机邮政一定得实行,那就不碍事了,眉眉你也一定有同样的感想。方才派人去买船票了,至迟三日四日不能不动身。再要走不成,我一定得疯了!这来已经是够危险,李景林已取马厂,第三军无能,天津旦夕可下。假如在我赶到之前,京津要是又断了,那真怎么好!我立定主意冒险也得赶进京。眉,天保佑,你等着吧。今天与徐振飞谈得极投机,他也懂得我,银行界中就他与王文伯有趣,此外市侩居多,例如子美。怎好,今天还不是元宵?你我中秋不曾过成,新年没有同乐,元宵又毁了。眉爱,你怎样想我,我是"心头如火"!振铎邀去吃饭,有几个文学家要会我,我得喝几杯,眉眉,我祝福你!

        你的顶亲亲的摩摩 元宵

一九二六年七月九日

眉爱:

  只有十分钟写信,迟了今晚就寄不出。我现在在硖石了,与爸爸一同回来的,妈还留在上海,住在何家。今晚我与爸去山上住,大约正式的"谈天"该在今晚吧!我伯父日前中了"半肢疯",身体半边不能活动,方才去看他,谈了一回,所以连写信的时间都没有了。

  眉:我还只是满心的不愉快,身体也不好,没有胃口,人瘦的凶,很多人说不认识了,你说多怪。但这是暂时的,心定了就好,你不必替吾着急。今天说起回北京,我说二十遍,爸爸说不成,还得到庐山去那!我真急,不明白他意思究是怎么样!快写信吧!

  今晚明天再写!祝你好,盼你信。(还没有!孙延杲的到来了。)

          摩亲吻你 七月九日

一九二六年七月十七日

小眉芳睐：

　　昨宿西山，三人谑浪笑傲，别饶风趣。七搔首弄姿，竟像煞有介事。海梦呓连篇，不堪不堪！今日更热，屋内升九十三度，坐立不宁，头昏犹未尽去。今晚决赴杭，西湖或有凉风相邀待也。

　　新屋更须月许方可落成，已决安置冷热水管。楼上下房共二十余间，有浴室二。我等已派定东屋，背连浴室，甚符理想。新屋共安电灯八十六，电料我自去选定，尚不太坏，但系暗线，又已装妥，将来添置不知便否？眉眉爱光，新床左右，尤不可无点缀也。此屋尚费商量，因旧屋前进正挡前门，今想一律拆去，门前五开间，一律作为草地，杂种花木，方可像样。惜我爱卿不在，否则即可相偕着手布置矣，岂不美妙。楼后有屋顶露台，远瞰东西山景，颇亦不恶。不料辗转结果，我父乃为我眉营此香巢；无此固无以寓此娇燕，言念不禁莞尔。我等今夜去杭，后日（十九）乃去天目，看来二十三快车万赶不及，因到沪尚须看好家具陈设，煞费商量也。如此至早须月底到京，与眉聚首虽近，然别来无日不忐忑若失。眉无摩不自得，摩无眉更手足不知所措也。

　　昨回硖，乃得适之复电，云电码半不能读，嘱重电知。但期已过促，今日计程已在天津，电报又因水患不通，竟无从复电。然去函亦该赶到，但愿冯六处已有接洽，此是父亲意，最好能请到，想六爷自必乐为玉成也。

　　眉眉，日来香体何似？早起之约尚能做到否？闻北方亦奇热，遥念爱眉独处困守，神驰心塞，如何可言？闻慰慈将来沪，帮丁在君办事，确否？京中友辈已少，慰慈万不能秋前让走；希转致此意，即此默吻眉肌颂儿安好。

摩　七月十七日

一九二六年七月十八日

眉眉！

  简直的热死了,昨夜还在西山上住。又病了,这次的病妙得很,完全是我眉给我的。昨天两顿饭也没有吃,只吃了一盆蒸馄饨当点心,水果和水倒吃了不少;结果糟透了。不到半夜就发作;也和你一样,直到天亮还睡不安稳。上面尽打噎儿,胃气直往上冒,下面一样的连珠。我才知道你屡次病的苦。简直与你一模一样,肚子胀,胃气发,你说怪不怪?今天吃了一顿素餐,肚又胀了。天其实热不过,躲在屋子里汗直流。这样看来,你病时不肯听话,也并不是你特别倔强;我何尝不知道吃食应该十分小心,但知道自知道,小心自不小心,有什么办法?今晚我们玩西湖去,明早六时坐长途汽车去天目山,约正午可到。这回去本不是我的心愿,但既然去了,我倒盼望有一两天清凉日子过,多少也叫我动身北归以前喘一喘气。想到津浦的铁篷车其实有些可怕。天目的景致另函再详。适之回爸爸的信到了,我倒不曾想到冯六有这层推托。文伯也好,他倒是我的好友。但适之何以托蒋梦麟代表,我以为他一定托慰慈的。梦麟已得行动自由吗?昨天上海邮政罢工,你许有信来,我收不到。这恐怕又得等好几天,天目回头,才能见到我爱的信,此又一闷。我到上海,要办几桩事。一是购置我们新屋里的新家具。你说买什么的好?北京朱太太家那套藤的我倒看的对,但卧房似乎不适宜。床我想买 Twin 的,别致些。你说那样好?赶快写回信,许还赶得及。我还得管书房的布置:这两件事完结,再办我们的订婚礼品。我想就照我们的原议,买一只宝石戒,另配衣料。眉乖!你不知道,我每天每晚怎样急的要回京,也不全为私。晨报老这托人也不是事,不是?但老太爷看得满不在乎,只要拉着我伴他。其实呢,也何尝不应该,独生儿子在假期中难得随侍几天。无奈我的神魂一刻不得眉在左右,便一刻不安。你那里也何尝不然？老太爷若然体谅，正应得立即放我走哩。案现在情形看来，我们的婚期至早得在八月初。因为南方不过七月半，不会天凉。像这样天时，老太爷就是愿意走，我都要劝阻他的。并且家祠屋子没有造起，杂事正多着哩！

乖因！你耐一点子吧。迟不到月底，摩摩总可以回到"眉轩"来温存我的唯一的乖儿。这回可不比上次，眉眉，你得好好替我接风才是。老金他们见否？前天见一余寿昌，大骂他，骂他没有脑筋。堂上都好否？替我叩安。写不过二纸，满身汗已如油，真不得了。这天时便亲吻也嫌太热也！但摩摩深吻眉眉不释。

七月十八日

一九二六年七月二十一日

眉儿：

在深山中与世隔绝，无从通问，最令悁悁。三日来由杭而临安，行数百里，纤道登山。旅中颇不少可纪事，皆愿为眉一一言之；恨邮传不达，只得暂纪于此，归时再当畅述也。

前日发函后，即与旅伴（歆海、老七及李藻孙）出游湖，以为晚凉有可乐者；岂意湖水尚热如汤，风来烘人，益增烦懑。舟过锦华桥，便访春润庐，适值蔡鹤卿先生驻踪焉。因遂谒谈有顷。蔡氏容貌甚癯，然肤色如棕如铜，若经鬃然，意态故蔼婉恂恂，所谓"婴儿"者非欤？谈京中学业，甚愤慨，言下甚坚绝，决不合作："既然要死，就应该让他死一个透；这样时局，如何可以混在一起？适之倒是乐观，我很感念他；但事情还是没有办法的，我无论如何不去。"

平湖秋月已设酒肆，稍近即闻汗臭。晚间更有猥歌声，湖上风流更不可问矣。移棹向楼外楼，满拟一棹幽静，稍远尘嚣。讵此楼亦经改作，三层楼房，金漆辉煌，有屋顶，有电扇。昔日闲逸风趣竟不可复得。因即楼下便餐，菜亦视前劣甚。柳梢头明月依然，仰对能毋愧煞！

仁圃蟠桃味甘乃无伦，新莲亦冽香激齿。眉此时想亦在莲瓤中讨生活也。

夜间旅客房中有一趣闻：一土妓伴客即宿矣，忽循迹不见。遍觅无有，而前后门固早扃。迨日向晨，始于楼上便室中发见，殊可噱。

十九日早六时起，六时二十分汽车开行，约八时到临安，修道甚佳，一路风色尤媚绝，此后更不虞路难矣。临安登轿，父亲体重，舆夫三名不胜，增至四；四犹不任，增至六。上山时簇拥邪许而前，态至狼狈。十时半抵螺丝岭，新筑有屋，住僧为备饭。十二时又前行，及四时乃抵山麓。小憩龙泉寺，啖粥点心。乃盘道上山，幸云阻日光，山风稍动，不过热。轿夫皆称老爷福量大。登山一里一凉亭，及第五亭乃见瀑，猥泻石罅间，殊不庄严。近人为筑亭，颜天琴，坐此听瀑，远瞰群冈，亦一小休。到此东天目钟声剪空而来，山林震荡，意致非常。

今寓保福楼，窗前山色林香，别有天地。左一峦顶，松竹丛中，钟楼在焉。昨晚月色朦胧，忽复明爽；约藻孙与七步行入林，坐石上听泉，有顷乃归，所思邈矣。夜凉甚重，厚衾裹卧，犹有寒意。

二十日早上山，去昭明太子分经台，欲上寻龙潭，不成，悻悻折回。登山不到顶，此第一次也。又去寺右侧洗眼池。山中风色描写不易。杉佳，竹佳，钟声佳；外此则远眺群山，最使怡旷。

二十一日早下山。十时到西天目。地当山麓，寺在胜间，胜地也。

一九二七年十一月二十七日

眉：

昨刘太太亦同行，剪发烫发，又戴上霞飞路十八元毡帽，长统丝袜，绣花手套，居然亭亭艳艳，非复"吴下阿蒙"甚矣，巴黎之感化之深也。

午快车等于慢车，每站都停；到南京已九时有余。一路幸有同伴,尚不难过。忆上次到南京,正值龙潭之役。昨夜月下经过,犹想见血肉横飞之惨。在此山后数十里,我当时坐洋车绕道避难,此时都成陈迹矣。

歆海家一小洋房,平屋甚整洁。湘玫理家看小孩,兼在大学教书,甚勤。因我来特为制新被褥,借得帆布床,睡客堂中,暖和舒服不让家中;昨夜畅睡一宵,今晨日高始起。即刻奚若,端升光临了。你昨夜能熬住不看戏否?至盼能多养息。我事毕即归,弗念。阿哥已到否?为我候候。

此间天气甚好,十月小阳春也。

父母前叩安湘玫附候

摩摩 十一月二十七日

一九二八年五月九日

眉爱:

这可真急死我了,我不说托汤尔和给设法坐小张的福特机吗?好容易五号的晚上,尔和来信说:七号顾少川走,可以附乘。我得意极了。东西我知道是不能多带的我就单买了十几个沙营,胡沈的一大篓子,专为孝敬你的。谁知六号晚上来电说:七号不走,改八号;八号又不走,改九号;明天(十号)本来去了,凭空天津一响炮小顾又不能走。方才尔和通电:竟连后天走得成否都不说了。你说我该多么着急?我本想学一个飞将军从天而降,给你一个意外的惊喜,所以不曾写信。同时你的信来,说又病的话,我看愣了简直的。咳!我真不知怎么说,怎么想才是。乖!你也太不小心了,如果真是小产。这盘帐怎么算?我为此呆了这两天,又急于你的身体,满想一脚跨到。飞机六小时即可到南京,要快当晚十一点即可到沪,又不化本;那是多痛快的事!谁想又被小鬼的炮声给耽误了,真可恨!

你想,否则即使今天起,我此时也已经到家了。孩子!现在只好等着,他不走,我更无法,如何是好?但也许说不定他后天走,那我也许和这信同时到也难说,反正我日内总得回,你耐心候着吧,孩子!

请告瑞午,大雨的地是本年二月押给营业公司一万二千两。他急于要出脱,务请赶早进行。他要俄国羊皮帽,那是天津盛锡福的,北京没有。我不去天津,且同样货有否不可必,有的贵到一二百元的,我暂时没有法子买。天津还不知闹得怎样了。北京今天谣言蜂起,吓得死人。我也许迁去叔华家住几天;因她家无男子,仅她与老母幼子;她又胆小。但我看北京不知出什么大乱子,你不必为我担忧。我此行专为看你:生意能成固好,否则我也顾不得。且走颇不易,因北大同人都相约表示精神,故即成行亦须于三五日内赶回,恐你失望,故先说及。

文伯信多谢。我因不知他地址,他亦未来信,以致失候,负罪之至。但非敢疏慢也。临走时趣话早已过去忘却,但传闻麻兄演成妙语,真可谓点金妙手。麻兄毕竟可爱!一笑。但我实在着急你的身体,这样下去怎么得了。我真恨日本人,否则今晚即可欢然聚话矣。相见不远,诸自珍重!

摩摩吻上 五月九日

一九二八年六月十七日

亲爱的:

离开了你又是整一天过去了。我来报告你船上的日子是怎么过的。我好久没有甜甜的睡了,这一时尤其是累,昨天起可有了休息了;所以我想以后生活觉得太倦了的时候,只要坐船,就可以养过来。长江船实在是好,我回国后至少我得同你去来回汉口坐一次。你是城里长大的孩子,不知道乡居水居的风味,更不知道海上河上的风光;这样的生活实在是太窄了,你身体坏一半也是离天然健康的生活太远的原故。你坐船或许怕晕,但走长江乃至走太平洋决不至于。因为这样的海程其实说不上是航海,尤其在房间里,要不是海水和机轮的声响,你简直可以疑心这船是停着的。昨晚给你写了信,就洗澡上床睡,一睡就着,因为太倦了,一直睡到今早上十点钟才起来。早饭已吃不着,只喝一杯牛茶。穿衣服最是一个问题,昨晚上吃饭,我穿新做那件米色华丝纱,外罩春舫式的坎肩;照照镜子,还不至于难看。文伯也穿了一件艳绿色的绸衫子,两个人联袂而行,趾高气扬的进餐堂去。我到懊恼中国衣带太少了,尤其那件新做蓝的夹衫,我想你给我寄纽约去。只消挂号寄,不会遗失的;也许有张单子得填,你就给我寄吧,用得着的。还有人和里我看中了一种料子,只要去信给田先生,他知道给染什么颜色。染得了,让拿出来叫云裳按新做那件尺寸做,安一个嫩黄色的极薄绸里子最好;因为我那件旧的黄夹衫已经褪色,宴会时不能穿了。你给我去信给爸爸,或是他还在上海,让老高去通知关照人和要那料子。我想你可以替我办吧。还有衬里的绸裤褂(扎脚管的)最好也给做一套,料子也可以到人和要去,只是你得说明白材料及颜色。你每回寄信的时候不妨加上"Via Vancouver"①,也许可以快些。

今天早上我换了洋服,白哔叽裤,灰法兰绒褂子,费了我好多时候,才给打扮上了,真费事。最糟是我的脖子确先从十四寸半长到了十五寸;而我的衣领等等都还是十四寸半,结果是受罪。尤其是瑞午送我那件特别 shirt②,领子特别小,正怕不能穿,那真可惜。穿洋服是真不舒服,脖子、腰、脚、全上了镣铐,行动都感到拘束,那有我们的服装合理,西洋就是这件事情欠通,晚上还是中装。

饭食也还要得,我胃口也有渐次增加的趋向。最好一样东西是

---

① Via Vancouver:经温哥华。
② shirt:衬衫。

橘子,真正的金山橘子,那个儿的大,味道之好,同上海卖的是没有比的。吃了中饭到甲板上散步,走七转合一哩,我们是宽袍大袖,走路斯文得很。有两个牙齿雪白的英国女人走得快极了,我们走小半转,她们走一转。船上是静极了的,因为这是英国船,客人都是些老头儿,文伯管他们叫做 retired burglars①,因为他们全是在东方赚饱了钱回家去的。年轻女人虽则也有几个,但都看不上眼,倒是一位似乎福建人的中国女人长得还不坏。可惜她身边永远有两个年轻人拥护着,说的话也是我们没法懂的所以也只能看看。到现在为止,我们跟谁都没有交谈过,除了房间里的 boy②,看情形我们在船上结识朋友的机会是少得很,英国人本来是难得开口,我们也不一定要认识他们。船上的设备和布置真是不坏;今天下午我们各处去走了一转,最上层的甲板是叫 sun deck③ 可以太阳浴。那三个烟囱之粗,晚上看看真吓人。一个游泳池真不坏,碧清的水逗人得很,我可惜不会游水,否则天热了,一天浸在里面都可以的。健身房也不坏,小孩子另有陈设玩具的屋子,图书室也好,只是书少而不好。音乐也还要得,晚上可以跳舞,但没人跳。电影也有,没有映过。我们也到三等烟舱里去参观了,那真叫我骇住了,简直是一个 China Town④ 的变相,都是赤膊赤脚的,横七竖八的躺着,此外摆有十几只长方的桌子,每桌上都有一两人坐着,许多人围着。我先不懂,文伯说了,我才知道是"摊",赌法是用一大把棋子合在碗下,你可以放注,庄家手拿一根竹条,四颗四颗的拨着数,到最后剩下的几颗定输赢。看情形进出也不小,因为每家跟前都是有一厚叠的钞票;这真是非凡,赌风之盛,一至于此!还有一件奇事,你随便什么时候可以叫广东女人来陪,呜呼!中华的文明。

下午望见有名的鸟山,但海上看不见飞鸟。方才望见一列的灯

---

① retired burglars:退休的窃贼。
② boy:侍者。
③ sun deck:日光甲板。
④ China Town:唐人街。

火,那是长崎,我们经过不停。明日可到神户,有济远来接我们,文伯或许不上岸。我大概去东京,再到横滨,可以给你寄些小玩意儿,只是得买日本货,不爱国了,不碍吗?

我方才随笔写了一短篇《卞昆冈》的小跋,寄给你,看过交给上沅付印,你可以改动,你自己有话的时候不妨另写一段或是附在后面都可以。只是得快些,因为正文早已印齐,等我们的序跋和小鹣的图案了,这你也得马上逼着他动手,再迟不行了!再伯生他们如果真演,来请你参观批评的话,你非得去,标准也不可太高了,现在先求有人演,那才看出戏的可能性,将来我回来,自然还得演过。不要忘了我的话。同时这夏天我真想你能写一两个短戏试试,有什么结构想到的就写信给我,我可以帮你想想。我对于话剧是有无穷愿望的,你非得大大的帮我忙,乖囡!

你身体怎样,昨天早起了不太累吗?冷东西千万少吃,多多保重,省得我在外提心吊胆的!

妈那里你去信了没有?如未,马上就写。她一个人在也是怪可怜的。爸爸娘大概是得等竞武信,再定搬不搬;你一人在家各事都得警醒留神,晚上早睡,白天早起,各事也有个接洽,否则你迟睡,淑秀也不早起,一家子就没有管事的人了,那可不好。

文伯方才说美国汉玉不容易卖,因为他们不承认汉玉,且看怎样。明儿再写了,亲爱的,哥哥亲吻你一百次,祝你健安。

摩摩　十七日夜

一九二八年六月十八日

亲爱的:

我现在一个人在火车里往东京去;车子震荡得很凶,但这是我和你写信的时光,让我在睡前和你谈谈这一天的经过。济远隔两天就可以见你,此信到,一定远在他后,你可以从他知道我到日时的气色等等。他带回去一束手绢,是我替你匆匆买得的,不一定别致;到东京时有机会再去看看,如有好的,另寄给你。这真是难解决,一面为爱国,我们决不能买日货,但到了此地看各样东西制作之玲巧,又不能不爱。济远说:你若来,一定得装几箱回去才过瘾。说起我让他过长崎时买一筐日本大樱桃给你,不知他能记得否。日本的枇杷大极了,但不好吃。白樱桃亦美观,但不知可口不?我们的船从昨晚起即转入——岛国的内海,九州各岛灯火辉煌,于海波澎湃夜色苍茫中,各具风趣。今晨起看内海风景,美极了,水是绿的,岛屿是青的,天是蓝的;最相映成趣的是那些小渔船,一个个扬着各色的渔帆,黄的、蓝的、白的、灰的,在轻波间浮游。我照了几张,但因背日光,怕不见好。饭后船停在神户口外,日本人上船来检验护照。我上函说起那比较看得的中国的女子,大约是避绑票一类,全家到日本上岸。我和文伯说这样好,一船上男的全是蠢,女的全是丑,此去十余日如何受得了。我就想像如果乖你同来的话,我们可以多么堂皇的并肩而行,叫一船人尽都侧目!大锋头非得到外国出,明年咱们一定得去西洋——单是为呼吸海上清新的空气也是值得的。

　　船到四时才靠岸,我上午发无线电给济远的,他所以约了鲍振青来接,另外同来一两个新闻记者,问这样问那样的,被我几句滑话给敷衍过去了,但相是得照一个的,明天的神户报上可见我们的尊容了。上岸以后,就坐汽车乱跑,街上新式的雪佛洛来跑车最多,买了一点东西,就去山里看雌雄泷瀑布,当年叔华的兄姊淹死或闪死的地方。我喜欢神户的山,一进去就扑鼻的清香,一般凉爽气侵袭你的肘腋,妙得很。一路上去有卖零星手艺及玩具的小铺子,我和文伯买了两根刻花的手杖。我们到雌雄泷池边去坐谈了一阵,暝色从林木的青翠里浓浓的沁出,飞泉的声响充满了薄暮的空山;这是东方山水独到的妙处。下山到济远寓里小憩;说起洗澡,济远说现在不仅通伯敢于和别的女人一起洗,就是叔华都不怕和别的男性共浴,这是可咋舌的一种文明!

我们要了大葱面点饥,是葱而不臭,颇入味。鲍君为我发电报,只有平安两字,但怕你们还得请教小鹅,因为用日文发要比英文便宜几倍的价钱。出来又吃鳗饭,又为鲍君照相(此摄影大约可见时报)。赶上车,我在船上买的一等票,但此趟急行车只有睡车二等而无一等,睡车又无空位,怕只得坐这一宵了。明早九时才到东京,通伯想必来接。后日去横滨上船,想去日光或箱根一玩,不知有时候否,曼,你想我不?你身体见好不?你无时不在我切念中,你千万保重,处处加爱,你已写信否?过了后天,你得过一个月才得我信,但我一定每天给你写,只怕你现在精神不好,信过长了使你心烦。我知道你不喜我说哲理话,但你知道你哥哥爱是深入骨髓的。我亲吻你一千次。

摩摩　十八日

一九二八年六月二十四日

眉眉:

我说些笑话给你听:这一个礼拜每晚上,我都躲懒,穿上中国大褂不穿礼服,一样可以过去。昨晚上文伯说:这是星期六,咱们试试礼服罢。他早一个钟头就动手穿,我直躺着不动,以为要穿就穿,那用着多少时候。但等到动手的时候,第一个难关就碰到了领子;我买的几个硬领尺寸都太小了些,这罪可就受大了,而且是笑话百出。因为你费了多大劲把它放进了一半,一不小心,它又 out 了!简直弄得手也酸了,胃也快翻了,领子还是扣不进去。没法想,只得还是穿了中国衣服出去。今天赶一个半钟点前就动手,左难右难,哭不是,笑不是的麻烦了足足一个时辰,才把它扣上了。现在已经吃过饭,居然还不闹乱子,还没有 out! 这文明的麻烦真有些受不了。到美国我真想常穿中国衣,但又只有一件新做的可穿,我上次信要你替我去做,不知行不？

海行冷极了，我把全副行头都给套上，还觉得凉。天也阴凄凄的不放晴；在中国这几天正当黄梅，我们自从离开日本以来简直没见过阳光，早晚都是这晦气脸的海和晦气脸的天。甲板上的风又受不了，只得常常躲在房间里。唯一的消遣是和文伯谈天。这有味！我们连着谈了几天了，谈不完的天。今天一开眼就——喔，不错，我一早做一个怪梦，什么 Freddy 叫陶太太拿一把棍子闹着玩儿给打死了——一开眼就检到了 Society Lady① 的题目瞎谈，从唐瑛讲到温大龙（one dollar），从郑毓秀讲到小黑牛。这讲完了，又讲有名的姑娘，什么爱之花、潘奴、雅秋、亚仙的胡扯了半天。这讲了，又谈当代的政客，又讲银行家、大少爷、学者，学者们的太太们，什么都谈到了。曼！天冷了，出外的人格外思家。昨天我想你极了，但提笔写可又写不上多少话；今天我也真想你，难过得很，许是你也想我了。这黄梅时阴凄的天气谁不想念他的亲爱的？

你千万自己处处格外当心——为我。

文伯带来一箱女衣，你说是谁的？陈洁如你知道吗？蒋介石的太太，她和张静仁的三小姐在纽约，我打开她箱子来看了，什么尺呀，粉线袋、百代公司唱词本儿、香水、衣服，什么都有。等到纽约见了她，再作详细报告。

今晚有电影，Billie Dove 的，要去看了。

摩摩的亲吻　六月二十四

一九二八年六月二十五日

明天我们船过子午线，得多一天。今天是二十五，明天本应二十

---

① Society Lady：交际花。

六,但还是二十五;所以我们在船上的多一个礼拜一,要多活一天。不幸我们是要回来的,这检来的一天还是要去掉的。这道理你懂不懂? 小孩子! 我们船是向东北走的,所以愈来愈冷。这几天太太小姐们简直皮小氅都穿出来了。但过了明天,我们又转向东南,天气就一天暖似一天。到了 Victoria① 就与上海相差不远了。美国东部纽约以南一定已经很热,穿这断命的外国衣服,我真有点怕,但怕也得挨。

船上吃饱睡足,精神养得好多,面色也渐渐是样儿了。不比在上海时,人人都带些晦气色。身体好了,心神也宁静了。要不然我昨晚的信如何写得出? 那你一看就觉得到这是两样了。上海的生活想想真是糟。陷在里面时,愈陷愈深;自己也觉不到这最危险,但你一跳出时,就知道生活是不应这样的。

这两天船上稍为有点生气,前今两晚举行一种变相的赌博:赌的是船走的里数,信上说是说不明白的。但是 auction sweep 一种拍卖倒是有点趣味——赌博的趣味当然。我们输了几块钱。今天下午,我们赛马,有句老话是:船顶上跑马,意思是走投无路。但我们却真的在船上举行赛马了。我说给你听:地上铺一条划成六行二十格的毯子,拿六只马——木马当然,放在出发的一头,然后拿三个大色子掷在地上;如其掷出来是一二三,那第一第二第三三个马就各自跑上一格;如其接着掷三个一点,那第一只马就跳上了三步。这样谁先跑完二十格,就得香槟。买票每票是半元,随你买几票。票价所得的总数全归香槟,按票数分得,每票得若干。比如六马共卖一百张票,那就是五十元。香槟马假如是第一马,买的有十票,那每票就派着十元。今天一共举行三赛,两次普通,一次"跳浜";我们赢得了两块钱,也算是好玩。

第二个六月二十五:今天可纪念的是晚上吃了一餐中国饭,一碗

---

① Victoria:维多利亚,加拿大港市。

汤是鲍鱼鸡片,颇可口,另有广东咸鱼草菇球等四盆菜。我吃了一碗半饭,半瓶白酒,同船另有一对中国人;男姓李,女姓宋,订了婚的,是广东李济深的秘书;今晚一起吃饭,饭后又打两圈麻将。我因为多喝了酒,多吃了烟,颇不好受;头有些晕,赶快逃回房来睡下了。

今天我把古董给文伯看:他说这不行,外国人最讲考据,你非得把古董的历史原原本本的说明不可。他又说:三代铜器是不含金质的,字体也太整齐,不见得怎样古;这究竟是几时出土,经过谁的手,经过谁评定,这都得有。凡是有名的铜器在考古书上都可以查得的。这克炉是什么时代,什么铸的,为什么叫"克"?我走得匆促,不曾详细问明,请瑞午给我从详(而且须有根据,要靠得住)即速来一个信,信面添上——"Via Seattle"①,可以快一个礼拜。还有那瓶子是明朝什么年代,怎样的来历,也要知道。汉玉我今天才打开看,怎么爸爸只给我些普通的。我上次见过一些药铲什么好些的,一样都没有,颇有些失望。但我当然去尽力试卖。文伯说此事颇不易做,因为你第一得走门路,第二近年来美国人做冤大头也已经做出了头。近来很精明了,中国什么路货色什么行市,他们都知道。第二即使有了买主,介绍人的佣金一定不小,比如济远说在日本卖画,卖价五千,卖主真到手的不过三千,因此八大那张画他也没有敢卖。而且还有我们身分的关系,万一他们找出证据来说东西靠不住,我们要说大话,那很难为情。不过他倒是有这一路的熟人,且碰碰运气去看。竞武他们到了上海没有?我很挂念他们。要是来了,你可以不感寂寞,家下也有人照应了;如未到来信如何说法,我不另写信了;他们早晚到,你让他们看信就得。

我和文伯谈话,得益很多。他倒是在暗里最关切我们的一个朋友。他会出主意,你是知道的。但他这几年来单身人在银行界最近在政界怎样的做事,我也才完全知道,以后再讲给你听。他现在背着

---

① Via Seattle:经西雅图。

一身债,为要买一个清白,出去做事才立足得住。在一般人看来,他是一个大傻子;因为他放过明明不少可以发财的机会不要,这是他的品格,也显出他志不在小,也就是他够得上做我们朋友的地方。他倒很佩服娘,说她不但能干而有思想,将来或许可以出来做做事。在船上是个极好反省的机会。我愈想愈觉得我俩有赶快 wake up① 的必要。上海这种疏松生活实在是要不得,我非得把你身体先治好,然后再定出一个规模来,另辟一个世界,做些旁人做不到的事业,也叫爸娘吐气。我也到年纪了,再不能做大少爷,马虎过日。近来感受种种的烦恼,这都是生活不上正轨的缘故。曼,你果然爱我,你得想想我的一生,想想我俩共同的幸福;先求养好身体,再来做积极的事。一无事做是危险的,饱食暖衣无所用心,决不是好事。你这几个月身体如能见好,至少得赶紧认真学画和读些正书。要来就得认真,不能自哄自,我切实的希望你能听摩的话。你起居如何?早上何时起来?这第一要紧——生活革命的初步也。

摩亲吻你

一九二八年七月二日

曼:

不知怎的车老不走了,有人说前面碰了车;这可不是玩,在车上不比在船上,拘束得很,什么都不合式,虽则这车已是再好没有的了。我们单独占一个房间,另花七十美金,你说多贵!

前昨的经过始终不曾说给你听,现在补说吧!

Victoria 这是有钱人休息的一个海岛,人口有六七万;天气最好,至热不过八十度,到冷不逾四十,草帽、白鞋是看不见的。住家的房

---

① wake up:醒来。

子有很好玩的,各种的颜色玲巧得很;花木那儿都是,简直找不到一家无花草的人家。这一季尤其,各色的绣球花,红白的月季,还有长条的黄花,紫的香草,连绵不断的全是花。空气本来就清,再加花香,妙不可言。街道的干净也不必说。我们坐车游玩时正九时,家家的主妇正铺了床,把被单挂到廊下来晒太阳。送牛奶的赶着空车过去,街上静得很;偶尔有一两个小孩在街心里玩。但最好的地方当然是海滨:近望海里,群岛罗列,白鸟飞翔,已是一种极闲适之景致;远望更佳,夏令配克高峰都是戴着雪帽的,在朝阳里煊耀:这使人尘俗之念,一时解化。我是个崇拜自然者,见此如何不倾倒! 游罢去皇后旅馆小憩;这旅馆也大极了,花园尤佳,竟是个繁花世界,草地之可爱,更是中国所不可得见。

中午有本地广东人邀请吃面,到一北京楼;面食不见佳,却有一特点:女堂倌是也。她那神情你若见了,一定要笑,我说你听。

姑娘是琼州生长的女娃!

生来粗眉大眼刮刮叫的英雄相,

打扮得像一朵荷花透水鲜,

黑绸裙,白丝袜,粉红的绸衫,

再配上一小方围腰,

她走道儿是玲丁当,

她开口时是有些儿风骚;

一双手倒是十指尖:

她跟你斟上酒又倒上茶……

据说这些打扮得娇艳的女堂倌,颇得洋人的喜欢。因为中国菜馆的生意不坏,她们又是走码头的,在加拿大西美名城子轮流做招待的。她们也会几支山歌,但不是大老板,她们是不赏脸的。下午四时上船,从维多利亚到西雅图,这船虽小,却甚有趣。客人多得很,女人尤多。在船上,我们不说女人没有好看的吗? 现在好了,越向内地走,女人好看的似乎越多;这船上就有不少看得过的。但我倦极了,一上船就睡着了。这船上有好玩的,一组女人的音乐队,大约不是俄国便是波兰人吧!打扮得也有些妖形怪气的,胡乱吹打了半天,但听的人实在不如看的人多!船上的风景也好,我也无心看,因为到岸就得检验行李过难关。八时半到西雅图,还好,大约是金问泗的电报,领馆里派人来接,也多亏了他;出了些小费,行李居然安然过去。现在无妨了,只求得到主儿卖得掉,否则原货带回,也够扫兴的不是?当晚为护照行李足足弄了两小时,累得很;一到客栈,吃了饭,就上床睡。不到半夜又醒了,总是似梦非梦的见着你,怎么也睡不着。临睡前额角在一块玻璃角上撞起了一个窟窿,腿上也磕出了血,大约是小晦气,不要紧的,你们放心。昨天早上起来去车站买票,弄行李,离开车尚有一小时。雇一辆汽车去玩西雅图城,这是一个山城,街道不是上,就是下,有的峻险极了,看了都害怕。山顶就一只长八十里的大湖叫 Lake Washington,可惜天阴,望不清。但山里住家可太舒服了。十一时上车,车头是电气的,在万山中开行,说不尽的好玩。但今朝又过好风景,我还睡着错过了!可惜,后天是美国共和纪念日,我们正到芝加哥。我要睡了,再会!

妹妹!

摩　七月二日

一九二八年七月五日

亲爱的:

　　整两天没有给你写信,因为火车上实在震动得太厉害,人又为失眠难过,所以索性耐着,到了纽约再写。你看这信笺就可以知道我们已经安到我们的目的地——纽约。方才浑身都洗过颇觉爽快。这是一个比较小的旅馆,但房金每天合中国钱每人就得十元,房间小得很,虽则有澡室等等,设备还要得。出街不几步,就是世界有名的

Fifth Ave。这道上只有汽车,那多就不用提了。我们还没有到 K. C. H.① 那里去过,虽则到岸时已有电给他,请代收信件。今天这三两天怕还不能得信,除非太平洋一边的邮信是用飞船送的,那看来不见得。说一星期吧,眉你的第一封信总该来了吧,再要不来,我眼睛都要望穿了。眉,你身体该好些了吧?如其还要得,我盼望你不仅常给我写信,并且要你写得使我宛然能觉得我的乖眉小猫儿似的常在我的左右!我给你说说这几天的经过情形,最苦是连着三四晚失眠。前晚最坏了,简直是彻夜无眠,也不知是什么原因。一路火旺得很,一半许是水土,上岸头几天又没有得水果吃,所以烧得连口唇皮都焦黑了。现在好容易到了纽约,只是还得忙:第一得寻一个适当的 apartment。夏天人家出外避暑,许有好的出租。第二得想法出脱带来的宝贝。说起昨天过芝加哥,我们去 Museum of Natural History② 走来了。那边有一个玉器专家叫 Lanfer,他曾来中国收集古董,印一本讲玉器的书,要卖三十五元美金。昨天因为是美国国庆纪念他不在馆,没有见他。可是文伯开玩笑,给出一个主意,他让我把带来的汉玉给他看,如他说好,我就说这是不算数,只是我太太 Madame Hsu Siaomay 的小玩意儿,collection③ 她老太爷才真是好那。他要同意的话就拿这一些玉全借给他,陈列在他的博物院里,请本城或是别处的阔人买了捐给院里。文伯又说,我们如果吹得得法的话,不妨提议让他们请爸爸做他们驻华收集玉器代表。这当然不过是这么想,但如果成的话,岂不佳哉?我先寄此,晚上再写。

　　　　　　　　　　　　　　摩　一九二八年七月五日

---

① K. C. H.:人名缩写。
② Museum of Natural History:自然博物馆。
③ collection:收藏。

一九二八年十月四日

爱眉：

久久不写中国字，写来反而觉得不顺手。我有一个怪癖，总不喜欢用外国笔墨写中国字，说不出的一种别扭，其实还不是一样的。昨天是十月三号按阳历是我俩的大喜纪念日，但我想不用它，还是从旧历以八月二十七孔老先生生日那天作为我们纪念的好；因为我们当初挑的本来是孔诞日而不是十月三日，那你有什么意味？昨晚与老李喝了一杯cocktail,①再吃饭，倒觉得脸烘烘热了一两个钟头。同船一班英国鬼子都是粗俗到万分，每晚不是赌钱赛马，就是跳舞闹，酒间里当然永远是满座的。这班人无一可谈，真是怪，一出国的英国鬼子都是这样的粗伧可鄙。那群舞女（Bawoard Company）不必说，都是那一套，成天光着大腿子，打着红脸红嘴赶男鬼胡闹，淫骚粗丑的应有尽有。此外的女人大半都是到印度或缅甸去传教的一群乾瘪老太婆，年纪轻些的，比如那牛津姑娘（要算她还有几分清气），说也真妙，大都是送上门去结婚的，我最初只发见那位牛姑娘（她名字叫Sidebottom,多难听！）是新嫁娘，谁知接连又发见至九个之多，全是准备流血去的！单是一张饭桌上，就有六个大新娘你说多妙！这班新娘子，按东方人看来也真看不惯，除了真丑的，否则每人也都有一个临时朋友，成天成晚的拥在一起，分明她们良心上也不觉得什么不自然这真是洋人洋气！

我在船上饭量倒是特别好，菜单上的名色总得要过半。这两星期除了看书（也看了十来本书）多半时候，就在上层甲板看天看海。我的眼望到极远的天边，我的心也飞去天的那一边。眉你不觉得吗，我每每凭阑远眺的时候，我的思绪总是紧绕在我爱的左右，有时想起

---

① cocktail：鸡尾酒。

你的病态可怜,就不禁心酸滴泪。每晚的星月是我的良伴。

  自从开船以来,每晚我都见到月,不是送她西没,就是迎她东升。有时老李伴着我,我们就看着海天也谈着海天,满不管下层船客的闹,我们别有胸襟,别有怀抱,别有天地!

  乖眉,我想你极了,一离马赛,就觉到归心如箭,恨不能一脚就往回赶。此去印度真是没法子,为还几年来的一个愿心,在老头升天以前再见他一次,也算尽我的心。像这样抛弃了我爱,远涉重洋来访友,也可以对得住他的了。所以我完全无意留连,放着中印度无数的名胜异迹,我全不管,一到孟买(Bombay)就赶去 Calcutta 见了老头,再顺路一到大吉岭,瞻仰喜马拉雅的丰采,就上船径行回沪。眉眉我心肝,你身体见好否?半月来又无消息,叫我如何放心得下,这信不知能否如期赶到?但是快了,再一个月你我又可交抱相慰的了!

摩的热吻

香港电到时,盼知照我父。

一九二八年十二月二十一日

Darling:

  车现停在河南境内(陇海路上),因为前面碰车出了事,路轨不曾修好,大约至少得误点六小时,这是中国的旅行。老金处电想已发出,车到如在半夜,他们怕不见得来接,我又说不清他家的门牌号数,结果或须先下客栈。同车熟人颇多,黄家寿带了一个女人,大概是姨太太之一,他约我住他家,我倒是想去看看他的古董书画。你记得我们有一次在他家吃饭,obata 请客吗?他的鼻子大得奇怪,另有大鼻子同车,罗家伦校长先生是也。他见了我只是窘,尽说何以不带小曼同行,杀风景,杀风景!要不然就吹他的总司令长,何应钦白崇禧短,令人处处齿冷。

车上极挤,几於不得坐位,因有相识人多定卧位,得以高卧。昨晚自十时半睡至今日十时,大畅美,难得。地在淮北河南,天气大寒,朝起初见雪花,风来如刺。此一带老百姓生活之苦,正不可以言语形容。同车有熟知民间苦况者,为言民生之难堪;如此天时,左近乡村中之死于冻饿者,正不知有多少。即在车上望去,见土屋墙壁破碎,有仅盖席子作顶,聊蔽风雨者。人民都面有菜色,镶手寒战,看了真是难受。回想我辈穿棉食肉,居处奢华,尚嫌不足,这是何处说起。我每当感情动时,每每自觉惭愧,总有一天我也到苦难的人生中间去尝一分甘苦;否则如上海生活,令人筋骨衰腐,志气消沈,那还说得到大事业!

　　眉,愿你多多保重,事事望远处从大处想,即便心气和平,自在受用。你的特长即在气宽量大,更当以此自勉。我的话,前晚说的,千万常常记得,切不可太任性。盼有来信。

汝摩　星期五

爸娘前请安,临行未道别为罪。

一九二八年十二月二十五日

小曼:

　　到今天才偷着一点闲来写信,但愿在写完以前更不发生打岔。到了北京是真忙,我看人,人看我,几个转身就把白天磨成了夜。先来一个简单的日记吧。

　　星期六在车上又逢着了李济之大头先生,可算是欢喜冤家,到处都是不期之会。车误了三个钟头,到京已晚十一时。老金、丽琳、瞿菊农,都来站接我:故旧重逢,喜可知也。老金他们已迁入叔华的私产那所小洋屋,和她娘分住两厢,中间公用一个客厅。初进厅老金就打哈哈,原来新月社那方大地毯,现在他家美美的铺着那。如此说来,你当初有些错冤了王公厂了。丽琳还是那旧精神,开口难幺闭口面的有趣。老金长得更丑更蠢更笨更呆更木更傻不鸡鸡了! 他们一开口当然就问你,直骂我,说什么都是我的不是,为什么不离开上海? 为什么不带你去外国,至少上北京? 为什么听你在腐化不健康的环境里耽着? 这样那样的听说了一大顿,说得我哑口无言。本来是无可说的! 丽琳告奋勇她要去上海看看你倒是怎么回事。种种的废话都是长翅膀的,可笑却也可厌。他俩还得向我开口正式谈判那,可怕!

　　Emma 已不和他们同住,不合式,大小姐二小姐分了家了。当晚 Emma 也来了,她可也变了样,又老又丑,全不是原先巴黎伦敦丰采,大为扫兴。

　　第二天星期一,早去协和,先见思成。梁先生的病情谁都不能下断语,医生说希望绝无仅有,神智稍为清宁些,但绝对不能见客,一兴奋病即变相。前几天小便阻塞,过一大危险,亦为兴奋。因此我亦只得在门缝里张望,我张了两次:一次是躺着,难看极了,半只脸只见瘦黑而焦的皮包着骨头,完全脱了形了,我不禁流泪;第二次好些,他靠坐着和思成说话多少还看出几分新会先生的神采。昨天又有变象,早上忽发寒热,抖战不止,热度升至四十以上,大夫一无捉摸;但幸睡眠甚好,饮食亦佳。老先生实在是绞枯了脑汁,流干了心血,病发作就难以支持;但也还难说,竟许他还能多延时日。梁大小姐亦尚未到。思成因日前离津去奉,梁先生病已沈重,而左右无人作主,大为一班老辈朋友所责备。彼亦面黄肌瘦,看看可怜。林大小姐则不然,风度无改,涡媚犹圆,谈锋尤健,兴致亦豪;且亦能吸烟卷喝啤酒矣!

　　星期中午老金为我召集新月故侣,居然尚有二十余人之多。计开:任叔永夫妇、杨景任、熊佛西夫妇、余上沅夫妇、陶孟和夫妇、邓叔存、冯友兰、杨金甫、丁在君、吴之椿、瞿菊农等,彭春临时赶到,最令高兴,但因高兴喝酒即多以致终日不适,腹绞脑涨,下回自当留意。

　　星期晚间在君请饭,有彭春及思成夫妇,瞎谈一顿。昨天星一早去石虎胡同寒老处,并见慰堂,略谈任师身后布置,此公可称以身殉学问者也,可敬!午后与彭春约同去清华,见金甫等。彭春对学生谈戏,我的票也给绑上了,没法摆脱。罗校长居然全身披挂,威风凛凛,杀气腾腾,然其太太则十分循顺,劝客吃糖食十分殷勤也。晚归路过燕京,见到冰心女士,承蒙不弃,声声志摩,颇非前此冷傲,异哉。与P. C. 进城吃正阳楼双脆烧炸肥瘦羊肉,别饶风味。饭后看荀慧生翠屏山,配角除马富禄外,太觉不堪。但慧生真慧,冶荡之意描写入神,好!戏完即与彭春去其寓次长谈。谈长且畅,举凡彼此两三年来屯聚于中者一齐倾吐无遗,难得,难得!直至破晓,方始入寐,彭春俱一时不能离南开;乃兄已去国,二千人教育责任,尽在九爷肩上。然彭春极想见曼,与曼一度长谈。一月外或可南行一次,我亦亟望其能成行也。P. C. 真知你我者,如此知己,仅矣!今日十时去汇业见叔濂,门锁人愁,又是一番景象。此君精神颇见颓丧,然言自身并无亏空,不知确否。

午间思成藻孙约饭东兴楼,重尝乌鱼蛋芙蓉鸡片。饭后去淑筠家,老伯未见,见其姬,函款面交。希告淑筠,去六阿姨处,无人在家,仅见黑哥之母。三舅母处想明日上午去,西城亦有三四处朋友也。今晚杨邓请饭,及看慧生全本玉堂春。明晚或可一见小楼小余之八大锤。三日起居注,絮絮述来,已有许多,俱见北京友生之富。然而京华风色不复从前,萧条景象,到处可见,想了伤心。友辈都要我俩回来,再来振作一番风雅市面,然而已矣!

曼!日来生活如何,最在念中,腿软已见除否?夜间已移早否?我归期尚未能定,大约这星四动身。但梁如尔时有变,则或尚须展缓,文伯慰慈已返京,尚未见。文伯麻子今煌煌大要人矣。

堂上均安不另。

汝摩亲吻　星期二

一九三一年二月二十四日

眉：

前天一信谅到，我已安到北平。适之父子和丽琳来车站接我。胡家一切都替我预备好，被窠等等一应俱全。我的两件丝棉袍子一破一烧，胡太太都已替我缝好。我的房间在楼上，一大间，后面是祖望的房，再过去是澡室；房间里有汽炉，舒适得很。温源宁要到今晚才能见，因此功课如何，都还不得而知；恐怕明后天就得动手工作。北京天时真好，碧蓝的天，大太阳照得通亮；最妙的是徐州以南满地是雪，徐州以北一点雪都没有。今天稍有风，但也不见冷。前天我写信后，同小郭去钱二黎处小坐，随后到程连士处（因在附近），程太太留吃点心，出门时才觉得时候太迟了些，车到江边跑极快，才走了七分钟，可已是六点一刻。最后一趟过江的船已于六点开走，江面上雾茫茫的只见几星轮船上的灯火。我想糟，真闹笑话了，幸亏神通广大，居然在十分钟内，找到了一支小火轮，单放送我过去。我一个人独立苍茫，看江涛滚滚，别有意境。到了对岸，已三刻，赶快跑，偏偏橘子篓又散了满地，狼狈之至。等到上车，只剩了五分钟，你说险不险！同房间一个救世军的小军官，同车相识者有翁咏霓。车上大睡，第一晚因大热，竟至梦魇。一个梦是湘眉那猫忽然反了，约了另一只猫跳上床来攻打我；凶极了，我几乎要喊救命。说起湘眉要那猫，不为别的，因为她家后院也闹耗子，所以要她去镇压镇压。她在我们家，终究是客，不要过分亏待了她，请你关照荷贞等，大约不久，张家有便，即来携取的。我走后你还好否？想已休养了过来。过年是有些累；我在上海最苦是不够睡。娘好否？说我请安。碌石已去信否？小蝶墨盒及信已送否？大夏六十元支票已送来否？来信均盼提及。电报不便，我或者不发了。此信大后日可到。你晚上睡得好否？立盼来信！常写要紧。早睡早起才乖。

汝摩　二月二十四日

一九三一年二月二十六日

眉爱：

前日到后，一函托丽琳付寄，想可送到。我不曾发电，因为这里去电报局颇远，而信件三日内可到，所以省了。现在我要和你说的是我教书事情的安排。前晚温源宁来适之处，我们三个人谈到深夜。北大的教授（三百）是早定的，不成问题。只是任课比中大的多，不甚愉快。此外还是问题，他们本定我兼女大教授，那也有二百八，连北大就六百不远。但不幸最近教部严令禁止兼任教授，事实上颇有为难处，但又不能兼。如仅仅兼课，则报酬又甚微，六点钟不过月一百五十。总之此事尚未停当，最好是女大能兼教授，那我别的都不管，有二百八和三百，只要不欠薪，我们两口子总够过活。就是一样，我还不知如何？此地要我教的课程全是新的，我都得从头准备，这是件麻烦事；倒不是别的，因为教书多占了时间，那我愿意写作的时间就得受损失。适之家地方倒是很好，楼上楼下，并皆明敞。我想我应得可以定心做做工。奚若昨天自清华回，昨晚与丽琳三人在玉华台吃饭。老金今晚回，晚上在他家吃饭。我到此饭不曾吃得几顿，肚子已坏了。方才正在写信，底下又闹了笑话，狼狈极了；上楼去，偏偏水管又断了，一滴水都没有。你替我想想是何等光景？（请不要逢人就告，到底年纪不小了，有些难为情的。）最后要告诉你一件我决不曾意料的事：思成和徽音我以为他们早已回东北，因为那边学校已开课。我来时车上见郝更生夫妇，他们也说听说他们已早回，不想他们不但尚在北平而且出了大岔子，惨得很，等我说给你听：我昨天下午见了他们夫妇俩，瘦得竟像一对猴儿，看了真难过。你说是怎么回事？他们不是和周太太(梁大小姐)思永夫妇同住东直门的吗？一天徽音陪人到协和去,被她自己的大夫看见了,他一见就拉她进去检验;诊断的结果是病已深到危险地步,目前只有立即停止一切劳动,到山上去静养。孩子、丈夫、朋友、书,一切都须隔绝,过了六个月再说话,那真是一个晴天里霹雳。这几天小夫妻俩就像是热锅上的蚂蚁直转,房子在香山顶上有,但问题是叫思成怎么办？徽音又舍不得孩子,大夫又绝对不让,同时孩子也不强,日见黄白。你要是见了徽音、眉眉,你一定吃吓。她简直连脸上的骨头都看出来了;同时脾气更来得暴躁。思成也是可怜,主意东也不是,西也不是。凡是知道的朋友,不说我,没有不替他们发愁的;真有些惨,又是爱莫能助,这岂不是人生到此天道宁论？丽琳谢谢你,她另有信去。你自己这几日怎样？何以还未有信来？我盼着！夜晚睡得好否？寄娘想早来。瑞午金子已动手否？盼有好消息！娘好否？我要去东兴,郑苏戡在,不写了。

摩吻

一九三一年三月四日

至爱妻：

到平已八日,离家已十一日,仅得一函,至为关念。昨得虞裳来书,称洵美得女,你也去道喜。见你左颊微肿,想必是牙痛未愈,或又发。前函已屡嘱去看牙医,不知已否去过,已见好否？我不在家,你一切都须自己当心。即如此消息来,我即想到你牙痛苦楚模样,心甚不忍。要知此虚火,半因天时,半亦起居不时所致。此一时你须决意将精神身体全盘整理,再不可因循自误。南方不知已放晴否？乘此春时,正好努力。可惜你左右无精神振爽之良伴,你即有志,亦易于奄奄蹉跎。同时时日不待,光阴飞谢,实至可怕。即如我近两年,亦复苟安贪懒,一无朝气。此次北来,重行认真做事,颇觉吃力。但果能在此三月间扭回习惯,起劲做人,亦未为过晚。所盼者,彼此忍受此分居之苦,至少总应有相当成绩,庶几彼此可以告慰。此后日子藉此可见光明,亦快心事也。此星期已上课,北大八小时,女大八小时。昨今均七时起身,连上四课。因初到须格外卖力(学生亦甚欢迎),结果颇觉吃力。明日更烦重,上午下午两处跑,共有五小时课。星六亦重,又因所排功课,皆非我所素习,不能不稍事预备,然而苦矣。晚睡仍迟,而早上不能不起。胡太太说我可怜,但此本分内事,连年舒服过当,现在正该加倍的付利息了。

女子大学的功课本是温源宁的,繁琐得很。八个钟点不算,倒是六种不同科目,最烦。地方可是太美了,原来是九爷府,后来常荫槐买了送给杨宇霆的。王宫大院,真是太好了。每日煤就得烧八十多元。时代真不同了,现在的女学生一切都奢侈,打扮真讲究,有几件皮大氅,着实耀眼。杨宗翰也在女大。我的功课多挤在星期三、四、五、六。这回更不能随便了。下半年希望能得基金讲座,那就好,教六个钟头,拿四五百元。余下工夫,就很可以写东西,目前怕只能做教匠。六阿姨他们昨天来此。今天我去(第二次),赫哥请在一亚一吃饭。六姨定三月南去,小瑞亦颇想同行,不知成否?昨日元宵,我一人在寓,看看月色,颇念着你。半空中常见火炮,满街孩子欢呼。本想带祖望他们去城南看焰火,因要看书未去。今日下午亦未出门。赵元任夫妇及任叔永夫妇来便饭。小三等放花甚起劲。一年一度,元宵节又过去了。我此来与上次完全不同,游玩等事一概不来。除了去厂甸二次,戏也未看,什么也没有做。你可以放心。但我真是天天盼望你来信,我如此忙,尚且平均至少两天一信。你在家能有多少要公,你不多写,我就要疑心你不念着我。娘好否?为我请安。此信可给娘看看。我要做工了。

如有信件一起寄来。

　　　　　　　　　　　　　　　你的摩摩　元宵后一日

一九三一年三月七日

至爱妻曼：

到今天才得你第二封信,真是眼睛都盼穿了。我已发过六封信,平均隔日一封也不算少,况且我无日无时不念着你。你的媚影站在我当前,监督我每晚读书做工,我这两日常责备她何以为此躲懒,害我提心吊胆。自从虞裳说你腮肿,我曾梦见你腮肿得西瓜般大。你是错怪了亲爱的。至于我这次走,我不早说了又说,本是一件无可奈何事。我实在害怕我自己真要陷入各种痼疾,那岂不是太不成话,因而毅然北来,今日崇庆也函说:母亲因新年劳碌发病甚详,我心里何尝不是说不出的难过,但愿天保佑,春气转暖以后,她可以见好。你,我岂能舍得。但思量各方情形姑息因循,大家没有好处,果真到了无可自救的日子那又何苦? 所以忍痛把你丢在家里,宁可出外过和尚生活。我来后情形,我函中都已说及,将来你可以问胡太太即可知道。我是怎样一个乖孩子,学校上课我也颇为认真,希望自励励人,重新再打出一条光明路来。这固然是为我自己,但又何尝不为你亲眉,你岂不懂得? 至于梁家,我确是梦想不到有此一着;况且此次相见与上迥不相同,半亦因为外有浮言,格外谨慎,相见不过三次,绝无愉快可言。如今徽音偕母挈子,远在香山,音信隔绝,至多等天好时与老金、奚若等去看她一次。(她每日只有两个钟头可见客。)我不会伺候病,无此能干,亦无此心思:你是知道的,何必再来说笑我。我在此幸有工作,即偶尔感觉寂寞,一转眼也就过去;所以不放心的只有一个老母,一个你。还有娘始终似乎不十分了解,也使我挂念。我的知心除了你更有谁? 你来信说几句亲热话,我心里不提有多么安慰?已经南北隔离,你再要不高兴我如何受得? 所以大家看远一些,忍耐一些,我的爱你,你最知道,岂容再说。"I may not love you so passionately as before but I love all the more sincerely and truly for all those years. And may this brief separation bring about another gush of passionate love from both sides so that each of us will be willing to sacrifice for the sake of the other!"①我上课颇感倦,总是缺少睡眠。明日星期,本可高卧,但北大学生又在早九时开欢迎会,又不能不去。现已一时过,所以不写了。今晚在丰泽园,有性仁、老邓等一大群。明晚再写,亲爱的,我热热的亲你。

摩　三月七日

一九三一年三月十九日

爱眉亲亲:

今天星四,本是功课最忙的一天,从早起直到五时半才完。又有莎菲茶会,接着Swan请吃饭,回家已十一时半,真累。你的快信在案上;你心里不快,又兼身体不争气,我看信后,十分难受。我前天那信也说起老母,我未尝不知情理。但上海的环境我实在不能再受。再窝下去,我一定毁;我毁于别人亦无好处,于你更无光鲜。因此忍痛离开;母病妻弱,我岂无心?所望你能明白,能助我自救;同时你亦从此振拔,脱离痼疾;彼此回复健康活泼,相爱互助,真是海阔天空,何求不得?至于我母,她固然不愿我远离,但同时她亦知道上海生活于我无益,故闻我北行,绝不阻拦。我父亦同此态度;这更使我感念不置。你能明白我的苦衷,放我北来,不为浮言所惑;亦使我对你益加敬爱。但你来信总似不肯舍去南方。硖石是我的问题,你反正不回去。在上海与否,无甚关系。至于娘,我并不曾要你离开她。如果我北京有家,我当然要请她来同住。好在此地房舍宽敞,决不至如上海

---

① 引文大意是:"我可能没有像以前那样热烈地爱你,但这些年来我爱你爱得更真诚。希望短暂的分离,能使双方喷涌出一股新的爱的激情,使我们都愿意为对方作出牺牲!"

寓处的局促。我想只要你肯来,娘为你我同居幸福,决无不愿同来之理。你的困难,由我看来,决不在尊长方面,而完全是在积习方面。积重难返,恋土重迁是真的。(说起报载法界已开始搜烟,那不是玩!万一闹出笑话来,如何是好?这真是仔细打点的时机了。)我对你的爱,只有你自己最知道。前三年你初沾上习的时候,我心里不知有几百个早晚,像有蟹在横爬,不提多么难受。但因你身体太坏,竟连话都不能说。我又是好面子,要做西式绅士的。所以至多只是短时间绷长一个脸,一切都郁在心里。如果不是我身体茁壮,我一定早得神经衰弱。我决意去外国时是我最难受的表示。但那时万一希冀是你能明白我的苦衷,提起勇气做人。我那时寄回的一百封信,确是心血的结晶,也是漫游的成绩。但在我归时,依然是照旧未改;并且招惹了不少浮言。我亦未尝不私自难受,但实因爱你过深,不惜处处顺你从着你。也怪我自己意志不强,不能在不良环境中挣出独立精神来。在这最近二年,多因循复因循,我可说是完全同化了。但这终究不是道理!因为我是我,不是洋场人物。于我固然有损,于你亦无是处。幸而还有几个朋友肯关切你我的健康和荣誉,为你我另辟生路。固然事实上似乎有不少不便,但只要你这次能信从你爱摩的话,就算是你牺牲,为我牺牲。就算你和一个地方要好,我想也不至于要好得连一天都分离不开。况且北京实在是好地方。你实在是过于执一不化,就算你这一次迁就,到北方来游玩一趟:不合意时尽可回去。难道这点面子都没有了吗?我们这对夫妻,说来也真是特别;一方面说,你我彼此相互的受苦与牺牲,不能说是不大。很少夫妇有我们这样的脚根。但另一方面说,既然如此相爱,何以又一再舍得相离?你是大方,固然不错。但事情总也有个常理。前几年,想起真可笑。我是个痴子,你素来知道的。你真的不知道我曾经怎样渴望和你两人并肩散一次步,或同出去吃一餐饭,或同看一次电影,也叫别人看了羡慕。但说也奇怪,我守了几年,竟然守不着一单个的机会,你没有一天不是 engaged① 的,我们从没有 privacy② 过。到最近,我已然部分麻木,也不想望那种世俗幸福。即如我行前,我过生日,你也不知道。我本想和你吃一餐饭,玩玩。临别前,又说了几次,想要实行至少一次的约会,但结果我还是脱然远走,一单次的约会都不得实现。你说可笑不?这些且不说他,目前的问题:第一还是你的身体。你说我在家,你的身体不易见好。现在我不在家了,不正是你加倍养息的机会?所以你爱我,第一就得咬紧牙根,养好身体;其次想法脱离习惯,再来开始我们美满的结婚幸福。我只要好好下去,做上三两年工,在社会上不怕没有地位,不怕没有高尚的名誉。虽则不敢担保有钱,但饱暖以及适度的舒服总可以有。你何至于遽尔悲观?要知道,我亲亲至爱的眉眉,我与你是一体的,情感思想是完全相通的;你那里一不愉快,我这里立即感到。心上一不舒适,如何还有勇气做事?要知道我在这里确有些做苦工的情形。为的无非是名气,为的是有荣誉的地位,为的是要得朋友们的敬爱。方便尤在你。我是本有颇高地位,用不着从平地筑起,江山不难取得,何不勇猛向前?现在我需要我缺少的,只是你的帮助与根据于真爱的合作。眉眉!大好的机会为你我开着,再不可错过了。时候已不早(二时半),明日七时半即须起身。我写得手也成冰,脚也成冰。一颗心无非为你,聪明可爱的眉眉,你能不为我想想吗?

北大经过适之再三去说,已领得三百元。昨交兴业汇沪收帐。女大无望,须到下月十日左右才能领钱,我又豁边了,怎好?南京日内或有钱,如到,来函提及。

祝你安好,孩子!上沅想已到,一百元当已交到。陈图南不日去申,要甚东西,速来函知。

你的摩摩　三月十九日星四

---

① engaged:有约会。

② privacy:独处。

一九三一年三月二十二日

至爱眉：

　　前日发长函后，未曾得信。昨今两日特别忙，我说你听听：昨功课完后，三个地方茶会，又是外国人。你又要说顶不欢喜外国人，但北京有几个外国人确是并不讨厌，多少有学问，有趣味，所以你也不能一笔抹煞。你的洋人的印象多半是外交人员，但这不能代表的。昨晚又是我们二周聚餐同志的会期，先在丽琳处吃茶，后去玉华台吃饭，商量春假期内去逛长城十三陵或坛庙寺。我最想去大觉寺看数十里的杏花。王叔鲁本说请我去，不知怎样。饭后又去白宫跳舞场，遇见赫哥及小瑞一家，我和丽琳跳了几次；她真不轻，我又穿上丝棉，累得一身大汗。有一舞女叫绿叶，颇轻盈，极红。我居然也占着了一次，化了一元钱。北京真是一天热闹似一天，如果小张再来，一定更见兴隆，虽则不定是北京之福。今天星期，上午来不少客，燕京清华都来请讲演。新近有胡先骕者又在攻击新诗，他们都要我出来辩护，我已答应，大约月初去讲。这一开端，更得见忙，然亦无法躲避，尽力做去就是。下午与丽龙去中央公园看圆明园遗迹展览，遇见不少朋友。牡丹已渐透红芽，春光已露。四时回史家胡同性仁Rose来茶谈演戏事。性仁因孟和在南京病，明日南下。她如到上海，许去看你，又是一个专使。Rose这孩子真算是有她的；前天骑马闪了下来，伤了背腰。好！她不但不息，玩得更疯，当晚还去跳舞，连着三天照样忙可算是plucky①之极。方才到六点钟又有一个年轻洋人开车来接她。海不久回来，听说派了京绥路的事。R演说她的闺房趣事，有声有色，我颇喜欢她的天真。但丽琳不喜欢她，我总觉得人家心胸狭窄，你以为怎样？七时我们去清水吃东洋饭。又是Miss Richard和

---

① plucky：有胆子的。

Miss Jones。饭后去中和,是我点的戏,尚和玉的铁龙山,凤卿文昭关,梅的头二本虹霓关。我们都在后台看得很高兴。头本戏不好,远不如孟丽君。慧生、艳琴、姜妙香,更其不堪。二本还不错,这是我到此后初次看戏。明晚小楼又有戏(上星期有落马湖、安天会),但我不见能去。眉眉,北京实在是比上海有意思得多,你何妨来玩玩。我到此不满一月,渐觉五官美通,内心舒泰;上海只是销蚀筋骨,一无好处。我雕像有相片,你一定说不像,但要记得"他"没有带上眼镜。你可以给洵美小鹅看看。眉眉,我觉得离家已有十年,十分想念你。小蝶他们来时你同来不好吗?你不在,我总有些形单影只,怪不自然的。请你写信硖石问两件事:一丽琳那包衣料;二我要新茶叶。

你的丈夫摩　二十二日

一九三一年四月一日

贤妻如吻:

多谢你的工楷信,看过颇感爽气。小曼奋起,谁不低头。但愿今后天佑你,体健日增。先从绘画中发见自己本真,不朽事业,端在人为。你真能提起勇气,不懈怠,不间断的做去,不患不成名。但此时只顾培养功力,切不可容丝毫骄矜。以你聪明,正应取法上上,俾能于线条彩色间见真性情,非得人不知而不愠,未是君子。展览云云,非多年苦工以后谈不到。小曼聪明有余,毅力不足,此虽一般批评,但亦有实情。此后务须做到一毅字,拙夫不才,期相共勉。画快寄来,先睹为幸。

此祝

进步!

摩　四月一日

一九三一年四月九日

爱眉：

昨晚打电后，母亲又不甚舒服，亦稍气喘，不绝呻吟。我二时睡，天亮醒回。又闻呻吟，睡眠亦不甚好。今日似略有热度，昨日大解，又稍进烂面或有关系。我等早八时即全家出门去沈家浜上坟。先坐船出市不远，即上岸走。蒋姑母毂定表妹亦同行。正逢乡里大迎神会。天气又好，遍里垄，尽是人。附近各镇人家亦雇船来看，有桥处更见拥挤。会甚简陋，但乡人兴致极高，排场亦不小。田中一望尽绿，忽来千百张红白绸旗，迎风飘舞，蜿蜒进行。长十丈之龙，有七八条。彩砌楼台亭阁，亦见十余。有翠香寄束、天女散花、三戏牡丹、吕布貂蝉等彩扮。高跷亦见，他有三百六十行。彩扮至趣，最妙者为一大白牯牛，施施而行，神气十足。据云此公须尽白烧一坛，乃肯随行。此牛殊有古希风味，可惜未带照相器，否则大可留些印象。此时方回，明后日还有迎会。请问洵美有兴致来看乡下景致否，亦未易见到，借此来硤一次何似。方才回镇，船傍岸时，我等俱已前行。父亲最后，因篙支不稳，仆倒船头，幸未落水。老人此后行动真应有人随侍矣。今晚父亲与幼仪、阿欢同去杭州。我一人留此伴母，可惜你行动不能自由，梵皇渡今亦有检查，否则同来侍病，岂不是好？洵美诗你已寄出否？明日想做些工，肩负过多，不容懒矣。你昨晚睡得好否？牙如何？至念！回头再通电，你自己保重！

摩 四月九日星期四

一九三一年四月二十七日

眉爱：

我昨夜痧气，今日浑身酸痛；胸口气塞，如有大石压住，四肢瘫软无力。方才得你信颇喜,及拆看,更增愁闷。你责备我,我相当的忍受。但你信上也有冤我的话;再加我这边的情形你也有所不知。我家欺你,即是欺我:这是事实。我不能护我的爱妻,且不能护我自己:我也懊憽得无话可说。再加不公道的来源,即是自家的父亲,我那晚挺撞了几句,他便到灵前去放声大哭。外厅上朋友都进来劝不住。好容易上了床,还是唉声叹气的不睡。我自从那晚起,脸上即显得极分明,人人看得出。除非人家叫我,才回话。连爸爸我也没有自动开过口。这在现在情势下,我又无人商量,电话上又说不分明,又是在热孝里,我为母亲关系,实在不能立即便有坚决表示:这你该原谅。至于我们这次的受欺压(你真不知道大殓那天,我一整天的绞肠的难受),我虽懦顺,决不能就此罢休。但我却要你和我靠在一边,我们要争气,也得两人同心合力的来。我们非得出这口气,小发作是无谓的。别看我脾气好,到了僵的时候,我也可以僵到底的。并且现在母亲已不在。我这份家,我已经一无依恋。父亲爱幼仪,自有她去孝顺,再用不到我。这次拒绝你,便是间接离绝我,我们非得出这口气。所以第一你要明白,不可过分责怪我。自己保养身体,加倍用功。我们还有不少基本事情,得相互同心的商量,千万不可过于懊恼,以致成病,千万千万!至于你说我通同他人来欺你,这话我要叫冤。上星六我回家,同行只有阿欢和惺堂。他们还是在北站上车的,我问阿欢,他娘在那里!他说在沧州旅馆,硖石不去。那晚上母亲万分危险,我一到即蹲在床里,靠着她,直到第二天下午幼仪才来。(我后来知道是爸爸连去电话催来的。)我为你的事,从北方一回来,就对父亲说。母亲的话,我已对你说过。父亲的口气,十分坚决,竟表示你若来他即走。随后我说得也硬。他(那天去上海)又说,等他上海回来再说。所以我一到上海,心里十分难受,即请你出来说话,不想你倒真肯做人,竟肯去父亲处准备受冷肩膀。我那时心里十分感受你的明大体。其实那晚如果见了面,也许可以讲通(父亲本是吃软不吃硬的)。不幸又未相逢。连着我的脚又坏得寸步难移,因而下一天出门的机会也就没有。等到星期六上午父亲从硖石来电话,说母又病重,要我带惺堂立即回去,我即问小曼同来怎样?他说"且缓,你先安慰她几句吧!"所以眉眉,你看,我的难才是难。以前我何尝不是夹在父母与妻子中间做难人,但我总想拉拢感情要紧。有时在父母面上你不很用心,我也有些难过。但这一次你的心肠和态度是十分真纯而且坦白,这错我完全派在父亲一边。只是说来说去,碍于母丧,立时总不能发作。目前没有别的,只能再忍。我大约早到五月四日,迟至五月五日即到上海,那时我你连同娘一起商量一个办法,我可要出这一口气。同时你若能想到什么办法,最好先告知我,我们可以及早计算。我在此仅有机会向沈舅及许姨两处说过。好在到最后,一枝笔总在我手里。我倒要看父亲这样偏袒,能有什么好结果?谁能得什么好处?人的倔强性往往造成不必要的悲惨。现在竟到我们的头上了,真可叹!但无论如何,你得硬起心肠,先把此事放在一边,尤要不可过分责怪我。因为你我相爱,又同时受侮,若再你我间发生裂痕,那不真的中了他人之计了吗?

这点,你聪明人仔细想想,不可过分感情作用,记好了。娘听了,我想也一定赞同我的意见的。我仍旧向你,我唯一的爱妻希冀安慰。

汝 摩 二十七日

一九三一年五月十四日

眉眉我爱:

你又犯老毛病了,不写信。现在北京上海间有飞机信,当天可到。我离家已一星期,你如何一字未来,你难道不知道我出门人无时不惦着家念着你吗?我这几日苦极了,忙是一件事,身体又不大好。一路来受了凉,就此咳嗽,出痰甚多。前两晚简直呛得不停,不能睡;胡家一家子都让我咳醒了。我吃很多梨,胡太太又做金银花、贝母等药给我吃,昨晚稍好些。今日天雨,忽然变凉。我出门时是大太阳,北大下课到奚若家中饭时,冻得直抖。恐怕今晚又不得安宁。我那封英文信好像寄航空的,到了没有?那一晚我有些发疯,所以写信也有些疯头疯脑的,你可不许把信随手丢。我想到你那乱,我就没有勇气写好信给你。前三年我去欧美印度时,那九十多封信都到那里去了?那是我周游的唯一成绩,如今亦散失无存,你总得改良改良脾气才好。我的太太,否则将来竟许连老爷都会被你放丢了的。你难道我走了一点也不想我?现在弄到我和你在一起倒是例外,你一天就是吃,从起身到上床,到合眼,就是吃。也许你想芒果或是想外国白果倒要比想老爷更亲热更急。老爷是一只牛,他的唯一用处是做工赚钱,——也有些可怜:牛这两星期不但要上课还得补课,夜晚又不得睡!心里也不舒泰。天时再一坏,竟是一肚子的灰了!太太,你忍心字儿都不寄一个来?大概你们到杭州去了,恕我不能奉陪,希望天时好,但终得早起一些才赶得上阳光。北京花事极阑珊,明后天许陪歆海他们去明陵长城,但也许不去。娘身体可好?甚念!这回要等你来信再写了。

照片一包,已找到,在小箱中。

摩 星四

一九三一年五月十六日

爱妻:

昨天大群人出城去玩。歆海一双,奚若一双,先到玉泉。泉水真好,水底的草叫人爱死,那样的翡翠才是无价之宝。还有的活的珍珠泉水,一颗颗从水底浮起,不由得看的人也觉得心泉里有灵珠浮起。次到香山,看访徽音,养了两月,得了三磅,脸倒叫阳光逼黑不少,充印度美人可不乔装。归途上大家讨论夫妻。人人说到你,你不觉得耳根红热吗?他们都说我脾气太好了,害得你如此这般。我口里不说,心想我曼总有逞强的一天,他们是无家不冒烟,这一点我俩最占光,也不安烟囱,更不说烟。这回我要正式请你陪我到北京来,至少过半个夏。但不知你肯不肯赏脸?景任十分疼你,因此格外怪我,说我老爷怎的不做主。话说回来,我家烟虽不外冒,恰反向里咽,那不是更糟糕更缠牵?你这回西湖去,若再不带回一些成绩,我替你有些难乎为颜,奋发点儿吧,我的小甜娘!也是可怜我们,怎好不顺从一二?我方才看到一首劝孝,词意十分恳切,我看了,有些眼酸,因此抄一份给你,相期彼此共勉。

蒋家房子事,已向小蝶谈过否?何无回音?我们此后用钱更应仔细。蔗青那里我有些愁,过节时怕又得淹蹇,相差不过一月,及早打点为是。

娘一人守家多可怜,但我希望你游西湖心快活,身体强健。

你的摩　五月十六日

一九三一年五月二十九日

眉爱:

昨晚到家中,设有暖寿素筵。外客极少,高炳文却在老屋里。老小男女全来拜寿。新屋客有蒋姑母及诸弟妹,何玉哥、辰嫂、娟哥等。十一时起斋佛,伯父亦搀扶上楼(佛台设楼中间),颇热闹。我打了几圈牌,三时后上床。我睡东厢自己床,有罗纱帐。一睡竟对时。此时(四时)方始下楼。你回家须买些送人食品,不须贵重。行前(后天即阴历十四)先行电知。三时十五分车,我自会到站相候。侍儿带谁?此间一切当可舒服。余话用电时再说。

娘请安。

摩摩　十三日

一九三一年六月十四日

我至爱的老婆：

先说几件事，再报告来平后行踪等情。第一、文伯怎么样了？我盼着你来信，他三弟想已见过，病情究有甚关系否？药店里有一种叫因陈，可煮当水喝，甚利于黄病。仲安确行，医治不少黄病。他现在北平，伺候副帅。他回沪定为他调理如何？只是他是无家之人，吃中药极不便，梦绿家或我家能否代煎？盼即来信。

第二是钱的问题，我是焦急得睡不着。现在第一盼望节前发薪，但即节前有，寄到上海，定在节后。而二百六十元期转眼即到，家用开出支票，连两个月房钱亦在三百元以上，节还不算。我不知如何弥补得来？借钱又无处开口。我这里也有些书钱、车钱、赏钱，少不了一百元。真的踌躇极了。本想有外快来帮助，不幸目前无一事成功，一切飘在云中，如何是好？钱是真可恶，来时不易，去时太易。我自阳历三月起，自用不算，路费等等不算，单就付银行及你的家用，已有二千零五十。节上如再寄四百五十元，正合二千五百元而到六月底还只有四个月，如连公债果能抵得四百元，那就有三千元光景，按五百元一月，应该尽有富余，但内中不幸又夹有债项。你上节的三百元，我这节的二百六十元，就去了五百六十元，结果拮据得手足维艰。此后又已与老家说绝，缓急无可通融。我想想，我们夫妻俩真是醒起才是！若再因循，真不是道理。再说我原许你家用及特用每月以五百元为度。我本意教书而外，另有翻译方面二百可恃，两样合起，平均相近六百，总还易于维持。不想此半年各事颠倒，母亲去世，我奔波往返，如同风里篷帆。身不定，心亦不定。莎士比亚更如何译得？结果仅有学校方面五百多，而第一个月又被扣了一半。眉眉亲爱的，你想我在这情形下，张罗得苦不苦？同时你那里又似乎连五百都还不够用似的，那叫我怎么办？我想好好和你商量，想一长久办法，省得拔脚窝脚,老是不得干净。家用方面,一是屋子,二是车子,三是厨房:这三样都可以节省。照我想一切家用此后非节到每月四百,总是为难。眉眉,你如能真心帮助我,应得替我想法子,我反正如果有余钱,也决不自存。我靠薪水度日,当然梦想不到积钱,唯一希冀即是少债,债是一件 degrading and humiliating thing①。眉,你得知道有时竟连最好朋友都会因此伤到感情的,我怕极了的。

写至此,上沅夫妇来打了岔,一岔真岔到下午六时。时间真是不够支配。你我是天成的一对,都是不懂得经济,尤其是时间经济。关于家务的节省,你得好好想一想,总得根本解决车屋厨房才是。我是星四午前到的,午后出门。第一看奚若,第二看丽琳叔华。叔华长胖了好些,说是个有孩子的母亲,可以相信了。孩子更胖。也好玩,不怕我,我抱她半天。我近来也颇爱孩子,有伶俐相的,我真爱。我们自家不知到那天有那福气,做爸妈抱孩子的福气。听其自然是不成的,我们都得想法,我不知你肯不肯。我想你如果肯为孩子牺牲一些,努力戒了烟,省得下来的是大烟里。那怕孩子长成到某种程度,你再吃。你想我们要有,也真是时候了。现在阿欢已完全与我不相干的了。至少我们女儿也得有一个不是? 这你也得想想。

星四下午又见杨今甫,听了不少关于俞珊的话。好一位小姐,差些一个大学都被她闹散了。梁实秋也有不少丑态,想起来还算咱们漏脸,至少不曾闹什么话柄。夫人! 你的大度是最可佩服的。北京最大的是清华问题,闹得人人都头昏。奚若今天走,做代表到南京,他许去上海来看你,你得约洵美请他玩玩。他太太也闹着要离家独立谋生去,你可以问问他。

星五午刻,我和罗隆基同出城。先在燕京,叔华亦在,从文亦在。我们同去香山看徽音,她还是不见好,新近又发了十天烧,人颇疲乏。孩子倒极俊,可爱得很,眼珠是林家的,脸盘是梁家的。昨在女大,中

---

① degrading and humiliating thing:让人丢脸蒙羞的事。

午叔华请吃鲥鱼蜜酒,饭后谈了不少话,吃茶。有不少客来,有 Rose,熊光着脚不穿袜子,海也不回来了,流浪在南方已有十个月,也不知怎么回事。她亦似乎满不在意,真怪。昨晚与李大头在公园,又去市场看王泊生戏,唱逍遥津,大气旁礴,只是有气少韵。座不甚佳,亦因配角大乏之故。今晚唱探母,公主为一民国大学生,唱还对付,貌不佳。他想搭小翠花,如成,倒有希望叫座。此见下海亦不易。说起你们戏唱,现在我亦无所谓了。你高兴,只有侍伴合式,你想唱无妨,但得顾住身体。此地也有捧雪艳琴的。有人要请你做文章。昨天我不好受,头腹都不适。冰其林吃太多了。今天上午余家来,午刻在莎菲家,有叔华、冰心、今甫、性仁等,今晚上沅请客,应酬真厌人,但又不能不去。

说你的画,叔华说原卷太差,说你该看看好些的作品。老金、丽琳张大了眼,他们说孩子是真聪明,这样聪明是糟了可惜。他们总以为在上海是极糟,已往确是糟,你得争气,打出一条路来,一鸣惊人才是。老邓看了颇夸,他拿付裱,裱好他先给题,杏佛也答应题,你非得加倍用功小心,光娘的信到了,照办就是。请知照一声,虞裳一二五元送来否?也问一声告我。我要走了,你得勤写信。乖!

你的摩 十四日

一九三一年六月十六日

眉爱:

昨天在 Rose 家见三伯母,她又骂我不搬你来;骂得词严义正,我简直无言答对! 离家已一星期,你还无信,你忙些什么? 文伯怎样了? 此地朋友都极关切,如能行动,赶快北来,根本调理为是。奚若已到南京,或去上海看你。节前盼能得到薪水,一有即寄银行。

我家真算糊涂,我的衣服一共能有几件。此来两件单哔叽都不在箱内！天又热,我只有一件白大褂,此地做又无钱,还有那件羽纱,你说染了再做的,做了没有！

我要洇美(姜黄的)那样的做一件。还有那疋夏布做两件大褂,余下有多,做衫裤,都得赶快做。你自己老爷的衣服,劳驾得照管一下。我又无人可商量的。做好立即寄来等穿,你们想必又在忙唱,唱是也得到北京来的。昨晚我看几家小姐演戏,北京是演戏的地方,上海不行的,那有什么法子！

今晚在北海,有金甫、老邓、叔华、性仁。风光的美不可言喻。星光下的树你见过没有？还有夜莺:但此类话你是不要听的,我说也徒然。硖石有无消息,前天那飞信是否隔一天到？

你身体如何？在念。

摩　六月十六日

一九三一年六月二十五日

眉眉至爱:

第三函今晨送到。前信来后,颇愁你身体不好,怕又为唱戏累坏。本想去电阻止你的,但日子已过。今见信,知道你居然硬挺了过去,可喜之至！好不好是不成问题,不出别的花样已是万幸。这回你知道了吧？每天贪吃杨梅荔枝,竟连嗓子都给吃扁了。一向擅场的戏也唱得不是味儿了。以后还不听听话？凡事总得有个节制,不可太任性。你年近三十,究已不是孩子。此后更当谨细为是！目前你说你立志要学好一门画再见从前朋友:这是你的傲气地方,我也懂得,而且同情。只是既然你专心而且诚意学画,那就非得取法乎上,第一得眼界高而宽。上海地方气魄终究有限。瑞午老兄家的珍品恐怕靠不住的居多。我说了,他也许有气。这回带来的画,我也不曾打开看。此地叔存他们看见,都打哈哈！笑得我脸红。尤其他那别出心裁的装潢,更教他们摇头。你临的那幅画也不见得高明。不过此次自然是我说明是为骗外国人的。也是我太托大。事实上,北京几个外国朋友看中国东西就够刁的。画当然全部带回。娘的东西如要全部收回,亦可请来信提及,当照办!他们看来,就只一个玉瓶,一两件瓷还可以,别的都无多希望。少麻烦也好,我是不敢再瞎起劲的了!

再说到你学画,你实在应得到北京来才是正理。一个故宫就够你长年揣摩。眼界不高,腕下是不能有神的。凭你的聪明,决不是临摹就算完毕事。就说在上海,你也得想法去多看佳品。手固然要勤,脑子也得常转动,才能有趣味发生。说回来,你恋土重迁是真的。不过你一定要坚持的话,我当然也只能顺从你;但我既然决在北大做教授,上海现时的排场我实在担负不起。夏间一定得想法布置。你也得原谅我。我一人在此,亦未尝不无聊,只是无从诉说。人家都是团圆的了。叔华已得了通伯,徽音亦有了思成。别的人更不必说常年常日不分离的。就是你我,一南一北。你说是我甘愿离南,我只说是你不肯随我北来。结果大家都不得痛快。但要彼此迁就的话,我已在上海迁就了这多年,再下去实在太危险,所以不得不猛省。我是无法勉强你的;我要你来,你不肯来,我有甚么法想?明知勉强的事是不澈底的;所以看情形,恐怕只能各是其是。只是你不来,我全部收入,管上海家尚虑不足。自己一人在此,决无希望独立门户。胡家虽然待我极好,我不能不感到寄人篱下,我真也不知怎样想才好!

我月内决不能动身。说实话,来回票都卖了垫用。这一时借钱度日。我在托歆海替我设法飞回。不是我乐意冒险,实在是为省钱。况且欧亚航空是极稳妥的,你不必过虑。

说到衣服,真奇怪了。箱子是我随身带的。娘亲手理的满满的,到北京才打开。大褂只有两件:一件新的白羽纱;一件旧的厚蓝哔叽。人和那件方格和拆夹做单的那件条子都不在箱内,不在上海家里在那里?准是荷贞糊涂,又不知乱塞到那里去了!

如果牯岭已有房子，那我们准定去。你那里着手准备，我一回上海就去。只是钱又怎么办？说起你那公债到底押得多少？何以始终不提？

你要东西，吃的用的，都得一一告知我。否则我怕我是笨得于此道一无主意！

你的画已经裱好，很神气的一大卷。方才在公园，王梦白、杨仲子诸法家见我挟着卷子，问是什么精品？我先请老乡题，此外你要谁题，可点品，适之要否？

我这人大约一生就为朋友忙！来此两星期，说也惭愧，除了考试改卷算是天大正事，此外都是朋友，永远是朋友。杨振声忙了我不少时间，叔华、从文又忙了我不少时间，通伯、思成又是，蔡先生、钱昌照（次长）来，又得忙配享，还有洋鬼子！说起我此来，舞不曾跳，窑子倒去过一次，是老邓硬拉去的。再不去了，你放心！

杏子好吃，昨天自己爬树，采了吃，树头鲜，才叫美！

你务必早些睡！我回来时再不想熬天亮！我今晚特别想你，孩子，你得保重才是。

你的亲摩　六月二十五日

一九三一年七月四日

爱眉：

你昨天的信更见你的气愤，结果你也把我气病了。我愁得如同见鬼，昨晚整宵不得睡。乖！你再不能和我生气，我近几日来已为家事气得肝火常旺，一来就心烦意躁，这是我素来没有的现象。在这大热天，处境已然不顺，彼此再要生气，气成了病，那有什么趣味？去年夏天我病了有三星期，今年再不能病了。你第一不可生气，你是更气不动。我的愁大半是为你在愁，只要你说一句达观话，说不生我气，我心里就可舒服。

乖！至少让我们俩心平意和的过日子，老话说得好，逆来要顺受。我们今年运道似乎格外不佳。我们更当谨慎，别带坏了感情和身体。我先几信也无非说几句牢骚话，你又何必认真，我历年来还不是处处依顺着你的。我也只求你身体好，那是最要紧的。其次，你能安心做些工作。现在好在你已在画一门寻得门径，我何尝不愿你竿头日进。你能成名，不论那一项都是我的荣耀。即如此次我带了你的卷子到处给人看，有人夸，我心里就喜，还不是吗？一切等我到上海再定夺。天无绝人之路，我也这么想，我计算到上海怕得要七月十三四，因为亚东等我一篇《醒世姻缘》的序，有一百元酬报，我也已答应，不能不赶成，还有另一篇文章也得这几天内赶好。

文伯事我有一函怪你，也错怪了。慰慈去传了话，吓得文伯长篇累牍的来说你对他一番好意的感激话。适之请他来住。我现在住的西楼。

老金他们七月二十离北平，他们极抱憾，行前不能见你。小叶婚事才过，陈雪屏后天又要结婚，我又得相当帮忙。上函问向少蝶帮借五百成否？

竟处如何？至念。我要你这样来电，好叫我安心（北平电报挂号）："董胡摩慰即回眉"七个字，化大洋七毛耳。祝你好。

摩亲吻　四日

一九三一年七月八日

爱妻小眉：

真糟，你化了三角一分的飞快，走了整六天才到。想是航空铁轨全叫大水冲昏了，别的倒不管，只是苦了我这几天候信的着急！

我昨函已详说一切，我真的恨不得今天此时已到你的怀抱——

说起咱们久别见面,也该有相当表示,你老是那坐着躺着不起身,我枉然每回想张开胳膊来抱你亲你,一进家门,总是扫兴。我这次回来,咱们来个洋腔,抱抱亲亲何如?这本是人情,你别老是说那是湘眉一种人才做得出,就算给我一点满足,我先给你商量成不成?我到家时刻,你可以知道,我即不想你到站接我,至少我亦人情的希望,在你容颜表情上看得出对我一种相当的热意。

更好是屋子里没有别人,彼此不致感受拘束。况且你又何尝是没有表情的人?你不记得我们的"翡冷翠的一夜"在松树七号墙角里亲别的时候?我就不懂何以做了夫妻,形迹反而得往疏里去!那是一个错误。我有相当情感的精力,你不全盘承受,难道叫我用凉水自浇身?我钱还不曾领到,我能如愿的话,可以带回近八百元,垫银行空尚勉强,本月用费仍悬空,怎好?

我遵命不飞,已定十二快车,十四晚可到上海。记好了!连日大雨,全城变湖,大门都出不去。明日如晴,先发一电安慰你。乖!我只要你自珍自爱,我希望到家见到你一些欢容,那别的困难就不难解决。请即电知文伯、慰慈,盼能见到!娘好否?至念!

你的鞋花已买,水果怕不成。我在狠命写《醒世姻缘》序,但笔是秃定的了,怎样好?

诗倒做了几首,北大招考,尚得帮忙。

老金、丽琳想你送画,他们二十走,即寄尚可及。

杨宗翰(字伯屏)也求你画扇。

你的亲摩　七月八日

一九三一年十月一日

宝贝:

一转眼又是三天。西林今日到沪,他说一到即去我家。水果恐已不成模样,但也是一点意思。文伯去时你有石榴吃了。他在想带些什么别致东西给你。你如想什么,快来信,尚来得及。你说要给适之写信,他今日已南下,日内可到沪。他说一定去看你。你得客气些,老朋友总是老朋友,感情总是值得保存的。你说对不?少蝶处五百两,再不可少,否则更僵。原来他信上也说两,好在他不在这"两""元"的区别,而于我们却有分寸:可老实对他说,但我盼望这信到时,他已为我付银行。请你写个条子叫老何持去兴业(静安寺路)银行,向锡璜,问他我们帐上欠多少?你再告诉我,已开出节帐,到那天为止,共多少?连同本月的房钱一共若干?还有少蝶那笔钱也得算上。如此连家用到十月底尚须归清多少,我得有个数。帐再来设法弥补。你知道我一连三月,共须扣去三百元。大雨那里共三百元,现在也是无期搁浅。真是不了。你爱我,在这窘迫时能替我省,我真感谢。我但求立得直,否则以后即要借钱也没有路了,千万小心。我这几天上课应酬颇忙。我来说给你听:星一晚上有四个饭局之多。南城、北城、东城都有,奔煞人。星二徽音山上下来,同吃中饭,她已经胖到九十八磅。你说要不要静养,我说你也得到山上去静养,才能真的走上健康的路。上海是没办法的。我看样子,徽音又快有宝宝了。

  星二晚,适之家饯西林行,我冻病了。昨天又是一早上课。饭后王叔鲁约去看房子,在什方院。我和慰慈同去。房子倒是全地板,又有澡间;但院子太小,恐不适宜,我们想不要。并且你若一时不来,我这里另开门户,更增费用,也不是道理。关了房子,去协和看奚若。他的脚病又发作了,不能动,又得住院两星期,可怜!晚上,□□①等在春华楼为适之饯行。请了三四个姑娘来,饭后被拉到胡同。对不住,好太太!我本想不去,但□□说有他不妨事。□□病后性欲大强,他在老相好鹅鹅外又和一个红弟老七生了关系。昨晚见了,肉感颇富。她和老三是一个班子,两雌争□□,醋气勃勃,甚为好看。今

---

① 此两字原文不清,下同。

天又是一早上课,下午睡了一晌。五点送适之走。与杨亮功、慰慈去正阳楼吃蟹,吃烤羊肉。八时又去德国府吃饭。不想洋鬼子也会逛胡同,他们都说中国姑娘好。乖,你放心!我决不沾花惹草。女人我也见得多,谁也没有我的爱妻好。这叫做曾经沧海难为水,除却巫山不是云。我每天每夜都想你。一晚我做梦,飞机回家,一直飞进你的房,一直飞上你的床,小鸟儿就进了巢也,美极!可惜是梦。想想我们少年夫妻分离两地,实在是不对。但上海决不是我们住的地方。我始终希望你能搬来共同享些闲福。北京真是太美了,你何必沾恋上海呢?大雨的事弄得极糟。他到后,师大无薪可发,他就发脾气,不上课,退还聘书。他可不知道这并非亏待他一人,除了北大基金教授每月领薪,此外人人都得耐心等。今天我劝了他半天,他才答应去上一星期的课;因为他如其完全不上课,那他最初领的二百元都得还,那不是更糟。他现住欧美同学会,你来个信劝劝他,好不好?中国那比得外国,万事都得将就一些。你说是不是?奚若太太一件衣料,你得补来,托适之带,不要忘了。她在盼望的。再有上月水电,我确是开了。老何上来,从笔筒下拿去了;我走的那天或是上一天,怎说没有。老太爷有回信没有?我明天去燕京看君劢。我要睡了。乖乖!

我亲吻你的香肌。

你的"愚夫"摩摩 十月一日

一九三一年十月十日

爱眉亲亲:

你果然不来信了!好厉害的孩子,这叫做言出法随,一无通融!我拿信给文伯看了,他哈哈大笑;他说他见了你,自有话说。我只托他带一匣信笺,水果不能带,因为他在天津还要住五天,南京还要耽搁。葡萄是搁不了三天的。石榴,我关照了义茂,但到现在还没有你能吃的来。胡重的东西要带,就得带真好的。乖!你候着吧,今年总叫你吃着就是。前晚,我和袁守和、温源宁在北平图书馆大请客;我说给你听听,活像耍猴儿戏,主客是 Laloy 和 Elie Faure 两个法国人,陪客有 Reclus Monastière 小叶夫妇、思成、玉海、守和、源宁夫妇、周名洗七小姐、蒯叔平女教授、大雨(见了 Rose 就张大嘴)!陈任先、梅兰芳、程砚秋一大群人。Monastière 还叫照了相,后天寄给你看。我因为做主人,又多喝了几杯酒。你听了或许可要骂,这日子还要吃喝作乐。但既在此,自有一种 social duty,人家来请你加入,当然不便推辞,你说是不?

Elie Faure 老头不久到上海;洵美请客时,或许也要找到你。俞珊忽然来信了,她说到上海去看你。但怕你忘记了她,我真不知道她到底是怎么回事,希望你见面时能问她一个明白。她原信附去你看。说起我有一晚闹一个笑话,我说给你听过没有?在西兴安街我见一个车上人,活像俞珊。车已拉过颇远,我叫了一声,那车停了;等到拉拢一看,那是什么俞珊,却是曾语儿。你说我这近视眼多可乐!我连日早睡多睡,眼已见好,勿念。我在家尚有一副眼镜,请适之带我为要。

娘好吗?三伯母问候她。

摩吻　十月十日

一九三一年十月二十二日

昨下午去丽琳处,晤奚若、小叶、端升,同去公园看牡丹。风虽暴,尚有可观者。七时去车站,接歆海、湘玫。饭后又去公园,花畦有五色琉璃灯,倍增秾艳。芍药尚未开放,然已苞绽盈盈,娇红欲吐。春明花事,真大观也。十时去北京饭店,无意中遇到一人。你道是谁?原来俞珊是也。病后大肥,肩膀奇阔,有如拳师,脖子在有无之间。因彼有伴,未及交谈,今日亦未通问,人是会变的。昨晚咳呛,不能安睡,甚苦。今晨迟起。下午偕歆湘去三殿看字画,满目琳琅。下午又在丽琳处茶叙,又东兴楼饭。十一时回寓,又与适之谈。作此函,已及一时,要睡矣,明日再谈。昨函诸事弗忘。

摩

一九三一年十月二十二日

爱眉:

我心已被说动,恨不得此刻已在家中!

但手头无钱,要走可得负债。如其再来一次偷鸡蚀米,简直不了。所以我再得问你,我回去是否确有把握?果然,请来电如下:

"董北平徐志摩,事成速回"

我就立刻走,日期迟至下星期四(二十九)不妨,最好。否则我星六(二十四)即后日下午五时车走亦可。但来电须得信即发,否则要迟到星四矣。

摩 二十二日

一九三一年十月二十三日

今天正发出电报,等候回电,预备走。不想回电未来,百里却来了一信。事情倒是缠成个什么样子?是谁在说竞武肯出四万买,那位"赵"先生肯出四万二的又是谁?看情形,百里分明听了日本太太及旁人的传话,竟有反悔成交的意思。那不是开玩笑了吗?为今之计,第一先得竞武说明,并无四万等价格。事实上如果他转买"卖"出三万二以上,也只能算作佣金,或利息性质,并非少蝶一过手即有偌大利益。百里信上要去打听市面,那倒无妨。我想市面决不会高到那里去。但这样一岔,这桩生意究竟着落何处,还未得知。我目前贸然回去,恐无结果;徒劳旅费,不是道理。

我想百里既说要去打听振飞,何妨请少蝶去见振飞,将经过情形说个明白。振飞的话,百里当然相信。并且我想事实上百里以三万二千元出卖,决不吃亏。他如问明市价,或可仍按原议进行手续,那是最好的事;否则就有些头绪纷繁了。

至于我回去问题,我那天都可以走,我也极想回去看看你。但问题在这笔旅费怎样报销,谁替我会钞,我是穷得寸步难移;再要开窟窿,简直不了。你是知道的,(大雨搁浅,三百渺渺无期。)所以只要生意确有希望,钱不愁落空,那我何乐不愿意回家一次。但星六如不走,那就得星四(十月二十九)再走(功课关系),你立即来信,我候着!

摩摩　星五

一九三一年十月二十九日

至爱妻眉:

今天是九月十九,你二十八年前出世的日子。我不在家中,不能与你对饮一杯蜜酒,为你庆祝安康。这几日秋风凄冷,秋月光明,更使游子思念家庭。又因为归思已动,更觉百无聊赖,独自惆怅。遥想闺中,当亦同此情景。今天洵美等来否?也许他们不知道,还是每天似的,只有瑞午一人陪着你吞吐烟霞。

眉爱,你知我是怎样的想念你!你信上什么"恐怕成病"的话,说得闪烁,使我不安。终究你这一月来身体有否见佳?如果我在家你不得休养,我出外你仍不得休养,那不是难了吗?前天和奚若谈起生活,为之相对生愁。但他与我同意,现在只有再试试,你从我来北平住一时,看是如何。你的身体当然宜北不宜南!

爱,你何以如此固执,忍心与我分离两地?上半年来去频频,又遭大故,倒还不觉得如何。这次可不同,如果我现在不回,到年假尚有两个多月。虽然光阴易逝,但我们恩爱夫妇,是否有此分离之必要?眉,你到那天才肯听从我的主张?我一人在此,处处觉得不合式;你又不肯来,我又为责任所羁,这真是难死人也!

  百里那里,我未回信,因为等少蝶来信,再作计较。竞武如果虚张声势,结果反使我们原有交易不得着落,他们两造,都无所谓;我这千载难逢的一次外快又遭打击,这我可不能甘休!竞武现在何处,你得把这情形老实告诉他才是。

  你送兴业五百元是那一天?请即告我。因为我二十以前共送六百元付帐,银行二十三来信,尚欠四百元,连本月房租共欠五百有余。如果你那五百元是在二十三以后,那便还好,否则我又该着急得不了了!请速告我。

  车怎样了?绝对不能再养的了!

  大雨家贝当路那块地立即要出卖,他要我们给他想法。他想要五万两,此事瑞午有去路否?请立即回信。如瑞午无甚把握,我即另函别人设法。事成我要二厘五的一半。如有人要,最高出价多少,立即来信,卖否由大雨决定。

  明日我叫图南汇给你二百元家用(十一月份),但千万不可到手就宽,我们的穷运还没有到底;自己再不小心,更不堪设想。我如有不化钱飞机坐,立即回去。不管生意成否。我真是想你,想极了!

摩吻 十月二十九日

一九三一年十一月九日

眉爱:

  这可真急死我了,我不说托汤尔和给设法坐小张的福特机吗?好容易五号的晚上,尔和来信说:七号顾少川走,可以附乘。我得意极了。东西我知道是不能多带的,我就单买了十几个沙营,胡沈的一大篓子,专为孝敬你的。谁知六号晚上来电说:七号不走,改八号;八号又不走,改九号;明天(十号)本来去了,凭空天津一响炮,小顾又不能走。方才尔和通电:竟连后天走得成否都不说了。你说我该多么着急?我本想学一个飞将军从天而降,给你一个意外的惊喜,所以不曾写信。同时你的信来,说又病的话,我看愣了简直的。咳!我真不知怎么说,怎么想才是。乖!你也太不小心了,如果真是小产,这盘帐怎么算?我为此呆了这两天,又急于你的身体,满想一脚跨到。飞机六小时即可到南京,要快当晚十一点即可到沪,又不化本;那是多痛快的事!谁想又被小鬼的炮声给耽误了,真可恨!

你想,否则即使今天起,我此时也已经到家了。孩子!现在只好等着,他不走,我更无法,如何是好?但也许说不定他后天走,那我也许和这信同时到也难说。反正我日内总得回,你耐心候着吧,孩子!

请告瑞午,大雨的地是本年二月押给营业公司一万二千两。他急于要出脱,务请赶早进行。他要俄国羊皮帽,那是天津盛锡福的,北京没有。我不去天津,且同样货有否不可必,有的贵到一二百元的,我暂时没有法子买。天津还不知闹得怎样了,北京今天谣言蜂起,吓得死人。我也许迁去叔华家住几天;因她家无男子,仅她与老母幼子;她又胆小。但我看北京不知出什么大乱子,你不必为我担忧。我此行专为看你:生意能成固好,否则我也顾不得。且走颇不易,因北大同人都想约表示精神,故即成行亦须于三五日内赶回,恐你失望,故先说及。

文伯信多谢。我因不知他地址,他亦未来信,以致失候,负罪之至。但非敢疏慢也。临走时趣话早已过去忘却,但传闻麻兄演成妙语,真可谓点金妙手。麻兄毕竟可爱!一笑。但我实在着急你的身体,这样下去怎么得了。我真恨日本人,否则今晚即可欢然聚话矣。相见不远,诸自珍重!

              摩摩吻上 九日

眉轩琐语[1]

八　月

去年的八月：在苦闷的齿牙间过日子；一整本呕心血的日记，是我给眉的一种礼物，时光改变了一切，却不会抹煞那一点子心血的痕迹，到今天回看时，我心上还有些怔怔的。日记是我这辈子——我不知叫它什么好，——每回我心上觉着晃动，口上觉着苦涩，我就想起它。现在情景不同，不仅脸上笑容多，心花也常常开着的。我们平常太容易诉愁诉苦了，难得快活时，倒反不留痕迹。我正因为珍视我这几世修来的幸运，从苦恼的人生中挣出了头，比做一品官，发百万财，乃至身后上天堂，都来得宝贵，我如何能噤默。人说诗文穷而后工，眉也说我快活了做不出东西，我却老大的不信，我要做个样儿给他们看看——快活人也尽有有出息的。

顷翻看宗孟遗墨，如此灵秀，竟遭横折，忆去年八月间（夏历六月十七日）宗孟来，挈眉与我同游南海，风光谈笑，宛在目前，而今不可复得，怅惘何可胜言。

去年今日自香山归，心境殊不平安，记如下："香山去只增添，加深我的懊丧与惆怅，眉眉，没有一分钟过去不带着想你的痴情。眉，上山，听泉，折花，眺远，看星，独步，嗅草，捕虫，寻梦——那一处没有你，眉，那一处不惦着你，眉，那一个心跳不是为着你，眉！"另一段："这时候各人有各人的看法……有绝对怀疑的，有相对怀疑的；有部

---

[1] 一九二六年八月至一九二八年六月写。

分同情的,有完全同情的(那狠少,除是老金);有嫉忌的,有阴谋破坏的(那最危险);有肯积极助成的,有愿消极帮忙的……都有,但是,眉眉听着,一切都跟着你我自身走;只要你我有志气,有意志,有勇敢,加在一个真的情爱上,什么事不成功,真的!"这一年来高山深谷,深谷高山,好容易走上了平阳大道,但君子居安不忘危,我们的前路,难保不再有阻碍,这辈子日子长着哩。但是去年今天的话依旧合用:"只要你我有意志,有志向,有勇气,加在一个真的情爱上,什么事不成功,真的。"

这本日记,即使每天写,也怕至少得三个月才写得满,这是说我们的蜜月也包括在内了。但我们为什么一定得随俗说蜜月?爱人们的生活那一天不是带蜜性的,虽则这并不除外苦性?彼此的真相知,真了解,是蜜性生活的条件与秘密,再没有别的了。

九月十日

国民饭店三十七号房:眉去息游别墅了,仲述一忽儿就来。方才念着莎士比亚 Like as the waves make toward the pebbled shore① 那首叹光阴的《桑内德》尤其是末尾那两行,使我憬然有所动于中,姑且翻开这册久经疏忽的日记来,给收上点儿糟粕的糟粕吧。小德小惠,不论多么小,只要是德是惠,总是有着落的;华茨华斯所谓 Little Kindnesses② 别轻视它们,它们各自都替你分担着一部分,不论多微细,人生压迫性的重量。"我替你拿一点吧,你那儿太沈了",他即使在事实上并没有替你分劳,(不是他不,也不是你不让:就为这劳是不能分的。)他说这话就够你感激。

昨天离北京,感想比往常的迥绝不同。身边从此有了一个人——究竟是一件大事情,一个大分别;向车外望望,一群笑容往上仰的可爱的朋友们的脸盘,回身看看,挨着你坐着的是你这一辈子的

---

① 大意是:就像波浪滚滚向那铺满卵石的海滩。
② Little Kindnesses:小善,小恩小惠。

成绩,归宿。这该你得意,也该你出眼泪,——前途是自由吧?为什么不?

九月十九日

今天是观音生日,也是我眉儿的生日,回头家里几个人小叙,吃斋吃面。眉因昨夜车险吃吓,今朝还有些怔怔的,现在正睡着,歇忽儿也该好了。昨晚菱清说的话要是对,那眉儿你且有得小不舒泰那。

这年头大澈大悟是不会有的,能有的是平旦之气发动的时候的一点子"内不得于已"。德生看相后又有所憬惕于中,在戏院中就发议论,一夜也没有睡好。清早起来就写信给他忘年老友霍尔姆士,他那诚挚激奋的态度,着实使我感动。"我喜欢德生",老金说,"因为他里面有火"。霍尔姆士一次信上也这么说来。

德生说我们现在都在堕落中,这样的朋友只能叫做酒肉交,彼此一无灵感,一无新生机,还谈什么"作为",什么事业。

蜜月已经过去,此后是做人家的日子了。回家去没有别的希冀,除了清闲,译书来还债是第一件事,此外就想做到一个养字。在上养父母(精神的,不是物质的),与眉养我们的爱,自己养我的身与心。

首次在沪杭道上看见黄熟的稻田与错落的村舍在一碧无际的天空下静着,不由的思想上感着一种解放:何妨赤了足,做个乡下人去,我自己想。但这暂时是做不到的,将来也许真有"退隐"的那一天。现在重要的事情是,前面说过的养字,对人对己的尽职,我身体也不见佳,像这样下去决没有余力可以做事,我着实有了觉悟,此去乡下,我想找点儿事做。我家后面那园,现在糟得不堪,我想去收拾它,好在有老高与家麟帮忙,每天化它至少两个钟头,不是自己动手就督饬他们弄干净那块地,爱种什么就种什么,明年春天可以看自己手种的花,明年秋天也许可以吃到自己手植的果,那不有意思?至于我的译书工作我也不奢望,每天只想出产三千字左右,只要有恒,三两月下来一定狠可观的。三千字可也不容易,至少也得化上五六个钟头,这样下来已经连念书的时候都叫侵了。

十二月二十七日①

我想在冬至节独自到一个偏僻的教堂里去听几折圣诞的和歌,但我却穿上了臃肿的袍服上舞台去串演不自在的"腐"戏。我想在霜浓月澹的冬夜独自写几行从性灵暖处来的诗句,但我却跟着人们到涂蜡的跳舞厅去艳羡仕女们发金光的鞋袜。

十二月二十八日

投资到"美的理想"上去,它的利息是性灵的光彩,爱是建设在相互的忍耐与牺牲上面的。

送曼年礼——曼殊斐尔的日记,上面写着"一本纯粹性灵所产生,亦是为纯粹性灵而产生的书。"——一九二七:一个年头你我都着急要它早些完。

读高尔士华绥的"西班牙的古堡"。

麦雷的 Adelphi 月刊已由九月起改成季刊。他的还是不懈的精神,我怎不愧愤?

再过三天是新年,生活有更新的希望不?

一九二七年一月一日②

愿新的希望,跟着新的年产生,愿旧的烦闷跟着旧的年死去。

《新月》决定办,曼的身体最叫我愁。一天二十四时,她没有小半天完全舒服,我没有小半天完全定心。

给我勇气,给我力量,天!

一月六日

小病三日,拔牙一根,吃药三煎,睡昏昏不计钟点,亦不问昼夜。

---

① 应为一九二七年十二月二十七日。
② 应为一九二八年一月一日。

乍起怕冷贪懒,东偎西靠,被小曼逼下楼来,穿大皮袍,戴德生有耳大毛帽,一手托腮,勉强提笔,笔重千钧,新年如此,亦苦矣哉。

适之今天又说这年是个大转机的机会。为什么?

各地停止民众运动,我说政府要请你出山,他说谁说的,果然的话,我得想法不让他们发表。

轻易希冀轻易失望同是浅薄。

费了半个钟头才洗净了一支笔。

男子只有一件事不知厌倦的。

女人心眼儿多,心眼儿小,男人听不惯她们的说话。

对不对像是分一个糖塔饼,永远分不净匀。

爱的出发点不定是身体,但爱到了身体就到了顶点。厌恶的出发点,也不一定是身体,但厌恶到了身体也就到了顶点。

梅勒狄斯写 Egoist,但这五十年内,该有一个女性的 Sir Willoughby 出现。

最容易化最难化的是一样的东西——女人的心。

朋友走进你屋子东张西望时,他不是诚意来看你的。

怀疑你的一到就说事情忙赶快得走的朋友。

老傅来说我下回再有诗集他替作序。

过去的日子只当得一堆灰,烧透的灰,字迹都见不出一个。

我唯一的引诱是佛,它比我大得多,我怕它。

今年我要出一本文集一本诗集一本小说两篇戏剧。

正月初七称重一百卅六磅(连长毛皮袍)曼重九十。

昨夜大雪,瑞午家初次生火。

顷立窗间,看邻家园地雪意。转瞬间忆起贝加尔湖雄踞群峰。小瑞士岩稿梨梦湖上的少女和苏格兰的雾态。

二月八日

闷极了,喝了三杯白兰地,昨翻哈代的《对月》,现在想译他的《瞎了眼的马》,老头难得让他的思想往光亮处转,如在这首诗里。

天是在沈闷中过的,到那儿都觉得无聊,冷。

三月十七日

清明日早车回硖石,下午去蒋姑母家。次晨早四时复去送除帏。十时与曼坐小船下乡去沈家浜扫墓,采桃枝,摘薰花菜,与乡下姑子拉杂谈话。阳光满地,和风满裾,致足乐也。下午三时回硖,与曼步行至老屋,破乱不堪,甚生异感。森侄颇秀,此子长成,或可继一脉书香也。

次日早车去杭,寓清华湖。午后到即与瑞午步游孤山。偶步山后,发见一水潭浮红涨绿,俨然织锦,阳光自林隙来,附丽其上,益增娟媚。与曼去三潭印月,走九曲桥,吃藕粉。

三月十八日

次日游北山,西泠新塔殊陋。玉泉鱼似不及从前肥。曼告奋勇,自灵隐捷步上山,达韬光,直登观潮亭,撷一茶花而归。冷泉亭大吃辣酱豆腐干,有挂香袋老婆子三人,即飞来峰下揭裾而私,殊衰。

与瑞议月下游湖,登峰看日出,不及四时即起。约仲龄父子同下湖而月已隐。云暗木黑,凉露沾襟,则扣舷杂唱;未达峰,东方已露晓,雨亦泠泠下。瑞欲缩归,扶之赴峰,直登初阳台,瑞色苍气促,即石条卷卧如猬,因与仲龄父子捷足攀上将军岭,望宝俶南山北山,皆奥昧入云,不可辨识。骤雨欲来,俯视则双堤尽水,树影可鉴,阮墩尤珠圆翠绕,潋滟湖心,虽不见初墩,亦足豪已。既吐纳清高,急雨已来,遥见黄狗四条,施施然自东而西,步武井然,似亦取途初阳自矜逸兴者,可噱也。因雨猛,趋山半亭小憩看雨,带来白玫瑰一瓶,无杯器,则即擎瓶直倒,引吭而歌,殊乐。忽举头见亭颜悬两联,有"雨后山光分外清"句,共讶其巧合。继拂碑看字,则为瑞午尊人手笔,益喜,因摹几字携归,亦一纪念。

下山在新新早餐,回寓才八时。十时过养默来,而雨注不停,曼颇不馁,即命舆出游。先吊雷峰遗迹,冒雨跻其颠而赏景焉。继至白云庵拜月老求签。翁家山石屋小坐,即上烟霞,素餐至佳,饭毕已三时。天时冥晦,雨亦弗住,顾游兴至感勃勃,翻岭下龙井,时风来骤急,揭瑞舆顶,夫子几仆。龙井已十年不到,泉清林旺,福地也。自此转入九溪,如入仙境,翠岭成屏,茶丛嫩芽初吐,鸣禽相应,婉转可听。尤可爱者则满山杜鹃花,鲜红照眼,如火如荼,曼不禁狂喜,急呼采采。迈步上坡,蹦亦弗顾,卒集得一大束,插戴满头。抵理安天已阴黑,楠林深郁,高插云天,到此吐纳自清,胸襟解豁。有身长眉秀之僧人自林里走出,殷勤招客入寺吃茶,以天晚辞去,寺前新矗一董太夫人经塔,奇丑,最煞风景,此董太夫人该入地狱。回寓已七时半。

适之游庐山三日,作日计数万言,这一个"勤"字亦自不易。他说看了江西内地,得一感想,女性的丑简直不是个人样,尤其是金莲三寸,男性造孽,真是无从说起,此后须有一大改变才有新机:要从一把女性当牛马的文化转成一男性自愿为女性作牛马的文化。适之说男人应尽力赚出钱来为女人打扮,我说这话太革命性了。邹恩润都怕有些不敢刊入名言录了!

有天鹅绒悲哀的疑古玄同,有时确是疯得有趣。

四月十四日

下午去龙华看桃花,到塔前为止,看不到半树桃花,废然返车。(桃花在新龙华。)入半淞园撮景,风沙涂面,半不像人。

母亲今晚到,寓范园。

琬子常嚷头疼,昨去看医,说先天带来的病,不即治且不治,淑筠今日又带去中医处,话说更凶,孩子们是不可太聪慧了。

曼说她妹子慧绝美绝,她自己只是个痴孩子。(曼昨晚又发跳病癀病,口说大脸的四金刚来也! 真是孩子!)

案上插了一枝花便不寂寞。最宜人是月移花影上窗纱。

四月二十日

是春倦吗,这几天就没有全醒过,总是睡昏昏的。早上先不能醒,夜间还不曾动手做事,瞌睡就来了。脑筋里几于完全没有活动,该做的事不做,也不放在心上,不着急,逛了一次西湖反而逛呆了似的。想做诗吧,别说诗句,诗意都还没有影儿,想写一篇短文吧,一样的难,差些日记都不会写了。昨晚写信只觉得一种懈惰在我的筋骨里,使得我在说话上只选抵抗力最小的道儿走。字是不经挑择的,句是没有法则的,更说不上章法什么,回想先前的信札是怎么写的,这回真有些感到更不如从前了。

难道一个诗人就配颠倒在苦恼中,一天逸豫了就不成吗?而况像我的生活何尝说得到逸豫?只是一样,绝对的苦与恼确是没有了的,现在我一不是攀登高山,二不是疾驰峻坂,我只是在平坦的道上安步徐行,这是我感到闭塞的一个原因。

天目的杜鹃已经半萎,昨寄三朵给双佳廔。

我的墨池中有落红点点。

译哈代八十六岁自述一首,小曼说还不差,这一夸我灵机就动,又做得了一首:

残　　春

　　昨天我瓶子里斜插着的桃花,
　　是朵朵媚笑在美人的腮边挂;
　　今儿它们全低了头,全变了相——
　　红的白的尸体倒悬在青条上。

　　窗外的风雨报告残春的运命,
　　表钟似的音响在黑夜里丁宁:
　　"你生命的瓶子里的鲜花也
　　变了样,艳丽的尸体,等你去收殓!"

创作要目

1922年　7月,作诗《夜》,发表于翌年12月1日《晨报副刊》。
8月10日,作诗《康桥再会罢》,初发表于翌年3月12日《时事新报》副刊《学灯》,编辑误把分行的新诗当作散文来排,后于8月25日重排发表。
10月6日,作散文《印度洋上的秋思》,发表于12月29日《晨报副刊》。

1923年　1月28日,散文《就使打破了头,也还要保持我灵魂的自由》发表于《努力周报》。
8月6日,诗《石虎胡同七号》发表于《文学周报》第八十二期。
8月中旬在北戴河避暑期间作《北戴河海滨的幻想》一文,后刊于翌年6月21日《晨报副刊》。
10月3日游天宁寺,当晚作《常州天宁寺闻礼忏声》一诗,后修改并在次月11日《晨报副刊》发表。

1924年　7月,离日本前作诗《沙扬娜拉十八首》。
12月30日,作诗《雪花的快乐》,刊于翌年1月17日《现代评论》第一卷第六期。

1925年　5月,作诗《苏苏》,刊于12月1日《晨报七周年纪念增刊》。
6月11日,作诗《翡冷翠的一夜》,刊于翌年1月2日《现代评论》第三卷第五十六期。
7月4日,散文《翡冷翠山居闲话》发表于《现代评论》第二卷第三十期。

8月17日,诗《海韵》发表于《晨报副刊》。

9月3日,诗《呻吟语》发表于《晨报副刊》。

9月9日,作诗《我来扬子江边买一把莲蓬》,刊于翌月29日《晨报副刊》。

9月17日,作诗《这年头活着不容易》、《再不见雷锋》二首,发表于《晨报副刊》。

10月5日,散文《迎上前去》在《晨报副刊》发表。

12月16日、17、24日,散文《巴黎的鳞爪》在《晨报副刊》连载发表。

1926年　1月14日至15日,作散文《我所知道的康桥》,刊于16日、25日《晨报副刊》。

3月25日至4月1日,作散文《自剖》刊于4月3日《晨报副刊》。

4月5日,继《自剖》一文作散文《再剖》,刊于同月7日《晨报副刊》。

5月20日,诗《半夜深巷琵琶》发表于《晨报副刊》第八期。

5月27日,诗《在哀克刹脱教堂前(Exeter)》、《偶然》发表于《晨报副刊》第九期。

8月起,开始作日记《眉轩琐语》,后由陆小曼辑录整理,编入《志摩日记》。

9月4日,散文《天目山中笔记》发表于《晨报副刊》。

1月14日,散文《吸烟与文化》发表于《晨报副刊》。

1927年　8月,散文集《巴黎的鳞爪》由上海新月书店出版。

1928年　3月10日,诗《我不知道风是在那一个方向吹》在《新月》月刊第一卷第一号发表。

5月29日,作诗《生活》,刊于翌年5月10日《新月》月刊第一卷第三号。

11月1日至2日,在新加坡作小说《"浓得化不开"(星加坡)》,刊于翌月 10 日《新月》月刊第一卷第十号,同期刊有作于 11 月 6 日的诗《再别康桥》。

1929 年　2 月 10 日,诗《拜献》和小说《"浓得化不开"之二(香港)》发表于《新月》月刊第二卷第十二号。

1930 年　2 月 10 日,诗《黄鹂》发表于《新月》月刊第二卷第十二号。

12 月 25 日,作长诗《爱的灵感》,刊于翌年 1 月 20 日《诗刊》第一期。

1931 年　7 月 19 日,作诗《火车擒住轨》,刊于 10 月 5 日《诗刊》第三期。

7 月,作诗《云游》,翌月改题为《献词》收入《猛虎集》,10 月 5 日又以《云游》为题刊于《诗刊》第三期。

黄雪敏

图书在版编目(CIP)数据

徐志摩精选集/徐志摩著. －北京:北京燕山出版社, 2015.5
ISBN 978-7-5402-3781-3

Ⅰ. ①徐… Ⅱ. ①徐… Ⅲ. ①诗集-中国-现代 ②散文集-中国-现代 Ⅳ. ①I216.2
中国版本图书馆 CIP 数据核字(2015)第 084235 号

徐志摩精选集

徐志摩 著
编 选 者／黄雪敏
责任编辑／尚燕彬　王　滢
装帧设计／小　贾

北京燕山出版社出版发行
北京市西城区陶然亭路 53 号　邮编 100054
全国新华书店经销
北京盛源印刷有限公司印刷

开本 850×1168　1/32　印张 12.5　字数 310,000
2015 年 7 月第 1 版　2015 年 7 月第 1 次印刷

定价:35.00 元

版权所有　盗版必究